野呂邦暢

文遊社

日が

沈むのを

目次

野呂邦暢 小説集成 2

「深尾さん、面会です」

受付の女がしらせた。

「どなた」

「名前はおっしゃいません、会えばわかるからと」

「すぐ行く」

その男は一階受付の前にあるソファに腰をおろしていた。階段をおりて行くわたしの足音をききつけて立ちあがった。

「やあ、しばらく」

「あなたは……」

「おれだよ、おれ、わからないかな」

声の若々しさをとれば三十代だが、うすくなりかけた赤茶色の頭髪はどう見ても四十代の中年男である。わたしに対してほほえみかけている顔の左半分は、やけどでも負うたのか、皮膚が白っぽくひきつっている。その男は当惑しているわたしの前で、上衣のポケットをさぐった。もどかしげにあちこちのポケットをかきまわし、ようやく一枚の紙片をつまみだした。新聞紙を名刺大にちぎりとったものである。

「これ、あんたが出したもんだろ」

「ああ……」

わたしはそのとき初めて事態がおぼろげながらのみこめてきた。

「そうするとあなたは」

「うん、どうやら思い出してくれたようだね」

客はつやのない顔にうっすらと笑みをうかべた。

「新聞はその日に見たけれど、きょうまで何やかやと忙しくて」

「生きてたのか」

「ああ、おかげさまで」

わたしたちは手を握った。昔の級友はあたたかく乾いた掌をもっていた。

「こうしてやって来たのはぼくが初めてかい」

「そう、今のところはまだ誰も」

「手紙か電話で連絡して来るのは」

「それもない」

「たったひとりか、ふうん」

わたしは客が手渡した紙片をあらためて読みかえした。新聞の読者欄に出したたずね人の広告である。

《昭和二十年八月九日、長崎市立J国民学校二年桃組の生徒諸君、被爆前後の模様を知りたく思います。生存者もしくは右の人たちの消息をご存じの方は左記へ連絡して下さい》

二週間まえ、わたしの会社へ取材に来た地方新聞の記者と雑談していたら、たまたま二人ともJ国民学校に在籍していたことがわかった。昔の同級生について消息を知りたがっていると口をすべらせると、記者は新聞の読者欄に投稿してみることをすすめた。

わたしは被爆者ではなかった。爆弾が投下される三か月前に、長崎市の北東二十四キロの城下町に移転していたので、あの夏の殺戮からまぬがれることができた。わたしの級友たちはほとんど生きながらえることはできなかった。戦後二十年たつ現在でも、一人として生存者とめぐりあうことはなかった。

彼らはどうしたろう、みんな死んでしまったのだろうか。夏になると子供のころの仲間を考えた。しかし、ふだんは自分の生活にかまけ、めったに思い出すことはなかった。新聞記者と無駄話をする機会がなかったら広告を出すことも思いつかなかっただろう。

記者と話して三、四日たって、新聞の片すみにその広告はのった。ギター格安でゆずります。バイク新品同様などという記事にまざって、わたしの文章が組んであった。記者が保証したような反応はさっぱりなかった。

電話による問合せがないこともなかった。いや果してあれが問合せといえるかどうか。

新聞に広告がのった日、わたしに電話だというので受話器をとってみると、風邪でもひいたような変にかすれた声で咳きこみながら、

「深尾さん?」

という。接触の悪い古ラジオのように受話器の奥からは物のこすれる音や大勢の人声がする。声はとぎれがちできき取りにくかった。

「もしもし、深尾さん?……わたしは……国民学校……の新聞広告を……わたしたちは……」

三分後、チャイムが鳴り電話はぷつりと切れてしまう。四、五回このようなことがあった。声はそのつど別人のようだったが、低くかすれた点は共通で、ざわざわした噪音《そうおん》の向うからとぎれとぎれにわたしの名前をたしかめるだけである。いたずらではなかった。ふざけている口調でもなかった。喘息病みのように息をあえがせ、しわがれた苦しそうな声で必死に何かを訴えかけようとする気配が感

じられた。しかし電話はいつも三分間だけわたしの耳にこわれたラジオさながらの雑音を流しこんで絶えるのだった。

客がやって来たのは退社時刻にまもない頃だった。ちょうどよかった。わたしは階上事務室にかけあがり、机の書類を整理してキャビネットにしまった。鞄に止め金をかけようとしたとき疑問が湧いた。来訪者の名前をまだきいていないことに気づいた。

「誰だろう、あの男」

田代、水谷、新田、熊谷……記憶にある昔の級友の氏名と顔をけんめいに来訪者と結びつけようとした。机に両手をついたまま考えこんだ。二十年たった今でも級友たちの顔は小学二年生のままである。記憶の中に生きる顔は老いることがない。赤茶けた頭髪の客は友人たちの誰かに少しずつ似ていた。

田代のようでもあり、水谷のようでもあり、新田でないかとも思われた。いいかえればかつての幼な友だちの誰とも完全には似ていないことにもなる。熊谷ではないか……微笑したとき目尻によるしわの感じが似ていた。しかし熊谷の髪はあんなに赤茶けていただろうか。なにしろ二十年たつのだから、わたしは自分にいいきかせた。変るのが当りまえだ、顔にやけどを負ってるし、いつまでも子供の頃のおもかげが残ることはないだろう。

「お客さんは友達だったの」

上衣を着ているとき向かいの机から同僚が声をかけた。

「ああ、ずっと昔のね」

「ふるい友だちというのはいいものですよ」

まったくだ、とわたしは答えた。


「今夜、ぼくのアパートに泊っていかないか」

食事をすませてから二、三軒の酒場をまわり、最後に行きつけの店に落着いてそう提案した。わたしは徐々に確実に酔っていた。

「そうだな」

「どうせ明日は日曜日だ、ゆっくりしていっていいだろう」

「せっかくだから厄介になろうかな」

「そうときまったら乾杯だ」

わたしは陽気に叫んだ。熊谷はコップになみなみとつがれたビールをみつめて微笑した。その微笑の内側に、わたしが子供のころ見なれた熊谷の顔がうかびあがった。目尻によるしわのかたちに特徴があった。わたしは生活の労苦を刻みつけたもはや若いとはいえない男の顔に、子供のころの熊谷の表情を見出そうとしていた。

「こちら、どなた」

酒場の女がよって来てビールをつぎながらきいた。友だちだ、二十年ぶりの再会だ、とわたしはいった。そう、と女はいって熊谷の顔をまじまじと見つめ、

「どこかでお会いしたことがあるみたい」

「そんなことはない」

熊谷はきっぱりうち消して顔をそむけた。ケロイドのある顔が女の方を向いていた。酒場の明りは暗く、傷痕は昼間戸外で見るようにはっきりと見えない。

「深尾さんの幼な馴染というわけね」

「飲まなくっちゃ」

「そうよ、盛大にいきましょう」

女たちがビールを運んできた。わたしは酔った。水でも飲むように熊谷はビールをあけた。彼の顔右半分はうっすらと赤くなったがケロイドのある左半分は白いままだ。ケロイドといっても一度整形手術をうけたらしく、やけどの痕はそれほどひどくはない。しかしその部分は仮面をつけたようにこ

わばって、表情の変化に乏しく血の気もうすいのだった。

わたしはいった。

「ぼくたちはいつも学校帰りにわざと遠まわりしたっけな、あれはまずあんたがいいだしたことだった」

「遠まわりした？」

「おい、忘れたのか、まっすぐ家に帰ってもつまらないから夕方まで街をぶらついて帰るのがきまりだったんだ、あんたが案内役だ」

「おぼえてないね」

熊谷は街の地理に詳しく、どんなに入りくんだ路地でもためらわずにわたしを導いたものだ。そういう熊谷が当時のわたしには大人っぽく見え、ずいぶん頼もしく思われた。わたしが酔ったのはアルコールばかりではなく回想の甘さでもある。酔うかたわら精神は昂揚し、熊谷と共に歩きまわった長崎のふるい街並が甦って来た。酒場のカウンター内でがちゃつくコップの音が遠のき、潮がひくように耳ざわりな人声もレコード音楽も低くなって、わたしたちのまわりに親密な空間がかたちづくられたようだった。

わたしたちはランドセルを負って灰褐色の砂岩を敷きつめた石畳道を歩いた。記憶の中でそれらの街々はいつも曇り日であり、夢をみるようにまた古い写真のように淡いセピア色をしていた。市街地の北部住宅地に住んでいたわたしには下町の賑かな雰囲気が珍しかった。本来なら父か母かに伴われなければ歩けない通りである。勝手をわきまえ顔に熊谷は街角から街角へわたしを案内した。（きょうは面白い所へ連れてってやる）そういって熊谷は繁華街を通りぬけ、幾重にも曲りくねった坂道を登って、街の南にある丸山の遊廓街へ歩いたこともあった。その一角がどのような性格の町か子供心には察しのつかない町であったにせよ、それまで訪れた所とはちがう印象をうけたことはたしかだ。立ちならぶ料亭の、軒を深々とさげたたたずまいに、ただの町にはないある種の感じがあった。

坂道を登りつめると港が見えた。わたしは息をはずませて港の周辺に点々と輝く灯火を見た。茫とした青い夕もやに包まれた港の光景は異国の風物のようにわたしの胸をときめかせた。

「そういえばそういうこともあったようだな」

熊谷がいった。唇のまわりについたビールの泡を手の甲でぬぐいながらぼんやりとつぶやく。わたしは同級生の消息をたずねた。

「田代という男がいたろ」

「死んだ」

「水谷は、ほら鉄工所の息子」

「死んだ」

「かまぼこ屋の新田は」

「あいつも」

「よく奴は揚げたてのかまぼこを新聞紙にくるんで分けてくれたっけ……長門と橋本は」

「即死だった」

村上、吉村、毛利、中原、わたしが名前をあげてたずねる級友たちの生存を、熊谷はことごとく否定した。あまりに自信をもって彼が「死んだ、みんな死んじまったよ」とくりかえすので、わたしの酔いは少し醒めるほどであった。

「あんたは連中の最後を見とどけでもしたのかい」

返事をするかわりに熊谷は顔をゆっくりと動かしてわたしの方を向いた。バーの暗い照明をあびて彼のガラス玉のような二つの目がわたしを見つめた。彼はきっぱりといった。

「あんたは長崎にいなかった。あのときぼくは爆心地のちかくにいた。彼らの消息はこちらが詳しいはずさ」

「そうだな」

わたしはややひるんだ。意味もなく首をふってビールの残りをあけた。熊谷は、

「生き残りは二年桃組ではぼく一人ということになるな。あんたを除けば」

「まだいるかもしれないが、新聞で反応があったのはあんた一人だよ」

電話のことは話さなかった。話すとしてもどのように話せばよかっただろう、説明の仕様がないのだ。熊谷は思いだしたように、

「被爆者名簿をつくるとかいってたな」

「そう、われわれのクラスの名簿を完全なものにしたいんだ」

「完全というと?」

「実はこういうわけだ」

わたしは熊谷に語った。五年前のことである。その年の夏、J国民学校被爆者名簿をつくる会という名で、わたしあてに手紙が来た。その手紙を読んでわたしは昭和十九年四月入学の、すなわちわたしの属していたクラスがほとんど生死不明であることを知った。名簿をつくる会の一人はわたしの知人であった。彼はわずかな生き残りであるわたしにクラスの消息をたずねていた。一人としてわたしは知らなかった。仕事を一日休んで長崎へ行きJ小学校を訪れてみた。コンクリート造りの校舎は昔のままだったが、内部はあの日すっかり延焼したそうである。

校長室でわたしは丁重に遇された。小柄な弱々しい感じの老教頭が親切にわたしの質問に答えた。

昭和二十年八月の被爆以前にJ国民学校はいくつかの教場に分散して授業していたし、毎日、田舎に疎開する（あなたのように、と教頭はいった）生徒があったから、八月九日現在、どの分教場に何名在籍していたか確認しがたい。ましてどのクラスの者が何名生存し、何名死亡したかとなるとますます調べがつきにくい。本校の学籍簿は全部焼失し、当時、この学校に奉職していた教師で残っているのは自分一人である……。

「これを見て下さい」

教頭は一冊の分厚いノートを金庫からとりだして机の上で開いた。ぎっしりと人名の書きこまれた名簿である。死者には黒丸が、消息不明の者には朱点がうってあった。わたしの属していたクラスはほとんど朱点でいっぱいのようであった。

「この名簿が完全になるのはいつのことでしょうか、わたしの在任中にめどがつくことは無理でしょう」

教頭は名簿を手のひらで撫でさすりながら吐息を洩らした。

「なぜですか」

「十五年たつのです、あれから。わたしもそろそろ定年です。生きているうちに完成させたいと願ってるのですが、夏になると」

教頭はいきなり歯をむきだした。わたしは思わず後ずさった。歯ぐきを指でさし示して、「夏になるとここから出血してとまらんのですよ。からだも死ぬほどだるくなって、とてもこの調子では長生きできんでしょう。この十五年、わたしはあなたのように情報を、消えてしまったあのクラスの連中について何か知っていることを報告してくれる人の来るのを待ちつづけました。ええ、十五年間ですよ。それで何人やって来たと思います」

「さあ、百人か二百人」

「十二人、いいですか、十五年間でたったの十二人ですよ。あなたを入れて」

「つまりぼくのいたクラスはほとんど全滅ということですね」

「どこかに生存者はいるとわたしは思います。まあ、誰しも生きなければならんのだし、原爆のことを今更あらためて思いだしたくない気持ちはわかりますがね」

教頭はぱたりとノートを閉じて、

「もうだめです、なんだかあなたで最後という気がする」

「でも〝名簿をつくる会〟がなんとか」

「さあ、どうですか」

教頭はあてにならぬといった表情で頭をふり、あと十年自分が若かったら、という意味の言葉を口の中でつぶやいた。

…………

「それで、名簿をつくる会というのはどうなった」

「あれはとんだ結末になって……」

わたしは語りつづけた。J小学校を出た足で、手紙に記された会の事務所を訪ねた。小さな印刷会社の一室がそうだった。そこのあるじが会の発起人で、J国民学校ではわたしより二年上級だった。教頭が保管している名簿を写してさらに内容を充実させるために各処へ問合せの手紙を出しているという。彼の目的は名簿を完全なものにするだけではなく、生存者一同の被爆から現在に至るまでの生活史をまとめることもあった。わたしが被爆者ではなくて単にJ国民学校に一年としばらく在籍しただけの者とわかると、あるじはいたく失望したようであった。

この会はその後一年とたたずして解散してしまった。呼びかけに応じて生存者がかなりの数の文章を寄せ、編集の段階にすすんだころ、印刷製本の実費として徴収された金銭を流用する者が会の中にあって、結局、穴うめされないままに文集出版は立ち消えになった。熊谷は面白そうに、

「だれがその金をつかいこんだのだい」

「ちょっとの間、借用して返すつもりだったらしいんだ」

「あててみようか、印刷屋のおやじだろ」

「悪気はなかったんだと思うよ。経営が行きづまって、手形を落すのに要ったんだ」

「金を集めるために名簿だの文集だのを口実にしたのではないだろうか」

「まさか、そんな……」

わたしは熊谷の推測は考えすぎだと指摘した。彼は短く息を切って笑いながら、

「面白いアイデアを考えつく男もいるもんだな。そいつは死者をだしにして儲けようとしたんだ」

「そこまではどうかな」

「いや、きっとそうさ」

熊谷は顔をのけぞらせ苦しそうに笑いこけた。わたしもつられて笑った。今となれば五年前のささやかな事件などどうでもよかった。熊谷のヒステリックな悪意を含んだ哄笑を深く考えてみるには、わたしは酔いすぎていた。


朝、ドアをたたく音で目ざめた。どなた、ときくと、

「あたしよ、いったいどうしたの」

頭が石をつめこんだように重かった。わたしは寝床からやっとの思いで這いだし、細目にあけたド

アの隙間から廊下にたたずんだ婚約者をながめた。

「もう十時よ、九時の約束だったじゃないの、まあ、ひどい顔。具合でも悪いの」

「友だちとおそくまで飲んでね」

「目がまっかよ」

「きょうの予定、次の機会にしてくれないか、こんな状態ではとても」

それだけ口をきくのにも頭の芯が痛んだ。デパートの家具展を二人で見物に出かける予定だった。飛驒の製作工場から直送されたという新しいデザインの民芸風家具が、この日のうちに予約しておけば半年後に定価の二割引きで買えることになっていた。きのう、熊谷があらわれて以来わたしはケイ子との約束をすっかり忘れていた。

「きょうまでなのよ、家具展は」

わたしは手洗いにとびこみ、胃の酸っぱいものを吐いた。胸の悪さはおさまったが頭痛はますます強くなる一方だ。

「だいじょうぶ?」

ケイ子の顔が気づかわしげにわたしをのぞきこんだ。よくなるまでいてあげましょうか、という。わたしは寝ていたらなおると答えた。

「夕方また寄ってみるわね」

「気にしないで、ただの二日酔いさ」

「お友だちは二日酔いじゃないの」

「あいつは何ともないらしいや」

わたしたちは同時に客の方をながめた。天井を向いてすこやかな寝息をたてている熊谷の赤茶けた頭髪が見えた。

「夕方までには元気になってちょうだい。あたし本当はとっても怒ってるんだから」

ケイ子はすてぜりふを吐いて去った。わたしは寝床に這いこみ、ケイ子の靴音が遠ざかるのをきいた。

「お客さんかね」

熊谷がわたしの方へ寝返りをうった。

「おきてたのかい」

「のどがかわいたよ」

枕元の水さしは空になっていた。ふらつく足を踏みしめて台所へ立ち、コップに水をみたして熊谷へ渡した。

「うまい、酔いざめの水はまた格別だ」

熊谷はのどを鳴らしてコップの水を飲みほした。まぶしそうに窓を見て、

「きょうも暑そうだなあ」

「これからどうする」

わたしは気が滅入った。二日酔いはきまってこうだ。のんびりとわたしの隣であくびをし、わきの下など掻いている男を見ていると憂鬱になった。わたしはたずねた。

「ゆうべ、家の人には連絡しなかったようだけれど、あれでよかったのかい」

「コーヒーをのみたい」

「台所の茶棚、いやその右側、ジューサーの向うだよ」

「あんたものむだろ」

熊谷は粉末コーヒーを二つのカップにつぎ、湯をわかして注いだ。わたしは黙々と黒褐色のにがい液体をすすった。頭痛がやや我慢できるていどにうすめられた。蟬の声が耳に痛かった。熊谷は部屋の壁を見まわして、

「バスの時刻表はあるかね」

「時刻表なんかいらないよ。長崎行きなら五分か十分おきに出てる」

熊谷は腕をくんで天井を見上げ考えこむような目つきになった。わたしは彼の職業をたしかめていなかった。折り目の消えかけたズボンや色褪せた上衣の持ち主に仕事をきくのがためらわれたのだ。しかし今朝は誰に対しても酷薄にふるまうことができる感じだ。

「何やってるかって？　ああ、ぼくの仕事のことか、なんだと思う」

「さあ……」

商売をしているようには見えなかったから、勤め人だとすればあまり景気のよくない会社で働いているはずだ。

「いろんな仕事やってみたけれど今はセールスやってる」

「ベッドとか百科事典とか」

「保険なんだ、生命保険」

熊谷はある有名な生命保険の会社名をいった。わたしの加入している保険でもあった。

「やり始めてから長いのかい」

「一年と、ええ、一年とちょっとになるかな」

熊谷はまた天井を見上げ考えこむような目つきになった。

「あそびに行ってもいいだろうか。長崎には社用でよく出かけるんだ」

「いいとも」

熊谷は新聞はさみこみチラシの裏に地図を書いた。わかりにくい所だから、とつぶやいて目じるしにする店や建物を豊富に記入した。寄るときは前もって会社に電話をいれとこう、というと、熊谷は「うう」とあいまいな唸り声を発する。

「たいてい席をはずしてるからなあ。会社では、なにせ外まわりだし。いいよ、まっすぐやって来いよ」

熊谷は地図を書いたチラシの部分をちぎって渡した。縦横に交錯した道路にタバコ屋やポストが書きこんであって、ただでさえ見にくい図形をいっそう複雑にしていた。

「米屋の角を美容院の方へ折れて、そう、まっすぐ行けば右側に時計屋がある、そこの二階だよ」

地図はボールペンの線が入りくんで半ば黒く塗りつぶされたようであった。熊谷の説明でかろうじて彼の住居がわかった。わたしは赤鉛筆で時計屋をまるく囲んだ。T町である。長崎市の南西にある山の斜面にひろがる町で、道すじは迷路のようにこみいっている。何度かわたしはT町を訪れたことがある。そのたびに複雑な路地に行きづまって迷い、目的地を探しあてることもT町から外へ出ることもかなわず、閉口したことがあった。

ケイ子から電話がかかってきたとき、わたしはおそい食事にとりかかっていた。

「さっきの女のひとからだろう」

熊谷は焼魚をつつきながら察しのよいところを見せた。

「ぼくのことはかまわずに出かけたらどうだい。あとは片づけとくよ」

「あいつ、困ったやつなんだ」

「女のひとは大事にするもんだ」

わたしは熊谷の細君についてたずねた。うっかりしていた。彼が所帯をもっているときめこんでいたのだ。奥さん？　と熊谷はおうむ返しにいって、女房はいない、と答えた。

「結婚してるのじゃなかったのか」

わたしは間の抜けた質問をした。

「一度したけれど、別れた」

こともなげに、別れた、と熊谷はいい、食卓の上でばさりと朝刊をひろげた。ざっと各ページに目を走らせて元通りたたむとき、わたしがまだぼんやり食卓に肘をついているのに驚いたふうで、

「はやく行ってやれよ、待ってるだろう」

熊谷はせきたてた。シャツに腕を通しながら、バス・ターミナルまで行けば急行に乗れると教え、部屋の鍵を渡した。熊谷が立ち去るとき、ドアに鍵をかけて郵便受の中に投げこんでおくようにと頼

んだ。わたしが部屋をあとにするとき、熊谷は食卓のわきで立て膝をしてお茶をのんでいた。

午後はケイ子とすごした。

デパートの家具展を見て、町のレストランで夕食をとった。わたしたちはあまり口をきかなかった。朝以来ケイ子の機嫌は悪かった。一度こじれてしまえば女の感情は手がつけられなくなる。わたしにできることはひたすら沈黙を守ってこれ以上ケイ子の気持を刺激しないことだけだ。家具展でもわたしたちは衝突した。民芸風の凝った意匠の戸棚をケイ子は欲しいといった。わたしはその重々しいデザインのわざとらしさが気にくわなかった。民芸風を気取った装飾趣味としか見えなかった。値段も高かった。

「いいわ、あたしのお金で買うから」

「ただでくれるといってもいやだ。こんなもの」

「前から欲しいと思ってたのよ」

「あの椅子がいい、あれにしよう」

「あたしはいや」

わがままだ、とわたしはいった。ケイ子は怒った。夕食が終るまでケイ子は表情をやわらげなかった。このような状態で別れたくはなかった。わたしはケイ子をアパートへ誘った。

「そうねえ」

ケイ子は上目づかいにわたしを見て、お友だちは、ときく。

「もう帰ってるだろう。バスの時間を気にしてたから」

「あの戸棚、買ってもいい?」

わたしはどうでもよくなった。たかが戸棚ひとつでいがみあうのがほとほといやになったのだ。買ってもいいとケイ子にいった。


「あら」

ケイ子は叫んだ。わたしも立ちどまった。アパートの二階、左側にあるわたしの部屋に明りがともっている。電燈をつけっ放しにして出たのではないか、とケイ子がいった。そんなことはない。

「だれかいる。あの人よ。まだ帰ってはいないんだわ」

「変だな」

「お友だちが帰ったといったのはうそなんでしょう。どうしてそんなうそを」

「うそじゃない」

「朝からあなたは変よ。約束をすっぽかしたり、黙りこくっていてあたしといるのがさも気づまりみたいな顔をして。あなたにはあたしよりお友だちの方が大事なんだわ」

ケイ子はくるりと背を向けて行ってしまった。部屋には熊谷がいた。壁によりかかって週刊誌をよんでいた。わたしを見るなりばつの悪そうな顔で、最終バスに乗りおくれてしまったという。わたしがアパートを出てまもなく熊谷もターミナルへ向った。時間があったので通りすがりのパチンコ店に寄った。むやみに客が多いと思ったら新装開店の当日だとわかった。玉の出がよくて一時間もたたぬうちに一台をからにしていた。熊谷は我を忘れた。千とまとまった玉をはじき出したのは近来まれなことだ。午後五時に二千個勝ってその三時間後にはとった分だけすってしまった。

「もうちょい、もう少しと思っているうちに気がついたらすかんぴんさ。十時の閉店。走ってもターミナルへは間に合わなかった。悪いが今夜もとめてくれないか」

わたしもパチンコをすればよかった、と答えた。ケイ子と口論してくさっていたので、熊谷が舞いもどったことは気ばらしに持ってこいの事態であると思われた。アパートにケイ子をつれこんでも和解が上首尾のうちにできるか心もとなかったのだ。わたしはケイ子をややもてあましていた。

冷蔵庫のビールを熊谷とあけた。彼は、

「どうした、顔色が蒼いようだが」

二日酔いがまだなおっていないのだろう、とわたしはつぶやいた。頭の芯が疼き、背すじに悪感を覚えた。ケイ子を不機嫌にしたのもつまりはわたしの気分がすぐれなかったからだった。ビールはまずかった。二本目を熊谷にまかせてわたしは横になった。ふるえが来てとまらなくなり、夏というのに歯の根も合わぬほどに寒くなった。熊谷は布団をのべてわたしをかかえ入れた。熊谷のかわいた手のひらがわたしの額にふれた。熱がある、と彼のつぶやく声が壁をへだてた隣の部屋からきこえてくるように思われた。

熊谷は医師を呼びに行った。深夜、往診してくれる医師はいなかった。不在であったり医師自身が病気であったりした。日曜日であることもいけなかった。熊谷は薬屋をおこして風邪薬を買ってきた。咳は出ないかわりに熱は四十度からいっこうに下らない。にわかにわたしの額が涼しくなった。彼が冷蔵庫の氷をタオルでくるみ、のせてくれたのだ。

氷はすぐに溶けた。熊谷はつききりで額のタオルをとりかえた。そのタオルのしっとりとした冷たさが快かった。ついにあけがたの白い光が窓にさすころ、わたしの熱はさがった。同時に深い穴へすべりこむようにわたしは眠りこんだ。

のどのかわきで目がさめた。畳の上に熊谷が寝ている。顎の無精鬚に数本の白毛がまざっていた。頰にやつれたかげりが見えた。午前十時をすぎたところだった。枕もとに氷をうかべた水さしが用意してあった。医院の名前入り薬袋のあるところを見れば、眠っているうちに医師が来たのだろうか。わたしが水を飲んでいると、熊谷が目をさまし、気分をたずねた。

「医者が来たのは知らなかったよ」

「おこそうかと思ったけれど医者がそのままでいいというものだから。ただの風邪だとさ」

「会社に連絡しなくちゃ」

「電話をしといたよ」

かさねがさね手まわしのいいことだった。熱はいくらかさがったものの、からだがだるく、おきあがろうとすると目まいがした。熊谷は朝食をこしらえてくれた。わたしは彼に休息をすすめた。氷は始終とりかえる必要はないし、薬もある。あけがたにまどろんだほか熊谷は眠っていない。

「あんたまでからだをこわしたらどうする、それにぼくのせいできょう会社を休んでしまったんだろう」

「気にすることはないさ」

というのが彼の返事だった。会社は休暇をとっている。わたしが熱を出しても出さなくても月末まで休むつもりだった。

「だけど悪いなあ……」

なおもわたしが熊谷の立場を気にすると、

「迷惑かね、ぼくがここにいるのは」

とからかい顔できく。

「とんでもない、おかげでたすかった」

「あの女のひとにしらせようと思ったんだけれど、あちらの電話番号がわからなくて」

「それには及ばないよ。あんなやつ」

わたしはケイ子の顔を見たくなかった。会えばまたけんかをするにきまっている。きのうのしこりがまだ残っていた。ケイ子を呼びよせたところでどうということはない。それに熱は昨夜のように高くはない。明日は元気になって会社へ行けるだろう、とわたしはいった。

結局、次の日も出勤することはできなかった。熱は平熱にもどったが脚がいうことをきかなかった。医師はこの日まで休むようにいった。夏の風邪はあとをひくからたっぷり休養して体力をつけなくてはといった。

午後、熊谷が買物に出かけ、わたしがうつらうつらしていると、ドアに人の気配があった。しのびやかなノックがきこえ、返事を待たずにドアがあいた。ケイ子だった。

「あなた」

ケイ子はわたしの傍にひざまずくなりこう叫んで両手で病人の頭を抱こうとした。そのはずみに枕もとの水さしをひっくりかえし、氷のう（熊谷が買ってきた）をそのスタンドと共に倒した。ケイ子は溢れた水を拭こうか氷のうを元にもどそうか、とっさに判断がつきかね、雑巾をつかんでおろおろするだけだ。ようやく水の始末をし、氷のうを立てて、ケイ子は手でわたしの顔に触れた。湿っぽく汗ばんだ手のひらだった。ふと熊谷の気持よく乾燥した手を思った。

ケイ子がわたしの部屋へ来てすることは何もなかった。わたしはたずねた。

「病気のこと、誰にきいた」

「会社のひとに。今朝、電話をかけたら月曜日から風邪で休んでるって、それで」

「熊谷が万事うまくやってくれる」

「でもあのひとのお仕事は……」

「休暇をとってるんだって、月末まで。一睡もせずに看病してくれた」

「まあ」

ケイ子はどうして自分にしらせてくれなかったのか、ときいた。

「熊谷さんよりあたしの方がもっと上手にみてあげたのに」

わたしはケイ子の湿っぽい手のひらを思いだした。にが笑いをわたしはうかべたような気がする。

ケイ子はつと立ちあがって台所を片づけにかかろうとした。台所はきれいに整理してあってケイ子が手をつけることはなかった。リンゴを食べたい、とわたしはいった。ケイ子を手持無沙汰な状態にしておくのは悪いと思った。何か仕事をたのめば気がまぎれるだろう。ケイ子は戸棚をのぞいて、

「おや、果物ナイフがないわ」

「二番めの抽出《ひきだし》にあるはずだよ」

「それがないのよ。まあ、こんなところに、……お皿がないわ、変ねえ、布巾が……」

「なにをがたがたさせてるんだ」

「まるであなためちゃくちゃよ、なにもかも入れかわってて」

「いったいどうしたんだ」

わたしは不機嫌になっていた。女ひとり出現しただけで、またしてもわたしの部屋のささやかな平和が乱されたと思った。ケイ子は片はしから食器戸棚の抽出をあけ中身を検分した。台所の棚、流し台の開き戸をしらべ、やがて、

「すっかり置き場所が変ってる」

と悲鳴にちかい叫び声をあげた。

「まるですっかりよそのおうちになったみたい」

「なんだって」

寝床におきあがって室内を見まわした。そういえば部屋のたたずまいがちがう。ハンガーの位置、屑入れの籠、テーブルの場所が少しずつ変っている。そればかりではなく部屋の調度が全体としてわずかながらずれているために、一見して他人の部屋へ這入りこみでもしたようなよそよそしさを感じさせる。

「熊谷さんはこのお部屋をどうしようというの」

「まあ、悪気でしたことではないさ。あいつには他人のすまいだもの、初めは勝手がちがうのも当り前だよ」

わたしはケイ子をなだめた。熊谷が一昨夜らい献身的に看護にあたったのはわたし自身よく知っていることであった。物の置き場所が若干ちがっているからといって騒ぎたてる必要はどこにもなかった。ケイ子をそうやってなだめながらも、わたしにしてみれば漠然とした不安を感じないわけにはいかなかった。なぜかときかれても説明に窮してしまう。そのようにとらえどころのない不安を覚えていたからこそかえって熱心にわたしはケイ子を安心させようと懸命になっていた。

「おや、いらっしゃい」

熊谷が紙袋をかかえて戻ってきた。ケイ子は居ずまいを正し、切り口上で熊谷の看病に礼をのべた。

「深尾が魚を食べたいというもんだから魚屋へ行ってみたら、いきのよい魚がなかなか見つからなくてねえ。あちこち探しまわってたらこんなにおそくなっちまった」

熊谷は冷蔵庫の前に片膝をつき、野菜類を紙でくるんでしまい、魚を入れるまえに、ほら、うまそうだろう、といって、一尾のクマダイの尻尾をつまんでぶらさげて見せた。

「川向うの小さな魚屋に一尾だけ残ってた、刺身にも手ごろの新しさだそうだよ」

「ご親切に……」

ケイ子はつづけて何かいいたそうに口を動かしかけた。熊谷はケイ子なぞ眼中にないふうで、両手を忙しくこすり合せ、何時ごろ食事にしようか、気分はどうだろう、とわたしにたずねる。

「あのう、あたくし……」

「そうだ、ちょうどよかった、あなたもごいっしょにどうですか」

ケイ子は出鼻をくじかれてたじろいだ。

「熊谷さんにあんまり迷惑をおかけしては」

「まかしといてください。こう見えても魚料理はお手のものなんだ」

熊谷はねじり鉢巻にエプロンというういでたちで包丁をとぎにかかった。

「こちらの大きいのは三枚におろして、がらは吸物にと。こっちは塩焼にして」

魚料理は得意というだけあって、熊谷はみるみるたくみな手さばきで魚の腹を切り開き身と骨とを分けた。ケイ子は呆然と彼の鮮かな包丁さばきに見とれていた。

「六時だよ。例の熱さましをのむ時間だ」

切り身に塩をふりながら熊谷は注意した。わたしはあわてて医師の処方した薬をのんだ。ケイ子はわたしの耳に口をよせて、小声で、

「熊谷さん、いつまでここにいるの」

「さあ」

「あしたはおうちに帰られるわよね。きいてよ、熊谷さんに」

「好意で世話をしてくれてるんだぜ」

「でも……」

「さあ、出来た」

熊谷の若々しい声がきこえた。ケイ子は口をつぐみ、怯えたように身をすくませた。

「このひとがあんたのことを気にしてなあ」

わたしは陽気に熊谷へ話しかけた。

「いつまでもあんたの世話になるのは悪いというんだよ」

「いったろ、そのことなら休暇をとってるから心配いらないって。ぼくにしてもうちへ帰ったところで別にすることもないのさ」

「あたしが彼の世話をします」

叫ぶように突然、ケイ子は口を切り、熊谷につめよる気配を示した。わたしはケイ子を制して、

「いいんだよ、どうせ明日は会社に出るんだし」

熊谷はまめまめしく食卓の準備をした。ケイ子の申し出はやんわりと拒絶された。

「ぼくは休暇をとってるので深尾につきそっておられます。あなたはお勤めでしょう」

「あたし、帰ります」

「おや、食事の支度しているのに」

口では驚くようでその実、彼の表情はケイ子が引きあげるのを予期していたといわんばかりだ。ケイ子はわたしに目配せして、

「じゃあ明日ね」

熊谷には挨拶をしなかった。よほど肚をたてたと見える。

「感じのよいひとじゃないか、そら晩飯だ」

熊谷のしつらえた食卓はわたしが失っていた食欲をみごとに回復させた。氷の上に形よく切り揃えられた刺身のつややかな白さ、湯気をたてている吸い物。熊谷はひえたビールをとりだして、

「まず全快を祝して」

「乾杯」

「あの女のひともいっしょに食事したらよかったのに」

「いいんだ、女っ気ぬきの方が気楽だよ」

わたしは虚勢をはった。じっさいケイ子がいたら、この場の雰囲気はこうもくつろいだものにはならなかったろう。熊谷はわたしが料理に箸をつけるのをじっと見まもって、

「どう、うまいかね」

「うまい」

「よかった、明日は肉料理といこう」

「肉料理……」

「いやかい、ステーキに少しばかり自信があるんだが」

「ステーキは大いに結構だけれどさ」

わたしは慌てた。熊谷は明日もわたしの部屋ですごすつもりだろうか。わたしは、

「明日から出勤するつもりなんだ。からだもどうやらよくなったし」

「無理すんなよ。医者は休養が大切といってたぜ」

「仕事がたまってるからなあ」

「おかわりは……」

熊谷は目ざとくわたしのからになった茶碗に手をさしだした。


翌日、会社へ出た。脚に力が入らず、階段を上るのに何度か休まなければならなかった。たまっていた書類を片づけて、午後、長崎へ出かけた。社用である。支店の倉庫が港の一隅にあり、在庫伝票と用意の書類とを対照するとわたしの仕事は終った。予想より早目にひまになり、ういた時間をどう使おうかと思案した。港に面した喫茶店でコーヒーをのみ、半時間あまり向い側の通りにそびえる五階建ての白いビルをながめて考えこんだ。熊谷の会社である。コーヒー代を払って店を出、まっすぐ電車通りを横切ってそのビルへ這入って行った。熊谷というひとに会いたい、とわたしはいった。受付の女は当惑したふうで、

「うちの社員でしょうか」

「こちらの外務員だときいてますが」

上役が緊張した表情であらわれた。

「その熊谷とかいう者がうちの外務員と称して契約をとったのでしょうか」

そうではない、とわたしはいった。自分はただ熊谷なる人物がこちらに勤めているかどうか確かめたかっただけだ。

「うちの外務員ではありません」

きっぱりと断定した。もしその男がわが社の名前をかたって巷を徘徊しているとすれば黙認するわけにはゆかぬ、といきまいた。

わたしは外へ出た。八月の白い光が降りそそぐ電車通りにそって歩いた。熊谷の身なりはどう見ても白塗り五階建ての洒落たビルに似つかわしくなかった。人にいえない種類の職業についているのだろうか。彼が休暇をとったのは何をする会社なのか。気がつくとわたしはT町に足を踏み入れていた。山の斜面にぎっしりと木造住宅が密集した町である。

ポケットに熊谷がくれた地図があった。その地図が今とりだして見ればまったく役に立たない。方位がわからない。目じるしになるバス停の位置がわからない。ボールペンで書きこんだ大小の線がポケットの中でこすれて滲み、どこが家やら通路やらけじめをなくしてしまっている。熊谷は目じるしに煙草屋といい時計屋といったが、そんなものはどこにでもあるのだ。

歩き疲れてとある寺院の境内で休んだ。後ろからオルガンの演奏がきこえ、子供たちの合唱が湧きおこった。境内にブランコやすべり台がある。熊谷は自分のすまいは幼稚園の裏手だといったようだった。（もしかしたら）そそくさと境内を出て裏手にまわった。バス停の標識がありタバコ屋があり、時計屋があった。あたりの様子を熊谷の地図とくらべた。彼は時計屋の二階に部屋を借りているといっていた。

小さな机にかがみこんで時計を修理していた老人に熊谷のことをたずねた。老人は片目にはめたレンズをはずし、のけぞるようにしてわたしの人相風体をながめた。

「あんたは熊谷さんがどこにいるのかご存じじゃろうか」

知らない、とわたしはうそをいった。

「たしかに熊谷さんはうちの二階に間借りしとったよ。ええ、一か月前まではね」

老人ははたと手を打って、

「熊谷さんが荷物を引きとってくれさえしたら溜った間代はすぐにとはいわないがね」

荷物？　とわたしはけげんな顔をした。まあ、あがってください、と老人はいう。せまい急な階段を踏んで二階の部屋へのぼった。

「これを置き去りにして熊谷さんは消えちまったんだよ。古い家だから床がぬけはしないかと気が気じゃないんだ」

赤い紙箱が四畳半の床といわず押入れといわず、棚の上にもうず高くつんである。投ゲレバ消エル家庭消火弾と紙箱に白く印刷してあった。蓋をあけてみた。容量一リットルほどのガラス壜に水のような液体がつめてあり、壜をゆすぶると底に沈澱した石灰状の粉が液体を白濁させた。

「あんた、本当に熊谷さんの使いじゃないのかね。こんなもの屑屋も引きとらんし。うちには物置もないからほとほと処置に困っとるのだよ」

「一か月前にはいたとおっしゃいましたね、熊谷という男が」

「出て行くなら行くと一言ことわればいいのに。荷物はこの消火弾の山だけ」

「彼の家族は」

「一人ぐらしだったよ。手紙も来ない、電話もかからない。友だちだって一人も訪ねて来やせん。あの男はひっそりと暮してた。夜でも二階にいるのかいないのかわからないくらいだった」

「間代は何か月溜ってるんです」

老人は二か月分でいい、といった。わたしは払った。間代よりもこのガラス壜の山を何とかしてくれないかと老人はいったが、さしあたりわたしにできることは何もなかった。近いうちに何とかすると答えて時計屋を去った。

一時間後、わたしはJ小学校を訪れていた。五年ぶりだった。あの教頭に会いたいというと、彼の死亡を告げられた。二年前の夏に慢性骨髄性白血病でなくなったそうである。けれどあの分厚い名簿は元通り校長室の金庫に保管してあった。若い女教師が求めに応じてとりだしてくれた。教頭はついにみずから予言したごとく、この名簿を完成させずに他界してしまったわけだ。赤や黒の付箋がついたページをくって、十九年四月入学のクラスを探した。わたしの組の状況を記録したページを発見し、手帳をひろげて書きうつしにかかった。

そのとき、目がページの一箇所で釘づけになった。熊谷の名前はあった。そしてその上に黒々と八月九日S町にて被爆と書きこまれ、死亡のしるしに丸い黒点がうってあった。

「いいところに帰って来た」

熊谷は部屋の窓を開放し、両手に持ったうちわで室内にこもった焼肉の煙を外へ煽ぎ出そうとしていた。もうもうと煙がたちこめている。いい匂いだろう、と熊谷は自慢した。

「ステーキのこつはたれであってね」

と熊谷は目尻にしわを寄せた。会社では疲れなかったか、腹は充分にすいているかなどとわたしにたずねた。わたしは、

「長崎に行った」

「ふうん」

熊谷はことなげに相槌をうって肉の焼き加減を見ている。けむたそうに目を細め、一心に肉を焦がすまいとガスの焔を調節している熊谷を、わたしは呆然と見まもるばかりだ。名簿の上では死亡と認定された熊谷がわたしの部屋でステーキなぞ焼いている。この男はいったい何者で、どこからやって来たのだ。

「人参のソティとポテトサラダのつけ合せはどうだね」

「ああ、結構だ」

「アペリティフにはどうしてもワインの赤といきたいな。年代物とまではいくまいが、ここはどうしてもフランス産の本格的なワインがなくちゃあ……パンは食べるかい、一応、買っといたけれどね」

シャツを着がえるのに簞笥をあけてわたしは目を疑った。乱雑におしこんでいたシャツ類がみなアイロンをかけられ、きちんと整理されてある。わたしが居ない間に熊谷は実に多くの仕事をやってのけていた。帰宅したときから勝手がちがった。まず蝶つがいのゆるんだ部屋のドアが元のように具合よく修理されているのに気づいた。あけるときいったん持ちあげてから引かなければうまく開かなかったのが、すんなりとあいたのだ。簞笥の傷も絵の具とラッカーをつかってたくみに手当してあった。すべりの悪い抽出もらくにあくようになっていた。テレビをつけてみた。二重に画像の映っていたのが鮮明な像を結んだ。それとなく様子をうかがって見れば、熊谷が占拠している台所の流しも今はつまっていないようだ。排水管のゴミを除くのがおっくうでほうっていたのを彼が直してしまったらしい。もれのひどい水道蛇口も水をしたたらせてはいない。

熊谷はわたしが出かけたあと、おそらくこまねずみのように立ち働いて部屋を掃除し、テレビアンテナを固定し、家具を修理し、買物に出かけ、料理にとりくんだことになる。

昨夜の魚料理もよかったが、今夜のステーキときたら絶品だった。うすく焦げ目のついた肉を押えつけてナイフで切ると、グレーヴィが皿に溢れた。柔らかい肉は舌の上でくずれるかと思われた。

「具合はどうだね」

熊谷はわたしの顔をのぞきこみ、反応をよみとろうとした。

「うまいよ、これは」

「焼き加減はどうだろうか」

わたしは大きく切った肉の一片を口に入れてうなずいて見せた。熊谷はうれしそうにわたしの口元を見まもった。

「こんな上等の肉をどこで手に入れたんだい」

「ただ肉屋へ行ってステーキ用の肉と頼むだけでは駄目だね」

開店直前の肉屋へ行って冷蔵庫からとりだしたばかりの、あるいは配達されたばかりの胴肉を仕分ける段階で、じかにここの部分を切りとってくれと目の前で注文するのだそうだ。

「肉屋というと、あの市場の奥にあるあそこか」

「いや、あそこは駄目だ。果物屋の隣、橋に寄った所でね。おやじが気さくな男でいやな顔もせずに注文をきいてくれた。この次は鳥のもつを安く分けてくれることになってる。鳥は好きかね」

好きだと答えてからしまったと思った。わたしは一人の料理人を雇ったのだろうか。いや料理人ではなくて、家事万端とりしきる働き者の同居人と暮すことになるのだろうか。ナイフをおいて浮かない顔で思案していると、アイスクリームが運ばれてきた。デザートの味をみてくれという。

「ヴァニラのエッセンスがあったもんだからつかってみた」

「これも手製かね」

「さめないうちに、いや、とけないうちにやってみてくれ」

ひと匙すくってみてわたしはあっけにとられた。かつて一流のうちに入る長崎のレストランで味わったアイスクリーム以上の味は知らないつもりだったが、熊谷のこしらえたヴァニラ・アイスクリームは遥かにそれをしのいでいた。こまやかなクリームの舌ざわり、ほのかな香料にまざりあった甘味。これこそデザートの名に値するデザート、アイスクリーム中のアイスクリームともいうべきだった。わたしは嘆声をあげた。

「こんなアイスクリームなら毎日でも食べたいくらいだよ」

「いいとも、お安い御用だ。明日のデザートもアイスクリームとしよう。ところで……忘れないうちに計算をすませておかなければ」

熊谷は食卓を片づけたあとでポケットの金をつかみ出した。この数日つかった家計の明細を紙に記し、スーパーのレジスター・レシートを何枚か並べた。わたしがうんざりして、

「いいよ、こんなもの」

というと、いやとにかく調べてみてくれ、と熊谷はいいはる。わたしが渡しておいた金額からつかった金額を引き算し、残金を計算させた。

「たったこれだけ」

「ああ、使いすぎたかな」

「いや、その逆なんだよ」

おどろくべきことに三日分の家計費はわたしがそれまでに費消していた一日分の金額より少なかった。熊谷は何をどのようにやりくりしたものか、最少の費用で最大のぜいたくを可能にするすべを心

得ているらしかった。

木曜日、帰宅したらケイ子から椅子がとどいていた。運送店のトラックが運んできたのだという。椅子は木部に布覆いをつけたまま押入れにつっこんであった。蚊取線香を出そうとしてそこをあけたとき、椅子のあることに気がついたのだった。熊谷は椅子について黙っていた。

「これは?」

と椅子をさしてきくと初めて気がついたように、

「いつかの女のひとが注文したんだってな、小型トラックで配達してきたよ。置き場所がなかったもんだからとりあえずそこに」

まるで夕刊が配達されたとでもいうようにあっさりと説明する。わたしは椅子のカヴァーをはずし、部屋の隅、本棚の前に置いた。椅子とは奇妙なものだ。こうして見るとあたかももう一人の客が登場し、わたしの部屋に腰をすえたようである。樫と胡桃材をつかい曲線の少ない簡素な様式は英国の十八世紀風のデザインを真似たものであった。黒褐色にみがきこまれた材質がなめらかなつやをおびていた。かけ心地をためしてみた。

もう一人の居住者がひらべったく畳に坐っていて、自分だけ椅子にかけると、目の位置が異様に高く思われ、しごく落着かない。やはり椅子は押入れにしまっておくべきだと思ったが、しまえば熊谷の処置を認めることになり、結局、考えあぐねた末、わたしは椅子を部屋のすみに出しておくことにした。

椅子はひっそりとうずくまった人間の姿に似ていた。それもケイ子の姿に。じっさい押入れをあけたとたん、下段につっこまれたこの椅子を見て、わたしはからだを折りまげたケイ子のなまなましい肉体を見出したような気さえしたのだ。ケイ子がお気に入りの戸棚を買わないで、わたしの欲しがった椅子を買ったのもいわくありげだった。即座に買うとなれば割引はないはずである。あの戸棚が運びこまれたらわたしはかえってケイ子に反撥しただろう。ケイ子は椅子を送りつけることで効果的に無言の圧力をわたしに加えたのだ。椅子は語った。

(はやく熊谷さんを追い出して、わたしの坐る場所をこしらえてちょうだい。いつまであなたは熊谷さんをとめておくつもりなの)

「一週間の休暇もあますところわずかというところだなあ」

鳥料理をたいらげたあとで、わたしはさりげなく切り出した。

「まんざらすてたものでもないだろう」

熊谷は肉をむしった鳥の骨を一つの皿に集めた。ほどよく脂ののった鳥のから揚げとも、つの串焼きが今夜の献立だった。わたしは椅子のこと、ケイ子のことが脳裡から離れず、鳥料理を味わうのも上の空であったが、その出来栄えがすばらしいことは認めざるを得なかった。

「この鳥な、例の肉屋で手に入れたのさ。小料理屋におろすのを特にまわしてもらったんだよ」

「金、土曜と休みもあと二日しかないじゃないか」

「鳥料理というのが差のつくものでね。コックの腕しだいでどうにでもなるんだよ。まったく」

「………」

「鴨はいいね、二月の鴨は刺身にするといいよ。夏の鳥は肉がかたくていけない。猟銃をかしてくれれば鴨うちに行きたいんだがなあ。十一月が解禁のはずさ。九、十とあとふた月か、しかし鴨も年々へって……」

「月曜日このかた毎日おいしい料理をごちそうになったけれど」

「何だと思う」

「え何が……」

「デザートだよ。今夜のデザート。ほら」

熊谷はガラスの皿に生クリームをあしらったプディングを食卓に運んできた。

「アイスクリームをこさえようとしたら例のヴァニラがきれていて、そこで今夜はプディングにきめたのさ。どうだい」

自分の皿には手をつけずにわたしの口元を見つめて味をたずねる。匙ですくって口へ入れたわたしの表情を見とどけて初めて安心したように肩をおとした。微笑がじわりと彼の顔にひろがった。熊谷は満足そうに、

「プディングは甘すぎず固まりすぎずというのが勘どころであってね。その点アイスクリームと似てるんだな」

「奥さんはさぞ料理がやりにくかったろうな。旦那がこんなに腕の立つ名料理人だから」

「別れたのはいろいろ事情があったわけで」

「いずれ再婚するつもりなんだろ。いつまでも一人というのは不自由だ」

「いや沢山だね。結婚なんかもうまっぴらだよ」

「奥さんは実家に帰ってるのかね」

「そのようだが」

「長崎の人なんだろ」

熊谷はそうともそうでないともいわずに、あいまいな呻き声を洩らした。食卓を片づけいつものように台所でまめまめしくからだを動かしはじめた。彼の別れた妻に会って事情を探ろうとした試みも

失敗した。居場所がわからなくては話にならなかった。残っている手がかりは、たった一つだ。

次の日、わたしは長崎へ出かけた。消火弾の紙箱に印刷してあった販売会社の所番地をメモしていたのだった。あの怪しげな液体を売り歩いている間の彼について知っている人物が一人か二人はいるだろう。裏通りに面した貸ビルの三階が消火弾販売株式会社の事務所だった。それは二か月前に閉鎖されて今は化学雑巾とかを販売する会社がつかっていた。

熊谷という男を知らないか、と管理人にきいてみた。

「頬に大きなやけどの痕のある人物が通って来たでしょう、赤茶色の髪をした……」

管理人は首をひねった。思い出せないという。消火弾を売る事務所には、所長と称する老人と事務をとる女の子の二人きりで、外まわりの社員といって三、四人しかいなかったそうだ。管理人はビルの守衛をかねていて、入口で出入りする人物を毎日観察していたから、頬にやけどのある人物なら忘れるはずがないという。かさねてわたしはきいた。

「そのセールスマンの中に脳天が少しうすくなりかけた赤毛の男はいませんでしたか」

「記憶にありませんねえ。あそこが倒産した日はセールスの人たちが全部集まって善後策を協議してたようですなあ。在庫品の処分については競売の品目えらびにわしも立会ったから……ううむ、そんな人はいなかったみたいだなあ」

「そのセールスマンは散りぢりばらばらですか。今も誰か居所を知ってる人は」

「そうだな。一人だけレンタカーの会社に移った人を知ってますよ。会ってみますか」

Yというその同僚に会った。

「熊谷？　ええ、彼がどうかしましたか。おたく熊谷を探してんの」

陽気な青年だった。客の応対を同僚に頼んで、気さくにわたしの質問に答えてくれた。Y青年は消火弾のセールスマンから迅速にレンタカーの営業部員になり変っていた。ある種の動物がその棲息する環境の色彩に合せて皮膚の色を変えるように、彼もやすやすと新しい職場に適応したらしかった。

「ひどい会社でね。給料未払いのままつぶれちまった。え、行って来たんですか、なるほど、管理人のおっさんが僕のことをね、あれ元警察官なんですよ。目つきがちがうでしょう。熊谷、うん、知ってるよ。さあ、どうしたかなあ、会社つぶれてから一度も会わないし。やけど？　頬に？　熊谷がいつやけどを、ずっと前、子供のころから。まさか、そんなやけどならわかるはずだ。赤茶けた髪？　おたく誰のことといってるの、なんだか人ちがいみたいだなあ。僕の知ってる熊谷はね、まだ三十前で髪は黒くて、やけどなんかなかったよ、ええ」

わたしは礼をいって会社を出た。かすかなめまいを覚えたのは強すぎる日ざしのせいばかりではなかった。さかんな夏の光が目にまぶしかった。広島の爆心地に近いある銀行の石段に、災厄の日以来、ひとりの男の影が焼きつけられているという。熊谷の姿はこうしてたずねまわっているうちに、あの影のようにぼんやりとした不確かな像に変ってしまった。

わたしは立ちどまった。S町だった。熊谷が住んでいた町、被爆して死亡したと認定された町である。そこから爆心地のM町まですぐであった。公園のベンチで休んだ。正午をすぎて間もない時刻で、公園のそこここにある木かげには昼食をすませた勤め人が寝そべっていた。新聞紙で顔をおおって短い午睡をとる男もみられた。

この土の下に無数の死者が横たわっている、とわたしは考えた。消息不明の級友たちは白い骨に化してアスファルトで固められたこのあたりの地下に埋れていることだろう。あの勤め人たちとちがって、午後になったからといって目をさまし会社へ戻ることもない。あの死者たち、にぎやかな町の下に眠る死者は二度と目ざめはしない。そう考えたときわたしはいつかかかってきた電話を思いだした。雑音の彼方から絶えず咳きこむようなしわがれ声で呼びかけた声を思いだした。あれは死者の声ではないのか。わたしは不用意に彼らをおこしたのではないだろうか。電話の声は死の世界からわたしの広告に対してかかってきた返事かもしれない。即座にわたしは自分の妄想を一笑にふした。

木かげをすぎる風は涼しく夏草の甘い香りを含んでいた。五、六メートル離れたベンチでは若い女たちが笑いさざめいていた。ここが二十年前のある日、人間が乾いた薪《たきぎ》のように燃えていた同じ場所だとは思えなかった。

わたしは再びT町の時計屋を訪れた。老人の答えは予想していた通りだった。

「熊谷さんがやけどを？　いつですか、原爆で、知らなかったなあ、いいえ、見たことはないね、おかしいな、おたくの探してる熊谷さんとうちにいた熊谷さんとはもしかしたら別人かもしれないな」

その夜、わたしはおそくまで外で飲み歩いた。気持が変にたかぶって不安定になり、アルコールの量をふやしても酔うことができず胸苦しさがつのるばかりである。アパートへころがりこんだのは十時をすぎていたような気がする。熊谷は上りがまちに倒れたわたしを抱きおこして居間へ運び、濡れタオルで顔をふいてくれたり、冷たい水をコップにくんで飲ませたり、かいがいしく介抱してくれた。

「帰りがおそいから心配してたよ。バス停まで迎えに行こうかと思った」

白い布で覆った食卓が明りの下でまばゆく輝いて見えた。

「おい、今夜のごちそうは何だ。何を食べさせようというんだ」

「今夜の献立はだな、何だと思う、あててみるか、きっとびっくりするぜ」

「ええと魚か、いや魚は月曜日だった。肉、でもないな。鳥はゆうべ食べたと。うん、わからない、何だい」

「まさか晩飯を外ですませてきたんじゃないだろうな。食べずにずっと待ってたんだ」

そのときわたしの中で何かが爆発した。わたしは額にのせてあったおしぼりをかなぐりすて、むくりと上体をおこした。足もとに用意された食卓をながめた。足をあげて思いきりけとばすと、食卓は壁ぎわでひっくりかえり、皿や鉢がちらばる……。それは想像の中の光景にすぎなかった。愕然として棒立ちになる熊谷、そこで決定的なせりふをわたしが口にすることになる。

(出てってくれ、もう沢山だよ、お前の顔なんか見たくもない)

わたしは食卓をけとばしもしなかったし、出て行けとも叫ばなかった。そのかわり熊谷があたためたポタージュスープに舌を鳴らしていた。わたしはいった。

「今夜はスパゲティ料理かね」

「スパゲティはゆで具合がむずかしいな」

「かたすぎず柔らかすぎず、か」

わたしはすて鉢になり、陽気になった。子供のころ、マカロニとスパゲティをまちがえておかしな失敗をしたエピソードなどを話した。熊谷は上出来の笑い話でもきくように腹をかかえて笑い、あげく苦しそうに目に泪をうかべて、料理を食べ終るまで笑わせないでくれと頼むしまつだ。

そのとき部屋がきのうといくらかちがっているのに気づいた。どうといって新しい変化はないが、何かが足りないのだ。ケイ子の椅子が見えない。押入れをあけた。そこにもない。熊谷にたずねた。

「おや、あの椅子を使うのかね」

「使うのかねって……」

廊下つきあたりの共同物置にあの椅子はつっこんであった。壊れた掃除機とミシンの間に強くはさまれていたので、やっとのことでひっぱり出すと、椅子は各部に歪《ゆが》みを生じていた。表面のニスも剝げ、脚の一本にはひびが入り見るも無惨なありさまだ。

「困ったことをしてくれたよ」

わたしは布で埃まみれの椅子をふいた。熊谷の顔を見ないようにして愚痴をいった。それが彼に対する精一杯の抗議だった。ところがわたしのそんなにかぼそい非難が強力なハンマーのように熊谷を打ちのめしてしまった。彼は声もなく立ちすくみ、

「す、すてるつもりじゃなかったんだよ、さしあたりいらない品物だと思って」

「あの物置はネズミが多くてね、かじられる心配があるのさ。あんたは知るまいが。それにしてもあいつ、余計な物を持ちこみやがったな」

あとの言葉は熊谷をとりなすつもりで口にしたのだった。彼は猛烈な勢いで皿を洗いにかかった。

アルコールのはいったあと、しこたまスパゲティをつめこんだので、わたしは急速にねむくなった。肘枕をして窓外の夜景をながめるうち寝入ってしまった。台所で水のほとばしる音と皿のかちあう響きをしばらく音楽のようにきいていたと思う。目ざめてみるとわたしは布団の上に移され、腹の上にはタオルケットがかけてあった。

熊谷はいない。枕もとには水さしとコップがあり、部屋の明りは小さくしてあった。台所は片づいている。わたしはがばと身をおこした。十二時半、すでに最終バスは出たあとである。気をおちつけるために水さしの水を飲んだ。念のため押入れをしらべて彼の上衣が消えていることをたしかめた。灰皿に一本の吸殻があった。水に浸って完全にふやけていないところを見れば、熊谷がわたしの枕もとで一本のタバコをくゆらしてからそれほど経っていないはずだ。彼は金を持たない。タクシーを利用することはできない。わたしはバスターミナルへ急いだ。人影はなかった。終夜営業のドライヴインにもいなかった。

(熊谷、どこだ、帰ってこい)

わたしは町の酒場を一軒ずつ訪ね歩いた。歩き疲れて駅へ来た。終列車はまだ通過していないと見え、待合室に明りがともっている。行先は長崎とは反対方向である。五、六人の客がベンチにかけており、熊谷がいた。別人のように見えた。途方にくれている様子でもこれからのことを思案している様子でもない。ただぼんやりとベンチにもたれ、壁の観光ポスターなどみつめている。勤めをおえて帰りの列車を待つサラリーマンの表情よりもっと屈託がなかった。熊谷の顔は白紙のように無表情だった。つかのま別人ではないかと疑ったのはその表情のせいだった。

列車が着いた。待合室の客たちは改札口に消えた。ベルが鳴り、列車はフォームを離れた。わたしは待合室に踏みこみ、ちょうどそこを駅員に追いたてられる熊谷と正面からぶつかった。彼の腕をつかみ、

「熊谷……」

あ、と軽い叫び声をあげて熊谷は立ちすくんだ。みるみる表情が、アパートで見なれた彼の表情が顔に戻った。探していたのだ、とわたしはいった。

「どこへ行くつもりだったんだい。いったい」

ばかだなあ、とわたしは陽気につけ加えた。彼は深い溜息をついた。

「黙って出て行く奴があるかよ。客のくせに、そうだろ」

熊谷は両の肩をすぼめ、ズボンのポケットに手をつっこみ、うなだれてついてきた。

「椅子のことで文句をいったのが気にさわったのならこの際あやまるよ」

彼は黙って自分の靴をながめている。なおもわたしはしゃべりつづけた。

「まったくたかがちっぽけな椅子ひとつでさ、ごたごたをおこすなんて考えもんだよな、あの椅子はやはり物置にしまうことにしようや。居間においといても仕様がないから、何の役にもたたないし」

「物置にはネズミがいるんじゃないかね」

「ネズミとりを仕かけよう、それにちかごろは効果のある殺鼠剤も売りだされてるから撒いてみるか」

「明るい所に出て死ぬという薬があるそうだよ」

熊谷はにわかに生き生きとした声で応じた。どうせ撒くならその薬が良いといい、

「台所にゴキブリが多いから殺鼠剤のついでに何か強力なゴキブリ退治の薬も手に入れなくては。ゴキブリはあれでばい菌を撒きちらす実に不愉快な虫なんで」

「そうしよう」

「明日は徹底的に台所のゴキブリを駆除することにするよ。せんから気になってたまらなかった。薬はぼくが適当に見つくろって買ってもいいかね」

「いいとも、まかせるよ」

「あたしの椅子が……」

金曜日の昼休み、ケイ子が会社にやって来た。公園のベンチで話した。ケイ子はせかせかとベンチの周囲を歩きまわり、ひどいわ、ひどいわ、と声をふるわせる。

「いいから、ここにかけろよ」

説得に応じてベンチにかけたかと思うとすぐ立ちあがり、怯えためんどりさながらわたしのまわりを一周して、熊谷さんたら、とつぶやきつづける。

「お友だちだけじゃないわ、あなただっていけないのよ。あたしの椅子を物置にほうりこむなんて」

「部屋に出しとくと危いんだよ、ついけつまずいたりしてね。男二人がせまい部屋で動きまわるんだから」

「男二人？　あなたは今、男二人といったわね。どうしてあのひとと二人で暮さなきゃあいけないの」

「あいつはぼくの看病をやってくれた」

「あたしだって出来たわよ。お友だちよりもっとうまく看病できたつもりよ。一晩であなた全快したはずだわ」

「熊谷は帰る所がないんだ」

「長崎のおうちは？」

わたしは簡単に説明した。レンタカーの社員と時計屋からきいた話は語らなかった。ケイ子を混乱させるばかりだからだ。ただ熊谷が離婚していて、帰る家がないことだけを教えた。

「そんならあなた、熊谷さんとこれから先ずっと共同生活するつもり」

「まさか、そんなことはない」

「だってそうじゃないの。あなたの口ぶりではお友だちは行く所がないからアパートにおいて身のまわりの世話をさせるつもりだといってるみたいだわ」

「じゃあ、どうすればいいんだよ。たった今、出て行けというのか」

「そうよ、出て行ってくれというのよ。男ならそのくらいの勇気があるはずだわ。でないとあたしはどうなるの」

「いずれ熊谷には出てもらうつもりだ。そうだな、休暇も明日までだし、折を見て穏やかに話すことにするよ」

「うそ、あなたは熊谷さんにいてもらいたいのでしょう……きょう、あたしがアパートへ行ったら熊谷さんが」

熊谷さんが、といって絶句したケイ子の表情は只事ではなかった。不吉な胸騒ぎがした。おい、とわたしは叫び、

「あいつに何ていったんだ」

ケイ子の肩をゆさぶった。ケイ子はすすり泣きながら、

「あたし、とうとういってやったの、困ってるって」

「だれが困ってるって」

「もちろんあなたがよ。熊谷さんのことで困ってるっていってやったの。そしたら熊谷さんが、あなたこそあたしのことで困ってるっていうの。あなた本当にそんなことといったの」

「ぼくが困ってるって？ 熊谷が部屋を出て行かないので困ってるってあいつにいったのか」

「だって、あんまりひどいんですもん」

「あいつ、何ていった」

「何とも感じないみたいだった。あたしにあんなことといわれても平気だった」

「そりゃあそうだろう」

始業にはまだ三十分あった。わたしはタクシーでアパートへ戻った。ケイ子が打ちあけた以上にまだいろいろとふんまんを彼にぶちまけたことは当然予想された。

ドアには鍵がかかっていた。郵便受の中に鍵があった。熊谷は立ちさっていた。部屋の中央に椅子

があった。いや、かつて椅子であったものの残骸がころがっていた。四本の脚と背の部分と座板がばらばらになり、畳の上に散らばっている。蟻に喰いちらされた昆虫の死骸に似ていた。

何か兇暴なものが部屋の中であれくるい、駆けぬけて行ったようである。カーテンは引きさかれ、壁の額は叩き割られてあった。戸棚の食器はみじんになった陶器の破片にすぎなかった。本棚はからになり、ページを引きちぎられた本が部屋中にまきちらしてあった。あの弱々しい体格をした男にこんな力があったとは、わたしはただあっけにとられるばかりであった。一枚の畳に包丁が突きささり、畳をざくりと三十センチも裂いている。わたしも同じ包丁でためしてみた。一センチも切りさくことはできなかった。

「これで何もかも終った……」

叩きわられ、ねじまげられ、引きさかれた家具什器の散乱する部屋をわたしは呆然と歩きまわった。一つとして完全なかたちをとどめていないこわれ物を手にとってみて、元の残骸の山に戻してはまた別のかけらを拾いあげた。

今度こそ熊谷は去ってしまった。もはや駅の待合室へ駆けつけてもつかまえることはできまい。台所の流し台に両手をついて、そこに投げこまれ、粉ごなになったガラス器を見おろした。大事にしていたチェコ製のグラスがみじんに砕けていた。

目がからっぽの食器棚でとまった。そこに薬屋から彼が買ってきた殺鼠剤とゴキブリの駆除剤が包装されたままはしの方にのっかっていた。

朝の光は……

あけがたはわずかに冷えた。

雨戸の隙間から流れこむ外気が、裸の胸をつめたくする。男の熱っぽいこめかみがかすかな爽やかさを感じている。

彼は読んでいた新聞をわきへ押しやり、新聞の山からもう一枚むぞうさに引きぬいた。紙面を一瞥しては乱暴に放りだす。夜明けの仄白い微光が部屋に漂っている。螢光燈の色も褪せかけたようである。

腕時計に目をやって、男はあたり一面ちらばった新聞紙の下で手を探った。その手が現れたときは小さなトランジスターラジオを握っている。それを耳にあてがって親指の腹でつまみを調節する。男の目はいっときうつろになり、聴覚に集中していることを示す。

ひとしきり続いた雑音が澄んで、アナウンサーの声は明瞭になった。最初のニュースだけ聴いて切る。六畳の部屋はふたたび朝のしずけさを取りもどした。

男は手の届く所においた電話を眺めた。夜通し待ち続けた声はついに聴けなかった。朝の光に照らされてそれは鈍い黒色のつやをおび、うずくまった小さな怪獣の仔のようにも見える。

男は目蓋を閉じて指で軽くおさえた。両手を顔から離し、首をひねって外を仰ぐ。白い空に雲はまばらだ。立ちあがって残りの雨戸を繰る。草と木の水っぽい匂いが鼻孔に甘く感じられる。縁側の柱によりかかって深い呼吸をした。穏やかな風があって、部屋の澱んだ空気をすみやかに浄めるようである。

女が約束の電話をかけてこないだろうという思いは、真夜中すぎまでにしっかりと男の中に根をおろしていた。それでも、「まんいち……」という薄い期待があって、電話機から離れることができなかった。女が彼の部屋へこの日に限って現れないのも、それを説明する電話をかけてよこさないのも、男にはわからないのだった。

戸外、日の出まえは雀の声がしきりだったが、朝の陽が屋根を浸している今は蟬がにぎやかだ。畳の上に人のかたちをした黒いしみがある。汗の滲んだ痕である。それを見おろして彼は夜具をのべる心のゆとりもなく女の電話を待っていた自分を知った。畳にくっきりと残っている汗のしるしは、満たされなかった自分の欲望そのもののようにも感じられた。

ヒーターにかけた湯わかしが鋭い蒸気の音を響かせ始めた。粉末コーヒーを茶匙に二杯、カップにすくい熱湯をそそぐ。溶けおわるのを待って口に運んだ。眉をしかめながら少しずつすする。コーヒーの濃い苦味が男をやや清新にした。ゆるい空気の流れはやんで、空は刻々と昼の青さに近づいている。

男は縁側の手すりごしに、道を急ぐつとめ人の行進を見おろした。だれも新しいシャツを着て、眠り足りた者の光る目を持っていた。彼らの活潑な足どりを眺めながら二杯めのコーヒーをいれた。それはただ苦いだけの味に変っていた。一日の始まりである。

洗面具を持って階下へおりた。鏡をのぞくと蒼ざめた男が彼をにらみ返している。

「栗原のおにいちゃん」

「う?」

歯ブラシをくわえたままふりむく。

「ぜんぜん寝なかったわね」

少女の部屋は男の部屋の下である。半年あまりギプスをつけて安静を命ぜられている怪我人が二階の気配に敏感すぎるのを彼はもてあましていた。上体を折ってタイルの上に歯みがきのねばっこい液を吐く。

「きょうはいつものお話をしてくれる?」

「夜までに帰れたら」

「きっとよ。夜までにお帰りなさい」

二段ずつ階段をのぼって部屋へ戻り、警察のダイヤルをまわした。耳慣れた声が返ってきた。

「小林君、何もないかね」

「きょうは午からあけなんですよ。いっしょに飲もうや」

警察学校を出て間もない青年は提案した。

「で、何もなかったんだね」

既に何度も確かめておいた事の念をおした。こんな町で何も起こるわけがない、と警官は答えた。

「だからわれわれの商売はあがったりさ」

「下番したらひと寝入りして今夜そちらに電話しますよ。それともどこかで落ちあうっていうのもいいな。栗原さんと話すのもひと月ぶりだ」

孤独な警官は生き生きとした笑声を送ってよこした。彼は自分より六歳わかい青年が、署ではこのように笑うこともすくなく、同僚と必要以上に口をきかないことも知っている。何か他に仕事がないものかと遠まわしにではあったが相談されたことがあった。

キャビネットの金を財布に移し、メモノートをとって外へ出た。この町に多い掘割に沿い、急がずに歩く。水は速く、流れの中央が盛りあがって見えるほどに豊かである。彼は市庁舎ちかくの暗渠へ吸いこまれる水が、半開の水門にせきとめられて泡立っているかたわらで歩みをとめた。

何かがいる。目はまだ焦点が定まらず、それは細長く薄黒い物としてしか知覚されなかったが、目をこらすと水門の湧きかえる飛沫とは反対側に、いくつかの紡錘形が閃くのが認められた。水は透明で低くもぐると鯉の腹びれは底の水藻に触れた。草色の藻は尖端をみな下流へなびかせている。ゆっくりと旋回する魚の一尾が水面に浮きあがり、淡褐色の背びれで、鋭く水を切ったかと思うと身をひるがえして底へかえった。鯉の腹を彩っている薄い金の縞が男の目を射た。朝陽は家並にさえぎられて、まだ水の上には届かない。

「これは、これは」

M新聞の記者が彼を迎えた。

「栗原ともあろう者がお早いお出ましで。今頃はご安眠かと噂していたところだ」

A新聞の記者は、彼の顔に剃りのこした髭とカミソリの傷を指摘し、昨夜の乱行が思いやられるよ、と言った。

「冗談はぬきにして」とM新聞が間に入り、どういう風の吹きまわしで栗原が朝の記者クラブへ現れたのかときいた。

「なんでもないよ。早起きしてクラブへかけつけるのはジャーナリストのつとめだ」

定年まぎわのM新聞がたしなめ顔に、「おお、ジャーナリスト……」と言う。

「栗原、よく聴け。ジャーナリストという者はだな……」

ジャーナリストという者は、と老記者は言った。東京本社に個室をあてがわれて、大統領暗殺とか中国の水爆開発とかいうニュースいたれば、ただちに署名入りの論文を発表するお偉方を指すそうである。「……げんにうちの外信部長なんかは」

「知ってますよ、若い頃はあんたの部下で朝鮮総督府詰のとき、あごで使っていた人でしょう」

「うむ、どうして探った」

「毎日、酒を飲むたびに聞かされているからなあ」

「そうだったかな、おまえには初耳のつもりだったがな」

「われわれだってジャーナリストのはしくれには違いないけれど」

と栗原は言い、その記事がブタ肉キロあたり五円値あがりとか、寿司屋の食中毒が何人とかでは、とつけ加えた。

「漁民の抗議集会をとるのか」

とA新聞がたずねる。

「それはさしあたっておまかせするよ、市長に用があるんだ」

洗面所の鏡をのぞいて、頬にこびりついていたカミソリ傷の血痕を洗った。やがて新市長が登庁する時刻である。頃合を見はからって秘書課の扉をあけると市長室へ通された。

「栗原君」

当選したばかりの市長は立ちあがって馴れ馴れしく肩に手をかける。きのう渡しておいた名刺を眺め、

「放送記者というのは初めてだ。新聞記者にはかなり友達がおるがね、面白い仕事だろう、そうでもないかな」

「ええ、まあ」

「カメラの前で何をしゃべればいいのかね。新市政についての抱負なら、おとといの記者会見であきらかにしたつもりだが」

「なんでもいいのです、それは。市長選挙はニュースですから、ただ干拓問題に新市長のご意見を拝聴したいというのが局側の考えのようです」

車が待っていた。運転手に県庁のある街を告げる。砂利をきしませて車は支庁舎広場を道路へ向った。あやうくはねられそうになった男が、市長を認めてこぶしをあげた。広場のそこここには、のぼりや旗を手にした男たちがむらがっている。

「けさの抗議集会はご存知ですか」

「派手に演出するつもりらしい。大体、干拓賛成派は黙ってるけれど、反対派は騒がしいな。助役が相手をすることになっている」

タバコを出して栗原にすすめた。ていねいに辞退してライターをともしてやる。

「有明の通信部には君の他に何人いるんだね」

「一人です、わたし一人」

「そうすると、君がこの土地の通信部部長兼走り使いというわけだ」

どうしたことか栗原の名刺を見ると誰でもこんな冗談を言って一人で面白がる。それがよほど気の利いた意見のように思えるらしい。

「で、一年半という滞在で得た君の感想はどうだね、この町に対する忌憚のない意見として是非うかがいたいな」

「水のきれいな所ですね」

車は平坦なアスファルトを走った。冷房が利いている座席の坐り心地は良かった。

……………………

(栗原、ちょっと来い)

任地が有明市と決った日、デスクが彼を呼んだ。壁の地図に向って、バナナの房状に分岐した三つの半島のつけ根をおさえ、

（おまえの行く所はここだ、Nで何か仕出かした奴がずらかるとき必ず通る町だ。人口七万のちっぽけな田舎だと馬鹿にするんじゃない）と言った。彼はそこで交わっている四本の鉄道を見つめた。

（まめに警察をまわれば何かある。何もなければおまえの方がどうかしてることになる。独身だとそうやって時間的に他社を抜く機会も多いわけだ）

がんばります、と彼は言った。昨夜、まんじりともせず、女からの電話を待っていると、デスクが電話をかけてきた。

（今、何をしていたんだ？）

女を待っている、とは答えかねた。

（躰の調子でも悪かったら休暇をとれよ）

（いや、べつに）

（……実はきょうから溯って一か月おまえの出稿簿をのぞいてみた。三十日で十七本というのは、いささか穏やかではない。そうだな？）（…………）

（ニュースの連中もおまえが黙りこくっているのを変に思ってる。最近、原稿の本数がガタ落ちした

わけがあれば、この際すっぱりけりをつけることだ、そう思わないか）

ある日、一匹の野良犬が通信部の庭へ迷いこんできた。肋骨が浮いて見える皮膚を洗い、ＤＤＴをふりかけてやると、毛並は貧弱ながら一応、犬らしくなった。この犬は、おそらく以前の飼い主に仕込まれたらしい奇妙な習性を持っていた。アルマイトの食器に餌を入れようとすると、やにわに空の食器をくわえて一度、家のまわりを走ってくるのである。そうしなければ餌にありつけないと思いこんでいるのだろう。

栗原はべつだんさしさわりも覚えなかったので、犬が一周するのを待って食器を一杯にしてやった。その前で芸をおえた犬は満足そうに尾をふっている。デスクがニュース原稿というと、彼はアルマイトの椀をくわえて走りまわる自分の姿を想像してみるのだ。警察へ、市庁へ、農事試験場へ、漁業協同組合へ……。実際にそうやって走りまわれば、日に二、三本のニュース種にはありついただろう。これまでそうしてきたのだから。

それが何故かできなくなっている。市庁舎の記者クラブへ向う途中、掘割に沿って歩くのは習慣になっていた。水を眺めていると、それだけで慰められる。朝、鯉の背びれが水を切って、またすばやく沈むのを見たとき、彼は一睡もできなかった夜を忘れた。昨夜来彼は五、六回、電話をかけていた。応対したのはみち子の妹である。

まだ帰らない、と妹は答えた。（お店の番号、教えてあげましょうか）番号は知っていた。洋裁店のダイヤルをまわす。つい先刻ひけたばかりという。半時間後、また電話をかけた。部屋を出なかったのは入れちがいを考えたからだ。妹が出た。女学生の無邪気さがわざとらしい上機嫌に変っている。

（どこに行ったのかしら、帰ったらすぐ着かえて、ええ、たった今。栗原さんのとこじゃない？）

みち子の友達を一人ずつ思いうかべてみた。かつて女が不用意に洩らした言葉の断片からKをすて、Fをふるい落し、Sを失格させた。最後に中華料理店の若い料理人が残った。深い事情はつかんでいないのに、その男だけは妙に気になった。

七月の初め、みち子と食事をとりに行った店で、先に待っていた女がほっそりとした色白の男と話をしていた。みち子の表情から料理を注文しているようには思えなかった。女と男が話すときだけの、ある感じがうかがわれたが、それほど気にしたわけではない。

一人で夜明けを待ちながら、みち子が来ないわけを考えていると、二人のこれまでの会話や女の身振りまでが細かく思いだされ、終りにあの病みあがりめいた若い料理人の顔がしつこく記憶にまつわりつくのだ。そいつと話していた女の表情も切りはなせなくなった。椅子にかけながらそのとき栗原は、若い料理人を評して、（ジャブをくれたらすぐ赤くなるような目だ）と言った。

みち子は上目づかいに彼をちらと見て、口をつぐんだままわきを向いた。

……………………………

車のソファにすっぽりはまりこんで、栗原は沈思黙考する男の姿勢になった。がくりとたれさがった顔を持ちあげ、「鳥が……」と口走る。眠りこまぬためには、さしあたって話をしなければならない。

「混まなければ四十分というところです」

栗原の質問に運転手が答えた。市長は彼のうわごとにこだわり、「栗原君、鳥がどうしたんだね」と言う。

「筑紫真鴨をご存知ですか」

「鴨の種類だろう」

「シベリアから秋に渡ってくるのは、日本でも有明湾の、それも有明川の河口だけというのは初耳ですか」

「面白い」

面白くなさそうであった。新市長は干拓に賛成して反対派を破り、干拓は河口からはるか沖合までおこなわれるはずで、そうなると鴨たちは遠浅の干潟で餌を漁れなくなる。

「それは何かね、初めて聴いたけれど観光資源として有望だろうか」

「さあ、どうでしょう」

なんだ、という顔になった。安心した表情でもある。また栗原の顎がたれさがった。彼は坐りなおして深く呼吸をした。

「干拓反対は君の個人的意見かね、それとも局側の……」

「まさか」

と強く否定しておいて、自分たちに個人的意見というものはない、と答えた。

「干拓地に空港をつくる予定ときいていますが」

「市の発展のためには悪くない思いつきだと言われているね」

相手は用心深くなった。「君、いまさら、ぼやくのもなんだが政治というものはむずかしい」

政治家のつもりであろう。「そうでしょうね」栗原は如才なく相槌を打った。

「テレビに出演するまえは化粧しなきゃならんのかい」

「いや、その必要はないようです」

「わしは初めてだよ」

「ご心配には及びません」

「そうだろうか」

市長は穏やかに咳払いして続けた。

「わしが言いたいのは、前もって担当の人と打合わせしておくと、こちらとしてもいい返事を、つまり要領を得たという意味なんだが、そのう、うまい具合にだね」

「いや、何事もぶっつけ本番の方が迫力でるものですよ」

「迫力ね」

新市長はほくそ笑んだ。

「いちおう、局でＰＤとごく簡単に打合わせする時間はあるはずです」

「ＰＤ？」

「プログラム・ディレクターをそう呼んでるのです」

「なるほど」

政治家はなおも気がかりそうに眉根を寄せた。

「あとで見せてもらえるだろうか。本放送まえにビデオとかそういったもので」

「ええ、それはご心配なく」

「政治家にとって失言は命とりだから」

「まったくですね」

新市長をスタディオへ送りこんだのは九時四十五分だった。副部長やデスクに丁重な敬意を表されて、当人は満足と当惑のいりまじった顔になった。慣れない場所で、どう振舞うべきか、とっさには決めかねたふうである。インタヴューするアナウンサーとPDが目顔で合図したのをしおに栗原はスタディオを抜けだした。

階段でS支局の記者が、おや、栗原君、きょうは休みじゃなかったのかい、と言う。

「休暇がたまってるだろ、はやいとこ消化しろって組合がうるさいぜ」

「中沢を見なかったかい」

「中沢？　そういえば昨日このあたりをうろうろしてたという噂だな、俺は知らない。第一、彼が帰国したのも知らなかったよ」

中沢は局前の喫茶店でまっているというメモを受付の女に渡していた。メモの男に逢うのは栗原の予定に入っている。そのための用意もしてきたのである。ガラス扉を押して内部の暗さに立ちすくんでいると、片隅から、

「ここだ」と声がした。

かつての同僚は照明のせいか煤をかむった気味の皮膚に変っている。つぎ布の当ったジャンパーを椅子にかけ、上半身は垢じみたシャツである。

「どうして局へ顔を見せに来ないんだ」

「いいだろう、そんなの」

「いつ帰った?」

「一週間まえ、羽田。葉書は読まなかったのかい」

「まっすぐこちらへ来るとは思わなかった」

「まずいか」

「飯にしよう」

先にメニュを渡す。中沢はそれを閉じて、何も欲しくない、と言った。

「水をまたもらおう、日本に帰ってうまさがわかった」

「顔色が良くないよ」

「食欲があまりないだけだ」

フリーのカメラマンはコップの水を半ばまで飲みほした。浮んでいる氷のかけらをかちあわせて、その音に耳を傾けるふりをする。

「我ながらひどい所ばかり歩いたと思うよ。シナイ半島じゃ摂氏四十五度というのはざらだし、次がカルカッタ、飯もろくに喰わなかったな、顔も陽にやけるわけよ」

栗原はあるディレクターの名をあげた。

「あいつの話では、おまえは金を欲しがってるって」

ハムエッグスを口に入れて反応を見た。うろたえた色が現れ、すぐ挑戦的表情に変る。嚙んで吐く口調で、「金は欲しい、あたりまえだろう」と言い、しかし、と続けて、

「奴は俺が物乞いしてまわってるとでも言ったのか」

ハムを卵から切りはなしながら頭を振った。トーストの最後の一片をのみこんで栗原は言った。

「おまえがデスクとけんかして、カメラ片手に国際線の切符を買ったときは、局の連中みな羨ましがったものだよ。一年たって死にぞこないのコレラ患者みたいな顔つきで帰ってきたら羨望していた連中が何と言うかわかりそうなものだ」

「楽な旅行を楽しんだわけじゃない、げんにサイゴンなんかでは……」

「問題はそんなことじゃない。いいかい、今時分、暇があって好きなことをやっている男はサラリーマンの敵だ、ということだ。たとえ金がたっぷりなくても」

「俺がおまえの敵なのかい」

相手は啞然とした。栗原の真顔を認めると、頰を歪めやや昂然と肩をそびやかした。

「今年は玉葱が豊作だの、女学生の人形芝居が養老院を慰問したのって原稿を書いていると、こんなものでもニュースにしなきゃならないのだろうかとつくづく情なくなるときがある。それも仕事のうちと精を出さなきゃならないんだろうが」

「なにも俺のしみったれた旅行をやっかんでサラリーマンの敵よばわりすることはない。おまえだってその気になればやめて悪い法律はないだろう」

いつか、雨戸をたてきった通信部の六畳で、栗原は突然の電話に目醒めた。部屋はまっくらである。自分がどこにいるのかたちどころに思いだせなかった。今が真夜中なのか真昼なのかわからない。

激しく鳴り響く電話を手でさぐった。喘ぎながら相手が誰と知らぬうちに、「……い、いま何時」と叫んでいる。黒いエボナイトの筒だけが外界とつながっている唯一の通路と思われた。「今、なんじ？　きょうはいつ？」

悲鳴に近い声で栗原はせきこんだ。不安はほとんど恐怖に似ていた。そのように度を失うこと、突然の電話であわてふためくことはかつてなかった。サラリーマンの敵、という言葉もその出来事の故にさほどの抵抗もなく口で言えるのだ。

店の一隅に電話を認め、「ちょいと失礼」と立って、有明市のダイヤルをまわした。返ってきた声の中にみち子のものはなかった。浮かない顔をして自分の椅子へ戻った栗原に、「事件?」と帰国者はたずねた。

「いや、なんでもない」

テーブルの下に中沢の靴がのぞいている。新しかったときは紺の生地が、泥にまみれて青黒い色に変っている。底革ははずれかけ、そこから破れた靴下の指がのぞいている。栗原は異郷への鋭い渇望を覚えた。靴の持主は彼の視線をたどって自分のつま先に目を落した。今からどうする、と栗原はきいた。

「作品集をまとめるつもりだ。とりためたものを出してくれる奇特な本屋もあるし、小さな出版社だけれどね」

「印税とか、そんなものはよく知らないがどうなっているんだ。食べなくちゃならないだろう」

「よく売れて、そうだな、儲かったらいくらか寄越すだろう。写真集なんてコストがかさむし、文庫本なんかと違って、それでも一冊にまとめるだけでもいいじゃないか、俺はそう思っている」

栗原が、ロマンティックな話だと言うと、「へへっ」と奇妙な笑い方を見せて相手は、当節、儲からない話はロマンティックだと相場が決まっている、と言った。ハトロン封筒をさかさにして中身をテーブルに拡げる。栗原は、俺だって羨ましかった、と言い、相手は、わかってる、と答えた。

「これは?」

と一枚の写真を指すと、それはカルカッタの淫売窟で、日本では小学校に通う女の子が躰を売っている、と説明した。そうそう、と栗原は呟いて、金を出し、「例の金、忘れていた」と言って、中沢に渡した。すまない、と彼は言った。それだけで足りるだろうか、ときくと、他にあてもある、と中沢は答え、東京へ帰って余裕ができたらすぐ返す、と二度、約束した。これは? と栗原は何枚めかの写真をさした。砂漠と岩山を背景に黒い僧衣をまとった男の像である。

結局、カタロニアの農夫と、イスラエルの若い女兵士の二点を別に選んだ。風景は飽きがはやい、と栗原は言った。人間が大きくとれているのはこれくらいしかない、と彼が言うと、帰国者はなお金のことを気にしていて、今月の前渡金を工面したのではないか、とたずねた。

「本になったら送ってやろう」

あてにしないで待っている、と栗原は答えた。

「じゃあ、また」

と旅行者は別れの言葉を言い、二人は交叉点で立ちどまった。栗原はハトロン紙の封筒を重たげにかかえて立ちさる友人の後ろ姿を眺めた。つぶれた靴を引きずって歩くのは馴れているふうで、依然として肩をそびやかした姿勢だったが、後ろから見られているのを背中で充分、意識している姿勢でもあった。

局へ引きかえすと、新市長はつつがなくビデオどりを終え、県庁へまわったと言う。ディレクターをつかまえて、

「どうだった」

「それがねえ、手をやいたのなんのって、やっこさん、初めはお地蔵様みたいに固くなりやがって、そいで、——さんが（と担当アナウンサーの名をあげ）酒の話やらそんなたわいのない世間話でほぐしていって、おだてたりすかしたりだね、そうやってやっとこさ口がまわり始めたしまつさ。とんでもないときに糞丁寧になるかと思えば、変なときに威張ってみたり、いったい自分を何だと思っているんだろう」

「ご苦労さん」

「そして、いつか栗原君と飲むつもりだって、そう言ってた」

「デスクは?」

「会議中だよ、さっきあんたを探してるみたいだった」

「そうだろうな」

「原稿だろ、気にすんなよ、俺だってずいぶん書かないときがあったもの、そうだった、編集室で今たしか、あんたのフィルムのラッシュをやってるはずだよ、渡り鳥がどうしたとか」

「古いフィルムだ、あれは二月ごろとったんだ、おくらになってたはずだがな」

「われわれは暇だねにも尽きてましてね」

栗原は急いで編集室へすべりこんだ。人の気配にふりむいたアナウンサーが、紙片の原稿を軽く叩き、うなずいてみせた。ラッシュは陰画《ネガティヴ》のままである。灰色の川はより鈍い灰に、白い空は黒く、褐色の葦原は薄い墨色に映った。逆になった陰影がスクリーンに動いた。有明川が干潟に接するあたりで分れた水脈の影像である。

夜明け前の空は暗く、海岸線は白い。栗原は椅子を引きよせて深くかけ、自分がとった冬のフィルムを眺めている。カメラが視線を海から空の一点に移した。

一列の白っぽい塵に似た物がそこでちらちらしている。ハンター達は既に小舟をおりて、砂州の葦に身を潜めている。次のフィルムは鴨の群をそれとわかる大きさにとらえていた。ハンターの銃が狙った。そこからフィルムの回転数が増した。つかのま、落下の速さをゆるめた鳥は空中にふわりと浮きあがったように見えた。

レンズは撃たれて傷ついた筑紫真鴨のあとを確実に追っている。灰と黒がまだらに見える翼はゆる陽面《ポジティヴ》では白と焦茶のはずである。栗原はあの瞬間、落ちる鳥をファインダーにおさめて十六ミリのピッチを二十四回転から二倍にしたことをすっかり忘れていた。明りがともり、部屋の男達は顔を見合わせた。

「ざっとつないで、ものになるシーン拾ってみようや」

「ま、これでいきましょう」

「干拓問題特集のうちに使えるとこあるよ」

ディレクターの一人が、いちばん後ろの椅子にいた栗原を認めて、さっき探したよ、と言った。

「デスクが?」

「いや、ラッシュにあんたがいなきゃ仕様がないからね」

「出来はどうです」

「なかなか、いいじゃない」

と相手は言うのだが、この男は誰の写真にもこのようにしか言わないのだった。彼は栗原の前で、手を左右にゆらめかし、

「ほら、ラストで鳥がざぶんと落ちずに、こう、ひらひらとおりてくるのはいいね」

と言った。栗原は顔をあからめた。羞恥のためである。

バスの中で彼はもらった写真を眺めた。シナイ半島のどこかで撮ったという。セント・カタリナというギリシア正教の寺院名が裏に記してある。黒衣の僧の背後にそびえている城塞のごときしろものがそれらしい。

(髪も髭も伸びほうだいで、風呂なんか生れてこのかた一度もはいらないみたいで、着物はすりきれちまってボロキレ同様だけれど、なにか見えない炎のようなものが、そいつの躰の深い所で燃えているみたいで、ギラギラした感じなんだなあ、喰いものは部落の者が遠くから運んできて、それを籠で高い窓から引きあげるんだ、そうやって朝から晩まで千年以上も昔の聖書を一句ずつ研究してるんだよ。情熱というものは彼らのものが本当じゃないかという気がした)

中沢はそう言ったが、彼の目には岩山を背にぼんやりとカメラの方を向いている乞食めいた老人しか見えなかった。次の写真は洗面器状の容器を手に粥のような物の配給を待っている群衆である。同じ光景を彼は週刊誌で見たことがあった。板ほどに痩せた胸にくらべて、腹ばかりが異様にふくれている。いちように跣で、その足が踏んでいるのはひび割れた砂地だ。インドの農民である。

この写真について二人は口論した。日本人は商売に熱心で、山で日没を恍惚と眺める老人はいないという言葉は、インド人との比較で言われたのだったが、夕陽にうっとりとなっている一方で、百万人もの餓死者が出るのはどうかと思う、と彼が言うと、中沢は気色ばんで、インド人の方がずっと上だ、と反論した。

栗原は敗戦直後の生活を語って、飢えというものがどんなことか自分たちは知りぬいているつもりだが、と言うと、中沢は、

（一千万人が飢えて死んでも、岩山の上で夕陽にみとれることができるよ。おまえ、インドの高原で沈む日を見たことがないからそう言うんだ。それはもう、すごい眺めだ。血よりも濃くって、あたり一面あかくなって、その爺さんにしても、ひもじがっていないわけはないんだから夜明けまでには死ぬかもしれないんだ、インドなんてそんな国だ）

栗原の皿からトーストをとり、三口で嚥みこんで突然、（田舎者は傲慢だ、都会人は謙虚だ）と言った。栗原にわからないのは、感情的に激したとはいえ、一年前の中沢が軽々しく下したことのない断定を口にしたことである。

かりに栗原の方がそう言ったとすれば、同僚であった以前の中沢は、粗雑な見方だ、と彼をいましめたかもしれない。さしあたり仕事がなく、不安な海外旅行から帰ったばかりで金に困っていると、早晩おい詰められてしまう、と栗原は考えた。

（そんなふうに割りきってしまえば、生きるのがさぞ楽だろう）とからかうと、（え？　ああ、い

や）とうろたえて手を振った。中沢自身が何と言ったか、そのとき気がついたようだ。

（今のは取りけす。良くない）

（なんだっていいようなものなんだがな）

栗原は自分が試験に合格していないことを告げて、いつくびになるかわかったものではない、とつけ加えた。正式の職員にはなっていない。

（まだなのか）

中沢は呆れた。

（五月のはダメだった。落ちた奴には俺より老けているのもいるということで慰めている）

名刺にすりこんである放送記者は方便にすぎない。取材の都合上だれでもそうしている。合格して初めてその肩書が意味を持つ。不合格の通知があったときは日が翳って見えた。いつものように記者クラブで各課めぐりをしたメモを整理しておき、警察へまわって若い刑事たちと月並な冗談のやりとりをした。

老人が持病を苦に首を吊ったというニュースを送ったほかはすることがなく、通信部へ戻って新聞を切りぬいた。夜が長く感じられた。午後九時のアーケード街に人通りはまばらで、飲み屋の多い小路へ入ると安油の煮える匂いがたちこめていた。

バーの前に青年が四、五人たたずんでいて栗原を睨んだ。彼の目と合うと挑む者の鋭い表情を装い、よう、と呻いて壁から身をおこした。栗原の背中に彼らの嘲笑が届いた。みぞおちのあたりがえぐられた感じである。

いつもの食堂で食べた。勘定を払うとき、電話を借りて局のダイヤルをまわした。即座に誰かと話をしたかった。通信部へ帰れば自分の電話があるのだが、自分の空っぽさをもてあまして無性に気のおけない話をしてみたかった。

今夜のとまりは誰だったかしら、と思案しているうちに、さっき九時のニュースを報じていたアナウンサーの爽やかな声が聞えてきた。(やあ、栗原君、何かあったの)

(いや、な、なにもないんです)彼はどもった。顔に血がのぼり、受話器を持つ手のひらが汗ばんだ。

(ただ、ええと、なんとなく電話をかけたくなったんで……)

相手は依然として陽気だった。

(そうだね、そんなことも間々《まま》あるからねえ)

栗原は高い音をたてて受話器を戻した。店の主人が野菜をいためている手を休め、栗原の顔と電話を見くらべた。彼としては局の誰かとあたりさわりのない無駄話を交換すればいいつもりだった。

屈託のないアナウンサーの返事を耳にしたとたん、初めて電話をかけた子供のようにうろたえてしまい、しどろもどろになった。内心を覗きこまれたと思い、恥じた。(そうだね、そんなこともままあるからねえ)とアナウンサーの口ぶりを自分で真似てみた。すぐこうだから油断も隙もありはしない。試験に受からなかった敗北感がこのとき彼を打った。

自分の部屋へ帰って、グラスを丁寧に洗い、錆色の液体で満たした。厭な酔い方をする予感がした。いつまでも醒めきった部分が意識にあって、それがかなりの分量を飲みほしたあとも、まだ酔っていない、まだ酔っていない、と彼に囁くのだった。

それから急に意識が傾斜し、一挙に眠りへすべりこんだ。栗原はその直前、自分が味わった一種の安らかさは自己憐憫と、どう違うのだろうかと考えた。

……………………

栗原はバスのざわめきで目醒めた。乗客は立ちあがって何か叫んでいる。窓から身をのりだすのもいる。車は停止しているが、バス停の標識はない。運転席とすれすれにトラックの後部が迫っている。その前方でも車が乱れたとまりかたをしている。

栗原はドアへ走った。車掌がさえぎって、ここではいけません、と言うのを、記者なんだ、と押しのけ、外へとびおりた。走りながら振りかえると、道路の片側にならんだ車の窓から、人間の頭が一

つずつ伸びて事故現場を向いている。(誰かがやった)

彼らの目に漂っているどんよりとした鈍い好奇心を栗原は見たと思った。十九か二十の男が救急車に運びこまれるところだ。見たところ外傷は無いようだが、顔色が極端に蒼い。唇を切ったもう一人の男が係員にとりすがって、

「先生、なにか、ほら、酸素のようなものを吸入させてやって下さい」

と叫んだ。先生と呼ばれた白衣の男は担架の少年の脈をとっており、目を調べてから、もうおそい、と首を振った。

「先生、どうかお願いですから」

そう言うなり大声で泣きだした。栗原はバスに戻る途中、あの少年が今、死ねば三時のニュースに間に合う、と思った。

彼の車は有明市の外縁を囲む丘にかかった。登りつめると丘の頂からは市街地をのぞむことができる。丘の中腹を道路はゆるく蛇行しており、まばらな林が両わきに拡がっている。栗原は目を細めて森の緑を見つめた。

夏の樹は濃い緑の油を塗られたようで、風にゆさぶられてそよぐあいだ、いっとき金色の暈を葉のまわりにめぐらせる。

幸福だ、と彼は感じた。

通信部の六畳は家主の婆さんが掃除してくれていた。スクラップは机の上に整理してあり、新聞も各社ごとにえりわけて重ねてある。電話の横にメモがあった。——お留守中、ベルは鳴りませんでした。洗濯物は全部クリーニングに出しておきます。正子がお頼みしたいことがあるそうです。——

栗原はタオルをさげて階下へおりた。

「氷をもらいます」

「どうぞ、電話はありませんでしたよ」

冷蔵庫の氷を洗面器の水に浸した。タオルを絞って裸の上半身をぬぐう。二杯目の氷水に顔をつけた。冷水の中で目をあけたり閉じたりした。二階へ戻って記者クラブを呼びだし、けさの模様をたずねた。N新聞の記者が受話器をかわってとった。

「お役目だから一応、取材はしておいたけれどね、たいしたことたあなかったな」

「漁民側の代表は誰だった?」

「ええと、メモを見るからちょっと待ってくれ、たしか漁協長の……」

「わかってる、彼なら」

「友達か」

「船の上で飲んだことがある」

「集会の写真やろうか」

「ありがたい」

教えられた店に預けてあった写真を受けとり、交叉点で信号を待つ間、オートバイにまたがったまま眠りこみそうになった。十字路の一角を占めている銀行の前で、年配の警官が不審そうに彼を眺めた。あわてて車を出す。信号がいつのまにか青に変っているのを、目で認めていながらぼんやりしていたのだ。

赤青の信号が意味するものをすっかり忘れている。用心しながら角を三つ曲り、通信部へ帰った。階下の洗面所でもう一度、歯をみがき、髭を剃った。水の音で現れた婆さんに「正子ちゃんは？」ときく。

「さっきから栗原のおにいちゃんはまだ帰らないかって」

「電話、鳴りませんでしたか」

「あなたがバイクで出かけられたあとすぐ一度だけ」

「男の声？　それとも……」

「それがねえ、二階にあがったらもう切れていて」

栗原は少女の部屋に這入った。ギプスをつけた十二歳の患者は躰を動かさず、ながしめで彼を迎えた。正子が北向きの六畳から出ることはない。日当りの良い南向きの四畳半は正子によると庭木が見られないからであるそうだ。庭の木とは小さな栗と山椒の二、三本である。

「赤い目、おにいちゃんの顔ったら」

「毎日、大事件だから」

「嘘」

「本当だよ」

「きのうから眠っていないのね」

「躰の具合はどうだい」

「きょうは正子に何を見てきてくれた?」

「そうだな、交通事故なんか駄目か」

「そんなの駄目と言ったでしょう」

毎日、ひとつずつ栗原は自分が見たものを正子に語る約束をしている。取材したニュースとは限らない。不二家の角で見なれない乞食に出くわしたとか、村岡病院の庭で柘榴の花が開いたとかいう話をすると、熱心に耳を傾ける。

柘榴の場合は花弁の色、かたち、匂い、葉の形状までしつこく問いただされる。乞食であれば何を着ていたか、持ちものは？　草履だったか靴だったか、靴ならどんな紐の結び方をしていて、色は茶であったか黒であったか、帽子は？　どこから来たふうであったか、どこへ行こうとしているらしかったか、満腹しているようだったか、ひもじそうだったか。

栗原はそれにひとつずつ答えた。答えきれない質問があると正子の目が光った。（なあんだ、見ることが仕事のくせに何も見てないじゃない……）

きょうは柘榴の花も咲かず、乞食にも出逢わなかった。思案にあまって鯉の話をした。大きさと色、ひれの動きを告げ、

「夜は水の底に、昼間はわりに水面近くを泳ぎまわるのさ、こうやって」

てのひらを水平にして上下にゆるくすべらせた。

「水門のあたりといってもどこの水門なのよ」

「ここを出て市庁舎にかかる所、以前の水門は古くなったから新しいのに最近かえたよ」

正子は焦点の合わない目を彼に向けていた。茶色っぽい瞳の奥で鯉の群が浮き沈みするのを彼は想像した。

「お願いがあるの」

「鯉は駄目だ、とってはいけないことになっているからね」

「今度いつ海へ行くの」

「さあ、いつにするかな」

「海で日が昇るのを見てちょうだい。きょう読んだ本に海の朝陽が橙色と書いてあったわ、本当にそうなのか確かめてきて」

「どんな色でもいいような気がする」

「ううん、橙色であってもなくっても、本当の感じが知りたいの」

「そんなことぐらい」

わかったと言って大急ぎで階段をかけあがった。電話が鳴っている。期待していた声ではなかった。「栗原さん」朝の若い警官である。

「どこから?」と彼はたずねた。

「署からです、交代がおくれちまって九時まで延長なんだ」

「何か事故でもあったの」

警官はのどの奥で笑った。交代は女房につきそっている。なにぶん急な出産なので、と説明して笑

いやめ、

「どうですか、九時に下番したらつきあってくれませんか」と続けた。

栗原は柔かいものが自分にもたれかかってくるように感じた。若い警官の一人をかこつ表情が怯えた病犬のそれを連想してしまう。

「小林君、しっかりしろよ、女の二、三人でもこさえてみたらどうだ」

しだいに語気が荒くなった。昂奮しやすいのは眠り足りないせいだろう。相手は沈黙している。

「小林君」と叫んで、聴いているのを確かめ、「女とつきあうのが千倍も面白いし、スリルもあると思うよ」

「すみません」

「なにも済みませんと言うことはないさ」

栗原がことさら笑いを響かせると、「そうですか」とかつてのブリッジ仲間は言って、受話器を置いた。栗原は持ちおもりのするエボナイトの筒をうなだれて見つめた。

取材メモの古いノートを引きだし、漁業協同組合の電話番号を調べた。二人目に組合長が出た。

「明日はどうです、船を出すなら便乗させて下さい」

「あんたか、けさは一体どこにおったんだ、われわれの抗議集会はとってくれなかったな」

「夜明けの漁をちょっとした夏の風物詩として写真にしたいんですがね、このまえみたいに」

「わしはあんたを探したぞ、ブンヤどもはくさる程おったが、派手に騒いで市庁舎のガラス壁くらい叩き割ってもよかったんだが、あんたのためにちょっとした写真になるように」

「集会はいずれまたやるでしょう」

「警察の野郎が私服で張りこんでやがって」

「明日の漁はなんですか、イカかな」

「船は三時半に出す、それまでに駆けつけなければおいてけぼりだ」

顔を洗って外出する。夕暮だ。もう少し早かったら新しいタチノウオがあったのに、と食堂の娘が言った。夕刊をめくりながら目が壁ぎわのゴキブリを認めた。素早く近づいたゴキブリを踏みつけようとした。足はむなしくコンクリートの床を叩いただけである。疾走するゴキブリのなんという速さ。栗原はとてもこうすみやかに走れない。


みち子の家へ電話をかけようとして硬貨をきらしているのに気づき、通りすがりの書店で朝日ジャーナルを買った。つりをもらってその店の電話を使った。まだ帰宅しないという。洋裁店へかけてみると、先方はしつこく栗原の名を知りたがり、女主人らしい声で、

「みち子さんのことは何も存じません」と告げられた。その不機嫌な中年女の声を聴いて、彼は全身が熱くなった。みち子がどこに隠れていようとも自分は必ず探しださなければと思った。

バーの扉を半開きにしてのぞきこむと、今夜に限って客たちが険しい目で睨む。栗原は自分の一挙一動に険悪な視線を注いでいる客の目に、彼自身の表情を読みとった。

「なんだ、おい」酔っている男が挑戦的に腰をうかしたのをしおにそこを離れた。

みち子が彼を避けているのは明らかなので、彼女を伴って行ったことがあるバーは除くことにした。何軒めかのバーで栗原はウィスキーを注文した。頭は冴えていてねむけはなかった。タバコの煙がたちこめている奥のボックスをうかがっていると、誰を探しているのかとバーテンが言った。

栗原はカウンターを離れてテーブルへ近づいた。みち子が後ろ姿を見せて男と向いあっている。肩を叩いた。振りむいた女は別人である。あやまってバーを出ようとすると、バーテンがお勘定を、と叫んだ。

裏通りのバーに入って、内部が見渡しやすいカウンターを選んだ。女は二人だけでみち子はいない。栗原の反対側に中年男がかけていて彼を見つめている。知らない男は目顔で栗原にあいさつした。その男の手にしたグラスにはレモンの切れ端が浮いていて、底に砂糖のようなものがたまっている。

ここでは紅茶もやるのかと栗原がたずねると、バーテンはその方をちらと見て、ホットウィスキーですと言う。中年男は自分が話題になっていると気づいたらしく、栗原へわけ知り顔の微笑を送った。世間のことなら何でもわきまえているていの薄笑いである。それも反撥を買わない程度に控えめで、誘いかけはするが押しつけがましいものではなかった。いつでも逃げられる笑いだ。

またしても周囲の物が奇妙にありありと迫ってくる。グラスに浮んだ氷の破片が鋭く目を射る。棚のガラス類が前よりも重たげな輝きを発する。洋酒壜はいかにも中身のつまった量感を感じさせる。世界に自分一人だと痛切に思うとき、きまって訪れる物の重味である。彼はしばらく目を閉じてこの感覚が通過するのを待った。

目を開くとつややかなカウンターをバーテンがぬぐっており、その痕に栗原の影がぼんやりと映っている。慇懃と無感動を適度にとりまぜたバーテンの顔。彼はその男に、ウィスキーは何もわらないのがいい、と言った。レモンもソーダもいらない生のウィスキーが好きだ、と言うと、そうですかと相手は答え、ぼんやりと笑った。タバコをとりだすとバーテンがマッチをすった。

「これは?」

あいにく店のマッチをきらしていまして、とバーテンはあやまった。客が忘れていったものである。栗原はそれを一度、見たことがあった。俺はなんてうっかりしていたんだろう、と自分を罵りながら金を払った。マッチは中華料理店のものだ。背は高いがひよわそうな男を思いだした。

あの日、白い上っ張りを着た料理人がみち子と顔を寄せて何か話していた。栗原を認めると二人は話しやめ、料理人は調理場へ消えた。調理場と店との間には、料理を出し入れする細長い孔があり、食事中、栗原はその男の視線を絶えず背に感じていた。

もっと早く気づいてよかったのだ。日陰ばかりを選んで歩いているような、どことなく脆い感じの青年である。面と向ってまともに口もきけない男だろう。そう思えた。もらいうけたマッチの電話番号をまわし、料理人をたずねた。男はきのうから休んでいると店主は言う。すまいをきいて受話器を置いた。洋裁店の近くである。

栗原は暗い映画館の裏へ折れた。歩くにつれてこめかみがうずいた。シャツが肌にこびりついている。彼はみぞおちのあたりをつまんだ。そこがしたたかに濡れている。空気には油の煮える匂いがこもっていて、夏の夜の薫りはない。

酔った男が路地の奥で笑った。不意に歌が湧き、始ったときと同じように中途で切れた。皿の割れる音がした。裏通りをさらに狭い道へ曲って彼は一軒ずつ表札をすかしてみた。どこも灯を消して寝静まっている一角に、そこだけ窓の明るい部屋があった。

花模様のカーテンが窓をふさいでいるので、内部はうかがえないが、一人だけの気配ではない。扉を叩いた。何かが息をひそめた。

「誰？」男の声である。

「あけろ」

「何の用ですか」

「みち子、話がある。出てこい」

「みち子さんはいないよ」

鍵をまわす音がして、扉が細くあいた。その間から料理人の怯えた目がのぞいた。栗原は扉の握りを強く引いた。

「誰もいないったら」

栗原の後ろで男がなじった。上りはなに男物のサンダルと女の白い靴がある。板の間は四畳半ほどで、安物のソファベッドがあった。ベニヤ板の壁には週刊誌から切りぬいたらしい古城と湖の色彩写真がとめてある。

栗原は腕をつかまえられた。もぎ放そうとすると、料理人は意外に強い力で足払いをかけた。素早く避けたつもりが、酔いのせいで腰が浮き、栗原は若い男とからみあって躰を泳がせた。脚をベッドの角にとられ、彼は板の間を踏み鳴らして倒れた。その上に料理人の躰が落ちてきた。

彼は男のきゃしゃな躰をはねのけ、こぶしを突きだした。無意識に顔をはずしていたが、男の方で身をひねって逆に栗原の手が強く男の顔を打った。「ああ」と男は呻いて、急に全身の力を抜き、板の間にうつぶせになって涙を流し始めた。栗原はベッドの下へ這って、その下に隠れている女の腕を引いた。

女は彼の手を払い、自分で隠れ場所から這い出して栗原を押しのけた。

「ばか」と彼は言った。

みち子はひざまずいて男の頭を抱いた。

「話がある」と栗原は言った。みち子の腕にかかえあげられた男は泣くのをやめ、ときどきしゃくりあげて躰をふるわせた。女はハンドバッグをあけて男の鼻血の手当をした。栗原はそれを見おろして、たとえベッドの下にまでも女はハンドバッグを持ちこむものだと少し感心した。

「この人はあたしがいなければやっていけないのよ」

料理人は再び痙攣した。みち子の乱れた髪が男の額にかかった。女は自分がいてもいなくても栗原にとって何の変りもないだろう、と言った。

「そうでしょう、あなたはきっとそうよ、でもこの人は……」

うなじの細い男はしゃっくりをひとつして起きあがり、みち子の傍を離れた。栗原はその男が壁に身をもたせかけるのをぼんやりと目で追った。

「殴ったわね。この人を殴ったわね……」

それは栗原のしそうなことだ、とみち子は言った。彼はいつも肩を張っていて誰よりも強いつもりでいるのだ、と女は続けた。

「違う、そうじゃない」

栗原はもう一度くりかえし、違う、と言い、みち子がずっと以前、彼に語った優しい言葉を思いださせようとした。女は彼の知らないうちに手術をうけたことがある、と言い、嘘だ、と栗原が叫ぶと、黙っているつもりだった、と答えた。

彼はにぶい疲労を覚えてその場にしゃがんだ。しばらく沈黙が続いた。よくある月並なきまり文句だ、と彼が言うと、「どうでもいいことじゃない?」とみち子は言った。彼は自分の靴をはいて部屋を出た。

通信部の階段をしずかにのぼり、部屋のまんなかに立って意味もなくあたりを見まわした。壁に自分の影が揺れているだけである。

足もとに散らばっている夕刊をつま先で押しやり、机の前に坐った。抽出しをあけて中をかきまわし、しばらくして自分が何を探しているのか忘れてしまった。机の上にホッチキス、マジックインキ、セロテープ、色鉛筆、鋲の紙箱をきちんと並べ、眉を寄せてそれらをみつめた。そうしているとなぜか気持がやわらいだ。

机の文房具をまた抽出しにほうりこむ。実は何も探してはいなかったのだ。このところ大分つかわなかった十六ミリをキャビネットから取りだし、局から補充してきたフィルムを装塡する。バッテリーを引きだして、そのコードを電燈につないだ。

押入れから布団を出し、のりの利いたシーツを拡げる。バッテリーがやがて虫の鳴き声に似た微かな音をたて始めた。折り目のついたシーツに横たわって放送記者はバッテリーの針がじわじわと動くのを眺めた。

時計を見る。ちょうど一時である。習慣的に電話をとりあげてダイヤルをまわした。

「はい、警察」

聞きおぼえのある声である。

「やあ、小林君」

「…………」

「今夜は何も?」

「何もありません」

即座に冷静な声が返ってきた。

「変だな、もう朝だろ、とっくに交代しているはずじゃないの」

「……警官に代りはないんですよ」

栗原は笑った。その声が六畳の部屋で異様にうつろな響きとなって耳に戻った。受話器の向う側は押し黙って応えない。

「で、平穏なんだね、今夜は」

「何回いえばわかるんです」

若い警官は荒々しく電話を切った。栗原はまだ受話器を耳にあてがって、かすかな機械音を聴き、やがて丁寧にそれを置いた。バッテリーの目盛をしらべる。針は十五ヴォルトのあたりで慄えている。手を伸ばしてスイッチを切った。

目覚時計の針を三時に合せ、思い直して止めた。今、眠ると時計のベルくらいでは醒めない。もう明日だ。彼は胸と背の汗をぬぐった。汗の量は深夜ほどではなかったが、それでもタオルは吸いとった汗で重くなった。

空気は熱を含んで湿っぽく、朝の爽かな味から遠い。のりの利いたシーツが体温で暖められると、冷たいシーツの方へ躰を移し、そこが汗ばむとまた元の方へころがった。虫も鳴かず、木のそよぐ気配もない。

栗原は両手で顔をおおった。その手を離して、手のひらに残った涙の痕をみつめた。彼はみち子の言ったことを、記憶の中で何度も反芻したので、今は抑揚も強勢もなく、ただ手術をうけたという言葉が単調な声音のまま、彼にまつわりついて消えないのだった。

ありきたりな文句だ、と承知していながら、それを忘れることができない。うつぶせになって目を閉じると、涙が際限もなく溢れてシーツを濡らした。悲哀にはまた快い感覚もあり、やがて彼は口をあけ涎をたらしながら鼾をかき始めた。

……………………

……………………

うつぶせの男は苦しげに寝返りをうち、頭をもたげると不安そうに戸外をすかした。腕時計を顔に近づけて見る。両手をついて半身を起こし、傷ついた獣そのままに喘ぎながら布団から這いだした。雨戸をくって暗い空を眺める。不覚な眠りではあったが、時計はそれが短い時間であったことを示している。男はタクシーを呼んでおいて、器材を階下へ運びおろした。顔を洗っているうちに車が来た。

四十分後、彼は海の上にいた。夜明けにはまだ間があって、水平線は濃い藍色の線で灰色の空の下にきわだって見えた。彼はハンケチで十六ミリのシャッターをおおった。船は絶えず揺れていて、ときどきしぶきが高くあがった。肌にかかった海水の飛沫を彼はなめた。甘く生臭い魚の味がした。次に腕を濡らしたしぶきを舌ですくってみると、それはもう甘くなく刺すほどに苦い塩の味である。海の風は強く、意外に冷たい。

「波が高いね」と彼が話しかけると、海面を見ていた青年が、あしたは時化る、と答えた。

「熱低が北上中だというからね」

海にはもやがたちこめており、視界を狭くした。栗原の船と並行した僚船上の顔は見分けられたが、遠くに動く船の男たちは黒い影にすぎない。

揺れる船の上で漁師たちが網を引き始めた。青黒い水の表面がざわめき、やがて白く透明なエビの群がおびただしく跳ねあがった。細かい銀色の針をいちめんにばらまいたようである。エビは弾力を持っていて、海面からとびあがりまた落下するとき、水を強く叩いた。

硬質の棘を思わせるエビの群に、栗原は投光器の光をあびせた。水が鮮かな青に映え、その上でしぶきが輝いた。「すんだかね」まぶしそうに眉をひそめて漁労長が叫んだ。彼はうなずいて、「すんだ、おかげさまで、御苦労さん」と言った。

漁労長は揺れる船の上で、たくみに躰のつりあいをとり、栗原の十六ミリを借りてファインダーをのぞいた。漁師たちは引きあげた網を拡げて、黙々と流木の切れはしや海藻のからみついたのを抜いている。それが終ると少年めいた男が一升壜をかかえて仲間たちの湯呑みについでまわった。最後に栗原の湯呑みが満たされた。

「おつかれさま」と一同は言ってめいめいの湯呑みをほした。「もう一杯」と老人がすすめるのを断りきれず、湯呑みをさしだすと、それは再び縁まで焼酎でいっぱいになった。

漁師たちはエビをつかんで指で器用に剝き、海水でざぶざぶ洗って口に入れた。栗原もそうした。エビの殻を剝くとき、それは手の中ではねて、快い戦慄に似たものが彼の躰を貫いた。エビの白い身は見かけの弾力にくらべて柔かく、舌の上でとけるようだ。

栗原は甲板に横たわった。空の星は消えかけていて、しだいに朝の光が漁師たちの顔を明るくした。男たちは蒼ざめた力の無い表情で船べりにもたれている。星が揺れている、と驚いて、初めて彼は船をゆさぶる波の高さを思いだした。

「あたしが頼んでおいたもの、見てくれた？」

「ごめんよ、つい眠りこんでしまってね、気がついたら船は入港中だった。朝日はとっくに昇っていた」

「なまけものなのね」

「今度の機会ということにしようよ」

「罰としてきょうはお話を二つしてくれなきゃ厭よ」

「ちょっと待って」

器材を二階へあげて机に向った。取材メモを拡げ、原稿用紙に鉛筆を走らせる。初めに書いた三枚を読み返して破り、二度目は二枚にちぢめ、それを読んでまた屑籠にほうりこんだ。

ダイヤルをまわして局のニュース担当を呼びだす。左手に受話器を持ちかえて相手が用意するのを待つ。右手の鉛筆で何も書いていない白紙を意味もなくこすった。遠くで誰かが笑い、紙をめくる音がした。

「どうぞ」

とニュースが言った。

「コメント・バックを送ります。フィルムは県営バス四一六号で送りました。そちらに九時ごろ着くはずです」

「はやいんだな」

感心するふりをする相手にかまわず、

「有明湾でシバエビ漁が始りました。シバエビは体長五センチから十センチあまり、小さい物は漬けもの、大きいのはすしのたねとして関西方面へ出荷されます。一昨日、解禁されたシバエビは初秋の味覚として珍重され……」

そこまで何も見ずに一気に語った。相手は黙って書きとっている。遠くでまた誰かが笑った。

日常

かすかな銃声で目醒めた。

河口の方角である。

男は横たわったまま、とぎれとぎれに伝わってくる銃声に耳をすませた。肩に毛布をきつく巻いて廊下へ出る。素足に板の感触がつめたい。

ガラス戸の外に静かな朝の街がひろがっている。河口は遠く、この二階からは見えない。（忘れていた、鴨猟はとうに解禁になっていたのだ）

彼は部屋に戻り、布団の上にあぐらをかいた。枕もとのタバコをとって唇で引出してマッチをする。彼は自分の猟銃をこの家へ引っ越したとき、友人に売ってしまっていた。河口の方に聞き憶えのある銃声を今また聞いても、さほど胸は騒がない。

タバコを強く吸いこんでゆるゆると煙を吐く。軽いめまいを覚えて指先でこめかみを押えた。

（あの頃は、休日をやりくりして年に一度の鴨撃ちに出かけるのが愉しみだった）

銃声は砂を撒くような乾いた音をたてた。それは火にくべた枯れ木が勢いよくはぜる音にも似ていた。彼が一年前、引払った家では、河口の銃声は聞えなかった。新しく移り住むことになった家は、夜明けがた河口の鳥獺もそれと知られるほどに充分、下流に位置していたことがわかる。

公園の家は水際が凍っている。

対岸にまばらな枯れ葦。彼は石を投げた。

一つ二つ、それは飛沫をあげて向う岸へ届き、茶色の枯れ草へすべりこんだ。枯れ葦の中に杭が一本のぞいている。彼はそれを狙った。

水際から拾いあげた小石を指ではさみ、下手投げでほうる。池の水面に跳躍した石は対岸の氷を砕いた。黒い棘状の葦が揺れる。

彼は手の土を払って公園を出た。そこを囲む木立の上に五階建の建物が見える。エレベーターを利用する前に、洗面所で手を洗った。鏡をのぞいてみる。

クリームなしであたった頬にかみそりの傷があり、血がこびりついている。それを水に浸した紙タオルでこすった。受付の女は、専務は間もなく出社するから待つように、と言う。

壁ぎわの椅子で五本目のタバコが短くなったとき、約束した当人が現れた。

彼を認めるとむぞうさにあごをしゃくって自分のドアをあける。彼は専務のうしろから部屋に入った。キャビネットの書類をえらんで鞄の上に重ねながら、

「忙しいことになった。今朝の便で飛ばねばならん」

「どちらへ」

「昨晩、東京から電報が来てね、社長が旅行中だからわしが行かなければ」

「お帰りはいつになりますか」

「あのことはわしが帰ってからゆっくり話そう、といってもわしが君の望む事柄を話せるかどうか自信がないよ」

「けっこうです」

「予定は先方の都合でどうなるか、さしあたり一週間、どうかね、空港までいっしょに行く間でも話をしてみないか」

二人は会社の車に乗った。

「君いくつになる」

彼は答えた。

「おやじさんはどうしてる」

「入院してます、なにぶん齢ですから」

「見舞に行くかい」

「ときどき」

「おやじさんが君の年頃には会社の一半をまかせられて采配をふるっていたものだ」

「父は若い頃なにをしていたか全く話してくれません」

「そうだろうな。君はおやじさんについていろいろと町の人に尋ねまわっているそうだが、そういうことは自然とこんな土地では耳に入ってくるんだが、それを調べるために前の会社をやめたのか」

「いいえ」

「君が先日たずねて来て、昔わしがおやじさんと同じ銀行で働いていたころのことを聞きたいと言った。わしは簡単に引受けたが、今迄、君の調べた事実に新しい、その何と言うか、新しい照明をあてるような、そういう事は何も教えられないよ、ただ、その頃の事情を知ってるのはあらかた死んだか遠くへ行ってしまったかだから、わしがそこいらの噂だけしか知らん部外者より比較的まあ適任者だからというだけのことで」

「ご存知の事だけでけっこうです」

「今いったい何をしてるんだ、君は」

彼は沈黙した。車が通過する街路に気をとられたふりをして、相手がその問いを忘れるのを待った。踏切で車がとまった。相手は同じ質問をくり返した。

「今なにをして生活しているんだ」

「あそんでいます」

「ひとり」

「ええ」

「こうしてみると、君はおやじさんの若い頃とそっくりだ」

「父を知ってた人からよくそう言われます」

「おやじさんに似てると言われるのは厭かね」

「仕方がありません」

「仕方がありません、か」

専務は彼の口調をまねた。屈辱を彼は覚えた。

「君はおやじさんを憎んでいるのではないだろうね」

「考えたことがありません」

「考えたことがないというと」

「つまり、父を憎いとか憎くないとか、そういう気持の問題ではないのです、僕には」

「誰がわしの所へ行けとすすめたのかね」

「昔の事情を知ってる人が話をすれば必ず一度はあなたの名前が出たからです」

「君、やめなさい、この事は調べても何にもならん」

強い口調に変った。

「四十年以上も過去の、それもすっかり片づいた事件をつついて何になるんだ、殺人罪すら十五年で時効になるというだろう、君みたいに若くて五体満足な青年が、埃っぽい昔の騒ぎに首をつっこむのは時間の浪費にすぎん。それとも……」

専務はまじまじと彼の顔をのぞきこんで、

「君はおやじさんの名誉を回復したいとでも思ってるのか」

「そうたずねる人も多いんですが、僕としてはただ、父が何をやったのか一部始終知りたいだけで、汚名を雪ぐとか大それた、そういうつもりじゃなくて、真実を明らかにすれば本望なんです」

「おやじさんは社会的責任をとった。これは承知だろう」

「それもつい先日知ったようなわけで」

「たいしたことではない」

「僕もそう思います」

「君が隠された真相というものを期待してたらそれは間違いだよ、そんなものはないんだから」

空港特有の高い金属性の噪音が耳に痛かった。運転手がドアをあけた。専務は鞄の腹を手で叩いて言った。

「君の言い分はわかった、一週間待ちなさい、帰ったら連絡する」

彼は空港ロビーの喫茶室に入った。そこからガラス越しに飛行場を見渡すことができる。

熱いコーヒーカップを両手で囲って少しずつ中身をすする。彼は飲みさしのカップをおき、ポケットから名刺ほどに折った紙片をとりだして、テーブルの上でしわを伸ばした。

一ダースくらいの人名が並んでいる。ほとんどの姓名に赤鉛筆で線が引かれて、末尾に疑問符や×印がついている。彼は万年筆で専務の名前に囲み二重丸をつけて一週間後の日付を記入した。そのとき、エンジンの音が高まった。彼はカップを宙に支えたまま、飛行機が離陸し東の空へ小さくなるのを見送った。

空港バスで駅へ戻り、そこから市内循環バスに乗りかえた。下流の町へ移る前、家は駅寄りにあったから、循環線を利用する機会はなかった。バスの窓から、ほぼ軒の高さに眺める町並は、目の位置が高くなるせいかふだんとは変った奇妙な趣がある。二十年らい住みなれた町も未知の所のように感じられるのである。

時刻は正午に間もなかった。

バスには四、五人の客しか乗っていない。さっきから彼は自分にそそがれる執拗な視線に気づいていた。目がようやくそれを捕えた。何か口を利いたようだ。

「え?」

目線でうながしたとき相手はたちあがって、「——じゃないか」と親しそうに笑いかけた。

「しばらく」

彼は立ちあがった。料金箱の透明なケースに三枚の貨幣と整理券を落してバスをおりた。後ろからかつての級友が続いておりてくる。

「今からお出かけ?」

帰るところだ、と彼は答えた。二人は町の黒い水が澱んだ運河に沿って歩いている。焼魚の匂いが漂ってきた。相手は昼飯でもいっしょにやらないかと提案した。彼は空いていないからと言って断った。

食事でもすればその前後に、今どんな仕事をしているのか、とたずねられるのがおきまりだし、会社へ行かなくなってから、貪婪な好奇な目を輝かせて発せられるその種の質問には飽き飽きしている。

まるで、人は仕事といわれるものをするのが当然で道徳的義務であると信じきっているようだ。何もしていない、と彼が答えると、冗談でしょう、と笑い、冗談ではないとわかると気まずい沈黙に変るのだ。

逆に彼は相手の職業をたずねた。

「百科事典のセールスやってたんだよ」

「それは大変だなあ、売れそうかい」

「思ったより需要があるもんだね、これは、きょうも説明をしに来てくれという電話があったところで出向いているわけなんだ」

「日本語で書いてあるのか」

「中学生なら読める英語ということになっている、ひとつどうだい」

百科事典というものは、と彼は言った、時々刻々、情報は変動するものだから、今、手に入れても来年は古びてしまう。

「そう思うのかい、これは驚いた」

セールスマンは意外な表情になった。

「それじゃいつになったら買うつもりなんだい、いつまでも若くて齢をとらないつもりなの」

とっさに言葉につまって、どのみち金がない、と彼は謝った。二人の前方を、紅色の爪を持った甲殻類が素早く横切った。

「おや、あれは何だ」

彼は教えた。

「蟹だろう、川下だからね」

「このあたりは溝ばかりだな、夏は蚊が多いんじゃないのか」

「蚊も蝿も多いよ、昔、このあたりは遊廓だったらしい」

「そんな感じだな」

「初めてこの町に来る人は、たいがいここいらで道に迷っちまう」

彼のつまさきに平たい蠟石が滑って来てあたった。子供が走って拾いに来る。彼は方角を見定めておいてつまさきで軽くけった。

「この家かい」

「二階のはずれに六畳を借りてる」

ほう、と百科事典のセールスマンは立ちどまって仰ぐ。栗の木ごしにガラス戸の部屋が少しばかり見える。

「面白そうな所だなあ」

「誰でも初めはそう言うけれどね」

セールスマンとは曲り角で別れた。傾きかけた土塀の門をくぐり、庭に這入った。足もとで薄いガラスの砕けるような音がする。庭いちめんに散乱した楠の黒褐色に熟れた実が彼の靴で押しつぶされる音である。

セールスマンが面白そうな所だ、と言った意味は彼にもわかった。玄関の上り框をのぞいてみる。乱雑にほうりだされた郵便物をえりわけて自分あての物をとりあげた。市民税の督促状、リーダーズダイジェスト社からの代金後払い新刊案内、郵便料金引上げに抗議する郵便局組合のチラシ。（きょうは不漁だ）確かなあてもないのに肉筆の便りがないと彼は不機嫌になる。

玄関の長押にかけられた三本の武器を一瞥して階段をのぼった。埃にまみれて塗りもしかとは判らない。一本は薙刀、一本は長槍、一本は何やら鋒のごときものと思われる。

この家がその昔、繁昌した町有数の料亭であった時分、壁に飾られて由緒正しい格式を誇るようすがとなったものであろう。虫喰いだらけの柄や赤錆びた穂先と同じほどに、家もあるじも時代が下るにつれて零落したのである。

（これだったのか、あけがた軒下でバタバタしていたのは）

彼は畳の上に四つん這いになって散らばっている羽毛をつまみあげた。灰色がかった茶褐色の鳩の羽根が落ちている。乾いて光っているスープ皿の底にも一本こびりついている。

朝と晩、軒下で羽搏く気配がして、ガラス戸をあけたらもう姿が見えない。おびただしい糞を屋根瓦に残しているだけ。何という鳥かわからないままに日が経っていた。

部屋をしめきっていても、どこにでもあるすきまから入りこんだのだろう。ガラス戸は一枚やぶれている。欄間も壊れている。彼は留守のあいだ、五、六羽の鳩が自分の部屋の中で、縦横無尽に飛びまわっているさまを想像した。敷きっぱなしの夜具と古本と乾いた皿と鍋以外は何もない部屋で、外へ出ようとして羽根を撒きちらしながら羽搏いている鳥たちの姿は、彼を刺戟した。

(破滅……人生の破滅とはどういう意味だ)

彼は鳩の羽根をつまんで軽く吹いた。柔い胸毛は吹けばとぶかと見えてその実、指の間にからみつき、力をこめて吹いてもしつこくまつわりついた。若い男はねばねばとしてつかみどころのない羽毛を畳にこすりつけて、ようやく落した。

戦場で墜落して、肉体と記憶に傷を負ったパイロットが、郷里の町をさまよいながらつぶやく言葉がこうだ。彼はそれを映画で見た。生きる情熱を失った元パイロットの言葉に女友達が答える。(人生の破滅というのは、思うようにならなかった人生のこと、不運の生活のことよ)

（僕の人生と同じだ）
……………………

鳩の羽根を一本ずつていねいに拾い集めている彼の目が畳の合せ目で動かなくなった。眉をひそめてちかぢかと畳の表まで目を寄せる。そこに女の長い髪がひとすじはさまっている。先住者のものに違いない。押入れの片隅に口紅ケースの蓋だけがころがっていたことがあった。こうして折にふれ目につくヘアピンや、歯の欠けた櫛が、奇妙に女の匂いを濃密にとどめているようで彼にはなまめかしく感じられた。

ひとすじの髪を屑籠に捨てて、これから何をしようか、と思った。専務が戻るまで自分にすることはない。ボール箱に入れている紙片の束をとりだして一枚ずつ読んだ。父の年代記を町の老人相手に聴いたメモである。話し手別にゴム輪に束ねて整理した紙片が、果物屋でもらったレモンの紙箱にいっぱいになった。紙ばさみには未整理のメモがまだ残っている。今なぜかそれを机にひろげて点検する気になれない。彼は大判ノートでこしらえた事件関係者の人名簿を開いた。

これでみると専務は端役にすぎないようだが、今朝の言を信じるならば意外に事件の中心に位置していたのかも知れぬ。彼はこの三日間でわかった事実、人名簿の幾人かの死亡年月日をメモを頼りに記入した。

(だんだんわかってきた、お父さん、だんだん)

会社をやめて始めた彼自身の仕事である。この土地に戦前から住んでいた老人たちが、ある時、彼の姓を聞き、父の名前を確かめて(お前さんがねえ)と意味深長な顔をした。そういう事が一度ならずあって彼は初めて父の事件を知った。昭和の初期、この町に市制がしかれる以前の出来事であった。ただでさえ話題の乏しい時代であった。(町はもう寄るとさわるとこの事件の噂でしたな、えらいことをやらかしたもんだと)

早朝の散歩と、僅かな晩酌とを大事にし、時間を守ることにだけ口やかましかった彼の父に、このような事件の中心人物を重ね合せるのは困難だった。(なかなか父さん、やるじゃないか)というのが〝意外〟の次に来た彼の感想である。それも調べるだけ調べてしまい、事件について一番わかりにくかった最後の事情を、やがて専務に語ってもらえる今となって、彼に訪れたのはものうい疲労だけだ。

彼は机のわきに積み重ねた新聞をかきわけた。町の興行は日曜版に掲載されてあるはずだ。(映画でも見ることにしよう)

「――さん」

家主の老人が階下から呼んだ。元陸軍大尉は小柄なわりにはあたりはばからぬ蛮声を発する。わが家も戦場の延長というふぜいである。階下へおりるとき、滞っている間代の言いわけを思案した。

階段わきの格子窓から裏庭をのぞく。

椿、楓、栗、椎、木犀などは家主の老人が丹精して手入れした庭木である。その根元を石で畳んだ小さな水路がジグザグ形に走っている。夏の頃、その小さな水路を一匹の蛇が躰をくねらせて泳いでいるのを、二階のこの窓から見た。

それ以来、階下へおりるとき、同じ窓からそれとなく蛇の姿を求めて庭を眺めるのである。あの午後、木犀の木洩れ日が金色の斑点を水に落していた。青緑色の強靭そうな肌で、なめらかに木洩れ日をはじいている蛇の姿は目に快かった。秋の終りまで七、八回見かけたようだ。

冬に蛇を見る機会はないと承知していても格子窓にさしかかればついのぞいてしまう。細い水流は庭木の間を縫い、土塀の下にあけられた四角い孔をくぐって町の掘割へ注いでいる。

(こうした生存、生活ではなくて)と彼は思った。(自分はただ生きながらえているだけ。呼吸し、消化し、排泄しているだけだ)

あるとき彼の女友達が共通の友人について語った。

(——さんは、働かないでいい財産があれば、ぼんやりしていたいんだって)

それも退屈じゃないか、と彼は言った。彼はまだそのころ会社員だった。

（そうじゃないの、あの人が言うには自分は熱帯魚飼育という趣味があるから決して退屈しないって、つまり毎朝きまった時刻に歯をみがいてバスに乗るのが心底いやなのね）

（あなたは？）

（あたしだって厭だわ、でもあの人のように徹底できないの、いったい仕事がなくなったらどうして時間を過したらいいの、昼寝だってむやみにできるものでもないし）

今なら熱帯魚の好きなその男の意見がわかる。何を考えてそう言ったか納得できそうだ。蛇がしなやかな躰をのたうたせて水の上をすべってゆくのを見たとき、あのように生存できるものなら何もしないでいることもいい、とつかのま考えた。棲息という言葉の影像は彼の場合、水に濡れた鞭のごとき蛇のかたちをしているのだ。

「勉強ははかどりましたかの」

茶を淹れながら老人はきいた。

「勉強？」

「弁護士の勉強をしとられるともっぱらの噂ですわい。おそくまで机の明りがついとるのを隣の倅が見ておって」

「何かの間違いでしょう」

彼は熱い茶に唇を触れさせた。わけのわからない書きものをしている失業者を、司法試験の受験者とみなすのはしかし好意的な解釈にちがいない。老人はそれ以上きかなかった。

「町の銭湯できいたが、あんたはおやじさんのことを、あちこちで尋ねまわっているそうじゃの、どういうわけでそんなことをなさるかの」

「父の若い頃に興味を持ってるので」

「どうしておやじさんに尋ねてみなさらんか」

「父は昔のことを語りたがりません」

「そうじゃろう、おやじさんが話したがらん事を調べて何になさる、すんでしまった事はすんでしまった事としてほっとくわけにはゆかんかの」

「僕は何も知らなかったので、この町の人の知っている平凡な事実を知ればいいんです、なかなかわかってもらえませんがね」

「公式の書類も残っておらんじゃろう」

「写しは見せてもらいました」

「誰から」

彼は先月死んだある郷土史家の名前を言った。

「わしより若いのにあの男は脳軟化症じゃった。師範時代に懇意だったんじゃ、一時は東京で弁護士会の会長もつとめとった人物での」

「それは初耳ですね」

「おやじさんも銀行をひけてから法律を勉強しとった。あの男の蔵書をよく借りてたらしい。わしは柔道ばかりしてさっぱり本を読まなかったから、あとになって大いに後悔したことが三つある」

老人は戸棚から茶色のスクラップブックを持出した。

「軍隊にわしは八年おったが、これを見なさい、師団の写真帳じゃ、南京陥落のこれは記念写真で、ほれ前列の左から五番目がわしじゃ、……三つの後悔というのは、写真術と絵の要領と文章の心得で、この三つを若いころにどうして修得せなんだか、これが今でもわしの痛恨事じゃ」

彼は茶色のハトロン紙にはられた新聞の切抜を読んだ。

〃〇〇部隊一番乗り〃〃日章旗、城壁にひるがえる〃……老人は彼の父について、さりげなく話の筋をそらしてしまったようだ。

「どんなカメラをつかったんですか」

「どんなだって、なんでもよりどり見どりじゃ、戦闘が一段落したら戦利品の山の中にドイツ製のも英国製のもごろごろしとったよ、そこでわしは将校会同のおり、師団司令部に意見具申して、兵隊の中から元写真屋をさがしださせた。師団の戦闘記録写真をとらせたわけじゃ。だからあんた、支那大陸派遣軍多しといえども、満足なアルバムを持っとるのはうちの師団だけじゃ。写真はそれでいいとして、絵と文章はわし自身なんども試みてそのつど自分の未熟を思いしらされて、溜息をついたもんじゃ」

隣室でつくろいものをしている家主の女房は全く興味がなさそうである。聞き飽きた話なのだろう。彼はその横顔を見て、戦争に最も関心がないのは女ではあるまいかと想像した。

「わしは機関銃小隊じゃったが、軍馬が次々に倒れての、トラックを鹵獲して敵を追撃すると道傍に支那兵の屍体がぎょうさんころがっとる。敵が逃げるとき爆破した道路の穴にその屍体をかたっぱしからほうりこんで塞いでおいて、その上をトラックで押し渡った。何か月かして転進のおり、同じ道に来てみると、穴は白骨だらけでのう、靴で踏むとバリバリ鳴りおった、それが戦争じゃ」

「父も陸軍に召集されました、あれは二十年の大動員のときだったと思うけれど」

「わしはまた意見具申をした。わしと幹候時代に同期の男が野戦倉庫で帳簿をいじっているのをみつけて、そいつは漢文の教師じゃったが、連隊本部に引抜いて戦闘詳報の浄書から作戦行動記録までまかせた。わしが実はやりたかった事じゃ、才能さえあれば。そういうわけで、よその連隊がおおざっぱな記録しか持たないとき、わしの部隊だけは首尾一貫した文章らしい文章の記録を持つことになったわけじゃ」

「時々ひもといて、昔をしのぶことができるわけですね」

「いや、この本が戸棚の中にあると思えばそれでいい、何が書いてあるかは先刻承知じゃから、除隊してから文章修練のために俳句を勉強したが、なかなかものにならん、それというのも、五、七、五の三句で戦場の実際を描写しようというのがどだい無理な相談というものじゃからじゃ、俳句というものはいわゆる花鳥風月をめでておけばよろしい」

「南方ではいかがでした」

「大東亜戦争の直前にわしの部隊は内地へ凱旋しての、そのとき部隊長が懸命に引きとめたがわしは決心を変えなかった。軍人はもう厭じゃと。それが幸いしたんじゃ、まったく、しばらくしてわしの部隊は再編成されて北ビルマへ派遣された。フーコンという所を知っとりなさるか」

「叔父が戦死したと聞いてます」

「昔の部下はあらかたフーコン渓谷の土になってしもうた。ひどいいくさをさせられて不憫なものじゃ、わしにやめるなと言った部隊長はいい男じゃったがミイトキイナで死んだよ」

「やめてよかったですねえ」

「商工会議所の立原を知っとりなさるか」

「先日、会いました」

「市の総務課におる西村、そこの角の魚屋をしとる友永は不具になっても生還できた組だから運がいいのじゃ、三人とも若いころおやじさんの友達だったと思う」

「深いつきあいではなさそうですが」

「友永は何を今更と言うたろう」

「話してくれませんでした」

「あの男は事件の内情を詳しく知らないし知っとるとしても今となってどうなるわけでもないからの」

「僕としては隠された真相をあばくというつもりは初めから無いんです。父があの事件でどういう役を演じたのか、それとももうひとつは若い父がこの土地でどんな生活をしていたか、そこのところを素朴に知りたいだけで、なぜかといえば僕は九歳のときにこの土地に疎開してきたのに、父が若いころここで暮していたことはつい先日知らされたような具合ですからね」

「それを調べて何になさる」

「何にも。事件の裏に実はこんな秘密があったなんて事がわかれば面白いでしょうね。そういうことを中にはほのめかす人もありますけれどね、この土地は母のさとだとばかり思いこんでいたんです」

「今まで何人くらい会って話をしなさったかの」

「ざっと三十人」

「それでは尋ねるが、その三十名のうちでおやじさんの事を悪く言う者は何名おったかの」

「そうですねえ、あまりいなかったみたいです」

「正確に数えてみなさい」

「ええと、そう言えば一人もいなかったようです」

「そうだろうと思っていた、いいではないか、事件の張本人の息子が長い間、父親の所業を知らなかったという意味を考えてみるといい、あんたが悩むことはなかろう」

「父の罪で道徳的責任が僕にあるとは思っていません、だから父を非難する人がいないとしても、まあ悪い気持ではありませんが、そういうことを問題にしているのではないんですよ」

「あんたは実業について、ちゃんとした暮しをしてみてはどうかの、若いのに嫁もとらずに、真昼間、街をぶらつくだけで何もしないのは健康によろしくない」

家主の前で彼は声をあげて笑った。つられて元大尉も笑った。父が晩酌のおり湯あがりの顔を染めて鼻唄をうたっていた頃の事を不意に思いだしたのだ。笑いの発作をしずめるのに息子は苦しんだ。父はかつてこう言ったことがあった。

（世の中で何が役に立たないといっても、教師と坊主と職業軍人というのが一番こまる。別の仕事に転業してもさっぱり役に立たん。この三種類の人達に共通している癖が面白いもので、同じ事を必ず二回以上くりかえさなければ気がすまないのだ）

父はそう言ってからからと笑ったようだ。

学生の彼に父の指摘は妙に頭にこびりついて残った。

「実は今から街をぶらつくつもりだったんです」

「そうか、ま、おやじさんの事を詮議するよりましというものだろうな」

一年以上、満月荘に暮した今でさえ、間取りがどうなっているのか、幾家族が部屋を借りているのか彼は知らない。ヨの字形をした棟の裏庭にも土蔵を改造した部屋があり、引っ越した当時は階下の手洗いへ行くのにも、錯綜した廊下で立往生したものだ。細い路地が入りくんだ街の随所に、遊廓の面影が見てとれるように、満月荘にも座敷牢めいた暗い無人の間や納戸のあたりに、華やかだった歳月の匂いがまつわりついているのをかぎとることができた。

そして今、満月荘に残っているのは、ここに住み、また立去った者達が置きざりにしたおびただしいがらくたである。

それらは嵐の翌朝、海岸に打ちあげられた漂流物に似ていた。上り框の履物棚には捨てられた靴が埃にまみれている。台所の土間には壊れた洗濯機、TV受像機、車輪なしのバイク、ラーメン屋台、食器戸棚といったものがある。満月荘という海岸に漂着した人々が抜け殻のように落していった品物である。

皿、茶碗、テーブルなどは当然として、彼が理解に苦しんだのは、ありふれた日常の家具什器の他に、この種のアパートに似つかわしくない物もまざっていたことである。

自転車のサドルとペダルだけを組合せたような肥満防止の器械を置いていった住人がいる。背負い櫃ほども大きい幻燈装置、製本した競馬雑誌の二年分、かつらの台などの持主は、いったいどんな了簡でこれらを傾きかけたアパートに運びこんだのだろう。

広い家だから、置き場所に困るということはなかった。注意しなければ目立たないしろものである。しかし一旦、気にしだすと実に多種多様ながらくたが、満月荘のいたる所にころがっているのがわかるのだ。

競馬雑誌の愛読者は今どこに、幻燈装置の製作者もどこに行ったのだろう。今のところ彼が生業をつきとめている満月荘の同宿者には、保険の勧誘人を初めとして、バーのホステス、土工、ミシンのセールスマンくらいなものである。何をして生きているのか見当のつかない住人がほとんどで、彼の好奇心をいたくそそるのだが、家主のかみさんは、さりげない彼の質問を巧みにそらすのが常だ。

満月荘の只今の格式は、間借人たちの職業をささやかな秘密として、他人の詮索から防衛することにあるかのごとく、彼が階下の共同炊事場で玉葱をむきながらあれこれと世間話のついでに八号室や十二号室のあるじのなりわいに水を向けると、女主人はとがめるような沈黙にとじこもる。

(満月荘であまりに永い間まごまごしていると、ある朝、目が醒めたらおれ自身、階段下の糸車みたいながらくたに変ってしまっていた、ということにならないとも限らない)

(このアパートにもずいぶん厄介になった。そろそろこのへんが潮時ということで出て行かなければ)

出て行くとしてもどこへ?

彼は掘割に沿って歩いている。

黒い水面に土塀の上にのぞいた名前を知らない木の白い花が落ちる。会社員であったころの彼は、得体の知れぬ鳥獣虫魚に出くわしたら、図鑑で和名と学名を確かめないことには不安だった。

土塀の縁にのぞくこの花は、二階の部屋から庭木の彼方に眺められたものだ。屋根より高く伸びた梢の先端に、やや緑がかった白い総状花がむらがっている。あるかないかの風にさえ敏感にそよぐこの高木が彼は好きである。机にもたれて本を読み疲れ、ふと目をあげると庭のはずれにぬきんでた木と向いあうことになる。ほかの庭木がひっそりと動かない夏のひるさがり、この木だけは空をわたるかすかな空気の流れを受けとめて梢をゆすっている。

この木についても初めは植物図鑑をあたろうと考えたことがあった。夏のことである。炎熱の午後、高い空に揺れている梢を見るのは彼の慰めだった。それも日が経つうちに、どうでもよくなってしまった。名前が何であれ、白い星のような花をつけた木は眼前にそびえている。その実在感がかび臭いラテン語の綴りに置きかえられたとたん稀薄になるような気がするのだ。

名前を知らないと昔は不安だった。

今はその不安をそっくり体内に抱きかかえて、じっと対象を凝視しようとする習慣が身につきかけている。これはエンジュノキ、これはサルスベリ、あの鳥はヒワ、という風にわかってしまえば、それをまるごと自分のものにしたかのような錯覚におちいる。奇妙な錯覚だ。名前をつきとめたら、その物から視線を安んじて離せる。わからないと心が動揺していつまでも物のまわりをうろつく。

ある英国人は言った。

(詩は月やクラゲやキンポウゲや海辺の岩をいつまでもみつめることから生れるのです)それは結構なことだとして、彼が満月荘に置き忘れられたがらくたを、朝な夕な眺めるうち、次第にそれらのがらくたが本来の用途とは無関係な怪奇な物に変るように思われ、その変貌はおだやかな詩情とは縁遠く、胸苦しい吐き気を伴って彼に迫るのだ。

寝苦しい夜をすごしたあけがた、彼は廊下に積まれたがらくたが、ある種の生命を得て巨大なかぶと虫さながら、じわじわと寝床の近くへしのびよってくる幻覚に悩まされた。

（物に伝わった持ち主の精気のごときものがいつまでも消えずにいる）

彼は思った。（人は無一物で生きることができない）

夜ふけ、どこからか男女のいさかいが聞えてくる。彼はまんじりともせずタバコをふかしている。しきりに咳をしているのは、つい先頃、男に逃げられたバーの女だ。その向いの部屋に住んでいた夫婦は、生後一か月にみたない赤ん坊を残して行方をくらました。暗い部屋で赤ん坊は夜っぴて泣き叫んだことであった。

どの部屋で誰が争っているのか皆目見当がつかぬ。居住者の出入りはひんぱんで名前を憶えるより先に姿が消えてしまう。ある日見た部屋のあるじ、浮かない顔をして庭を見ながらわきの下を掻いていた男が、しばらく顔を合せないでいると蒼い顔の学生にかわっている。

その声は女が男の不実を責めているようでもあり、男が浮気がちの女を非難しているようでもある。どこかで目覚時計が鳴る。間代を払わずに出て行ったバーテンダーの部屋かもしれない。深夜のベルというのはいかにもけたたましく不吉に響くものだ。

一昨夜は車に轢かれて入院したパチンコ屋の女店員の部屋でオルゴールが鳴った。それはしかしけたたましくは聞えなくて、ぜんまいがゆるむにつれて次第に弱まる音は哀切に思われた。

彼らはどこへ去るのだろうか。

定住する種族の世界とは別の所で、ちょうど海底には表層と異るもう一つの見えない海流があるように、絶えず巷を移動する一群の人々がいる。木賃宿より安い間代を知って、多くの旅行者が泊って行った。

彼の隣室に一管の尺八を手にした虚無僧が幾晩か過したこともあった。鋳掛屋、手品師、蛇つかい、漢方薬の行商人、人形つかい、彼らは今どこでめいめいの芸を披露して見物人の喝采を博しているだろう。

まさしく旅という言葉こそ、これら流浪の人々にふさわしい。巡礼の盲目僧と銭湯でいっしょになったとき、（知らない土地を歩くのは難儀でしょう）と言うと、（めくらでも耳がありますからね）とこともなげに答えた。（音なしで動く物はこの世にありませんし、それに四辻にさしかかっても別の方角から匂いの違う風が吹いてくるもので、おおよその見当はつくものです）と言った。


……………

彼は掘割に沿って歩き、一つの水門へたどりついた。この運河は街を貫流する河へ通じている。黒い水が水門のきわで泡立ち、そこだけ白い。流れが合う所では水ばかりか空気もふるえているようである。

（ヨハネ伝？　それともマタイ伝？）

酔っ払いの人形つかいと話したてんまつを彼は思い出そうとしている。木の人形をトランクに入れて、小さな町だけを選んで旅行している男である。自称神学校中退の腹話術師は、酒が入ると雄弁になった。

（山の温泉宿なんかで、ストリップの前座をつとめますな、喜ばれますよ、都会の人はすれていていけない、時に思うんですがね、尋常に神様の弟子になって説教壇から話すのは今と同じくらい幸福なことだったろうかって。みこころにかなったことをわたしはやってるつもりです）

腹話術師は深夜、泥酔して寝入った五、六時間後、うわごとのように独り言を洩らすのだ。ベニヤ板でしきった壁の向うからそれはよく聞えた。そのような夜ふけにも彼は眠らずに火の消えたタバコをくわえてぼんやり腕組みしたままでいることがある。

その男が急激に酩酊した後に必ず訪れる明澄な意識の状態でいるのかどうかと彼は案じた。言葉は詩篇のいずれかからしいが、聖書に詳しくない彼にははっきりとはわからない。彼はその男に、かねてうろ憶えの句をたずねてみた。

トランクの隅に黒皮表紙の聖書を発見したときである。

たちどころに腹話術師は出典をあかしてくれた。ヨハネ伝第三章八節の句であることは男によって初めて教えられたことになる。

――風は己《おの》がままに吹く。なんじその声を聴けども、いずくより来りていずくへ往くかを知らず――

彼はこの句を次のように憶えていた。

――知らず、彼らいずくより来りていずくへ往くかを――

（自分はいつかこの街の地図を書くことになるだろう）

鮮紅色の鋏をふりたてて行手の道を横切る蟹のことも書こう、と彼は思った。書いておけば地図さえ見ればその中で、あの路地この裏道と探検した日々へたやすく戻ることができる。彼が生まれた都市は爆撃で消滅してこの地上に存在しない。疎開して来た家は十二年前の洪水で町ぐるみ流失した。あそこは第二の故郷として懐しむに価する町だ、と彼は思う。城下町の家内製造業者ばかりが住んだ川辺である。車大工が傘、提灯屋と軒を並べていた。近所の遊び仲間は石工の倅や桶屋の娘である。仕事場はおおむね道路に面して開放してあり、その作業ぶりを通りすがりに見ることができた。いわば町全体が一つの仕事場とも言える雰囲気が漂っていた。彼は和傘に塗る柿渋と、染物屋の染桶の匂いをかいで成長した。

ある夏の豪雨がこの町をそっくり海へ押し流した。都会から帰郷した彼が見たものは、都市計画によって味気なく変貌した新しい町であった。大工の槌や石工の鑿で賑やかだった昔の町はどこにもなかった。歳月は記憶をあいまいにする。

彼がその前で終日、見守って飽かなかった車大工屋はどのあたりだったか、仏具屋は染物屋と同じ棟の長屋にいたのかどうか、もはや自信がない。

そのとき彼は気づいた。町が消滅するのは洪水のような事故の場合と、めいめいの記憶の中で存在が抹消される場合と二度あるのだと。

（この町から遠からず出て行くとすれば、ここで暮らしたあかしとして地図を書くことはいい）

夜明けと日没を眺めた土地が灰になり、あるいは洪水によって流失するのは防ぎ得ないことだとしても、忘れてしまうのは無慙なことだ、と彼は考える。

人は自分を育ててくれた土地に敬虔でありすぎることはない。幼年時代の町と友なしで現在を豊かに生きることができるだろうか。幼い頃の漠とした薄闇の中に何かしらいいものがあり、そこから人は生きる力を汲みとるのではないだろうか、と彼は考える。

街あるきは彼の日課だった。

六月の暗い午後のことだったが、雨も彼の習慣を変えることにはならなかった。町角で幌をかけたトラックがUターンするとき、ややかしいだ幌の天井からたまり水が音をたてて流れおちた。日頃ありふれた出来事に目をとめていて、あとでふりかえってその印象を検分し、感動を吟味する、いつのまにかそういう癖が彼の身についていた。

六月の午後は何事もなかった。幌のくぼみに溜っていた水が激しい勢いでアスファルトにしぶきを散らしたほかは。その光景がスローモーションカメラで撮ったもののように彼の記憶の中で再現されるのだ。

（自分が雨を好きになったのは齢をとったせいかもしれない）

灰色の光が漂う午後、人の顔は影を失って一様に平べったく見える。花屋の軒下に溢れているあやめがにわかに濃く目に映る。とくに曇り日は赤いカーネイションの毒々しいまでの鮮かさときたら。

自分の部屋にこもって軒を叩く雨滴をきくのはいい。じわじわと肌にしみてくる湿っぽさというのも好きだ。雨についてさらに言えば、八月のある夜こういう事があった。

若い頃の父を知っている人の家で、すすめられるままに酒を飲み、長居をした。家の主人は彼があてにしていた父の所業についてよりも、自分自身の青春を懐しむあまり能弁になり、肝腎の話はそっちのけでいつまでも彼を離さなかった。いとま乞いをしたのはかなり夜も更けてからだ。

雨になり道路は水煙に包まれていた。しぶきが借りた傘を持つ手に降りそそいだ。肩もすぐに濡れた。酔った頬には雨の冷たさが爽やかだ。ふわりと浮きあがったような感じで彼は歩いており、自分の躰が無重力空間に漂っているかのようであった。

街路に人影はなく、森閑とした通りには水の匂いがたちこめている。夏のアスファルトが濡れるときの刺戟的なタール臭が鼻孔にひろがった。

そのときにわかに解放感が訪れた。

（そうだ、ひょっとすると自分は父の事なぞどうでもいいと思ってるのかもしれない。父の秘密をかぎまわってはいるが、このような不意の雨が自分にもたらす歓びこそ自分の求めているものかもしれない）

彼はサンダルを手に跣で歩いた。傘をしばらくどけて落下する雨を受けた。彼は笑った。髪につけた油が雨に溶けたものか目の中へ流れこみ目が痛くなった。彼は目をこすり涙をこぼした。

十字路で立ちどまって信号機を見上げた。

明りは点滅をやめてはいない。

雨の幕をついてバイクが現れた。彼を認めて寄ってくる。

「すみません、ここはどこですか」

青地に白い線をまいたヘルメットがつややかに光った。少年の陽灼けした頬から顎へしきりに水滴がしたたる。彼は土地の名を告げた。

「よかった、知らずにいたらとんでもない方向へ行っちまうとこだった」

「どこへ行くつもりなの」

若い旅行者は耳慣れない抑揚で言葉を発音した。彼は傘の尖端で方角を示し、

「ここからまっすぐ三叉路の検問所へ出てそこでおまわりにきくのもいい、バイパスもあるけれど初めての人にはちょっとわかりにくいから」

「バイパス……」

学生は暗い水しぶきの奥を数秒間、放心したようにみつめた。ビニールカヴァーをかけた道路図を物入れからとりだして、街灯の淡い光にかざして、きいた。

「そうすると僕らの現在位置は」

雨が地図の上で砕けた。

「君、どこから来たんだ」

少年は道路図にうつむいたまま東の方にある都会の名を言った。

「ずいぶん遠くからだね」

「そうでもない」

「この道をずうっと行ってここの所で、そうこの交叉点で左へ……」

あ、と軽い叫びを発して若いバイク旅行者はうなずいた。青いヘルメットに信号の橙色が歪んで

映った。エンジンの音が高まった。道路図を彼の手からひったくって、学生はゆらりとサドルに躰を安定させた。

ヘルメットの目庇のかげで、少年の目が鋭い表情をおびた。柔い頬に憂いに似たかげりも見てとれる。雨の彼方へバイクが走り去るのを見送ってから彼は交叉点を渡った。

勤めをやめて以来、彼は街の地理に詳しくなった。会社と自宅を往復する以外は、せいぜい日曜日によその町へ気晴しに出かける程度で、街あるきの趣味が当時はなかったから、めったに訪れなかったこの下町界隈は、物珍しさも手伝って歩き甲斐もあろうというものである。

日がな一日、街のあちこちを探索していると、大小の通りと交錯した裏通りにいつか通じてしまう。そうした細い小路はたいてい水路に沿っていた。だから賑やかな本通りから裏通りへ入ると、流れのひそかなつぶやきを耳にすることになる。

水路にも幅一尺に満たないものから大またで跳びこせぬほどのものまであって、城下町時代の掘割と洪水以後、新たに設計された排水路とが網の目状に入りまじっているのである。

水底には緑色の藻が群生している。その生えぎわに茶碗のかけらが白い割れ目をみせて散らばっている。水路に面した家の台所から捨てられた飯粒が一定の間隔をおいて水草の合い間にたまっている。このように細い水路が大きい運河に注ぐまでは、日光は明るく水底を照らした。

上流ではそれとわからない潮の干満が、このあたりでは一目瞭然だ。大小の水門が町を高潮から守っており、水は鉄鋲を打った木造の障壁にせきとめられて渦を巻く。彼の歩むかたわらにつきしたがい、絶えず囁きかけた水の声（言え、おまえはここで何をしているのだ）は、水門に砕けて、あたかも無数の幼児たちが歓びのあまり打ち合せる手の音のようなざわめきに変る。

無人島のロビンソンはある日、頭をかきむしって次のような考察を行なった。ロビンソン自身に語らせよう。

……そしてその頃の私の理性が私の失意に打ち克つようになり、私はできるだけ私自身を慰めて、私の境遇でいいことと悪いこととを比較し、境遇としてはまだましな方であることを明らかにしようとした。

私は次のような帳簿の貸方と借方と同じ形式で、私の生活で楽なことと辛いこととを並べて書いてみた。

悪いこと	私は救出される望みもなくこの絶島に漂着した。 私はいわば世界に住んでいる人間の中から選りぬかれてただ一人隔離され、惨めな思いをして暮さなければならない。 ……略…… 私には私と口を利いたり、私を慰めてくれたりする仲間が一人もいない。
良いこと	しかし私は生きていて、他の乗組員は全員溺死した。 しかし私は同時に船の乗組員全部の中から選りぬかれて死を免がれ、私をそのように奇蹟的に助けて下さった神は私を現在の状態からお救いになることができる。 ……略…… しかし神様は船を海岸に非常に近く寄せて下さった。そのために私は多くの必要品を手に入れることができて足りないときはそれを用いて不足を補い、一生暮すのに困らない。

……略……そのように私は自分がおかれた境遇をいくらか受け入れる気になって、船が通らないかどうか海の方ばかり見ているのをやめると、諦めの気分からこの島での自分の生活をなるべく暮しよくするよう努力し始めた。（吉田健一訳）

（この道、抜けられるかな）

家と家との間、肩幅くらいのすきまを通って、板塀の倒れかかった所からのぞきこむと、そこは映画館の裏側で古い立看板が雨ざらしになっている。その空地をつき切って、映画看板を製作するバラックの窓から内部に人のいないのを確かめた。この小屋を抜けたら向う側の大通りへだいぶ近まわりになる。小屋の戸はきしみながら開いた。ペイントを溶かすシンナーの匂いが鼻をついた。さいわい表口のドアにも錠はなかった。その戸をおして外へ出たとき、彼は茫然と立ちすくんだ。

（おれはいったいどこへ来たんだ）

街路が全く初めての感じである。見なれたネオンサインの塔がどこにもない。扉をあけたら目の前にあるはずだった。角の薬局が今は郵便局に変っている。狂っているのでなければ自分は夢を見ているのだろうか、と彼は当惑した。

ふりかえって背後の映画館を見たとき、謎はすぐ解決した。自分はこの映画館を町の反対側のＧという映画館のつもりでいたのだ、そこで看板を描く小屋の表側にＧ座の街路を予期していたのでＫ座の面した街路を見出して驚いたわけだ。両方とも邦画を上映する映画館であるので、ぼんやりしていた彼はとりちがえてしまった。そう気がつけばとりたててどうということもない街の眺めである。どこか見知らぬ街に来てしまった、という最初の驚きと甘美な歓びはたちまち消えてしまった。目の前にあるのはうっすらと埃をかぶった平凡な田舎の小都会だ。さっきまでは謎に満ちた異境の街が、視点が判明した今はうんざりするほど見飽きた街に戻っている。(跳びこえられるだろうか)

彼は再び裏通りに這入り、一間幅ほどの水路で立ちどまっている。助走するゆとりが無い。その水路を越えさえしたら二、三丁節約することができるのだ。彼は壁ぎわいっぱい後退して強く土をけった。懸命に伸ばした右手が対岸の石垣をつかんだ。したたか両膝をぶつけている。左手で石垣のへりをかたくつかみ反動をつけて上体を持ちあげた。靴が水に浸って濡れた。彼はズボンの泥を払い、ふとい溜息をついてよたよたと歩き始めた。

(こんなところに金物屋があるとは知らなかった)

裏通りの一角に建物全体がくすんだ感じである。苔蒸したていの看板には天和元年創業と読める。金物といえばスーパーマーケットの片隅しかこの町では買えないと思いこんでいた彼には、こんな老舗が世をしのぶ風情でひっそりと客を待っているのが意外だった。

彼は店を外から眺めるのが好きだ。

店のうちでも金物屋の、どちらかといえば暗い売り場に、庖丁や鑿が並べられてあるのを見るのはいい。大小の紙箱にぎっしりとつめられた釘、ねじの類から鉋、金槌、曲尺にいたるまで、いかにも堅固で壊れにくく、中身のつまった感じである。

彼が小学生であった頃、樺島勝一の挿絵入りで『ロビンソン漂流記』を読んだ。海へ行って一升壜に汲んで来た塩水で味をつけたスイトンをすすりながら彼はその本を読んだ。

彼を感動させたのは、孤島で生きる工夫をするロビンソンのけなげな日常生活よりも、物語に現れるさまざまな道具の名前であった。初めて知る食料品の名もあった。ロビンソンが、その無人島に漂着した自分の乗船から筏でもって積荷を運びだすくだりがある。

戦争で家財の大半を失った彼にはロビンソンの所有に帰すことになったたくさぐさの器材が羨ましく思われた。猟銃、壜詰の火薬と散弾、鋸、斧、金槌、釘、鉄梃、砥石、ナイフ、螺旋扛重機といったものがいかなる宝石よりもまばゆく想像される。食料ときたら思ってみてもつばきの湧くようなものだ。乾かした山羊の肉、チーズの塊り、パン、米、小麦、ブドー酒、ブランデー。ところで、しばしば物語に登場するラム酒というのがわからなかった。わからなければ一層エキゾティックで豪奢な飲物のように思えて、読みながら彼はつぶやいたものである。

（これが無人島の生活なら一度くらいしてみたいよ。おれたちの暮しよりいいじゃないか）もう一人のロビンソン、大西洋の無人島のではなく、町の中の孤島そのものであるロビンソンはひとりごとを言うのだ。（街あるきのつど、裏通りに思いがけない店を発見するのを、自分はロビンソンの幸福表の中に〝良いこと〟として記入しよう）

彼はガラス屋の前で立ちどまった。荷箱の木枠をはずしたばかりで、店先には木屑が散らかっていて、気むずかしそうな主人がガラスを切っている。ダイヤ付の小鑿のような道具で、台においた板ガラスに刻み目を入れる。少し離れた所からそれとなく彼はぬすみ見ていた。

あの程度で切れるのかな、とあやぶんでいると、むぞうさに折るようにして指に力を入れた次の瞬間、板ガラスは二つに割れている。うまいもんだ、彼はたわいなく感心した。

しかし、芸もなく感心してしまうのもいけなかった。あまりにしばしば、立ちん坊よろしく店先にたたずんでいると、あらぬ疑いをかけられることになる。ガラス切りが一個なくなったというのだ。ぼんやり眺めている彼に向って聞えよがしに、ある日、（おかしいなあ、いつもここに置いとくんだがな）と主人は何度もつぶやいた。『無用の者、みだりに近寄るべからず』というマジックペン描きの紙片を見たのはそれから間もなくだった。

彼は買物籠をさげた女たちにまざって魚屋の店先に立っている。夕暮だ。鉢巻の男が魚の柔い腹に庖丁の切っ先をあてがい、すっと切れ目を入れる。指ではらわたをつかみだす。水道から出しっ放しの水をあびせて俎の血を流す。鮮かな赤が白いタイルに溢れ落ち、水とまざってみるみる淡い紅に変る。庖丁が白い刃を閃かせて魚の骨を断つごとに、みずみずしい切身が明りの下で輝いた。彼はかたずをのんで魚屋の庖丁さばきを見守っている。

いつのまにか押しだされて彼は前列にいた。「ええ、らっせえい」魚屋の威勢のいい声に迎えられ、彼は慌てて女たちの輪から退散した。タバコをきらしていたのを思い出し、タバコを買った。髪を三つ編にした女学生がつりを渡した。

夏、彼は頼まれてタバコ屋の店番をつとめたことがある。国道に面した小さな店だ。数日後、旅行から帰ってきた友人が、ごくろうさんとねぎらった。あとで彼は友人に語った。(お金の受け渡しをするときにほら、客の手にいくらかさわるだろう。十人が十人これが違うんだなあ)

(客によっては感じの悪いのもいるってことかね)

(そうじゃなくて、手の感じを言ってるのだ。湿っているのや乾いているのや、冷たいのや、あったかいのや、顔つきが違うように、いや顔よりももっとその人の手の感じは違うものだ)と彼は言った。

（そういえばそうかも知れないが）

そんな話をしたのだ。

赤っぽい髪の女学生も彼の手と接触したので、週刊誌に気をとられていたのでなければ、彼の手がどのような感じか言うことができたろう。奇妙なことに自分自身はみずからどのような感じの手を持っているのか知ることができない。彼は手を見た。指の爪にさっき水路を跳び越えたとき石垣にしがみついた名残りの泥が黒く溜っている。

（今夜も冷えそうだ）

西空が澄んだ金色に輝いている。雲の裂け目に青空がのぞいた。石焼芋屋の屋台が蒸気を吹きだしている。鋭い笛の音のようにそれは聞える。恢復期の患者が覚える幸福感を彼は味わった。まるで永い間、病気の床にふせていて、きょう初めて街をあるいたような思いである。（自分はだんだん恢復する）彼は自身に言いきかせた。

タバコをのみつくしてバス停の自動販売機まで出かけた夜のことだ。硬貨を一枚ずつつぎこむとき、その一つがかじかんだ指から舗道の暗がりへすべり落ちた。凍てついた夜ふけの道では、一枚の硬貨がなんと澄みきった音をたてることだろう。硬貨投入孔に指をかけたままの姿勢で、彼はしだいに小刻みになる十円硬貨の響きに耳を傾けた。音の行方をそのように突きとめて彼は足もとの暗がりから十円硬貨を拾いあげることができた。その翌朝は冷えた。空気は打てば響くかと思われるほどに冷たく張りつめて、彼は前夜聴いた十円硬貨の音を思いだしていた。

人はマッチ棒の味を知っているだろうか。

彼はタバコの封を切るのをやめてマッチ棒をくわえている。タバコの代りなのである。手もとの有り金であと一週間くらしを立てなくてはならぬ。タバコ銭も心細いのである。

無味無臭かと思えばそうでもなくて、噛みしめていると杉の木の爽やかな香りが口中にひろがる。まったくマッチ軸の、あるかないかの芳香を何にたとえようか。手に職もなく街をぶらつくには、そのように頼りない香りの物を歯の間にくわえているのが一番だ。杉の芳香にくわえて時には硫黄の甘い味もする。

やがてマッチ棒も口に含んでいる間にささくれ、かすかな香りさえ消えてしまう。その過程で彼の計算では一、二本のタバコを倹約できるのだ。

「こんばんは」

軒下にうずくまって機械修理に余念のない老人は顔をあげた。彼は老人と同じ姿勢になって話しかけた。

「この前、チェーンをかえてもらったあの自転車ね。あれちかく売ろうと思うんだ」

「新車を買うかね」

「そのうち五段ギヤ付なんか欲しいと思うけれど今のところは」

「あの自転車はあんた、さんざん乗りまわしたようだからね、だいぶいたんでるようだよ、良い値にはならないよ」

という老人はこの町に一軒の自転車屋である。小柄な男で手だけが異様に大きい。彼は勤めをやめた日、会社での身のまわりの物を風呂敷にまとめて持ったその足で、この店へ立寄った。そこで、いくばくかの退職金をさいて黒塗りの古びた中古自転車を買った。大型の荷台がついたもので乗り心地は悪くなかった。その車にまたがって彼はおそい中食をすませてから街をこぎまわった。失業者と中古自転車というのはいかにも似つかわしい取合せに思われ、彼はいささか得意だった。定職無しの身分になって以来、にわかに新鮮に見え始めた街の探検に彼は熱中した。知らない店、初めての道は無数にあるのだ。

しかし、自転車による調査地域が平坦な下町に限られている間は無難だったが、平地がゆるやかな起伏を見せる上流の丘陵地帯では、坂道に難渋した。坂がゆるい下り坂ばかりならばペダルを踏まずに下るのはいいものだ。

丘の町は新しくひらけた住宅地で、生垣をめぐらした瀟洒な家に昔の友人の標札があり、小型車を懸命にみがいている当人とでくわすこともあって、これは面白くなかった。(今何をしてるんだ)ときかれて、中古自転車で街を調べているとありのままを答えれば、相手は侮辱されたと思うに違いない。

(今どうしてる)

彼らは異口同音にこう叫ぶのだ。彼の返事が彼らを満足させたことは一度もない。だから事の成りゆき上、彼の行動半径が昔の顔見知りにでくわすことの少い下町に限定されてくるのは自然である。

老人は言った。

「あの自転車にはもう飽いたのかね」

「もうすぐ引っ越すかもしれないんだ」

「あんた、悪いけどね、そこをどいてくれんか、明りのかげになって手もとがよう見えんのだよ」

(何をしに自分は外へ出たのだったか、そうだ、映画を見るのだった)

彼は夜の部がはじまるのにちょうど間に合った。切符を買うとき三本共見られるかどうか確かめたのだ。クッションの壊れていない椅子を選び、そこに落着いて坐り具合がよくなるまで腰を動かした。それはうまくいった。ブザーが鳴るまでにはやや間があるらしい。場内の明りは大半消えていて、スライド広告が映写されている。客は少数だ。

彼は水をしみこませたハンケチを目の上にあてがった。額にこぶができている。うっすらと血もにじんでいるようである。

さっき路地裏で、子供たちが地面に白墨の輪を描いて石を投げこむ遊びをしていた。通りすがりに彼は何気なく子供の一人の後ろから輪の中へ踏みこんだ。子供のする通りに真似てみたのだ。叫び声がして、どこからか輪へ投げ入れる平べったい石がとんできた。石は正確に彼の額へとび、ねらいあやまたず目の上にあたった。

（痛いなあ）

彼は後頭部を椅子の背にもたせ、水に濡らしたハンケチを熱っぽい皮膚に押しつけた。指先でこぶの周辺をさわってみる。血は流れていないようだ。

（痛いなあ、これは痛いよ）

彼は呻いた。目蓋の裏がうずく。（片目があれば映画は見物できる、そのうち痛みはおさまるだろう）

彼は洗面所で、あたたかくなったハンケチを水道の水に浸した。鏡の中に蒼ざめた乱れ髪の男が彼を見返している。そいつは腫れあがった片目で蠅の糞だらけの鏡にウィンクでもしているようだ。席に戻ってあたりをおもむろに見まわしてみる。客は常連ばかり、たいてい顔馴染である。目が暗がりに慣れると、さっきはわからなかった人の顔が、あたかも夜の海にのぞく暗礁のように、あちこちに現れてくる。流行らない整骨医の向うにいるのは非番の警官だ。一列おいてその向うにいる厚化粧の女はバーのホステスで満月荘の住人のはずだ。おしゃべりに熱中している二人の女学生のほかは、もぎりから渡された今月の番組案内をひろげている。映画館の中ではそんな紙片でも読まなければ大いに手持ち無沙汰というものである。

一人だけプログラムを読まずに、顎の無精鬚をつまんでいる中年男がいる。（あの男、仕事は何だろう）彼は遠近感覚の狂った片目でその人物をみつめている。傍若無人といった表情でそいつはまわりを睥睨している。やがてふと彼の視線に気づき、初めは無視していたのが挑戦的な目に変って彼を睨んだ。

彼は再び目をとじて、後頭部を椅子の背にゆだねた。とじた目蓋の裏にそのとき河口の情景が浮んだ。

葦の湿地に汐がさして今ひたひたと枯れ草の生えぎわを洗っている。誰もいない干潟の上、灰色の空で鴨がゆるやかに舞っているだろう。

上映のブザーが鳴った。

水晶

女は彼の腕につかまって歩いた。

「タクシーをとめよう」

「大丈夫よ、歩けるわ」

歩いてみたい、と女はつけ加えた。冷房のきいた病院から午後の街へ出て数分あまり、彼の肌は汗ばみ始めた。

灰色の雲が東の方へ動いている。不吉な速さである。汚れた緬羊の群に雲の塊は似ている。強い突風が時おり店の看板をゆすった。

女は自分のつま先をみつめるようにして歩いている。彼はその蒼ざめた顔をのぞきこんで、タクシーに乗ろう、とまた提案した。

「酔いそうな気がするの、くるまに乗ったら」

「じゃ、もう少し人通りのすくない所を歩こう」

そこは賑やかな街角である。

つとめに出かける派手な身なりの女とすれちがうとき、彼は自分の女を抱きかかえるようにわきへ寄った。強い香水が匂う。女たちは濃く塗った唇をかたく結んで、わき目もふらぬ構えである。

「今からどこへ行くの」

「おれのアパートいやか」

女は首を振った。——さん、と自分のルーム・メイトの名前を言って、

「あの人にひとこと頼んどけば良かった」

「おれんとこに時どき泊ってたのは知ってたんだろ」

「そのことじゃないの、雨になりそうでしょう、窓の雨戸をきちんと締めるようにって家主さんがうるさいの」

「うまくいってるかい、あの人と」

「グループで山陰めぐりだって、今夜の急行」

「山陰か……」

二人はしばらく黙って歩いた。

「いっしょに行きたいだろう」

「こんなからだになって」

「すぐ回復するよ」

「そうかしら、そうだといいんだけれど」

「たいしたことはない」

コーヒーの香りが漂った。酒場と喫茶店が密集した裏通りである。男は、何か飲もうか、と言った。

「何も飲みたくないの、食べたくもない」

「そうか」

「でも、あなたが欲しいのならつきあうわ」

「それほどでもないんだ」

「せんせいは二時間くらい安静にしておれば元通りになるって」

「せんせいってあの義足の人かい」

「元通りってどういうこと?」

「なんでもなかった事さ」

「看護婦さんは優しかったわ」

「自分の仕事に慣れてるんだろう」

トタン板の切れ端が突風に浮き、けたたましい音をたてて屋根から落ちた。なまぬるい風である。

「誰？　誰を見ているの？」

数歩、行き過ぎた所で女がふり返ってきいた。男は慌てて、誰でもない、と答え、イタリア料理店の前から離れた。

「そんなに急がないで」

男はふり返った。

「ね、誰があの店にいたの、知ってる人？」

「気のせいだ、何でもない」

「そう」

「あした、くにへ帰るんなら、アパートからまっすぐ駅へ行っていいじゃないか」

「父がもし今度のことを知ったら怒るわね、すごく怒るわね」

「知られるわけがない、本人さえ黙っていたら」

「でも、万一よ、もしもの事を言ってるのよ」

「お父さんにはこの前、別れたと言ったんだろ」

「父はお人好しなの、あれで、他人の言った事でもあたしの言った事でも、疑う事ができないの、だからこわいのよ」

酒場の裏口に、色物のパンツだけの男がうずくまって、何か削っている。空箱に氷の塊をのせて、罐切りとアイス・ピックをつかって鶏のような形を刻み出そうとしている。通行人が囲んでそれを見ている。彼はつぶやいた。

「酒場の飾りにするんだろう。アヒルかな」

「せんからきこうと思ってたけれど、ね、アヒルと鵞鳥とどう違うの」

裏口から白い上衣の男が、どうだい、と言って現れた。氷を細工している男は言った。

「お前よう、おれがこさえてるのアヒルに見えるんだってよう」

どうだい、ときいた男は誰にともなく、

「こいつ、白鳥のつもりなんだ」

と言った。


二人は公園に這入った。

夾竹桃で囲まれた広場を斜めに抜ければ、男のアパートはすぐである。紫紅色の花弁をつけた繁みが風に揺れている。乱れた雲の裂け目から一条の光が洩れた。不意の夕日は樟の梢を燃えあがらせ、掃き清められた地面を明るくした。ボタンほどの小石が日の落ちた箇所で、濃い影を帯びてくっきりと浮きあがる。

男は公園の出口で身をかがめ、地面をすかすようにして見た。女もふり返った。

「何を見ているの」

「この前の落し物さ」

「まだ、あれを探してるの」

「ここを通るときは探してみるのが癖になってね」

アパートに着いた。庭の広い二階建である。塀の上にのぞいた庭木の梢が風になびいている。

「こわいわ、家主さんに見られるのいやだわ」

門のきわで女はためらった。

「見られても構わないさ、どうしてもいやなら庭をちょっと走れば、あとは木のかげになる」

「そうする、先に行ってちょうだい」

「走れるかい」

男は玄関で靴を脱ぎ、女が伏目になって小走りに来るのを見守った。二階にあがり、自分の部屋に這入る。大急ぎで窓をあけ、こもった空気を新鮮にした。

「——さん」

階段の下から呼ぶ声がする。

「ほら、家主さんは、あたしを見たのよ、どうしよう」

「手紙でも来たんだろう」

男は返事をして階段をおりた。竿竹と針金の輪を手渡して老人は言った。

「これで縁側のガラス戸を押えて下さい。台風はこのあたりを直撃するそうだから。二階で準備ができとらんのはあんたの部屋だけのようだ」

男はそれを受取って部屋に戻った。

布団を敷き、女をやすませてから仕事にとりかかった。裏庭に面した方はうまくいった。東に面した縁側のガラス戸では難渋した。竿竹を戸の外側にあてがって針金を通し、縁側の欄干に固定するのは簡単だ。しかし、最後の一枚になって、ガラス戸がすっかり古くなり、桟がゆるんでいるのに気づいた。

ガラスが今にも枠からずり落ちそうである。強い風にもちこたえるかどうか。この家全体が針金と竿竹くらいではどうにもならないほどに老朽している、と男は思った。台風ときけば家主の老人が只事でない顔になるのも道理である。

（おれもそろそろこんな家を出て、風くらいではびくともしない家に住まなくては）と彼は思った。

（生活をかえなくちゃいけない、夏が終ったら）

輪にした針金で分解寸前の桟を一本ずつ縛った。廊下の隅にある物置を物色して、がらくたの中から額縁を取りだし、ガラス戸の内側にあてがって板片で押えた。

（これで良し）

階下の洗面所で汚れた手を洗い、汗みずくの躰をぬぐった。部屋に戻るとき、ドアの開閉に気を配った。女は身じろぎもせず、少し口をあけて眠っている。眠るのが一番だ、どんなにつらいことでも眠りがやわらげてくれる、と男は考えた。

彼は窓に寄って外を眺めた。街の明りが見えた。氷で造った白鳥が酒場のカウンターで輝く時刻である。

あの女……彼はタバコをくわえた。さっき酒場の多い裏通りを抜けるとき、イタリア料理店の内部に見たように思った女の顔、あれは誰だったのだろう、ガラス越しだったから通りすがりにのぞいただけだから不確かだ。

彼はタバコをくゆらしながら街の明りを凝視した。目が回想する者のうつろな光を帯びた。あの女はこの土地にいるはずがない、別人のはずだが、イタリア料理店の中に見た女の額から鼻すじにかけての線はよく似ていた。最後に別れたとき、アメリカへ旅行するとか言っていたように思う。一年ばかり。キャリフォルニアとは言わないで、あの女はキャルと言うのだ。含み笑いをするとき頬に刻まれた柔い影が特徴だった。

男は短くなったタバコを灰皿がわりの空罐にすてた。女が目醒めた。

「どこに行ってたの」

「ここにずっといたよ」

男は濡らしたタオルで女の額をぬぐった。

「あたしね、ほら、この前の夕方のこと思い出したの、目を醒ましたら、ここには誰もいなくて……」

「この前の夕方……」

「公園へ散歩に行った日よ、帰ったらあたしの耳飾りが片方なくなったことがあったでしょう、あなたが大急ぎで引き返して探したけれど、結局みつからなかった」

それは澄みきった夏の日で、夕方の公園は黄金色の光線が溢れていた。彼は犬のように首を突きだして遊動円木のまわりを調べた。ブランコの砂場も掘りかえしてみた。彼はうずくまって、目を地面に近づけて黒っぽい石の間に輝く小さい物を発見しようとした。そうすると、正面、樟の梢をへだてて夕日が巨きくまぶしかった。

水晶の耳飾りは無かった。彼はむなしくアパートに戻った。目立ち易いものだから、公園を抜けて通る学生や勤め人の誰かに拾われたのだろう、と彼は言った。彼が公園を歩きまわっていたとき、女は部屋で眠っていた。戻る少し前に目醒めたのだ。

「だから、夢の中で、あなたがまだあたしの耳飾りを探しに行ってるような気がしたの、あたしをひとりぼっちにして」

「夢の中では見つかったのかい」

「病院の先生がね」

「あの義足の？」

「そう、あの先生がこんなことを言うの、これも夢の中での事よ、手術がすんでから、先生はこう言うの、あなたのお父さんにこの事は通知しておきますって、看護婦さんまで調子を合せて、お母さんにはわたしの方から連絡しておきますって、いや、その前にこうきいたのだったわ、あなたはこの件につきお父さんの許可を、許可と言ったかしら、承認と言ったかしら、何かそんな物を得ましたかって。いいえ、と言ったら、それでは病院としては両親に知らせる義務がある、みたいな事言うの」

「疲れていたんだ」

「あたしは厭です、と言ったわ、先生が電話のダイヤルをまわし始めたので、それをとめようと思っても軀が動かないの、舌がもつれて、いやですと言えなくて、いやれすなんて言葉になって……氷をちょうだい」

男は冷蔵庫から製氷皿を取りだした。寝ている女は上半身をおこして、水滴のついたコップをつかんだ。飲むにつれて咽喉の白い皮膚が柔かく動く。女がコップを返してたずねた。

「夕食はどうするの」

「食べるかい」

「あたしはいいの、あなたはおなか減ったでしょう」

「あとで食べる、手頃な食堂があるから」

彼はラジオのスイッチを入れた。ニュースの後すぐ天気予報が続いた。

「あの電報、ここに持ってるかい」

「あると思うけれど、あたしのバッグ取って」

彼は渡した。それをのぞきこんで、

「忘れた、きっと下宿の台所よ、文句なら憶えてる、ウナカエレチチ、よ」

「ウナ?」

「至急という意味、父の発明した自慢の電報用語なの」

「学校が終っても実習で当分いそがしいと言っとけば良かったんだ」

「休暇に入ってからもう三週間になるのよ、二、三日ならとも角、小細工もいつかはばれるわ、お人好しというのは一旦おこったらそれはひどいんだから」

「うすうす察してるんじゃないかな」

「タバコやめて」

男は空罐でもみ消した。

「のみたいときはあたしから離れてすって」

「わかった」

「吐き気がするの、きょうは」

「こうすれば気持がいい」

彼は冷蔵庫の氷をタオルでくるんで女の額にあてがった。

「そのうち何もかも白状しなければならないことになるわ」

「今はそんなこと考えない方がいい」

「いつかはきっと父も母もあたし達の事知るのよ」

「そうだ」

「悪い事したのよ」

「仕方がないさ、誰でもやってるんだ」

「ちがうわ、ひどい事よ、こんな事二度と厭よ」

女はすすり泣いた。男はハンドバッグから病院の紙袋を取りだした。薬包装の中にうす緑の錠剤が二錠おさまっている。

「これ、のんだらどうなの」

「鎮静剤だろう、たぶん気持がおちつくはずだ」

「おちつかなくてもいい」

「ばか」

男は廊下に出た。背後で空のコップを置く気配がした。

大粒の雨が軒を打ち始めた。その音はしかしすぐにやんだ。庭木はこやみなく枝を騒がせている。ここからは見えないが、さっき通った裏通りの黒いアスファルトも濡れていることだろう、と男は想像した。夕方の突風は、やがて一定の強さと持続を持つ風に変った。気温はやや下ったようである。空は充分に雨を含んだ雲で厚くとざされ、息苦しいほどで、兇暴なものが徐々に接近してくる予感がする。女がこっちに来て、と頼んだ。

「病院でくれたときに薬はすぐにのんどけば良かったんだ」

「そんな事いって、できるだけ早くあそこを出たかったの」

「この話はもうよそう、何かレコードでもかけてみるか」

彼は一枚を選んでターン・テーブルにのせた。音量のつまみをいっぱいにしぼって音が部屋の外に洩れないようにする。どこかで空罐が風にころがった。街は今、風の音ばかり高く、人は息をひそめて嵐の到来を待っているかのようである。

レコードが鳴りやむまで二人は黙っていた。男は女が眠りこんだのかと思った。

「あの先生ね……」

「その話はしないと言ったばかりだろ」

女は目を閉じたまま、もの憂いだるそうな口調で話した。薬がだんだん効き始めた、と男は思った。

「義足のドクターはね、あの看護婦さん、ほら、最初の日、受付にいた人でなくて二日目に口をきいた髪の赤い人……」

男はレコードをジャケットにしまって、裏の解説をぼんやり読んでいる。解説者の名前まで目を走らせて、自分が何を読んだか忘れているのに気づいた。雨の気配が気になっている。風の激しさにくらべれば雨は依然として降ったりやんだりのようである。

「脚の不自由なドクターはあの看護婦さんと何かあるのよ、そうだわ、二人の間には何もない事はあり得ないのよ、きっと愛してるのよ、そう、あの先生は優しい感じだもの、看護婦さんに」

男は空腹を意識した。胃が微かに痛む。走って行けば五分で、食堂のあるあの通りへ行ける。今なら雨もひどくない。火をつけていないタバコをくわえて男は思案した。再生装置のつまみをラジオに切りかえてスピーカーに耳を寄せ、低い音量のままアナウンサーの囁くような気象情報を聴いた。

新聞からちぎりとった天気図の上にボールペンで予報の通りに矢印を記した。台風の進路は真北からやや東へそれた、とそれは告げている。

「気づいたのはきょうが初めてではないの、前もなんとなく感じとしてあったわ、はっきり言葉で言える感じではないけれど。きょう、あの事が終ってしばらく安静にしてなさいって診療室の隣にある小さな部屋のベッドで横になってたら、二人の話してる事がつつ抜けなの、別にどうという事はない会話で、二人ともあたしがそこにいることを承知の上で話しているのだけれど、そうしてカーテン越しに聴いているとかえって二人の関係がどんなものかわかったの、ちょっとした相槌とか質問も医師と看護婦という感じではなかったわ」

台風で鉄道が不通になることを男は怖れていた。女の帰省は今でさえおくれている。今のところ彼は女の父親と面倒をおこしたくはなかった。

彼は女のわきに腹這いになり、顔をのぞきこんだ。こまかい汗の粒が額に滲んでいる。それをタオルで拭きとった。

「こないだ友達の結婚式によばれました」

「それは面白いお話？　お願い、明るい話をして、暗い話は厭よ」

「花嫁はマスカラをつけてきました」

「あたしマスカラは好き」

「いつのまにか冷房装置が故障して暑くなりました。媒酌人が挨拶するとき、マスカラが溶けて目に入りました。マスカラはとてもしみるのです。指先でこすっていたらどうでしょう、とうとう目があけられなくなるほど痛みました。そういうわけで花嫁は式が終るまで片目をつむったままでした」

「片方だけのイヤリングが何の役に立つかしら」

「………」

「あれとペアになるのはアクセサリー専門店を探してもめったに無いし、かといって捨てるのももったいないわ」

男は雨の音に耳を傾けている。

「ペンダント」

女は叫んだ。

「ペンダントにしよう、そうだわ、いつか買った銀の鎖をあれに通して下げるといいわ」

女は深い溜息をついて、ペンダント、と呟いた。焦点の定まらない目に束の間、生き生きとした輝きが宿った。それから目をとじ、かすかに口をあけて眠りに落ちた。

彼はしばらく女の寝息をうかがってから身をおこした。紙片に、食べに行く、と書き女の枕もとに置いた。少し考えて食堂の名前と時刻を書き加えた。

ドアをきしらないようにあけて廊下へ出る。足音をしのばせて階段をおりた。しめきった部屋から出ると、風の吹き荒れる戸外の新鮮な空気がかぐわしかった。庇の下に雨を避けて歩いたが、まもなく身内に漲る荒々しい力を感じ、通りの中央に出て駆けた。

雨に濡れた腕の筋肉にも太腿にも、うずくような精力が充満しているようである。彼は上唇にしたたった雨滴をなめた。塩の味がした。快い味である。生暖い雨に打たれながら数分後、彼はアーケード街へ駆けこんだ。

裏通りへまわると、ここは風も激しくなくて、油の煮える匂いが澱んでいる。人の姿もこのあたりには見られる。彼は手のひらで額の水を切った。通りすがりにイタリア料理店をのぞきこむと、夕方ちらと認めた女の姿はなくて別の客がいた。彼はそこから二、三軒さきの食堂に入った。

ウェイトレスが水を運んで来た。コップの中の物を一気に傾けて、彼は自分がどれほど咽喉を渇かせていたかに気づいた。水を飲みほすと全身がくつろいだ。彼は手足の関節から力を抜いてだらしない恰好で椅子にもたれた。（一人でいると気楽だ）部屋に残してきた女が少し気になった。空腹感が懸念を打ちけした。彼は薬味の壜といっしょに立っている献立表を見て注文した。

注文したあとのくつろいだ姿勢で店の中を見まわしていると隅に一組の男女を認めた。テーブルは四、五卓しかない狭い店である。女客は彼がとびこんだときから盗み聴きを怖れる風情で彼の方へ時おり目をやっている。男客はうなだれていて彼に目もくれようとはしない。

ビールが運ばれて来た。

カウンターの向う側でキャベツを刻む音がした。バターの溶ける匂いとにんにくの匂いが入りまじった。熱い鍋に移された野菜の水蒸気が調理場に立ちこめている。彼は汗の粒を光らせて立ち働いている料理人を眺め、ビールを飲んだ。幸福だ、一瞬その思いが躰をつらぬいた。

彼の料理が運ばれて来た。フォークをとりあげたとき物音がした。若い男が身をのりだして何か言っている。女客はのけぞるようにして素早く椅子を引いた。約束が……と若い男は言ったようだ。口をきくのは昂奮したその男だけで、女は終始つまらなさそうにわきを向いていた。渇いた咽喉にビールが良かった。こういう事は毎晩どこかで演じられる小さな劇だ、と彼は思った。

同じような劇を一年ちかく前に彼は演じたことがあった。彼は別れた女の記憶を用心深く吟味した。狡猾な野犬が毒を混ぜた肉を嗅ぎまわるように、彼の内に残っている女の影像を注意して引出した。それはもはやかつてのように棘の鋭さで彼を傷つけることはなかった。彼は安心した。

その晩、彼はある店で女と向いあっていた。アパートで眠っている女とは別人である。店には彼らの他に一人、少年めいた顔の男が隅の方でマッチ軸を積んだり崩したりしていた。そいつが彼らの会話にいつのまにか露骨な関心を示し始めるのがわかった。

彼は他人の耳をはばかって声を抑えているつもりだったが、次第に高まるのだ。隅の男は聴き耳をたてている。彼はそいつをにらんだ。その男は目をそらすどころか、明らかに面白がっている風情で、ひたと彼らを見守っている。あっけにとられたあまり傍観者を無視することにきめて、そのうち忘れてしまった。イタリア料理店にいた女は他人の空似というものだろう。彼はフォークをおいて、口のまわりについたものを紙ナプキンでぬぐった。

（へえ、二十七にもなって）

とあの女は言った。笑いをうかべて朗らかに言ってのけたものだ。その言葉は彼の内部のもっとも柔かい箇所に刻みこまれた。いついかなる場合でも彼が女の影像と記憶の中で対面するとき、その言葉は正確に甦ってきた。顎を軽く突きだすようにして、上体をやや前後にゆすりながら女はそう言って笑った。

彼は女が笑ったとき、鼻の奥が熱くなり泪が溢れ出た。その前に女はこうも語ったのだ。

（あなたは今まで本当に女を愛したことも失恋したこともないでしょう、女について何も知らないのよ）

（そんなことはない）

（そうかしら）

女は頰にうかべていた冷笑を引っこめて真顔になった。自分の内部をのぞきこむ空虚な目の色である。女はタバコの灰が長くなるのも気づかぬふうで黙りこくっている。

（僕の気持はわかっているはずだ）

彼は同じ言葉の何回目かをくり返した。女は決然と目をあげた。

（気持ですって？　一体なんの気持）

彼はどもりつつくどくどと説明した。女は吸いさしのタバコを灰皿でもみ消して、ふん、と言った。彼はかたずをのんだ。

（あの気持、この気持……あなた、それがどのくらい意味があるかわかってるの、そういうところがあたしに言わせれば子供っぽいのよ）

彼はうなだれて灰皿の底でくの字に折れた吸殻をみつめた。それが今や彼自身の姿のごとく見えてくる。女は彼の顔をのぞきこんできいた。

（あなたを非難しているように聞えて？）

彼はあいまいに首を振った。それから残っている気力をかき集めて、かつて優しかった女の態度に言及した。

（あなたはバカよ、物事を整理して考えずにひとつ事を何度もくり返して。あたしも似たようなものだけれど、あなたはあたしに輪をかけた低能だわ）

（そうだ）

（あたし、今迄あなたにいい加減な事を言ったつもりはないわ）

女の背後に店のガラス扉があり、街路の雑踏が見えた。街角に人待ち顔の少女がたたずんでいる。街の光線が少女の顔を影のない仄白い光で包んでいる。袖無しのワンピースからよく陽に焼けた腕がのぞいている。遠くへ行きたい、という思いが少女を見ている彼の胸をしめつけた。悲哀が彼をとらえた。

（結婚なさいな）

（え？）

彼は我にかえった。

（あなたが結婚してもこれまで通りおつきあいできると思うわ、きっと）

彼は何か月か前、女が彼に語った言葉を相手に思い出させようとした。彼はその言葉を何回も反芻し味わっていたので、一語と間違わずに言うことができた。すると女は言ったのだ。

（へえ、あなたは二十七にもなって、将来はものを書こうという人のくせに、あたしが初めからあなたなんか好きじゃなかった事くらいどうしてわからなかったの）

彼は女の蒼っぽく光る白目の部分や、やや鼻にかかった声を思い出すことができた。スライドを映写機にかけて映り具合を点検するように、自分の内部に生きつづけた女の断片を甦らせてみた。彼はそれが自分の中で欠けて落ち、すっかり自分から離れて消えることを信じた。

……………………

彼は伝票をカウンターで払った。雨の音が繁くなった。ウェイトレスがドアのきわで空を見ている。街路はほとんどシャッターをおろしていて、人影は無い。風に煽られて雨は斜めにアスファルトを叩いた。道路は川のように彼のくるぶしを洗った。

記憶の底に葬ったつもりの昔の女が彼の中に戻ってきたのはきょうの事だ。しかしその影像は、女と別れた頃の彼を苦しめた鋭さを持ってはいなかった。彼は昔の女との間に生じた距離を正確に測ることができた。奇妙なことに彼はかつての恋人に懐しささえ感じてしまった。

門の所で見あげると部屋の明りはついている。出がけに暗くしたつもりである。彼は部屋に戻ってシャツとズボンを脱いだ。女は目をとじたままだ。近寄ってまだ深い眠りに沈んでいるのを確かめた。

手に彼の書きおきをつかんでいる。してみれば彼が出たあとで目醒めて明りをともしたものだろう。眠っている女は翼の折れた鳥のようだ。彼はズボンのポケットから水を吸った紙幣をつまみ出した。緑がかった細長い札が濡れておたがい糊づけしたようにこびりついている。爪でていねいにそれをはがして二枚にわけた。

トースターのスイッチを入れて一枚ずつ両側におさめる。紙幣は白い湯気をあげ始めた。

「お帰りなさい」

「明りは消しておいたつもりなんだがな」

「さっき目が醒めたとき、暗いのが厭だったのであたしがつけたの、変ね、いつもは暗くしないと眠れないのに。明るくなったら安心してぐっすり眠れたわ、それ何?」

彼は濡れた札を説明した。スイッチを切る。紙幣は乾燥して固くなっている。

「今月はもうそれっきり？　お金は千円札が二枚しかないの？」

「大丈夫、月末には放送局から稿料がいくらか払ってもらえるから」

「テレビの方？」

「ラジオのちょっとした三十分ものさ」

「それ、触らせてちょうだい」

彼は紙幣を渡した。

「おお、可哀想な千円札よ、お前達はたったの二枚きりなのね、トースターなんぞであぶられて、こんなにぴんと固くなって、なんと不運なのでしょう、仲間もなくてきっと淋しいでしょうね」

明りが消えた。風がにわかに強くガラス戸をゆすった。扇風機が回転をやめた。

「どこにいるの」

「ここだ、どこにも行きやしない」

「暗いのは怖い、さっきより暗いわ、外に明りがあったから、今はどこも真暗」

「長い停電じゃないだろう」

「どうしてそれがわかるの」

彼はラジオを入れたが、スイッチの音が空しく響いただけだ。

「懐中電燈は無いの」

「あるけれど電池がきれてる」

「ローソクは」

「買っとくの忘れた」

「そうするとあたし達は朝までこの暗闇を我慢しなきゃならないの」

「そういうことになる」

「マッチがあるでしょう、マッチ」

女は手探りでマッチを受取った。闇の中で彼は細くあたたかくしなやかな物に触れた。それはマッチ箱をつかみ、からからと打ちふって中身を確かめ、それからマッチ軸をとり出した。鮮かなオレンジ色の焔がともった。

マッチの火がこれほどにも濃い黄金色に映えるものとは彼は知らなかった。

「明りは断然いいものね、マッチの火でも明りがともるということは素晴しいわ」

女は二本ずつ、次に三本ずつマッチを束ねてすった。彼はゆらめく火影をたよりに、部屋のあちこちからマッチ箱を集めて女の手もとに重ねた。空罐が灰皿である。

「おや、揺れてる、このおうち揺れてるみたいだわ」

稲妻がガラスを蒼白くした。風の強い腕はこの家をしっかりとつかみ、ゆさぶっている。建物のすべての箇所がきしんだ。彼はこの家が、嵐の海にもまれる船であり、それも難破寸前の状態であると考えた。

「壊れるんじゃないかしら」

「まさか」

「聞いて、ほら、あの音」

マッチは最後の一本になった。空罐にたまった軸木の燃え残りにそれを点火すると、しばらくの間、二人の顔はオレンジ色の明りに隈取られた。闇が再び彼らを浸した。

「墓地の底ってこんなに暗いかしら」

彼は新聞紙で顔を煽いだ。ぬるい空気が頬に触れるだけである。

「山桃にお花はよござすかあ」

低い声で女が言った。穏やかな歌うような語調で続ける。

「子供のころ、あたしの町にいろんな物売りがやって来たの、このごろはあまり見ないみたい、今、急に思いだしたの」

「よござすかあ、と言うのかい」

「近くに海があって漁師のお爺さんが壜をかついで売りにくるの」

「壜を？」

「壜の中に小海老の漬け物や何かを入れて、赤銅色に陽やけしたお爺さんで、こう言うの、……アミツケに蟹漬けにカツオの塩辛……」

彼はその口調を真似た。

「そうじゃないわ、アミツケに、はミにアクセントがあって、蟹漬けに、はやはりにが強くて、塩辛はいかにも辛そうに、舌がちぢみあがるほど辛そうに顔をしかめて言うのよ」

彼は教えられた通りに物売りの声を真似た。

「そうそう、だんだん上手になりました。それから、物干竿売りが来たわ、こうよ、タケータケタケタケ」

「タケータケタケ」

「あたし達がそのおじいさんの後ろから、タケタケとはやしてついて行くと、こわい顔してにらむのよ、おれはぜんもんじゃないぞ」

「ぜんもん？」

「乞食のことをあたしの土地ではそう呼んでたの」

「かんじんぼうというの判るかい」

「それも乞食でしょう、あたしのクラスに鹿児島から来た人がいて、いろいろ教わったわ」

銭文、禅門、彼はそれらしい文字をあてはめて考えた。女の住んだという海沿いの古びた町が懐しく思われた。

「父が鉄道だから、二、三年に一度、転勤するでしょう、中学校のころ居た土地ではね、乞食のことを、いちもんくいやい、と呼んでたわ、一文呉りゃれが訛ったものね」

女は男にしがみついた。ガラスが割れて飛散する音がした。彼は廊下へ出た。素足の裏に硬く尖った物の破片が触れた。物置の中からベニヤ板の切れ端を探し出し、風圧で破られたガラス戸の桟にあてがった。桟に残っているガラスのかけらを払い落し、ベニヤ板をさしこんで針金で縛る。板を支えている手で風の強さを測ることができた。夏の雨とも思えぬ冷たい雨滴が彼の額を濡らした。夜がふけると共に、生暖かった雨も冷えている。汐の味がする、彼は唇の水をなめて驚きを味わった。風も気のせいか生臭い磯の香りを含んでいるようである。

女が叫んだ。

「おうちが揺れる、揺れる」

「じきにおさまるさ」

「まるで揺り籃のよう」

「風向きが変ったようだ」

「もっと揺れろ、もっとゆさぶって何もかも吹きとばせ」

男は眠った。次に目醒めて時計を見ると、螢光色の文字盤が意外に長い眠りの時間を告げた。

「いびきをかいてたわよ」

「うるさくて眠れなかったかい」

「ほら、なんだか変よ、風がやんでる」

ガラス戸の鳴る澄んだ音が静けさを感じさせる。彼は這って縁側へ出て外をのぞいた。ざわついていた庭木が依然として揺れてはいるが先ほどのように荒々しくはない。やや鳴りをひそめた感じである。夜明け前の薄明が漂っていて、庭も家も灰色の茫とした光に包まれている。空気は重苦しい圧迫感を持っていた。

「もう行ってしまったのかしら」

「台風の目に這入ったのさ」

「おなかすいたわ、何か果物ない？　そう、蜜柑が食べたい」

「冗談言うなよ、今時分あるわけがない」

「でもあたしは食べたいの」

「……………」

「どこかのお店にない？　探して来て、お店をおこしてみてよ、風もやんで静かになったし、きっとどこかにあるわよ」

「今、何時だと思ってるんだ」

彼は冷蔵庫の中から林檎を出して洗った。女は皮ごと齧った。女の歯がせわしく果肉を嚙み砕く音に耳を傾けているうちに、男は再び眠った。


朝は明るかった。

女はまぶしそうに目を細めて空を仰いだ。庭は荒れていて、折れた枝の傷口が生々しく白い。

「何時の汽車で帰る」

「不通になっていなければいいのだけれど」

「眠れたかい」

「少しばかりね。外がぼんやり白くなった頃から。おなか減ったわ」

「何か買ってこよう」

庭は青葉を敷きつめたようである。折れた小枝が散乱している。青い棘をつけた栗の実がその間にころがっている。風がむしりとって気ままにばら撒いたかと思われる。

パンと牛乳壜を入れた紙袋をかかえて彼は戻った。

「駅に電話できいてみたら」

と彼は言った。

「ダイヤは乱れているけれど、運行はしてるそうだ」

「よかった」

二人はおそい朝食をとった。

「変だわ、朝こんなにおなかが減るなんて、今朝は何でも食べられそう」

唇の端に牛乳をつけた口で続ける。

「さっき外を見たら、屋根が風で剥がれたのが五、六軒見えたわ、この家、古いようでいて案外しっかりしてるのね」

「新しい家にはずいぶんもろいのもあるそうだ」

「ゆうべはこわかった」

「時間的には今朝と言うべきだよ」

「暗いうちは夜でいいのよ」

「下宿に寄ってくかい」

「そうね」

「下宿に寄る間に、汽車におくれるかも知れないぞ」

「発車時刻はわからないの」

「ダイヤが乱れてると言ったろ」

「駅でいつ出るかわからない汽車を待たなくちゃいけないわけね」

「仕方がない」

「日ざしがまぶしすぎるわ」

「暑いな」

バスが来た。彼は手を上げた。女は街路樹を指して、

「桜の木は風に弱いのね、あれも、それからあれも、折れた木はどうするの」

「どうもしやしない、ほっておくよ」

「折れたままで?」

「そうさ」

駅は混雑していた。ベンチも満員である。日は頭上に輝き、その頃から気温が夏のものに戻った。行列した旅客は不機嫌な表情でうずくまっている。

彼はアナウンスに耳を傾けた。それは雑音が多く、聴きとり難かった。ようやく、……方面……復旧に全力……二時間、という語がわかった。切符を買って、改札口の掲示と時刻表とを見比べて、彼は待つ時間を計算した。

「バスを乗りついで遠まわりする手もあるけれど、ここでおとなしく待って汽車を利用する方が結局はやくなるようだよ」

「そうするわ」

「すぐ来るから、ここを動かないで」

彼は駅前の商店街で麦藁帽子を一つ買った。黒いリボンを巻いたものである。その縁を指で持って、軽く振りながら駅へ戻った。

「疲れたらしゃがんでろ」

「鞄を持ってコンクリートの床にじっとしていると、インドの難民みたいだ」

「いやか」

「あなたがかむったらいいわ」

「サイズが合わない」

女は帽子をかむった。

「ぴったりじゃないか」

「どうしてあたしのサイズがわかったの」

「店員がこれが普通の大きさだと言ったんだ」

「サイズはこれでいいけれど、女はね、よく選んだ帽子が欲しいの、どんな安物でも自分で納得のゆく物を買いたいの」

「勝手にしろ」

「それが女の生活というものよ」

彼は顎の先から自分の汗が点々としたたり落ち、足もとに黒い小さなしみを印すのを見ていた。

船の汽笛が鳴った。彼はうなだれて、港の方角から響いてくる太いこもり音の汽笛に耳を傾けた。嵐を避けて入港した漁船群が、船腹も触れあうほどに密集している港の光景を思いうかべた。

熱風が動くと魚市場の生臭い匂いがした。波が揺れるにつれておびただしいマストの林もゆるやかに上下しているはずである。彼は蒼白い皮膚に汗をうかべている女に言った。

「気に入らなかったら捨てちまえ」

「いいのよ」

「我慢してかむる事はないんだ」

「何か冷たいもの買って来て」

列の先頭がざわめいた。

「予定時刻より出発が早くなるようだ」

「咽喉が渇いて死にそうよ」

彼は人ごみをかきわけて売店へ急いだ。列は動き、改札口でもみあってそこから列車へわれがちに駆ける群衆になった。

彼は手ぢかの車輌に女をのせてわきにかけた。ルックザックの学生達が座席に溢れた。

「二十日ばかりお別れね」

「途中までついて行くよ」

「どうして」

「いけないかい」

「そんな事いうと思って?」

女は罐入りのオレンジジュースを飲んだ。彼は動きだした車の中で、車掌に金を払った。列車が速度をあげると、風が窓ぎわを洗った。それはまともに女の顔にあたり、髪が乱れて顔をおおった。女は指を折ってたずねた。

「きょうは何日?」

彼は答えた。

「十六、十七、十八、正確には十八日間のお別れね」

「十八日間」

「手紙を書くわ」

「ああ」

「前はびくびくものだったけれど、今は平気、誰に何と言われても」

「そうか」

「父は本当は優しい人なの」

「わかってる」

「帰りはどうするの」

「下りの汽車が来なかったらバスにする」

「街を出ると空気がこんなに」

女は手で髪を払って、こんなにきれい、と言い、金魚のように口をあけとじして窓の風を飲む真似をした。窓の外に山肌が迫った。

「都会だけが夏で、田舎は秋よ」

山腹の萱が風に梳られて銀色の葉裏をひるがえした。列車は速度をおとした。そこは山間の小さな駅である。彼はプラットフォームにおりた。

井桁状につみあげた枕木のタールが鋭く匂った。停車時間がすぎても列車は動かない。退屈した学生達が、砂利をしいたプラットフォームに三々五々おりて来てのびをした。

彼は窓わくによりかかった。車掌がやって来て、下り急行と離合のため、あと五分間お待ちを、と言った。女は窓わくに肘をついている彼に顔を寄せて、低い声できいた。

「りごうって何のこと」

線路の近くに渓流が音をたてている。赤とんぼが水面に舞いおり、つと浮ぶかと思うと思いがけない素早さで二人の目の前をかすめた。女は窓から身をのりだして呼んだ。

「とんぼ来い、こっちにおいで」

山の冷気が肌に触れた。女は腕を伸ばして招くようにとんぼを追っている。すいと羽根をひらめかせるとんぼはなかなか女の手にかからない。
（お前、そんなか細い腕で）
と男は思う。
（赤とんぼがつかまるものか）

赤い舟・黒い馬

男はとじこめられた。

土と石が体にかぶさっている。穴の中である。初めは何が起ったのかわからなかった。衝撃はあまりにも不意で強すぎた。数秒間、気を失っていたような気がする。数分間、いやもしかしたら小一時間かも知れない。息苦しくなって意識をとり戻した。

まっ暗である。

体が動かない。手足を動かせない。男は叫んだ。叫んだのではなくて叫ぼうとした。声にはならなかった。呻き声に似たものを自分の耳で聞いただけだ。口は土で塞がれている。湿ったねばり気のある土を肌に感じた。体にのしかかっている石が重たかった。糊の壺に落ちこんだアリを男は連想した。もがけばもがくほど土の塊が男の体をしめつける。だんだん意識がはっきりしてきた。男はもがくのをやめた。むやみに動けばかえって土に圧迫されるだけだ。

息苦しくはあったが息づまるほどではなかった。顔を動かすことはできた。わずかではあったが上下左右に動かすことができた。それで首の骨は折れていないことがわかった。男は浅く呼吸し、それから次第に深く息を吸って吐いた。土と石に埋れていても呼吸する間隙は残されているようだ。今のところ窒息する気づかいは無い。

依然として真の闇である。コールタール状の気体を息をするつど吸いこむ気がした。石も黒く土も黒く空気も黒く、男の皮膚も闇の色に染まってしまうかと思われた。男はうつ伏せに横たわっていた。背と腰に硬い物が触れた。左脚が角張った石の下敷きになっている。両手は肘を曲げて肩のあたりに伸ばしたままである。腕に力を入れてみた。土から抜き出そうとした。ずしりとのしかかっている土の重みと闘わねばならなかった。

何としてもまず頭のまわりの土を取り除くことだ。顔を覆っている土がいつ目鼻と口を完全に塞ぐかわからない。男は急がずに左手から始めた。それがいちばん顔に近かった。少しずつ手を動かして土の中に空間をこしらえた。その空間を拡げた。焦らずに着実に土を押しのけた。上半身を埋めている土の量は思ったより少なかった。

何が起ったのか今となれば明らかだった。天井が周囲の岩壁もろとも男の上になだれ落ちてきたのだ。古墳の内部である。撮影器材を持って四つん這いになり、細長い羨道《せんどう》を進んでいるとき、この事故にあった。狭い入口からいくらも這わないうちにこうなった。

ようやく左腕が自由になった。手が顔に届いた。かぶさっている土をかきのけた。前より呼吸が楽になった。男は唾を吐いた。舌が砂粒のようなものを押し出した。口の中にまで土くれは入りこんでいた。土の下になった瞬間、大きくあけた口で土の塊をのみこもうとしたことがあった。土はかすかに鉄錆の味がした。澱んだ沼の匂いも放っているようであった。

事故は突然だった。にぶい地響きがし、続いて光が消え、背中に強い力がかかった。それっきり何もわからなくなった。一体どうしてこんなことになったのか。男はゆっくりと深く呼吸しながら事態を冷静に考えようとつとめた。地震でも起ったのだろうか。そんなはずはない。この地方では数百年らい古墳が崩れるほどの地震が起ったことはなかった。地震の記録があれば、職業がら男の目に触れていたはずだ。

男は左腕を自由にしておいて次に右腕を動かしにかかった。右腕も石くれまじりの土に押さえつけられている。筋肉に力をこめるたびに、石の角が皮膚を痛めつけた。しかし石と土の間には隙間も多く、辛抱強く腕を動かし続けていると左腕よりも早く自由にすることができた。両腕を使って頭と肩のまわりから土をのけた。のけながら不思議に思った。この土を自分はどこに押しやっているのだろう。土を受け入れる空間がある。前方では天井が崩壊していない。土が落下したのは自分が横たわっている羨道の入口部分だけである。男は衝動的に前方空間へ体を移そうとした。両手を突っ張り、トカゲの姿勢で泥の中から抜け出ようとした。とたんに激痛が体をつらぬいた。

男は叫んだ。急激に息を吸いこんで喘いだ。背筋から左脚にかけて痛みが走った。石の圧迫によるらしい。赤く灼いた鉄の串をさしこまれているようである。両腕を自由にし肩より上の泥をのけるまで気づかなかった。さし迫った窒息の方に気をとられていたのだ。痛みは息をつくごとに激しくなった。男は呻いた。闇の底に埋れたまま途切れ途切れに呻いた。

男が古墳にとじこめられていることを知っているのは誰もいない。男は石と土の圧力を感じた。しめっぽい泥にじかに胸と腹をつけているため体が冷えた。血が凍るかと思われた。深い海の底よりも冷たく、古井戸の中よりもここは暗い。男は冷気でしびれ、疼く左脚の痛みにもさいなまれた。男は自由な手で土を叩いた。罠にかかった獣を思った。じっと動かないでいると確実に訪れる死。しかし罠の獣はまだましである。森には草原には光があるから。男は体の自由と光とを同時に奪われたわけだった。

墨汁さながらの闇が空間を支配していた。闇は目と耳を覆い、鼻と口を塞ぎ、皮膚にまつわりついて毛穴の一つ一つから体内にしみこむようである。闇そのものを男は肺に吸入している気がした。煙草のやにで肺が黒くなるように、こうして暗黒の地底で呼吸していると肺の次は血液が、血液の次は心臓や胃腸のたぐいまで黒く染まってしまうと考えた。

男は自分の肉体を思った。黒い土の中に横たわっている柔らかく白い肉体。土と石を透視することのできる者が丘の中腹に居れば、彼は古墳の羨道にしらじらと輝く肉体を見出すだろう。肉体をめぐる赤い血の動きも見てとるだろう。やがてその血液が流れるのをやめる。心臓が最後の搏動をうって止まる。血液は凝固する。皮膚はあたたかみを失い、土と同じ冷たさになる。腐敗するのは筋肉からか、内臓からか。眼球が溶けてうつろになったくぼみに蛆が湧く。蛆はそこから脳髄を喰い荒し頭蓋骨をがらんどうにする。わき腹のあたりを噛み破った蛆は腸を肝臓を消化するだろう。最後に一体の白骨が残る。どんなに獰猛な蛆も骨までは喰いつくすことはできまい。残るものは骨と髪とそれから……男は手で頬にさわった。髭が生えていた。体が生命の熱を失ってからも髭はある期間、伸びつづけるものだ。頬を撫でている男の指が停止した。

男はあることを想像して、一瞬、下半身の痛みを忘れた。ひょっとしたら失明しているのかも知れぬ、そう思った。天井が崩れ落ちたとき、目に石でも当って傷ついたということもあり得る。頭のどこかを打って視神経をそこなうこともある。この暗さ、木炭色の濃密な闇は只事ではない。視力がいくらかでもあれば真の闇にあってもおぼろな物の気配は察しられるものだ。しばらく男はためらった。そろそろと手で目に触れてみた。目蓋の上から眼球を指で押さえた。異状はないようである。濃い闇のせいで指先すら暗黒の一部と化したかに思われたが、目は目の位置にあり傷ついてはいなかった。目瞬きをくり返しても痛まなかった。盲目になることからはまぬがれたわけだが、それはしかしこうした状態から脱け出さなければ安心しても仕方のないことだ。

男は両肘をついて上体をもたげた。胸が土から離れた。こぶしが入るくらい、それ以上は無理だった。何かがきしった。石と石が接触する音である。上体を起すと下半身が痛んだ。大きさの見当はつかないが、かなりの重量を持った石が男の背に覆いかぶさり、またもう一つの石が左大腿部を締めつけている。

左脚に覚える疼痛は石の角で打ったか傷つけたかしたものだろう。男はさっきより冷静になった。しんとした気持で、自分の直面している状況を検討できるようになった。はっきりしていることはただ一つ、自分が古墳の内部にとじこめられたことである。男はうつ伏せの姿勢で左腕を顎の下にあてがい、漆黒の闇に眼をすえて今までのことを振り返った。

古墳はどこかといえば町はずれの平野にある。平野に囲まれた丘の一部である。丘全体が古墳なのではない。自分が今うつ伏せになっている位置は……男は考えた。古墳入口から五、六メートル、いやせいぜい三、四メートルの羨道上である。入口は狭かった。蓋をずらして頭から先に這いこんだのだ。四つん這いにならなければ進めなかった。天井はそれほど低かった。左右の壁も狭く、ややもすると肩がつかえた。

入口から射しこむ外光は自分の体でさえぎってしまう。男は懐中電燈をともして前方を照らした。男は胸をときめかしていた。きょうこそは壁画と再会できる。それを写真にとるつもりであった。装飾古墳は柱時計の形をしていた。文字板にあたる所が玄室である。そこに彩色壁画がある。振子にあたる下部が横穴状の羨道である。羨道は玄室に続いている。玄室を囲んだ切石の上に古代の紋様と絵があった。

――あれは何だろう……

男は電車の窓から丘に視線をそそいだ。毎日、勤めの行き帰りにぼんやりと見すごす風景の一部である。しかしその日は違った。丘はいつもの丘ではなかった。ただ見れば何の変哲もないナマコ形の丘であるが、丘にまつわる名前の来歴を知ってからは仔細に観察する目で見るようになった。

男は県立図書館の司書であった。せんだって丘のある町役場の職員が図書館を訪れて、男に郷土史を編纂するにあたり古記録を閲覧させてもらいたいと頼んだ。その地方の資料は寺や神社が図書館に寄託し管理をまかされていた。古文書は夥しい量であった。限られた人員では整理がつかなかった。寺や神社が持ちこんだ包みを書庫に積みあげておくしかなかった。それでも町役場から閲覧を乞われてみれば管理責任者として古文書を整理しなければならない。男がそれにあたった。古文書のなかには古地図もあった。男は町を記載した古地図をえり出した。町はいくつかの部落が合併してなったものである。部落はかつてこの地方で勢力を持っていた豪族の館を中心にひろがっていた。

古地図には必ず丘のありかが記入してあった。時代によって丘の呼び名が変っていることに気づいた。いちばん旧い地図は延喜年間のものである。丘には隼人塚とあった。

建仁元年といえば鎌倉時代である。その当時の寺領区分図にある丘は鎧塚と名づけられている。文禄二年といえば十六世紀末にあたる。その頃の検地台帳には将軍塚という名称で丘は呼ばれていたことがわかる。そして今は首塚と変っている。男は興をそそられた。時代によって呼び名は異るけれど、それらに共通していることは丘がかつて生命を持った何者かを内に蔵した場所であるということだ。

——何かがあるに違いない……

男の町から図書館のある県庁所在地へ電車で通うのだったが、車窓からこの丘が見えるのである。見れば見るほど気になる。いわくありげな丘のたたずまいに惹きつけられる。何かがある、と思った。直感に近かった。男の勘は過去にも的中したことがあった。一度ならずあった。

この平野の一角、古墳から数キロ離れた海沿いの土地に弥生時代の住居跡を、そして県境をなす山の峠では文亀年間の関所趾を見つけた。休日は一人で郊外を歩きまわるのが男の習慣だった。埋れた史蹟を探し出すのは彼の愉しみだった。関所趾は古文書だけに記されてあって実際はどこにあったものかつきとめられていなかった。男は紙魚《しみ》だらけの古記録をあさり、地図と対照し、実地踏査をしてついにありかをたずねあてた。弥生時代の住居趾を発見したのはまた別の日、郊外をぶらついていて水田の畦道に黒っぽい板を認めたのが端緒であった。畦の泥が崩れないようにたいていはコンクリートで固めるのだが、そこではコンクリートの他に板も使っていた。畦道の一部分である。男は水田で除草している農夫にその板をどこで見つけたのかときいた。排水溝を拡げるために土を掘るといくらでも出てくるという。男はその溝を調べた。杭のようなものが水底にのぞいていた。水田の一隅には農夫が積みあげた木片があった。ほとんど腐蝕して原形をとどめていなかったが、炭化した木片は木鍬に似ていた。

排水溝周辺を掘削してみたところ無数の土器が現われた。土器の底には炭化した籾がらが付着していた。ここが弥生時代の遺蹟であることは疑えなかった。もっともそのつど肝腎の発見者である男は片隅に押しやられてしまった。住居趾も関所趾もそれを調べるには男よりふさわしい人物がいるというわけだった。発見した後は男に用はないのである。めざましい脚光を浴びるのが男の願いではなかった。むしろ反対であった。男は他人の注目を集めたくなかった。誰ともつながりを持たずに目立たない所で生きるのが性に合っていたから、遺蹟の発見者としてもてはやされないのが嬉しいくらいであった。つながりを持たないかわりに他人からも干渉されたくなかった。だから図書館司書という生活は男の信条につごうが良かった。

にわかに左脚の痛みがひどくなった。

どこからか血を流し出し、腹這いになったまま出血多量のために息絶えるのだろうか、と男は思った。傷口を確かめることができない。手を伸ばそうにも石と土が邪魔である。男はまず右足を動かした。つま先をぴくぴくさせた。脚を動かした。右脚を押さえつけているのは土だけのようだ。土には石もまざっているようだが大きい石はなかった。羨道の左右を築いた石は人間の頭より大きい物はないと記憶している。天井には畳一枚から半枚分の大きさの平たい石がのせてあった。それがいくつかに割れ、崩れ落ちて男の体を押さえつけている。

問題はその大きい石である。石は男を不自由にしながら、また男を当面の死からも救っているわけだ。なぜなら砕けた石は相互にもたれあってその上の土の塊が落下しようとするのをふせいでいるから。下半身の石がなかったならば男は天井の石と土の全部をもろに受けて古墳内に埋没してしまっていたことだろう。

男は右脚を土から抜きにかかった。それは石ではさみこまれていないから土だけを相手にすればよい。長いことかかって膝をまげることができた。それだけの空間をもがきにもがいてこしらえた。古墳の入口には栗の木があった。晴天である。風が栗の木をゆすると葉がさらさらと鳴った。白い葉裏をひるがえして風に揉まれ、ざわめくのを古墳にもぐりこむ直前、目にしたものだ。それからずいぶん経ったような気がした。入口までほんの数メートル、脚もとからせいぜい三、四メートルとないだろう。そこに栗の木がそびえ、栗の木の上には青空があり、雲がうかび、光をうけて輝いている。土の壁を境にして向うは光と生の世界であり、こちら側は闇と死の世界である。

男は外界を想像することをやめ、考えを不自由な左脚に集中した。頭にかぶさった土は既にのけた。両腕も自由にした。右脚も動くようになったのだから、左脚も思うままにできないはずはない。今もって意識がはっきりしているところをみれば、左脚からは出血していないようだ。皮膚が破れて血を流しているとすれば、とっくに気を失っている時分だろう。

かといって崩壊からどれくらい時間が経ったかは分らない。まっくらでは腕時計の螢光文字も読みとれはしない。手首を耳もとに近づけた。音はしない。ガラス蓋を指でなぞった。ガラスは割れていた。まがった針が指に触れた。時計が機能を失っても時間が流れなくなったわけではない。こうして泥に半ば埋れている今も時間は休みなく経つのである。

崩壊したのはなぜか、男は考えた。

古墳の内部で自分は何かを動かしたのだろうか。天井を支えている支柱のようなものを折ったのだろうか。折りはしなかった。羨道に支柱のような物は初めから立ってはいなかった。男は崩壊直前の状況を正しく思い出そうと努力した。あのとき自分はどうしていたか。男は這っていた。左手に懐中電燈を持ち、右手でカメラを入れたショルダーバッグを持って、いやバッグは手に持ってはいなかった。羨道は狭いうえに低いので肩に下げるわけにゆかなかった。ベルトをつかんでバッグは床に引きずっていたのだ。三脚といっしょに。だんだん思い出して来た。

懐中電燈は手からころげ落ちてどこかで土の下になっているのだろう。男はあのとき細長い羨道の奥に目を凝らしていた。後ろには注意を払わなかった。何かが後方でひっかかった。男は急いでいた。通路の奥、石室の壁に描かれた古代の絵と一刻も早く再会したかった。ライターの光でぼんやりとしか見なかった絵を懐中電燈でじっくり観察したかった。そのとき男は急に右手が重くなったことに気づいた。気づいてもそれは三脚をゆわえた紐かショルダーバッグのベルトが壁のどこかにひっかかったものとしか考えなかった。

事実その通りであった。

ただ、壁の一角から突き出た石が、よもやそれを引っこ抜くことによって壁もろとも天井の崩壊を招くほど重要な石だとは思えなかっただけだ。壁は外からも圧力をうけて崩れやすくなっていた。古墳のある丘はそっくり掘り崩され、団地用の宅地に造成されることになっていた。古墳のある丘の中腹まで浸蝕は進んでいなかったが、丘を覆っていた灌木は切り倒され、丘の周辺には縦横にブルドーザーが道をつけていた。その道をダンプカーが走り、ショベルローダーが動いた。丘の中腹にそれらの姿を見かけることもあった。

重い車輛の往来で土が振動し、古墳の壁も崩れやすくなっていたのだ、と男は考えた。あのとき、後ろで何かがつかえたと思って、男は心せくままに三脚とバッグのベルトを引っ張った。ちっとやそっとではずれなかった。四つん這いになっていては力が入れにくい。男は舌打ちし、満身の力をこめてベルトを引いた。そのとき、すべてが暗くなった。

――どこか違う――……

電車から丘を遠望してそう思いながらも、男は日々の仕事にとり紛れ、腰を上げて丘へ足を向ける暇がなかった。ついに心を決したのは一週間前のことだ。車窓からいつものように丘のあたりへ目をやったとき、見慣れた風景が一変していることに気づいた。男は目をみはった。司書として定期研修をうけるために一カ月間、他県へ出張していた。その間に工事は進んでいた。丘の稜線も形を変えていた。斜面はえぐられて赤茶けた地肌が露出していた。中腹を虫のように這いまわっているのは宅地造成の機械群であった。丘の三分の一はあらかた削られていた。ダイナマイトの爆破音も聞えた。

翌日、男は足ごしらえをして丘を登った。萱と茨が密生した丘は登りにくかった。日が高くなると、草むらは風通しが悪かった。青臭い植物の匂いがたちこめて胸をむかつかせた。男は丘を綿密にしらべた。まず西側斜面を歩いた。部落の墓地にあてられた一角である。苔むした墓石の他は何もなかった。村人たちが掘り起しているさいちゅうであった。墓地を山裾に移すのだという。――古墳、そんな物は聞いたことがない――……と村人の一人は答えた。東側にまわってみた。斜面のどんな凹凸も見落すまいとすみずみに目を配った。自分の勘に狂いはないという自信があった。東側には何もなかった。南側にも。男は疲れた。斜面の一角で腰をおろした。ちょうど腰をおろすのに手頃な石が草の底にのぞいていた。男の眼下にはせわしげに動く機械の群があった。探す物を発見しなければあのブルドーザーに押しつぶされてしまう。男は何か見落したものがないかと考えた。丘の内側に古墳があるとすれば地表のどこかにそのしるしがあるはずだ。十数メートルの深さに造られた古墳など聞いたことがない。円墳であれ方墳であれ前方後円墳であれ長年月の間に風雨で浸蝕されることを考えに入れてもその輪郭があとかたもなく消えて丘の一部と化してしまうとは思えなかった。萱は男の目の前で風に煽られ銀色の縞模様を織った。男は立ちあがった。太陽が傾きかけていた。暗くなるまでにもう一度丘全体をしらべるつもりであった。

何気なく足もとに目をやった。今まで腰をおろしていた石を見おろした。丘に石は多くころがっていたがそれらは灰色の丸っこい安山岩ばかりであった。この石は違った。黒い凝灰岩である。角張っていて明らかに人が手を加えた痕が表面に見える。男はしゃがんでしげしげと石をみつめた。石は部落の墓地にある石塔のように滑らかではなかった。刻み目は鋭利なのみで彫ったものではなかった。男は石のまわりを掘ってみた。深く地中に埋れていて全部を掘り出すことはできなかった。この石と似た加工の痕を持つ石を、男は二、三年前、ある地方で見たことがあった。発掘された前方後円墳の玄室を覆う天井の一部であった。男はこの石を中心に念を入れて斜面をしらべた。斜面の勾配がどことなく丘そのものの勾配と同じではなかった。男は携えて来た小型ショベルで栗の木の根元を掘った。そこにも角張った石がのぞいていた。今度はたやすかった。一メートルと掘らないうちに石蓋が現われた。古墳の入口である。地表とは垂直に、羨道の口に蓋をする形でそれは埋没していた。板石をとり除き、ライターをともして中にもぐりこんだ。外の暑気に慣れた肌は横穴の空気をひややかに感じた。男は手さぐりで這って石室に辿りついた。

男は石室を囲む三つの壁に目を奪われた。しばらくは自分の目を信じることができなかった。赤い舟が波を切っていた。舟には黒い馬が乗っていた。その上をかすめる緑色の鳥がいた。もう一つの壁には弓に矢をつがえた男たちが緑色の鳥を狙っていた。弓を持たない男は巨大なワラビ状の傘をさしていた。ライターの揺れ動く光のなかで男は壁の絵に見とれた。鳥を射る男たちの絵と向い合う位置に朱で描かれた数個の同心円があった。太陽であろう。そうすれば男たちの壁に描かれた円文は月を表わすのかも知れない。太陽がこの世を象徴し、月が冥界を象徴しているようにも考えられる。赤い舟はしたがって現世から冥界への旅路を意味しているのだろう。黒い馬はおそらく死者を守護する忠実な従者の役を果たしているのだ。緑色の鳥は冥界への旅を案内する役目だろう。玄室の中央には細長い石をくり抜いてこしらえた舟形の石棺があったが、蓋はわきにずらしてあり一体の白骨が横たわっていた。めぼしい副葬品は何もなかったところを見れば盗掘者がかつて中身をかすめとったのだ。死者が葬られてから古墳にもぐりこんだのは男が初めてではなかったのだ。

男は外へ這い出た。石蓋を入口に立てかけ大急ぎで土を元通りかぶせた。切り払った草を新しい土の上に重ねた。そのとき初めて手足を刺した無数のヤブ蚊に気づいた。夕日が尾根に沈もうとしていた。男は自分の発見を誰にも告げなかった。撮影に対する正式の許可は市の教育委員会からおりることになっている。届け出なければならなかった。申請書を提出しても撮影許可がおりることはないと思われた。

この地方に古墳はざらで装飾壁画を持つそれも珍しくはなかったが、数からいえば少なかった。男が発見したような精密な彩色画は皆無といってよかった。これまで発掘されたのは直弧文や三角連続文というありふれた幾何図形だけで、波にうかぶ舟や鳥という具象的な壁画はこれが初めてである。

もしその筋に報告したら即座に調査団が組織されるだろう。中央から文化財の専門家たちが派遣されて来るだろう。新聞雑誌テレビの関係者も押しかけるだろう。男のような門外漢がわりこむ余地がない。大がかりな発掘が行われ、長期にわたって調査されて、それからようやく一般公開となる。物見高い見物人が長蛇の列をつくって詰めかける。許されるとしたら自分はその列に立ちまじって数秒間、眺めるだけだ。

ささやかな名誉といえば地方新聞の片隅に発見者として男の名前が一、二行の記事となってのるくらいのものだ。男にしてみればそういう扱いはまっぴらだった。発見者にはそれにふさわしい特権があるはずだ。古墳を自分のものにしたい、と男は思った。ありふれた古墳ならそういう気を起さなかったであろうが、装飾古墳となったら話が違って来る。

暗い地底で、石に彩られた朱色の太陽と白い月を見たとき、男の考えは決った。わがものにするといっても壁画のある石を切り取って持ち出すつもりはなかった。できない相談である。自分のカメラで撮影すればそれで気がすむ。その後、役所に届け出るつもりであった。ものには鮮度がある。見物人が目で貪った壁画を撮りたくなかった。千五百年間、闇の底に眠り続けた壁画に初めて現代の光をあびせかけ、フィルムに影像として写しとるのは自分でなければならない。壁画が色褪せる前に、ういういしい色彩をそうやって手中におさめることができる、と男は信じた。

男は震えた。体を押しつけている土から伝わる冷気が、五体をしびれさせた。痛みはそれが持続的な状態になってしまうと、麻痺でもしたようになって、先程のようには男を苦しめなくなった。そのかわり寒気が男を凍えさせた。

古墳のなかは外より気温が低い。このままじっとしていると、痛みや飢えよりも寒気で駄目になってしまう、と男は考えた。男は試みた。下半身に力をこめて徐々に腰をもたげた。自由な右脚を突っ張って石を押し上げようとした。そのとたん激痛が走った。思わず叫び声をあげた。下半身を動かしたせいで、麻痺していた痛みがまたなまなましく甦って来た。男は数分間、身動きをせずに横たわり、痛みがうすらぐのを待った。

耐えられるほどにやわらいでから、また試みた。息を止め、渾身の精力を下半身に集め石を持ち上げにかかった。力をこめればこめるほど痛みは大きかった。男はあっけなくへたばった。肺の奥からありったけの空気を吐き出してうつ伏せになった。しばらく肩で喘いだ。男は慎重に力が回復するのを待った。今度は背中にのしかかっている石くれを手で取り除いた。下半身で押し上げる前に、少しでも重量をへらしておく必要があった。

天井は落下した板石が斜めに傾いたままその上の土を支えている。男がもがいても、それ以上くずれ落ちそうになかった。今、男がおかれている状況でただ一つ取り柄があるとすれば、事態がさらに悪くなることはないということくらいだ。身じろぎするたびに頭上から土砂が降りそそいで、男を埋め続けていたら、とうの昔に窒息して死体となっていただろう。

三度目を試みた。ありったけの力をしぼり出して下半身を緊張させ、石をずり上げようとした。ずり上げておいてわずかな隙間をこしらえれば、そこから這い出すことができる。痛みが来た。男は歯を喰いしばってこらえた。ここでくじけては試みた甲斐がない。男は両手と右足を地面に突っ張り、石とたたかった。

心臓が今にも破れそうに搏った。こめかみのふくれあがるのがわかった。男は激しく息を吸って吐いた。全身の筋肉が引き吊った。何かが男の内部で切れた。男は全力を使い果した。腹這いになって荒い息をついた。石は終始びくとも動かなかった。くさびで固定してあるようであった。男はためこんだエネルギーを消費してしまったのに、左脚は相変らずしっかりと石にくわえこまれている。

男は空腹を覚えた。

今朝、トースト二切れとコーヒーをとったきりである。中食といえば、そうだ、男は自分の弁当を思い出した。――どこかこのあたりに……男はあわただしく暗闇のなかを手で探った。土の下も調べた。弁当は見当らなかった。そうだった、弁当を古墳のなかで食べようとは思わなかった。撮影が一段落してから古墳の外、風通しの良い丘の頂で開くつもりであった。

頂は古墳羨道の入口を見下す恰好の高みで丘の四周を見渡すことができた。五百メートル四方に人家はなかった。あったとしてもここで叫んで声が届くことはない。工事現場はすぐ近くだが、彼らとて地底からの声を聞きとることができるとは思われない。咽が裂けるほど大声をあげても無駄である。

――あれを目に留めてくれたら……

弁当を土の上に置けばアリがたかるので、古墳入口の栗の木に結びつけたような気がする。工事現場は斜面の反対側であるが、ふとしたことでブルドーザーかダンプカーの運転士がそれを見つけはしないだろうか。おかしな所に弁当がぶらさがっていると思い、栗の木の根もとに口をあけた穴に気がつく。穴のきわに置いてある照明用バッテリーを認め、（そうだ、入口にはバッテリーも置いたままだ）誰かが地中にもぐりこんでいると知るだろう。

外部から救出される可能性がなくもないのだ。男は耳を土にあてた。かすかな地響きが伝わって来た。断続的な機械音である。ショベルローダーが丘を越えて来て、入口を塞いでいる土をひとすくいかふたすくいかしたら男は外へ這い出ることができる。しかしそれが古墳の上を通ろうものなら、度かさなる振動で脆くなった天井はひとたまりもあるまい。男はのしいかのように平べったくなってしまう。外部の人間が自分に気づいてくれることをのんびりと待つわけにはゆかない。

男はタクシーで丘の麓まで来た。撮影器材は車なしでは運べなかった。二台のカメラ（6×6判のカメラをメインとし、35ミリをサブに用意した）と照明用のバッテリー三個の他にライトや脚を加えると百キロ近い重量である。男は羨道入口までの斜面を息せき切って登った。

誰かが羨道入口を見つけているのではないかということが気がかりであった。穴に石で蓋をし草をかぶせていたから、よほど念入りに探さなければ分らないはずだったが、万一ということもある。まる一週間、撮影準備をととのえるまで、男はそのことだけを心配し続けた。ゼラチンフィルターをすぐ手に入れることができたら一週間も待ちはしなかったろう。カメラ店にストックが無かったのだった。夜間用フィルムはバッテリーライトで撮影できるが、発色が悪いのである。古墳壁画の微妙な色彩を再現するには、扱いにくいゼラチンフィルターを使い、昼間用フィルムで写さなければならない。

男はきょう、古墳を撮影に出かけることを同僚にもアパートの隣人にも告げていなかった。明日は日曜日で勤務も休みである。男が姿を見せないことを怪しむ者はいない。明後日、無断欠勤をすることになり、上司から問合わせが来てもアパートの管理人は答えられない。男を丘へ運んで来たタクシー運転手にしたところで、顔さえ覚えていないだろう。

男は闇のなかで身震いした。土の冷気が肌を刺戟した。鼻の頭すら見えない暗黒に浸っていると、肉体がちょうど温湯に溶ける砂糖のように闇に溶解してゆくようである。手が指先から溶け、足が大腿がだんだん消えてゆく。ついには肉体が完全に消失し、闇が一層濃くなる。そういうことを男は考えた。

天啓のようなものが閃いた。石を押し上げようとばかりしているからうまくゆかないのだ。考え方を変えたらどうだろう。左脚の下を掘ってみること。さいわい両手は使える。体の左右を埋めた土はほぼ取り除いている。そう考えるや直ちにとりかかった。男は体を弓なりに曲げて左脚の下に指を立てた。

床は石で固められていない。平たい小石が敷きつめてある。その石を起すと下には砂まじりの土があった。思ったほど堅くはなかった。爪が痛んだ。剝がれたのかも知れない。爪の一枚や二枚を失っても命にはかえられない。ポケットにさしていた万年筆を思い出した。それを使って掘ってみたがすぐに折れた。かわりに平たい石を使った。

体を不自然に折り曲げている。節々が痛んだ。ときどき手を休め体を伸ばして息をついた。左手と右手をかわるがわる動かした。膝までは割合らくに手が届いた。そこから先を掘るにはエビのように体を反らさなければならなかった。湿った砂まじりの土は石を道具にしてはうまく削れない。ひとかたまりの土を掘ってすくい出すごとに息をつくようになった。休息が一回ずつ長くなる。

左脚の下を掘ったところで、その分だけ脚がめりこめば抜きとることができない。男はそのことに気づき、腕を休めた。しかし何もしないでいるより何かをし続けた方が良かった。そうしなければ、恐怖が酸のように男を浸蝕し、ぼろぼろにしてしまうと感じられた。今のところ左脚の下にこしらえた空間は安定していた。石は沈みこむことはなかった。下半身でうける圧迫感でそれが分った。

県立図書館司書という職業は男の性格にふさわしいものといえた。他人とつきあうには書物を仲だちとすれば良かったから。本を出し入れする際、高くそびえる書架にはさまれた通路を歩くときほど男の心が和むことはなかった。朝も昼も本棚の間にはひっそりと澱んで動かない空気が溜っていた。カビとインクの匂いのするその空気を嗅ぐと、男は気持が安らぐのだった。

書物は笑いも怒りもしなかった。沈黙していた。それでいて生きていた。男は一人でいて書物と向いあっているとき初めてくつろぐ自分を感じた。他人と一緒にいると緊張した。挨拶をし、健康をたずねあい、同僚と上司の噂をしなければならなかった。給料の号俸や賞与の額も話題になった。

他人と向いあっていると男は自分のなかで何かがこわばり、硬くなり、果ては干からびて死ぬのを感じた。男がいちばん大事にしている何かが窒息するのだった。男はおしゃべりだった。会議ちゅうは人より多弁になった。問題点に斬新な解決策を示し、冗談をいい、議題について具体的な提案をすることがあった。他人と居ると必要以上に陽気に振舞うのが癖なのである。

会が終ってからは反動がひどかった。ようやく一人になると半死半生になった。疲労困憊している自分を意識した。手洗いにとびこみ、便器の蓋に腰をかけた。両手に顔を埋め、背をまげて何も考えずにうずくまる。薄暗い密室にしゃがんでいると次第に落着いて来る。他人との接触ですさんだ気持がおさまる。自分自身を取り戻すことができた。十分後には何喰わぬ顔をして手洗いを出た。用は足さなかったが念のため必ず水を流しておいた。自分の机に戻ってからは隣席の同僚にまず気の利いた無駄口を叩いた。

男に家族は無かった。両親は男が学校を出るまでになくなった。一人息子であった。二十代も半ばを過ぎた今となって、これという女友達も持たなかった。結婚をまじめに考えたこともなかった。妻といっても他人の一人である。上司がそれとなく交際をすすめる女性があった。男は気づかないふりをした。女を意識しないのではなかった。欲望は人並にあった。とどのつまり断わるにしても女を紹介されたらひとまず会った。気に入った女を紹介されたことは一度もなかった。欲望は自分で規則的に処理した。

飢えが男の胃をしめ上げた。

男は上衣の裏地をちぎり取って口に入れた。うすい化繊の布切れは噛んでも噛みきれるものでなく、無理にのみこもうとすると咽をこすり、吐き気を催させた。口は干あがって唾液すら出なかった。無意識のうちにポケットを探ると、何か堅い物が手に触れた。金属性の薄片である。つかみ出して分った。靴べらであった。

男はそれをしっかりと握りしめた。事故に慌てふためいて、こんな物を持っていることを忘れていた。男はありったけのポケットを点検した。つぶれたタバコが七、八本出て来た。チューインガムが三枚。昨日、勤め帰りに寄ったパチンコ店の景品である。男はもう一度ポケットをしらべた。平べったい直方体に触れた。それを大切に手のひらでくるんで取り出した、ひとかけらもこぼしてはならなかった。左手に包みをのせて右手で慎重に包みを剝がした。

二センチ角大のかけらを指でつまみ、口に入れた。甘味と芳香がじわりと口中に拡がった。とろける甘さが咽の奥へすべり落ち、脳髄をしびれさせるようである。男は震える指で次の一片をつまみ、舌にのせた。口に含むと同時にチョコレートは崩れて溶け、甘い液体となって胃に流れて行く。三つめをつまもうとしたとき、指がそれを取り落した。

男はうろたえて地面をまさぐった。ダイヤモンドより価値ある物である。手ざわりでチョコレートを探し当て、土がついているまま口に押しこんだ。男は意識のすべてを食べることに集中した。チョコレートの甘さを心ゆくまで味わった。三分の一を平げて残りは銀紙でしっかりと包み、内ポケットにしまってボタンをかけた。

食物をいくらか胃におさめたせいでかえって飢えの感覚はとぎすまされた。それでも脱力感は薄れたようである。石と格闘する気力が湧いて来た。男はタバコをくわえた。くわえてから火をつける道具が無いことに気づいた。ライターはズボンの左ポケットに入れている。石が邪魔で手が届かない。男はタバコを袋に戻した。

——ライターを手に入れてやる……

靴べらを握りしめて体を折りまげた。石を使うよりも掘りやすかった。さっきから気になる音が聞えた。手を休みなく動かしながらいぶかしく思った。ブルドーザーが古墳の上を削っているのだろうか。ディーゼル機関の音ではない。風が吹く音に似ている。フイゴがたてる音にも近い。手を休めて耳を傾けた。地底深く聞える物音があるというのが不思議だった。正体はやがて分った。

男が吸っては吐く呼吸であった。獣が喘ぐのに似ていた。走り疲れた犬がこんな息づかいをしていたことを思い出した。男は自分の苦しい呼吸に聞き入った。じっとしていると喘ぎは弱まった。男は再び靴べらを握って体を折りまげた。関節が痛んだ。体は錆びた機械になったと思った。油が切れてこれ以上動かすと分解しそうな機械に。男は自分で自分を励ました。

――お前、疲れたのか――…

――さっきから働きずくめだからな――…

――ずいぶん仕事をしたもんだ――…

――くたくただよ――…

――少し休んだらどうだ――……

――休んではいられない、見ろ、脚の下はだいぶ凹みが深くなった――…

――もうちょっとの辛抱だ――…

――腹が減った――…

――チョコレートがあるじゃないか――…

――食べてもいいだろうか――…

――腹が減っては戦《いくさ》ができないというだろう――…

――それもそうだ――…

――半分は残しておくんだな――…

男は泥まみれの手を上衣にこすりつけ、銀紙包みを大事に取り出した。指は泥で汚れていたので、チョコレートのかけらを舌ですくいとった。呻き声が男の口から洩れた。男は貪り食べた。黒褐色の液体が食道を通り、からっぽの胃へすべり落ちるや、即座に粘膜から呼吸されるのが分った。それは音をたてて血管内をかけめぐり、全身の細胞にしみこんで活力になるようである。

男は一心不乱に口を動かした。包み紙を舌でなめまわして残りがいくらもないことに気づいた。さっきと同じ量、三分の一だけ食べてあとはとっておくつもりだったが、予定分より多く食べ過ぎた。男は残りをていねいに紙でくるんだ。靴べらをつかんで掘り始めた。肩が痛み、首のつけ根も肘も手も背筋も疼いた。体じゅうの関節で苦痛の火花が炸裂するようである。

男は耐えた。古墳に入ったのは午前十一時ごろであった。それから何時間たっているだろう。午後一時か二時、もしかしたら三時か四時、いやもっと長い時が経っているかも知れない。落盤にあってしばらく気を失っていたから。飢えも渇きもますます強くなった。チューインガムを小さく嚙みちぎったままのみこみ腹の足しにした。しかしさし迫っているのは背と左脚を砕かんばかりに圧迫する石の力である。

男はひたすら靴べらで土をかき出すことに熱中した。機械的に手を動かして痛みと闘った。穴がある深さに達したとき、かつてない痛みが体をつらぬいた。男は体を硬直させて呻いた。何が起ったのか分らなかった。傷ついた獣のように唸っていると痛みが薄らぐ。男はあることに気づいた。痛みで疼いているのは無感覚だったはずの左脚ではないか。

男はそろそろと前へにじり出た。全身の力を両手にこめて石の下から下半身を引き出した。身動きする度に電流を通されたように激痛が走った。石の下から完全に脱け出たと確かめたとき、男は気を失った。


羨道入口は一週間前、男が土で埋め草で覆ったままになっていた。丘は静かだった。栗の葉が風に鳴った。空のどこかで啼く鳥の声が聞えた。男は土を掘り、石蓋をのけた。カメラをおさめたショルダーバッグとバッテリーを引きずって羨道に這いこんだ。ライトと脚を運びこんだ。石室の隅に器材を積みあげライトのスイッチを入れた。カメラアングルを決めにかかった。壁画の表面は水で濡れてガラスのように光った。湿り具合は理想的だった。乾きすぎていては色彩が鮮かさを失うし、湿りすぎていてはカメラの位置をどう変えてもライトを反射してしまうのである。

露出を決め、ピントを合せた。ゼラチンフィルターを入れる。ミラーアップ、シャッターを押す。その音が古墳のなかで異様に高く響く。フィルムパックを交換する。絞りを変えなければならない。ライトの放熱で石室のなかは温度が上昇する。男は汗みずくになる。ひっきりなしに天井から水滴がしたたる。ゼラチンフィルターもそれで使えなくなる。ファインダーをのぞく目に汗が流れこみ、壁画もかすんでしまう。男はアングルをかえてシャッターを押す。フィルターを交換する。神経質に露出計を確かめる。カラーフィルムは1/3絞りの露出差で発色が違う。バッテリーは五、六分しかもたないので、一回二十秒という限られた時間で撮影を続けることになる。男は流れる汗をタオルで拭いた。

咽の渇きで男は正気に返った。短い夢を見ていた。予定通り古墳に器材を運びこんで撮影をすませるまでの夢であった。そこで切れた。崩壊は夢の中で起らなかったかわりに、古墳を出て行く自分の姿も見届けることができなかった。上半身を起して羨道の壁によりかかった。身動きすると体の節々が痛む。手で下半身をしらべた。傷ついた所があるかどうか。左脚の痛みは柔らいではいなかったが手でさするうちに薄れてくる感じである。

男は石で圧迫された皮膚をこすって麻痺した感覚を取り戻しにかかった。その手がポケットのふくらみに触れた。忘れていた。やにわに手をすべりこませ、直方体の固型物をつかみ出した。ライターである。つぶれてはいなかった。指先に力をこめた。

世界が燃えあがった。

まばゆさに男は息をのんだ。反射的に目をとじ、ライターを消した。暗い闇にかえっても目蓋の裏で橙色の焔がゆらいだ。男はタバコに火をつけて深々と煙を吸いこんだ。ライターにいつガスを補充したかを考えた。昨日でも一昨日でもない。半分以上はつかっているはずだった。長もちしそうになかった。焔を小さく調節した。

タバコをゆっくり味わった。のみ終るまで何も考えなかった。男はライターをかざして羨道入口の方をしらべた。土と石が重なっていて隙間は無かった。靴べら一丁で石を除き外への通路を掘削することはできない相談である。泥の上にショルダーバッグのベルトがのぞいている。それを掘り出した。カメラをあらためた。赤ん坊の頭大の石がバッグの上にあり、カメラは歪んでいた。フードも楕円形にひしゃげていた。カメラをバッグに戻そうとしたとき、男は何かがその中にあることに気づいた。はっとして体をこわばらせた。弁当である。栗の木にかけたと信じこんでいた。男は弁当を手にとって呆然とした。

栗の木にかけておくつもりでつい心がせいてそれを忘れ、かけたと思ってさっさと古墳にもぐりこんでしまったのだ。これで救出される見こみが一つ減った。古墳入口の草むらに置いたバッテリーが誰の目につくだろう。男は包みをあけた。サンドイッチを口に入れたとき、悪臭が鼻をついた。駅の売店で買ったものだ。ハムとパンを別にして鼻で嗅いだ。悪臭はハムと卵が原因のようである。パンだけを頬張った。やや酸っぱかったが食べられないことはなかった。ハムは勿体なかったが腐敗ゆえに中毒することは避けねばならなかった。一秒でも一分でも命を長らえるには少しでも栄養となる物を胃におさめておくことである。男はパンを平げてしまった。当面の飢えが解決するとまたもや渇きが咽を焦げつかせた。弁当は持参しても水筒を添えることは忘れていた。パンに含まれている微量の塩分がいけなかった。

ライターが使える間に探しておきたい物はまだあった。男はバッグを掘り出した穴を更にかき分けて三脚を取り出した。木製のそれは石の力を受けて中央で折れていた。金属性の三脚にすれば良かったのだが、アパートを出るときバッテリーの重さを考えて軽い方にした。しかし木製にも尖端には金属の覆いがかぶせてあるから多少の役には立つはずである。次に懐中電燈を探した。こういうとき三脚は土を探るのに便利だった。ライターが燃えつきるまでに発見しなければならない。生きのびるには明りが要る。

ようやく土中に何か堅い物の手応えがあった。スイッチは切れていた。電球は割れてはいない。キャップをはずして乾電池をとり出した。ライターで筒内をしらべた。スイッチ部分がひしゃげてうまく作動しないのが分った。折れた万年筆をさしこんで、つぶれた金属の舌をおこした。乾電池を入れてキャップをはめこんだ。何者かに祈った。

光がほとばしった。

古墳の中は光の洪水であった。ライターより百倍も明るかった。土の中から発掘した全財産と自分自身の体を引きずって、男は羨道の奥へ辿りついた。石室は縦三メートル、横二メートル半あまりの長方形である。立てば頭がつかえる高さに天井が迫っている。中央には石棺があった。懐中電燈で石棺をしらべた。玉も首飾りも鏡もなかった。腐蝕した鉄の剣が一振り白骨のわきに置いてあるだけである。持ち上げようとするとさわった箇所で二つに折れた。

蓋がはずしてあるところをみるとかつて盗掘者が侵入したこともあったわけだ。これだけの規模を持つ古墳なら副葬品も少なくなかったであろう。盗人はめぼしい物を持ち去っていた。男はぼんやりと石棺の主を見おろした。完全な白骨ではなく、頭蓋骨と肋骨の一部と大腿骨が残っているきりで、あとは砕かれた貝の白さで細かな粒になって石棺の底に散らばっているだけである。

頭蓋骨にあいた二つのうつろな眼窩が男をみつめた。脱出できなければ古墳のなかにもう一体、白骨がふえることになる。その副葬品はひしゃげたカメラとライターと懐中電燈と折れた三脚ということになる。男はこぶしで次に石で壁を叩いた。厚いところは五十センチくらいありそうだった。安山岩と凝灰岩を畳んだもので柔らかい砂岩は一個も使われていない。石と石の隙間にはこぶし大の割石が粘土で詰めてあった。男はしきりに上下左右に目を配った。

出口は土質がもろくなっている。掘ればまた土と石の下敷になる。男は古墳が丘のどのあたりに位置していたかを思い出しにかかった。それによって土の厚さも違って来るのである。古墳は丘の中腹にあって、羨道は丘の長軸すなわち稜線と直角に交わっている。入口付近の天井は一メートルあまりの土で覆われているが石室の上では一・五メートルはあるだろう。だが……男はじっと天井に目をこらした。石室は羨道より高い。その高さを計算に入れれば土の厚さはせいぜい五十センチ、いやもっと薄くなる。しかし土が薄いと分っても部厚い石があっては仕方がない。石室を諦めて羨道の壁から出るとしたらどうだろう。壁を築いている石をとりのけたらそれが支えている天井石が落ちて来るという惧れがある。

結局、脱出するとしたら石室の中をおいては他に無い。男は白骨のある部屋の隅々を懐中電燈で照らした。何かが片隅で光った。石を敷きつめた床のくぼみに水が溜っていた。男は四つん這いになって顔を近づけた。水は氷のように冷たく、石と苔の味がした。これでパンにもタバコにも水にもありついたことになる。男はしばらく休もうと思った。考えるのはそれからでも遅くはない。時間だけはたっぷりとあった。いちどきに疲労が湧いた。床はどこも湿っていた。なるべく乾いた部分を選んでそこに横たわった。

崩壊の瞬間、下半身に落下したあの大石がもし頭に落ちていたら卵のようにつぶれていただろう。げんにカメラさえ歪んでいるのだから。体をひどく打ちはしたが出血するような怪我は負わなかった。ポケットにライターとチョコレートを入れていた。タバコに点火して吸うこともできた。弁当も穴の中に持ちこんでいた。水も飲めた。とじこめられたという大きな不幸に対して男はこれらのささやかな幸運を数え上げて自分を慰めた。

懐中電燈を消し、手頃な石を枕に目をとじた。眠ろうとした。しばらく体を使わないでいると冷気が肌にしみた。男は両膝を引き上げ腕をちぢめて胎児のように体を丸めた。床の冷たさがそうするとしのぎやすくなるようだった。あとどのくらい生きられるかを男は考えた。一枚のチューインガムとチョコレート数片。溜り水。物の本によると人間は水も食物もなしではせいぜい十日間が生存の限界であるという。水があれば四十日間は生きた記録がある。ただしそれは明るく輝く外光の下での話だ。こんな暗黒の穴底で苔臭い水をすすって四十日間も生きのびることができるとは思われない。

ある漂流記で難破した船の乗組員がボートで七十二日間、生命を維持したてんまつを読んだことがあった。しかし海上では魚をとって食べることができる。それにおそらくボートには非常用の水や食糧が積みこんであったことだろう。疲労と寒気にさいなまれながらも心の奥深い箇所にいい難い安息感と歓びがあるのを男は意識した。手洗いのなかの孤独よりもこのなかが完全であった。書架の間の薄闇よりこのなかの闇が濃かった。男は沈黙と闇を同時に手に入れたわけだった。——このままじっとしていても構わないじゃないか、何をあくせくと外へもがき出る必要がある——……眠りに入る直前、男はそう思った。

何かに足をくすぐられて目醒めた。目が醒めたとき、いつもそうするように枕もとへ手を伸ばした。そこに置いた腕時計をとって時刻を確かめるのが習慣である。腕時計は無かった。手首につけたまま寝入っていた。枕がやけに堅いし、それにこの暗さはどうだ。意識がすっかり鮮明になると、きょう一日のことが思い出され、古墳のなかにとじこめられた自分に気づいた。

何時間ねむったのだろう。今は昼なのか夕方なのかそれも分らない。男は身を起した。体のあちこちがこわばって痛んだ。黒い糊状の闇が耐え難かった。とりあえずライターをつけた。そのとき、壁ぎわをかすめる紡錘形が男の目を捉えた。野ネズミである。足をくすぐったのはそいつに違いなかった。男はライターを消して懐中電燈にかえた。

乾電池がどのくらいもつものか男は知らない。今まで考えたことはなかった。光が弱くなったらそのつど入れかえれば良かった。交換したばかりの電池なら希望があるけれど、これを買ったのは二週間ほど前で、何回か使っている。電球の光も弱まっているようである。男は石室の壁と天井を照らした。折れた三脚くらいで石を突き崩せるものではない。明りを消した。闇のなかにうずくまって脱出方法を考えた。

小さな穴でいい。肩が通りさえすれば外へ出られる。野ネズミが羨ましかった。あいつらときたら実にちっぽけな穴から楽々と抜けてしまう。男は空腹を覚えた。眠る前に食べたパンは消化してしまって胃は再びからだ。チョコレートの残りを食べた。一かけらずつ味わった。またたく間に食べ終えて今度はチューインガムをかじった。それもすぐになくなった。のみも金槌もなくて壁に穴をあけることは不可能である。男はまた懐中電燈をともした。乾電池が心配だったが、闇のなかにしゃがんでいてはまとまる考えもまとまらない。男の視線が石棺に釘づけになった。

それは一個の凝灰岩をくり抜いたものである。男は近寄って石棺をつぶさに検分した。縁が欠けている。おそらく盗掘者が鉄梃《かなてこ》か何かで蓋をこじあけたとき、無理に力をこめてその部分にひびを入れたものだろう。縁の下に亀裂が走っていた。男は石棺の縁を指でなぞり、ひび割れた箇所をさすった。石でそこを叩いた。あっけなく石棺の側面は亀裂の部分で欠け落ちた。

石というものは堅そうに見えて実はもろいのだ。亀裂さえあれば。男は懐中電燈を壁と天井の接合部にあてた。石はのみで切り出すとき目に見えないひびが入るものである。現代のように鋭利なのみが無かった時代であるから尚更のことだ。一箇の石を切りとるにもかなり無理な力を加えているだろう。千数百年の間に亀裂は拡がっているはずである。崩すとすればそこだ。

男は足もとをうろついている野ネズミを観察した。こいつらはどこから出入りしているのだろう。

モグラではあるまいし四六時ちゅう地底にひそんでいるわけではあるまい。古墳のなかには朽ちた骨の他は何も餌になる物はない。もう一つ不思議なのは羨道入口が塞がったというのにいつまでも息苦しくならないことである。

野ネズミの通路がどこかになければならない。見落した所があるのだ。男はライターをともして壁に沿ってゆっくりと歩いた。まっすぐに立ちのぼる焔がある地点でゆらいだ。鳥を射る男たちの絵が描かれた壁である。巨大なわらび状の傘はその柄にあたる部分にひびが入っていた。ひびは壁の斜め上、青緑色の縁を持つ白い月の下を走り天井に達していた。地肌が黒っぽく太陽を描いた壁よりも直線状の刻み目が多いので亀裂と見えなかったのだ。男は折れた三脚のうち一本を手に持って亀裂にさしこんだ。この亀裂はもしかしたら古墳の上をブルドーザーが通過したとき拡がったのかも知れなかった。男は冥界の壁と黄泉路の壁の接合部につめた割り石をえぐり取った。その隙間に棒をつっこんで土を崩した。亀裂は接合部のほぼ中央から天井に接した壁の一辺まで壁画の隅を三角形に切りとるように走っている。この三角形を取り除くことができさえしたら。

男は即座に接合部の隙間を棒で掘り始めた。壁の合せ目から土をかき出すうちに三本とも棒は折れてしまった。作業ははかどらなかった。折れた棒をベルトでつないで野ネズミの通路である亀裂にさしこんでみた。通路はまがりくねっているらしく棒は石と草の根にさえぎられて一定の深さ以上は進まない。男は焦った。地表に小さな穴をうがつことができればそこから外光を見ることができる。棒に力をこめた。そのとたん手応えがなくなった。棒が折れてしまった。引き出してみると長さは半分になっていて、残りは土に刺さったままである。

男は折れた棒を手に力無く坐りこんだ。この上は素手で石と闘わなければならない。空腹のあまり胃が痛んだ。男は溜り水を犬の姿勢で飲んだ。水で胃の痛みを癒やした。作業しない間は明りを消しておこうと懐中電燈に手を伸ばしたとき、男は首をかしげた。光に浮きあがっているのは石棺である。

盗掘者はどうやってこの蓋をどかしたのだろう。厚さは五センチくらいだ。何かてこのような物でこじあけた証拠に縁が欠けている。そうすれば……。男は石棺に這い寄った。男の手が冷たい物に触れた。蓋のかげにころがっていて今まで目につかなかった物体があった。男はそれを持ち上げた。表面は錆びているが芯まで腐蝕してはいない。直径二センチ、長さ一メートル程の鉄棒である。片方がとがり、もう一方は平たくなっている。

男は一端を亀裂にさしこみ、こじるようにした。全身の重みを鉄棒にかけた。石のきしる音がした。天井から砂のようなものが落ちて来た。壁がぐらついている。亀裂もやや大きくなったようだ。この部分では天井の真上と異り土も薄いはずである。男は数分の格闘の後、だるくなって腰をおろした。疲れがひどく息苦しくもあった。

懐中電燈の光もずいぶん弱まってきたようである。休むときは明りを消した。希望が生じてからは闇がこわくなった。胸が苦しかった。男はそれを空腹と疲労のせいにした。


男は重い腰をあげた。手の皮がすり剝けている。鉄棒を握る手のひらは滲み出た血でべとついた。いつ剝がれたものか、指の爪は何枚か見えなくなっている。

男は今度は天井に接した壁の上端を攻撃にかかった。さっきと同じこつでひびを拡げ打ち崩しにかかった。めまいを覚え、今にも肺が破れそうに収縮した。上衣を脱ぎ、シャツを脱いで絞った。体のどこにこれだけの水分があったのか不思議だった。男は一個の機械と化したごとく壁めがけて鉄棒をくり出しては引いた。ひび割れを大きくした。口をあいた亀裂の奥深く鉄棒をさし入れ、てこの要領で力を加えると石はぐらつくようになった。

男は明りを消して休んだ。せわしなく呼吸した。咽に真綿が詰まったようである。胸も苦しかった。酸素の供給を断たれた潜水夫になったような気がした。壁にもたれていたがたまりかねて横たわってしまった。いくらか楽になった。しきりにねむかった。目をとじればたちまち眠りに引きこまれるようである。体があたたかく柔らかい綿にくるまれ、雲にでも乗っているように快かった。

このまま眠りこんだらどんなに気持がいいだろう、と男は思った。五、六分間なら構わないだろう、そうするとこの息苦しさからも逃れられるかも知れない。疲労も癒えるだろう。冬山で遭難する登山者が雪中で凍死しようとする寸前、しばしば快い眠りにおちいるという話を思い出した。眠りこんだら二度と醒めない眠りになる。そうと分っていても目蓋は糊でも付けたようにお互にくっつこうとする。横たわっているのがいけないのだ。

男は床に手をついて上体を起した。

冷たい溜り水で顔を濡らした。こぶしで頭を叩いたがきき目は無い。上体を起しはしたものの壁によりかかったまま眠りこもうとしていた。結局、眠りこまないためには仕事をする他はなさそうであった。男はふらつく足を踏みしめて立ちあがり、焼火箸のように感じられる鉄棒をつかんだ。

作業を再開するたびに鉄棒は重たくなる。目方が自然に増えることはないからその分だけ男の体力が低下したことが分るのだ。男は喘息病みのように喘ぎながら必死の思いで鉄棒を持ち上げ、よろけながら壁のひびに突きを入れた。動作は極端にゆるやかになった。ひびを突くだけで男は咽をぜいぜい鳴らした。今、男が立ち向っているのは青緑色の暈をめぐらした白い月である。ひびが次第に大きくなって月を二つに割った。

男は顔の汗を肘で拭った。ひび割れた冥界の月を眺めた。外へ出るにはこの月を崩さなければならない。男はのろのろと鉄棒を取り上げ月のひびにそれを打ちこんだ。また何かがきしった。男は一挙動ごとに鉄棒を床について一息入れなければならなかった。目がかすみ、手もとも狂って何回もひびとは違う箇所を突くことがあった。鉄棒をとり落しもした。

手のひらのまめがつぶれたあとに、またまめができてつぶれた。シャツを細長く裂いて手に巻きつけた。そうしなければ血と汗ですべって鉄棒に力をこめることができない。男は誘惑と闘った。一つの声が囁きかけるのである。それが耳について離れない。

——鉄棒をすててしばらく休んだらどうなんだ——……とその声はいう。

——いやだ——……と男は答える。

——二時間ばかり、どうということもあるまい。そんな調子じゃいつまでたってもはかがゆかないじゃないか。悪いことはいわない——……と闇の声。

——うるさい——……と男は答える。

——ほらほら、お前は石を叩いている。そこはひびじゃない。……熟睡するのはいい気持だ——……と声。

——そんなことは分ってる——……と男は答える。休みなく鉄棒を動かしながら。この息苦しさがたまらない。胸をかきむしりたくなる。

——床に横たわって目をとじろ、そうすれば——……と声。

——そうすれば二度と日の目を見れなくなるのさ——……男は喘ぎつつ答える。

——いや、そうしなければ二度と日の目を拝めなくなるのだ——……と声はいう。

——黙ってろ——……と男はいった。立ったまま鉄棒にすがって休んだ。壁によりかかりでもしたら崩折れて深い眠りの井戸に落ちこみそうだ。


カーテンの隙間から朝の光が射しこんでいる。日曜日の朝、男は疲れきって目醒めた。部屋の片隅に目をやった。バッテリー、三脚、二台のカメラ、ライトがある。してみると古墳にとじこめられたのは夢だったのだ。しかし、この息苦しさは……。寝巻がよじれて男の体にからみついている。布団が石のように重い。カーテンの隙間から射しこむ朝の光がだんだん薄れる。もう夜になるのか。今は朝のはずである。腕時計に手を伸ばした。その手が血にまみれている。男は悲鳴をあげた。カーテンから洩れる光は消えた。

男は古墳のなかで我に返った。

鉄棒を杖に立ったまま夢を見ていたようだ。男は再び石に立ち向った。ひびは大きく口をあけていた。鉄棒を深くさしこんで体重をかけた。石が重々しくきしった。石室を築くすべての石がごくわずかながらゆさぶられて動いたように思った。石どもが息をひそめ男の一挙一動を見守っていると男は感じた。肩も腰も脚も腕も、ひび割れた石と同じように音をたてるかと思われた。男は満身の力を鉄棒にこめた。ひびの入った石を壁からはずしにかかった。

にぶい音がした。男は鉄棒から手を離してとびのいた。壁の一部が押し出されるように傾き、一瞬、空中にとどまるかに見えたが、そのままゆっくりと内側にせりだし、足もとにころげ落ちた。石の向う側、男の目の高さに黒い土がのぞいている。土のなかには白い草の根が見えた。男は疲れを忘れた。不意に懐中電燈が消えた。男は石棺の上に置いたそれをとって慌しくスイッチを点滅させた。フィラメントの形だけぼんやりと闇に赤い。それも次第に光が弱まる。

男は舌打ちした。突き崩した壁の向うを斜め上方へ掘削してこれから外への脱出孔をうがつつもりでいる。明りなしで掘れないことはなかったが、明りがあれば余分の土を掘らないですみそうだった。男はチョコレートの包み紙をすてずに持っていた。弁当を包んだ紙もあった。それを裂いてねじり、ライターの火をつけた。燃えつきるまで穴にかざして土の状態を細かく観察した。石は少ない。黒褐色を帯びた粘土質の土である。草の根が見えるから地表まで遠くはあるまい。

男は鉄棒を土に突きたてた。壁の石ほど堅くはなかったが、湿った土には弾力があり、草の根ともからみあって、ゴムでも押したような手応えである。しかし、少しずつではあるが男の足もとに土がこぼれ落ちらず高く積ってゆく。刻々と耐え難くなるのは息苦しさである。紙片をねじって火をつけ、それを穴に近づけた。野ネズミの通路があった部分である。

焰はゆらがない。まっすぐに立ちのぼる。風は通っていない。男は考えた。三脚で野ネズミの穴を突き、鉄棒で壁に打撃を与え続けているうちに穴がつぶれてしまったのだ。反射的に男は火を吹消した。外界と通じていた空気孔は塞がっている。息苦しさの原因が分った。この空間に残っている酸素を消費してしまえば窒息する。

石室の容積を計算した。

呼吸が可能なうちに脱出しなければならない。もはや水も食物も問題ではない。ねむけは失せてしまった。男は狂ったように鉄棒で土を崩し始めた。穴を地表までうがつが先か、限られた空気を使い果たすが先かである。男は背腰の痛みを顧みなかった。土と向いあって一心不乱に鉄棒を動かした。小石がすべり落ち顔に当った。目に土が入ることもあった。気にならなかった。息苦しさはつのるばかりである。一つの疑いもつのった。正しい方向に掘り進んでいるのだろうかという疑いである。

——もしや土が一番厚い部分を掘っているのではないだろうか。いつまでたっても古墳から出られないのでは――……

男は迷いをうち消した。こうと決めた以上は一つの方向に掘り進める他に生きのびる道はない、と考えた。腕がしびれた。握っていると思いこんでいるにもかかわらず鉄棒は男の手からずり落ちて床にころがった。男は手探りで拾い上げようとした。体がこわばって思うように腰もまげられない。気ばかり焦っても体は石化したように麻痺している。

男は喘いだ。せわしなく呼吸しながら穴の深さを鉄棒でさぐった。壁の上端から斜め上へかなりの奥行きがある穴があいている。しばらくじっとしていると胸苦しさも薄れた。おもむろに体が動くようになった。男は再び鉄棒を土に打ちこんだ。

空を突いたように手応えがなかった。ひと塊の土が落ちて来た。男は顔にかかった土を払いのけて上を見上げた。青白く光る点が見えた。冷たい水のようなものが流れこんで来た。草の匂いがした。

男は咽を鳴らして新鮮な空気を飲み干した。頭上に輝く光点に目をこらした。星である。外は夜だ。新しい空気で肺は洗われたようにすがすがしくなった。全身の血液までが動きを速め、男の体内でざわめくようである。男は穴を拡げた。いったん外と通じてしまうと後は楽であった。

足もとに積っている土の上に壁石を置き、それを踏んで穴に身を入れた。切り取った壁の一角に足をかけてよじ登った。手が地表に出た。草の根をつかんで体を引き上げた。頭が出た。肩が穴の縁につかえた。力をこめてのけぞるようにした。土を肩で崩した。胸がのぞいた。膝を穴の縁にかけることができた。ついに全身を地上に引っ張りあげた。

男は草の上に横たわって満天の星を眺めた。古墳のなかには二つに割れた白い月があった。

風が吹いていた。

追記——これを書くにあたり、雑誌「九州人」に掲載された榊晃弘氏のエッセイ「装飾古墳撮影記」を参考にしました。

日が沈むのを

《日が沈むのを見るのはいや……》

黒人の唄はわたしを惹きつける。だれでも知っているブルースの一節。セントルイスだったかしら、それともニューオリンズ、よくわからない。いつもこの二つの街の名をとりちがえてしまう。確かめようと思えばたやすいのに、なんとなくおっくうで。何人かが歌ったこのブルースを聴いたけれど、いずれも「見るのはいや」というくせに、メロディーはその箇所を、ほとんどうっとりと、まるで快楽のために息も絶え絶えというぐあいに歌ってのける。

歌手はまず、わたしはいや、と歌ってひと息つき、それから聴きとりにくいほどの低いしわがれ声で、見るのは、と歌い、日が沈むのを、と続ける。そうだろうか、わたしには彼がこう歌っているように聞える。

《日が沈むのを見るのは好き》と。

わたしは夕日を見ている。

銭湯から帰ったばかり。湯あがりの肌はもう汗ばみはじめている。乳房のあいだや背筋のあたりを、なまぬるい汗の粒がすべり落ちるのがわかる。むずがゆいようなくいようないつもの感じ。夜、やすむ前にまた一度、湯を浴びなければ。

アパートの二階、鉤形《かぎ》に折れた棟の南端がわたしの部屋で、廊下はカーテンで仕切っているから、そこに持ちだした椅子に腰をおろしたわたしを見る人はいない。たとえ恰好がスリップだけだとしても。

目の下にはアパートの庭、そこに接している隣屋敷の豊かな庭木。サクラ、カエデ、クリ、ネム、ツバキ、シイ、クスなどのみずみずしい葉が、八月の風を冷たく漉してよこす。庭にはまだわたしが名前を知らない木がたくさん。

おかしなことだが、子供のころ、いや、つい最近まで、木にせよ花にせよ、その名前をつきとめなければ不安で仕様がなかったのに、今はただ黙ってみつめるだけ。いらだちはもう感じない。

栗の木には青い毬がたわわに実っている。鋭い棘で包まれた堅固な木の実が風に揺れているのを見るのは涼しい。わたしの部屋を訪れる客は口をそろえて、庭木立の繁みでクーラーをとりつけているのと同然という。それほどでもないだろう。げんにこうして西日と向いあっているわたしの皮膚は、シャワーを浴びたほどの濡れようだ。

ときどき肌着をつまんではがしている。けれど躰の奥深いところが、夏の光につらぬかれ、全身をめぐる血液もあたたかくざわめく感じ。心臓の快い鼓動、躰の芯まで八月の夕べの光に浸って、けだるく物憂い。

両脚を廊下の手すりにあげ、背は力を抜いて椅子の背にもたせかけている。思いきり楽なわたしのお気に入りの姿勢。右手にはタバコ、左手のとどくところにチョコレート。

母が生きていたらなんというだろう。(まっぴるまからタバコなぞのんで、女だてらにそんなあられもない恰好をして、まあ……)というより、今のわたしの姿を見たら驚きのあまり口もきけなくなるのに相違ない。

これがわたしの生活。

こうしてすごす午後の一刻ほどわたしが生き生きとしている時間はほかに無い。

週に二回のわりで早出、早退の勤務割になっている。早朝の出勤はうれしくないけれど、午後四時には帰り支度をすませていられるから、そのときはもう銭湯に行ったあと、廊下の椅子にもたれて、日が沈むのを眺めているひとときを想像し、としがいもなくわくわくしてしまう。

同僚が食堂で男ともだちの噂から、今年の秋、結婚するだれそれの話をするとき、わたしはごく自然に自分の部屋で夕日に見とれている一刻を思いうかべる。

それは幸福に似ている。

会社から帰る途中、まわり道してスーパーで少しばかりの買物をすませる。野菜とかチーズなどを冷蔵庫にしまう前に、ひとまずカーテンを寄せ、窓をあけ放す。扉の鍵を食器戸棚にのせると同時にラジオのスイッチをいれる。そのかん、右手は水道の栓をひねって湯わかしに水を満たしている。

手順はこうと決めたわけでもないのに、いつのまにか帰宅したわたしの動作はきまってしまった。湯が沸騰するころはＦＭラジオが五つめくらいの映画音楽を放送している。ヴォリュームを低くしぼってようやく聞えるていど。〝永遠のスクリーン・ミュージック〟といういつものありふれた番組。

仕事から解放されて自分の部屋でくつろぐとき、夕食前からからっぽの頭できき流すのにうってつけの音楽。わたしはラジオを低く鳴らすのが好き、耳ざわりでないから。テレヴィは嫌い。あのけたたましくなまなましい音がいやだ。その音源を切りつめても、つけておけばつい目が画面に奪われてしまうからなおさら。好き嫌いがはっきりしすぎるのは若くないしるし、といつか週刊誌で読んだ。

その通り、わたしはもう若くない。二十五歳というのにわたしは自分を五十歳の老女のように感じる。自分の部屋へ戻る、ただそれだけのことに順序だてて手続きをふむみたいなことをする。それが習慣になってしまった。齢をとった証拠でなくてなんだろう。

会社への往き帰り、むつまじそうに男と腕を組んだ同僚を見かけることがある。街の喫茶店で向いあってうつむいている一組を見ることもある。デパートの家具売場でも。

彼は去った。わたしにはだれもいない。

「一人になって自分をみつめてみたい」

と彼はいった。心変りした男はいつもきまったせりふをつぶやく。そんなとき男の横顔には白茶けた影のようなものが浮んでいる。彼の顔もそうだった。わたしは見た。そこだけ血の気が引いたように蒼ざめて肌の汚れが浮いて見えた。彼は遠くへ行ってしまった。

わたしにはだれもいない。

そう思うとき、しかし自分にはこの部屋があり、部屋の廊下で椅子にくつろいで沈む日を見ることができると考えた。

わたしには夕日がある、その思いは慰め以上のものだ。

四畳半の日本間を洋風に改造した部屋。ベッドを置いて洋簞笥をならべれば机と食卓と本箱とのすきまには、ようやく一人か二人すわれるだけの余地しかないけれど、そこには少し厚手の絨毯をしいていて、わたしはその海草色が気に入っている。

カーテンもなるたけ海の色に近い淡い群青、自分で選んだとりどりの色彩にかこまれて、わたしは初めて安らぎを覚える。

わたしは夕日を見ている。

さっき汗を拭うために立ちあがって部屋からタオルをとってきた。首すじ、わきの下、乳房のあいだ、どこもひどい汗。かまいはしない、だれもアパートの二階を見ていない。

庭のカエデが軒ちかくに枝をさしのべ、右側は古い屋敷の築地塀《ついじべい》、左側は自動車の解体工場で、どれも庭木でへだてられている。正面は倉庫、木の間がくれにその向うの小さな庭が見える。

子供でもいるのか、その庭にはスベリ台とブランコが、片すみには藤棚。倉庫の向うに厭な色をしたコンクリート五階建の病院、繁華街がその下にひろがっているのだけれど、木のかげになって見えない。

街の西は低いなだらかな山、夕日がそこへゆっくりと近づいてゆく。わたしの夕日。

八月の今じぶん、日没は十九時十分と新聞の気象欄で調べておいた。日の出の時刻は興味ない。新聞を開いて朝まっさきに読むのがこのページ、このごろは素人にもおもしろく読めるように工夫がこらしてあって、小笠原気団とか不連続線の説明もわかりやすい絵入りで親切なこと。

高校生のころ読んだ小説を思いだす。サナトリウムの女主人公が隣室のラジオで天気予報ばかり聴いている。それが記憶に残っている。小説の筋書は忘れてしまったのに。わたしって何を読んでも肝腎のストーリイよりも登場人物の口調とか小さなエピソードに気をとられてしまう。映画を見てもそうで、大事な役をふられた美男美女が右へ左へという修羅場でふいとスクリーンを横切る通行人、公園で鳩にパン屑をやっている老人などがいつまでも印象に残ったりする。一言のせりふもなくそそくさと背景を往来する無名の俳優たち、彼らがわたしの心をとらえる。まるでもう一人のわたしをこの人々の中に見出したかのように。

かなた、木の間がくれにのぞく小さな庭、いつのまにかわたしはそこへ目を凝らしている。遠方にあるはっきりとはしない情景はときとしてわたしを昂奮させる。なぜ？

かすかな風に揺れているブランコ、夕刻の光をにぶく反射しているスベリ台、藤棚の下にある砂場、その横にある小さな鉄のベンチ、ただ見ればなんの変哲もないありきたりの光景なのに、なぜかあそこには何かがある、わたしの中で囁く声がする、そう、確かに何かがあると感じられる。

何があるかを見るためにアパートから出かけてみようか、廊下のこの位置からおおよその見当をつけた方角へ。倉庫の右側に見えるから、その庭はバス通りを南へ入った路地のあたりと大体その場所はわかる。わたしは腰をあげない。何もないにきまっている。がっかりするだけのこと。

かねてから傍ちかく見たいと思っていた谷間の町へ、ついにおりて行った日のことを思いだす。わたしの乗務するバスが山頂のトンネルへ達するまで約十五分、道のりにして四、五キロはあるだろうか、のぼるにつれて眼下の谷は屈曲し、深くなる。

山腹はいちめんの段々畑で、夏ならば枇杷、冬は蜜柑。谷に面した畑の下には渓流に沿ってひとすじの家並がつづいている。家並は古い屋敷ばかり。夜は町の燈火が谷の底で砂金の粒をまいたよう。トンネルを抜けると工場の多いN町、山ひとつ越えただけで空気は煤煙の匂いでいっぱい。だからN町の側からトンネルを抜けて谷間を見おろす道へ出ると、空気がかくだんにおいしく感じられる。甘い果肉の味、むせかえるような青葉の香りはこの谷のものだ。バスの窓ごしにわたしは谷間の町を見おろす。

部落というには大きすぎ、町というにはやや小さい集落。まわりに土塀をめぐらし、古風な門構えの家がある。むかし、ここが村であったころの庄屋ででもあったろうか。

庭に朽ちかけた白壁の土蔵がいくつも見られ、母屋には人が住んでいるかどうか。海に面して南にひらけた谷のゆるやかな傾斜が、雨と陽光をもたらし、果物を豊かに稔らせている。家々はどれも柑橘類特有の濃いつややかな葉で囲まれている。

谷底には見え隠れにひとすじの白い道、その道に沿って渓流。この路線に勤務するようになってから一年間、わたしはバスの上から谷間の集落を見つつ往復してきた。始発駅を発車するときは谷間の家々を思い描いてはいない。海岸の町をすぎて峠へさしかかるまでは、あの家々は念頭にない。ギヤを入れかえてエンジンの音が重くなるとき、そこがはじまるのに気づく。以後およそ十五分間、わたしは喰い入るように眼下の谷間をみつめつづける。

舗装道路が山腹につくられバスがそこを走るようになる前は、そこは谷底の古びた集落にすぎなかったろう。夏でさえひややかな空気が流れ、笹やぶの葉ずれとせせらぎだけの谷間であったろう。今もそのおもかげは残っていて、幾棟かの団地は見えてもどことなくひなびた奥床しい雰囲気を部落は感じさせる。よく見るためにもっと近くへ寄ってみてはどうだろうか、と考えた。そうすると、崩れかかった土塀をめぐらした昔風の屋敷の正体も、谷の反対側斜面に見える鎮守の杜らしい、うっすらと秘密の匂いがするあたりも、じっくりと見とどけることができるだろう。

谷間の家々がそう感じさせる人目をはばかるたたずまい、謎めいた様子がわたしを惹きつけたのだった。そしてある日曜日の午後、わたしは峠でバスをおり、急勾配の小径を谷底へたどった。風のある静かな午さがり、期待がしだいにわたしの中で歓びに似た感情に変っていった。

期待? 何に対する?……それをわたしは説明することができない。わたしは谷間のひっそりとした部落に何を求めていたのだろう。渓流のほとりのまばらな家々が、わたしの何に応えようというのだろう。

漠然とした秘密の匂いのするもの、といっても不充分な、あこがれといっても不確かなただぼんやりと、あそこには何かしらいいものがあると感じられる所にすぎない。そんなものに何を期待していたのだろうか。

谷間の部落におりて、小さな八百屋でわたしはサイダーを飲んだ。それは失望の味がした。家々のたたずまいにせよ、道ばたで立話しする人々にもせよ、谷の上から見おろしたときの秘密めいた雰囲気はまるで感じられなくて、どこにでもざらにあるうす汚い田舎の部落で、わたしはといえば、まだ明るい午後、映画館から外へ出たときの厭なまぶしい感じを思いだしてただ呆然としていた。

はじめからたかが谷底のちっぽけな部落に、いわくありげなものを期待したのが間違っていたというものだ。貴重な日曜日をふいにして、手に入れたものは疲労と落胆だけ。

遠くから眺めていると感じのいい所が、近くへ寄ってみれば別にどうということのないつまらない山の部落に変ってしまった。だからわたしはささやかながら一つの教訓を学んだと思うことで自分を慰めたのだった。

何もかもそっとして近寄らないでおくのが一番だ、遠くから見えるものは遠くのものとして距離を保っておくことだ、と。

せんの木曜日、彼の匂いをかいだ。

自動車学校の前で客の乗降をぼんやり見まもっていたとき、ふいに胸が騒いだ。同じヘヤトニックをつかう男は大勢いるのだから、彼が常用していた匂いが漂ったからといって度を失うにはあたらない。それなのに彼がすぐ傍に来たと思ってうろたえたのは、どうしたことなのだろう。

彼とのことはすべて解決したと思いこんでいたのは誤りで、わたしはまだ彼にとらわれていたことになる。ちがう。

彼が女といっしょにいる光景を想像する。そうしてわたしの心がどのように動揺するものか、自分自身を点検する。やきもちをやくだろうか。厭な淋しい気持になるだろうか。

一度も、そう、あれ以来けっして。

わたしは彼のことを忘れることができたと思う。他人に無関心でいられることは何とすばらしいことなのだろう。おそらくわたしがあの匂いで度を失ったのは彼とすごした幾日かの記憶の重みによるのだと思う。かつての彼は今もわたしの内に生きている。現在の彼とはまるっきり無関係な昔の彼。そう思えばわたしの心も安らかだ。

これからも彼の常用した整髪料の匂いを乗客の間でかいではっとしたり、彼とよく似た声をきいて胸がときめくこともあるだろう。それは仕方のないことだ。ある種の病気から回復するとき、発熱もやむを得ないように。彼を完全に忘れてしまうまでに経験しなければならない試練の一つとみなしたい。

何度かそのようなことをくりかえすうちに慣れっこになってしまうだろう。彼とのことに限らず、今までずっとそうだったのだから。


意識をとり戻したのは傷の痛みのためだった。若い看護婦が一人、ベッドのわきに立ってわたしを見ていた。頬骨の高い、厚化粧をした女で、つりあがった目を細めてわたしを、そう、まるで標本箱のコルク板にピンでとめた昆虫を観察するような表情で眺めている。

わたしは彼女がベッドの患者を何者と考えているか、ひと目で見抜いてしまった。男にだまされて捨てられた愚かな女、自分ならこんなバカげた真似はしない……

「お願い、痛みどめの注射をうって」

そう頼んだつもりだったが、看護婦にはどのように聞えたものか。わたしの舌はさっきの手術のためうった麻酔薬のせいでまだもつれていて、意味をなさない呻き声にすぎなかったろう。麻酔がきれるにつれて傷の痛みが増し、わたしはベッドの上で躰をよじり、言葉にならない声をあげた。

黄色い目の看護婦は明らかに面白がってわたしの苦痛をたのしんでいた。そう見えた。やがて交代の看護婦が来た。苦痛はやわらぐどころか時とともにますます激しくなり、わたしの四肢を引きつらせるほどだった。

わたしは交代した中年の看護婦の目に、わずかながら人間的なあわれみの色を見てとり、けんめいにまわらぬ舌でわたしの苦痛を訴えた。

「わたしを眠らせてちょうだい、痛みどめの注射をお願い」

身ぶり手ぶりでようやく彼女にわからせることができたと思う。中年の看護婦はわたしの耳に口を寄せてささやいた。

「低血圧ですからね、あなたは、定量以上の痛みどめはうてません」

そういえばそのような意味のことを医師も告げたようだった。かまわないから、とわたしはいった。痛みがこのままつづくのは我慢ができない、だから……。看護婦はきっぱりと拒絶した。

「あなた、我慢なさいな、もし今これ以上の注射をすると行ってしまうわよ」

行く、だって？ いったいどこへ？

死ぬ、といいたかったのだろうか。看護婦はわたしの額をガーゼでぬぐい、酸素マスクの具合を直してから、足もとのハンドルをぐるぐるとまわしてわたしの頭を少し高くあげてくれた。

たったそれだけのことで、わたしはだいぶ楽になった。看護婦は自殺未遂の患者に対しては死という言葉をさけて微妙なもののいい方をするようにしつけられているらしい。

わたしは今、夕日を見ている。沈む日を見ながら考える。人はどこへ行くのだろう。行くのではなく立ちさるというべきではないだろうか。

痛みどめの注射を拒まれ、これから長い夜をすごさなければならないと思い知らされたとき、わたしは絶望した。わたしの意識は痛みそのものとなった。痛みという暗黒の宇宙にただ一つの疑問が星のように輝いて残った。行く、だって？　わたしは考えた。

看護婦はわたしの死を暗示したのだろうが、行くとすればそこはどこだろう、と。

わたしはつかのま自分がアパートの四畳半に戻って寝ているように錯覚した。隣室のホステスが帰ってくるのは午前三時ごろ、毎晩のように男と口論する。女のつれあいは保険の外交員ということだ。廊下で二、三回すれちがったことがある。実直そうな四十男で、いつもおびえた兎のような顔をしている。

壁がベニヤ板だから深夜であれば囁き声もつつ抜けだ。それを気がねしてラジオを鳴らしている。深夜放送のなんとかいうＤＪの陽気なおしゃべりと重なって女のぶつぶつ呟く声、まれに受けこたえする男の声、やがて一方的に女のヒステリックなののしりになって、皿を投げる、スタンドらしいものが倒れる、週刊誌がばさりと壁にあたる、服の布が裂ける、カップが割れる、すすりなきながらのつかみあいになり、二人は畳の上にころがる。女の声がおしつぶされたような喘ぎに変る。耐えがたい責め苦に苦しんでいるかともとれる呻き声が、うすい壁の向うから伝わってくる。ホステスは数分後とぎれとぎれに叫んでいる。自分がある場所からある場所へ移るという意味の、文字にすると二字にしかならない短い一句を叫んでいる。

おののきに近いものがわたしの背筋を走る。毎晩、隣室の声をきくたびにわたしは考えたのだ。彼女が叫んでいる言葉でさし示している場所はどこなのだろうか、と。

こうも思える。人がベッドで最期の息を吐きだして冷たくなる。そのあげく辿りつこうとするそこと、組んずほぐれつのつかみあいのあと、熱い抱擁でもって行きつくそこは同じ場所ではあるまいか。だれがそうではないといいきれるだろうか。

せんの木曜日、会社の帰りにイタリア映画を見た。その一場面が忘れられない。交通の渋滞した大通りでタクシーをすてた主人公が、約束の時刻に間に合おうと、ローマの裏通りを女の家へいっさんに走る。

大通りとはちがい、うそのように人影はまばらで森閑としている。厚い石塀にはさまれた路地や、まがりくねった石段の道を男は駆ける。かっかっと靴音を反響させせながら。

そのとき、わたしは見たのだった。

時間にして一秒か二秒、男の背後に、塀の間にひとすじのせまい通路がちらとのぞいて消えたのを。わたしはその瞬間、スクリーンに吸いこまれそうになった。もちろん、その通路は映画の内容とは無関係な、ただの点景にすぎない。たまたま男が迂回した裏通りの画面にうつった光景以上のものではない。

しかし、わたしは感じた。ひっそりとしたローマの屋敷町のとある一角に、くの字形に折れたせまい石畳道が伸び、それが一瞬わたしを誘うように画面の奥へ続いていた。

道は「こちらへおいで」と、まるでわたしに優しく呼びかけ、さし招いているようだった。路地は、そこへ通じているように思われた。片方は淡い褐色、もう一方は灰色の石塀にはさまれた石畳道。塀の上にせりだしたオリーヴの枝から洩れた光がまだらに敷石を明るくしている。

あのひっそりとした路地を辿って行けば、何かしらおののきなしには思い描くことのできないある場所へ導かれるように思われた。

映画がそのあとどのような物語をくりひろげたものか、しかとわたしは憶えていない。映画館の暗がりで、目はその後の成りゆきを見まもっていたのだけれど、わたしが見ていたのは自分自身の暗闇に横たわっているあの細い石畳道であった。

彼とわたしに関する悩みについて、救いを感じたのはそのときだ。ローマの裏町と限らず、この世界のどこかにもう一つ向う側の世界へ通じる道がある。彼にすてられても自分にはその世界を想像することができると思うといくらか慰められる気持になった。

病院にはまる八日いた。

さしもの痛みも時間と眠りがいやしてくれた。入院して二日めか三日めか知らない。きれぎれの眠りからわたしは醒めた。痛みは奇蹟のようにおさまっていて、もはやわたしの五体をけいれんさせはしない。枕が涙で湿っていて、窓外を見ようと顔を動かしたら頬が湿った枕に触れて冷たかった。

きょうは何日だろう、わたしは看護婦にたずねようとしたが、部屋にはだれもいない。

明るい日が窓の向う側、白いコンクリート壁にさしている。眠りたりた目にはその日ざしが変にまぶしすぎて、朝なのか夕方なのか見当がつかない。子供のころ、似たような経験をしたものだ。夏、戸外で遊び疲れて帰り、昼寝をする。目が醒めると庭の柿の木に日があたっている。階下の人声も隣家のそれのように遠い。

もう夜があけたのかしら、学校へ行かなくては、と思う。母が笑いながら、もう朝ですよ、おみおつけがさめないうちにはやく顔を洗って、という。あわてて階下へおりると父が浴衣姿でビールなど飲んでいる。

なあんだ、と思ったとたん食卓についていた弟たちが、夕方なんだよ、姉さん、といっていっせいにふきだす。嬉しいようなやるせないような、きまりが悪くなって父の胸をこぶしで叩く。父の大きな笑い声……

痛みはやわらいだ。酔いざめのあとのような関節のだるさ、きょうが何日であろうとベッドのわたしにはどうでもいいことだ。

床頭台の花瓶に黄水仙が二輪さしてある。だれかがおいてくれたのだろう、わたしの知らないうちに。わたしが手術室からこの部屋へ運ばれてきたときにはなかったと思う。こんなに鮮かな黄がわたしの目にとまらなかったはずがない。わたしが涙を流しているときか、眠っている間に、だれかがそっと枕もとに置いていてくれたのにちがいない。

その人はだれ、と詮索したくない。名前も顔も知らない人が、わたしのためにいけてくれた黄水仙。灰色と白の屍体置場めいた部屋の壁に黄水仙が映えて、目を慰める。早春の光を漉して煮つめたような蜜色の花びらを見ていると、生きようという思いが湧いてくる。じっさいにその人が姿を見せて、わたしに花をくれるより、知らないうちにそっと置いて去ったのが嬉しい。目を醒ましているときその人が来たのなら話をし、話をしていたらつながりがうまれる。花は消えて生臭い人間が現れる。人間の持っているあたたかさ、体温のように身のまわりに発散するぬくもりが時としてわたしには耐えがたい。

それというのもわたしが傲慢なのだろうか、そう、きっとそうだ。

きのうの職場集会で、経理課のSが発言を求め、わたしを名ざしで非難した。彼女によると、わたしは組合が今春、決議した就業規程を個人的な事情で無視した、いわば労働者の敵だというのだ。言葉を続けて彼女はわたしを傲慢なエゴイストともいった。

組合が乗務員の時間外労働を拒否して会社側と闘争している現在、わたしが乗務すべきでないバスにたまたま乗務したのが批判の対象になった。わたしは運行課長が臨時に運転したバスの車掌をつとめたのだった。

スト破り、組合の敵、会社の犬、などと彼女たちは叫んだ。軽い気持で乗務したのだ。A町への往復路線はただでさえ混むのに、その日は同じ経路を運行しているもう一つのバス会社も間引き運転をしていたので、かなりの混雑が予想された。祭日でもあった。

わたしは組合員として執行部の非難がわかる。会社側に協力すべきではなかったと思う。とくにこのごろ組合員の切りくずしが目立って、第二組合の誕生も噂される情勢で、かるがるしく課長の口車にのって、規程の時間外に仕事をしたのは仲間の不利益につながる行為であったことを認めないわけにはゆかない。

その日、わたしの勤務は早番で、午後四時には会社をひけてよかった。しかし、アパートに帰ってみても、とくに用事はないし、誘われていたボーリングにも気がすすまなかったし、映画はいいフィルムがかかっていなかったし、仕方がないからきょうくらいは手のこんだ料理をこしらえてみようか、それとも……などと思案しながらロッカー室でぐずぐずと身仕度をしていた。

そこへ運行課長が顔をのぞかせて、手があいてたら一時間ばかり乗ってくれないか、と頼んだ。うす曇りの重苦しい午後で、こんな日、はやばやとアパートへ帰ってもろくなことはないとわたしは知っていた。にぎやかな街で見知らぬ群衆と立ちまじってすごす方がはるかに愉快だった。

課長としては車掌不在のまま臨時バスを編成するのに当惑していたおりから、わたしが気安く応じたので助かったわけだ。

わたしたちは二時間後、バスが車庫に入ってから街の酒場でたのしく飲んで別れた。わたしはこの朴訥な中年男が好きだった。というふうに事の平凡な経過を説明することさえ自己正当化に聞えよう。

どうしたことか、車庫の職場集会で自己批判を求められたとき、わたしは二階の廊下でみる夕日を思いだした。不信と憎悪をこめた目の向う側にわたしはあかあかと燃える夕日を見た。

わたしの軽率な行為が組合員として常軌を逸していたからには、これからさき同僚とうまく折りあいをつけて行こうと思わない今、会社をやめるのが最善の道だろう。

会社をやめたとしてもわたしは何をやっても生きてゆけそうな気がする。簡単な事務、伝票の整理くらいならできる。どちらかといえば机の仕事より躰を動かす作業が好ましい。わたしは健康だ。仕事をすることはやさしい。生きることもやさしい。なぜ、生活はやさしいといわないのか。わたしは人生を涙の谷だなどとは決して思わない。高校生のころ、よく教師たちが一段高い所から重々しく説いたものだ。生きることは重荷を負って坂道をのぼるようなものだ、と。

わたしは笑わずにはいられない。道徳の教師に反対するつもりはないが、人生は慰安と歓びを求める者を裏切りはしないということも彼は同時に教えてくれてもよかったのだ。

人生は失意の総和だ、などと語る教師の得意げな表情といったら。

あの夕日、あれはわたしのものだ。夕暮の菫色の空、これもわたしの属する世界の一部だ。暮れてゆく空にのぼる街の音、燈火のきらめき、子供たちの喊声、足音、遠くを走りすぎる電車の響き、これらはみな世界がわたしに対して無関心であるしるしだ。

そう、ついにわたしは発見した。

(おまえのことなんか構っていられないよ)とひややかにいい放つ世界に対して、わたしもまた同じ無関心を装えばいいわけだ。つまりそういう取りひきなのだ。裏切った恋人はただ忘れてしまえばよい。決して幸福を与えない世界に対しては、わたしも世界の外にでもいるように冷静にそっけなくふるまえばいい。距離が生じるとにわかに世界が好ましい細部を現してくる。今まで見えなかった微妙な事物が目に映るようになってきた。

たとえばこの夕日である。

わたしが世界の外に立ちさって、すべての事物に無関心でいようと決心したとき、夕日は無限の優しさをこめてわたしを見まもっているように思われた。おまえはそこにいる、わたしはここにいる……と夕日は囁きかけ、うなずいているように見えた。

そしてまた雨の匂い、街の物音がかつてなくしみじみとした趣きを感じさせた。これはどうしたことだろう。世界の外にみずからをのけ者にしたはずなのに、かえって身のまわりの事物は親しくわたしにほほえみかけるようだ。

夕日は山の稜線に触れた。

わたしは透明な砂金色の夕映えに浸っている。屋根瓦の濃い藍色が夕日を照り返して柔かな黄金の陰影を帯びる。世界は深くなる。夕日の没する、なんというすみやかさ。わたしは息をのんでただうっとりとみつめる。

いったん山の端《は》に接するやいなや、夕日はそれ自身の重みに耐えかねたように沈む速度をはやめる。家並に風は絶えて鳥も飛ばず、庭木のしげみはそよとも動かない。

夕日は沈んだ。

わたしが向いあっている家々と樹木はその色彩を回復した。夕日をみつめつづけたわたしの目はしばらく視力を失って、ぼんやりと青い水の層に似た夕景を眺める。西の空に漂う雲の下縁が仄かに赤い。

ほどなくめまいは消える。影を喪った屋根が現れる。夕暮の薄闇がひたひたと庭をみたし始める。肌の火照りが醒め、わたしは身慄いする。微風がおこる。

あの藤棚のかげに人影が見える。その男はわたしを見ている。誰？　あなたは？　わたしは目をこらす。どこかで見たような、いや、わたしがよく知っている男に似ている。似ているのではなくて、たしかに彼その人のような、まさか、彼が……。

目の迷い、空想の産物？　わたしは自分を叱り、目をとじて開く。あの男は藤棚のかげにいる。彼はわたしを見ている。彼がどうしてあそこに。それはわからないが、今あそこでわたしを見ていることはわたしがここにいると同じくらい確実なことだ。でも、なぜ彼が。

わたしは急に自分の半裸体を意識する。あわてて立ちあがり、カーテンのかげに身をひそませる。

彼が帰ってきた、カレガカエッテキタ、わたしはカーテンの隙間から彼をみつめる。目をそらすと彼が消えてしまいそうで化石したように動かずに。わたしが藤棚の所へ駆けつけるまで彼は立ちさらないでいるだろうか。

その男は藤棚のかげでゆっくりと身をおこす。

柳の冠

「あっ」といって女は顔をそむけた。

そむけるなり座席に身を伏せた。

「どうしたんだ」と男はきいた。窓から外をのぞいた。列車は動きだしたところだ。プラットフォームがゆるゆると後ろへ移動している。若い駅員が柱の蔭にたたずんでこちらを見ている。それと目が合った。

「見られたわ、あたしたち見られてしまった」と女はいった。そういって座席から身を起した。窓ぎわに坐っていたのがいけなかった。

「知ってる人なのか」と男はきいた。

「以前、父が駅長だったころ同じ所に勤めてた人。こんな駅に転勤してたなんて思わなかった」と女はいった。

「見られたっていいじゃないか」と男はいった。

「駄目、あの人とってもおしゃべりなんだから。鉄道に勤めてる人ってしょっちゅう駅と駅の間を行ったり来たりしてるから父と会うかも知れない。会ったらきっとあたし達のこと告げ口するわよ。

お宅のお嬢さん、男の人と一緒でしたよなんて。そんな人なの」

「告げ口しても構いやしない」

「だって、父は……」

列車は海辺を走っていた。片側は山、列車の腹をこすらんばかりに萱が密生した崖が続く。もう一方は干潟の海である。潮が引き、淡い褐色をした泥が沖合まで拡がっている。空は暗かった。汚れた古毛布のような雲が水平線に垂れさがっている。

「雨になるみたい、帽子をもってくれば良かった」と女はいった。表情は空の色と同じほどに暗く沈んでいた。「雨は厭か」と男はきいた。「雨に濡れると髪が……」「髪がどうした」「あたし、髪が柔らかで人より少いでしょ、だから濡れると地肌にくっついてお坊さんみたいな頭になるの。父にいつもそういってからかわれるの。でもそんなことよりさっきのことが……」と顔を曇らせる。

「気になるのか」と男はいった。

「とっても気になるの。父があんな人でしょう。だから一度怒ったらこわいの」

男は窓を少しあけた。海の風が這入って来た。軟い泥と魚の匂いである。「あとどのくらい」と女はきく。「半時間くらい、もうすぐだ」と男は答えた。

「その町、いいところなの」

「さあ、初めて行く町だからどうだか……町といってもただの漁師町。名所旧蹟なんてありやしない」と男はいった。

二人は都会から夜行列車で来た。女が通っている学校が都会にあった。何もない漁師町だから宿を選んだのだ、と男は説明した。「あたし達の宿」と女はつぶやいた。つかのま、女の表情から憂わしげな翳りが消えた。焦点の定まらない目を水平線に向けた。男は女の肩に腕をまわした。列車はすいていた。遠くの座席に乗客の頭が二つ三つのぞいているだけ。魚を入れる籠が通路に見える。天秤棒が籠の上に横たえてある。行商から帰るこのあたりの漁師らしい。男は座席の手摺に目をとめた。小さな平べったい物が光っている。

魚の鱗がひときれ、黒い艶を帯びた木にくっついている。男はそれを爪で剝がそうとした。ぴたりと密着して剝がれない。女は男の指に目をやって、「汚い」といった。眉をひそめた。「汚くなんかないさ」と男はいった。「父ったらね。戦争に行ってとっても苦労したの。ずっと南の方の、あれはええと……」女は思い出そうとする。

「マレーシア」と男はいった。

「違うわ」「ニューギニアか」「そんなんじゃない」「島じゃないのか」「ううん南太平洋の島じゃなくてもっと西の方」

「ビルマか」

「そうそう、ビルマ。戦争が始ったときビルマに渡って終るまでずっとそこにいたの。召集されたときは一番下の兵隊で、帰って来たときは軍曹だったの。軍曹って偉いの」と女はきく。

「偉いだろう。下士官でも上の方だから」「初めは二百人くらい居た中隊の人達がたった二、三人ですって、生き残ったのはそれだけ。何度も弾丸に当って肩も腹も太腿にも傷痕があるの。お風呂に入るとき説明してくれるの。この傷はどこで、これはどこでって、地名なんか何べんきいても憶えきれないの。一番ひどかったのはどこかの飛行場を警備してるとき、英軍の戦車に追いまわされて、隠れる所がどこにもなくて仲間は次々に戦車に轢かれてそれはたまらなかったって。でも自分だけ逃げるのが精一杯であちこち這いまわったあげくとうとう茨の中にもぐりこみ茨を束ねて輪のようにして頭に巻きつけ、息を殺してたんですって。そこは普通の草が生えてなくて茨だらけだもんだから。それで助かった。百人近くそのとき居た人で生き残った十何人の中に父も居たんですって」

男は鱗を見ていた。爪は立ちそうになかった。男は自分の生活のことを考えていた。女はまだ父親のことを話していた。

「ジャングルの中で十日以上も米一粒口にしなかったこともあって、泥水ばかり飲んでたってお酒を飲んだらいつも同じ話。母は父が戦争の話を始めると台所に立ってしまうの。父は戦場で腐りかけた肉を食べたり泥水を飲んだりしたくせに、妙に綺麗好きで、お皿なんか洗って食器棚にしまうでしょう、お食事のときまたそのお皿を出して明りにかざして埃がついてないか見るの。ためつすがめつ検査するの。潔癖というのか神経質というのか」といってから、男と女のことでも、とつけ加えた。

「こんなこともあったの、化学の時間にペーパー・クロマトグラフィーといって試薬を使ってするややこしい実験があったの。すぐレポートを出さなきゃあ単位もらえないの。ハイミスのとてもこわい先生。あたしよく分らなかったから、ダンスパーティーで知り合った医大生と街で会ったとき、そのこと話したらお安い御用だって引きうけてくれて、あたしが書いたノートのデータを基にレポートをこしらえてくれたわけ。それを持って下宿に来たらあたし居なかった。ちょうど連休で、田舎に帰ってた。彼、わざわざレポートを持って訪ねて来てくれたの。お部屋であたし達おしゃべりしてたらね、父ったら隣の部屋に頑張ってときどき咳払いするの。新聞をばさばさいわせたり、キセルで火鉢を叩いたりそれは大変なの。いつもはそのお部屋、古い簞笥が二つ置いてあるだけで使ってないの。医大の人はお茶を飲んだきりさっさと帰ったけれど、帰りぎわにこういって笑ってたわ。あんたの親父さん、一人娘に虫がついたと思って頭に来てるんじゃないかって。あの人に悪いことしちゃった」

男は外を見ていた。干潟には一面、竹が並んでいた。その上を群れ飛ぶ鳥がいた。

「あれ、何」と女がきいた。

「シギかな。待てよ、五月になったらシギは大陸に帰るはずだ。けれどチドリにしては大きすぎるようだなあ」

「鳥じゃなくてほら、あの細い杭のようなの」女は海を指す。

「あれか、あれは竹だよ、海苔を養殖するのに使う竹」

「海苔……海苔にかけては父は目がないの、海苔巻も焼海苔も海苔の佃煮もみんな大好物なの」

　空はますます暗くなった。干潟も灰色の空を映して色彩を失った。平らに見えた泥の拡がりも列車が前より海岸に近づくとそうでないことが分った。ゆるい起伏があった。川のようにくぼんだ部分には茶色の水が溜っていた。水の引いた泥の上に漁船が点々と乗っかっている。船も水がなくてはにっちもさっちも行くまい、と男は考えた。干潟にとどまった漁船はあたかも男自身の似姿であるかと思われた。都会で男は仕事に行きづまっていた。

　宿に着くまでに降り出さなければいいが、と男は思った。タクシーなぞある町ではないのだ。地図を拡げてなんとなく決めた海辺の町である。自分がそこから日々の糧を得ている都会から出来るだけ遠く離れたかった。観光客の寄りつかない土地が望ましかった。近くに温泉があるような町は避けた。そうすれば自然に山よりも海に近い町を選ぶことになった。

「父ったらね……」女は話しだした。またか、と男は思った。昨夜からのべつ、「父ったらね」をきかされているのだ。父親のことを話すとき女の目は輝いた。昨夜だけではなかった。二人でいるとき、女の話題は「父」に終始した。

「でもね、本当はいい人なの。大声であたしにつらく当ることなんて滅多にないの。組合の人達が争議ちゅうは官舎まで押しかけて来て、集会が終ってからもよ、父の個人的なことまで問題にしてお前は鬼だの犬畜生だのいっても黙ってるの。こらえているんじゃなくて性格がそんなふうにおとなしく出来てるの。だから父を知ってる人は人間があんなだから地獄みたいな戦場から生きて帰れたんだっていってくれるの。生き残ったのは必ずしも運だけじゃないって」

男は女の肩にまわした腕に力をこめた。服地の上から女の肌ざわりを確かめた。肩から背へ手をすべらせた。掌に肌のぬくもりが伝わって来た。

男はこの女の肉体をまだ知らない。

「母はね……」女は話しだした。

男は手を女から離した。今度はおふくろと来た、そう思った。列車は海に沿って走っている。見渡す限り茶褐色の干潟である。

「母はね、時々いうの。あんたのお婿さんになる男の人ってどんな人かしらっていうの。そしたら父は傍に居て決って厭な顔するの。そのことについて何もいいはしないけれど、そそくさとテレビのスイッチを入れてみたり、母にお茶を淹れてくれと頼んだり……。あなた、こんなことなかった？　子供のときよくあるでしょう、お父さんとお母さんとどっちが好きって人からきかれることが。決ってあたしお父さんって答えたの。母は笑ってたわ」

女は何か考えこむ目になって海を見ていた。「まだ頭が痛むかい」と男はきいた。夜行列車はいくつかトンネルをくぐった。煤煙を吸って女は頭痛を訴えていた。朝からそうだった。「頭が痛むかって？」と女はきき返してこぶしで軽くこめかみを叩き、大分よくなったみたいだ、それよりもっと大事な話があるといいだした。「宿に泊る前に告白しておきたいことがあるの。一度はいっておかなければ」

「あらたまって何だ」

「怒らない？　怒らないって約束して」

「だから何のことだときいてるじゃないか」男は不安になった。

「あたし、男の人と……初めてじゃないの」女は早口でいった。男は女の顔をみつめた。女は黙って男の目を見返した。しばらく二人はそうしていた。

「その顔……その顔ったら」

女はふき出した。のけぞって苦しそうに喘ぎながら笑った。「あなたのびっくりした顔つきといったら……」今度は体を折り腹を押さえて笑う。肩が波打った。「嘘なのか」と男はいった。「嘘じゃない、本当なの。十を過ぎるまで父と一緒に寝るのが好きだったの。父の寝床にもぐりこむとなんとなくいい匂いがした。煙草とお酒と父の匂い。男の体臭というのか、それが好きだったの」

男は窓外に目を移した。干潟は深く陸地に入りこんでいて、列車は彎曲した海岸線をゆるい速度で走っていた。後ろをのぞくと弓なりに反った後部車輌が見え、前には機関車が見えた。男はしかしそうした光景に気をとられているのではなかった。いきなりのけぞって笑いだした女の咽が目にやきついてはなれなかった。白い皮膚にうす青い静脈が透けて見えた。男は女の咽もとを長くみつめていることができなかった。それで目をそらして干潟を見ていた。

「お手伝いさんかしら、それとも宿のおかみさんかしら」と女はいった。部屋に通されてから男に尋ねた。「どっちにしろ感じの良くない女だ」と男はいった。「あなたもそう思う」と女はいった。

駅に着いて宿のありかをきいた。すぐに分った。町に一軒あるきりである。その頃、雨が降りだした。激しくはなかった。まばらな大粒の雨が土を打った。二人は川沿いの道を駆けた。男にしてみればこの程度の雨に濡れてもどうということはなかったが、女は厭がった。女は帽子をかぶって来るのだった、と何度もくやんだ。男は思案したが代りになるものを思いつかなかった。雨は騒がしく降った。トタン葺きの屋根が多い町である。土地の貧しさを思った。

女は立ったまま部屋を見まわした。黴の匂いがした。煤けた障子、その障子をあけると縁側でガラス戸ごしに干潟が見える。ところどころへこんでいる赤茶けた畳。宿の玄関で二人を迎えた女は式台に突っ立って胡散臭そうに客を見下した。迎えに現われる前に脇の小部屋でいさかいの気配があった。険しい顔つきで出て来た。夫婦喧嘩でもしていたのかも知れない。

「お泊りかんた」ときく。前もって予約していたのだ。今更お泊りかんたもないものだ。男はそこでまず肚を立てた。宿の女は、男に寄り添って背中に隠れるようにしてたたずんでいる連れの女を見た。頭から足のつま先まで探るような目で見た。舐めまわす目つきだった。黄疸病みのように黄色く濁った目である。あがれ、ともいわずくるりと背を向けて階段に足をかけた。その後について二人は二階へあがった。

女は縁側から室内へ戻り、もの珍しげに床の間の違い棚をのぞいたり、袋戸棚をあけたりし始めた。押入れをあけた途端、ずり落ちそうになった夜具に慌てて襖をしめた。うなじのあたりまで赧くなっていた。

「立ってないで坐ったら」と男はいった。テーブルがあり、それをはさんで薄っぺらな座布団がしいてある。男も女に対して坐るようにいいながら立ったままでいた。さっきの女が茶を運んで来た。「こいば」と宿帳をさしだす。男は自分の姓名を書き、その横に女の名前だけを記入した。宿の女は男の手もとをのぞきこみ、男がペンを置いてから顔は傾けたまま目だけを女に走らせた。鼻のわきに皺を寄せて顔を歪めるような妙な笑い方をした。

「晩御飯はあり合せの物で良かでっしょか」という。

「何がある」と男はきいた。

「こん頃はなんさま水揚げがすくのして。そうですなあ、デンベエとかエツとか、そぎゃん魚しかなかばって」

「デンベエ?」

「シタビラメのこってすば」

そういうやりとりの間も宿の女はちらちらと縁側の女に視線を投げていた。男が連れて来た女は実際の年齢より若く見えた。宿の女があらぬ興味を示すのも無理はなかった。

「何でもいい、適当に誂えてくれ」と男はいった。「ムツゴロはどぎゃんな」と宿の女。「いいよ。デンベエでもエツでも何とかゴロでも」と男はいった。宿の女が今まで聞いたことのない奇怪な魚の顔にそろそろ似て来たように見えた。

「外へ出て見ようか」と男はいった。足がめりこむような古畳が厭だった。女もまだ腰をおろしていない。「でも雨が」と女はいう。「傘ぐらい貸してくれるさ」。帳場が貸してくれたのは古い番傘だった。一本しかなかった。開くとき糊づけした紙を破るようなけたたましい音をたてた。

雨は勢いを増してはいなかった。まばらな大粒の水滴が土に点々としるしをつけていた。番傘に当って鳴った。油紙のくすんだ匂いが男の鼻をうった。それを嗅いだとき初めて男は漁師町に来た、と思った。彼は雨の多い海辺の町で育ったのだった。女は寄り添って歩いた。「この音をきくと」と話しだした。

「この音をきくと節分を思いだすの、節分の豆撒き。父ったらね、豆を撒くのが好きなの。福は内、といっておうちの中に沢山撒いて、鬼は外、といって二、三粒しか外に撒かないの。勿体ないからって。食物のことでは何かといえば兵隊時代のことを持ちだすの」

男は左手で傘をさし、右手で女の肩を抱いて歩いた。川沿いの道を海の方へ歩いた。潮の匂いがだんだん濃くなった。川には漁船がぎっしりと舳を並べている。

「蟹が……」と女はいった。

前を蟹が横切った。紅い鋏を振り立てて素早く横切った。「蟹って蟬のように殻を脱ぐの」女はきいた。「まさか、変態はするだろうが」と男はいった。

「蟹を見たらうちの床の間を思い出すわ。古い鎧が飾ってあるの。先祖伝来の鎧なんですって。蟹の甲羅にそっくり」と女はいった。蟹は一匹ではなかった。川辺の泥にも群がっていた。石垣にもいた。漁船の船べりを這っているのもいた。水際の至る所に紅い塊がすばしこく動きまわっていた。「蟹は雨に濡れるのが好きなのよ、きっと。それであやって喜んで駆けまわってるの」と女はいった。港で引き返してさっきの川とは別の川沿いに町へ戻った。

その川の両岸には柳が立ち並んでいた。しなやかな枝には芽ぶいたばかりの柔らかそうな若葉がついていていた。雨滴を含んでどれも重そうに垂れ、黒い川面を垂直に指している。川辺の家はすぐに尽きた。夕闇が漂い始めた。二人は宿に戻った。昔は繁昌した宿かも知れなかった。造りも古く廊下の幅も広かった。寮のようだ、と男はいった。

「寮といえば」と女は話した。「父は胃を悪くして現場から離れて独身寮の寮長をしてたことがあったの、二年間ばかり。独身の人達は組合活動に熱心な人が多いでしょう。父は管理者側だから初めは旨く行かなかったの。ところが二年経って父が現場に復帰することになって転勤するとき、寮の人達みんな引っ越しの手伝いに来てくれた。今までそんなことなかったの。父も喜んでたわ」

宿の女が夕食を運んで来たとき、他に客が泊っているのか、と男はきいた。どこからか男と女がいい争う声が聞えて来る。いいつのる声がだんだん高まって双方ともそれに気づいて小声になるが、すぐにまた高くなる。「隣じゃなかばんた。お宅さん達の両隣には誰もおらっさんとです」宿の女はそう答えた。男に流し目をくれて例の変な笑いを浮べた。風呂にすぐ這入れるだろうか、と男はきいた。「風呂はなかとです」という。きっぱりという。

「どうしてだ」と男がいうと、「こないだ、うちの主人が空焚きばして竈にひびば入れてしもていっとき沸かせんとです」という。それを客に対して済まながるふうでもなかった。「町に銭湯はないのかね」と男はきいた。「銭湯？　そぎゃんもんがこげん田舎町にあるもんですか」ふてくされた表情で宿の女はそういい、皿小鉢をがちゃつかせて盆にのせると部屋を出て行った。

「ひどい宿に来たもんだ」と男はいった。

「ひどいわ」と女はいった。

「料理もまずいし、シタビラメというからどんなに旨い魚かと思ったら泥の味しかしなかったよ」と男はいった。「ひどいわ」と女はまたつぶやいた。それで宿や料理のことをいってるのではないことが分った。女はほとんど魚に箸をつけていなかったのだ。一つおいた隣の部屋で男と女の罵り合う声が高くなった。何か物が倒れた。皮膚を強く打つ音が聞えた。数分間、沈黙が続いた。壁一重へだてた隣室で起る物事のように感じられた。すすり泣きが始った。

「あんたなんか……あんたなんかけちな……そうよ……十年、あたし、十年我慢したのよ……何度あたしは……あのとき……なのにあんた……」

その男は黙りこくっている。身じろぎもせず女のかたわらにいるのがこちらには分った。固い物を置く音がした。陶器と木の触れ合う響きである。盃の中身を口に含んでテーブルに戻した光景を男は思い描いた。その酒はどんな味がしただろう、と想像した。男の顔は目に浮ばない。女の顔も。土地の人間でないことは訛から確かだ。女のすすり泣きはやまなかった。

「先で何か……そうよ……何かいいことがあるだろうって……思わなきゃ……我慢なんかしなかったわよ……大阪の叔父さんだって……あの時あなたは何ていった……あたしなんか居なけりゃいいと思ってるんでしょ……そうよ……黙っててもちゃんとその顔にかいてあるわよ」

また盃のような物を置く音がした。静かな部屋にその音は高く響いた。「あの人たち夫婦かしら」と女は囁いた。彼らに聞えるのを憚るかのように男ににじり寄って声を低めて尋ねた。「さあな、夫婦かも知れないが……」

「あたし達も結婚して何年か経ったらあんなふうになるのかしら」

「なるさ」

「まあ」

「凄い夫婦喧嘩をやらかすに決ってる」

「そう思う?・」

「皿を投げる。目覚時計をほうる。卓袱台をひっくり返す。花瓶を砕く。窓ガラスを叩き割る」「それから」

「それから頬をひっぱたく。真赤になるくらいひっぱたく」「痣が出来るわ」「おなかを蹴とばす」

「赤ちゃんがびっくりするでしょうよ」

「髪を摑んで部屋じゅう引きずりまわす」

「おやおや、それから」

男のすぐ前に女は居た。横坐りになって片手で上体を支え、よく光る目で男の顔をのぞきこんでいる。男は女を抱き寄せた。女はややためらった。さからう振りをした。一瞬、体をかたくした。それから力を抜いて自分自身を男にゆだねた。女は男の胸に頭を寄せた。髪のところどころに水滴がついていた。かすかに雨の匂いがした。男はその顎に手をかけて持ち上げさせ、女の唇を吸った。ながいことそうしていた。ブラウスをくつろげて胸に手をすべりこませた。柔い膨らみに触れた。男の手が乳房に触れたとき、女は身慄いした。それが男にも伝わった。「それから」と女はいった。唇を離してから低い声できいた。

「バットで殴る」と男はいった。乳房を撫でながらいった。

「押入れには入れないの」

「押入れ?」

「父ったらあたしが子供のときよくそうしたの。とても泣き虫だったの。鉄道に勤めていると夜勤や早出があるでしょう。眠っておかなくてはいけないときにあたしが途方もない大声で泣き喚くと押入れに入れられたの」男は女から身を離して壁によりかかった。またしても「父ったら」だ。女は怪訝そうに男をみつめた。「どうかした? 気にさわることでもあたしいった?」

男はガラス戸ごしに夜の海を見ていた。黒い海に漁り火が動いている。潮が満ちているのだ。女は黙ってブラウスを合せた。「外を歩いてみよう」と男はいった。「雨でしょう」「やんでる。降ってるとしてもたいしたことはない。海に船が出ているから」「また番傘を借りるの」「これをかぶるといい」旅行鞄からビニル風呂敷を出して渡した。

「番傘は厭か」

「あの音が耳について落着かないの」

宿の下駄を借りて外に出た。海の方へ歩いた。雨は小降りになっていた。ときおり粟粒ほどの水滴が肌を打つ程度だ。吹く風が生暖かかった。女は頭にすっぽりとビニル風呂敷をかぶっている。足もとで何か砕ける音がした。道は仄かに白い。一面に貝殻が敷きつめてある。それが下駄に踏まれて細かく割れているのだった。白っぽい円錐がいくつか道ばたにあり、魚が腐ったような生臭い匂いを発散させていた。牡蠣殻の山である。

海へ下る道は細い。男が先を歩いた。後ろから女がついて来た。貝殻が割れる微かな音でそれと知られた。その気配を耳で確かめながら男は海へおりた。女はどこへ行くのかときかなかった。黙ってついて来た。波音が高くなった。水辺はこのあたりでは干潟ではなかった。砂と岩の海岸になっていた。

ひっそりとした海岸に人影はなかった。ところどころに引きあげられた漁船の黒々としたシルエットがうずくまった獣の姿に似て見えた。雨はやんだ。

「まあ、きれい」女は沖を向いてそういった。漁船が燈火を煌々とともして水平線に並んでいる。物差で測りでもしたように等しい間隔をおいて並んでいる。男は背後から女を抱きすくめた。両手を胸にまわして乳房を押さえた。女は沖に目をやったまま男によりかかり乳房を押さえられたとき、かすかに頭をのけぞらせた。髪が男の咽に触れた。

男は女を砂浜に横たえた。女は身を起して「冷たいわ、砂が湿ってて」と訴えた。男はビニル風呂敷を砂に拡げた。思わぬ所で役に立った。「これでも湿っぽいか」男はきいた。「冷たいけれどさっきよりましな感じ……でも誰か……」「誰もいやしない」「本当に?」男は答えなかった。乳房にあてがった掌をずらして腹に移した。

「ね、聞いて」女はいった。男の手を払って体をずらした。くつろげたブラウスをまた合せた。「本当のことといってるの、あたし初めてよ」

「分ってる」と男はいった。

「何も知らないの。本でこのことは読んでいるだけ」

男は上半身を起して女を見守った。女も同じ姿勢で男と向い合っている。二人はそうしてじっとしていた。女はあたりを見まわした。闇の奥をすかすようにして前後左右をうかがった。二、三メートル離れた岩かげに身を移した。男もビニル風呂敷を引きずってそっちへ移動した。女はあおむきに横たわった。そうすると同時に男も体を寄せて女に唇を近づけた。手を女の下半身にすべりこませた。

「痛い」女はいった。

男はぎくりとした。まだ何もしていなかったのだ。女は男を両手で押しのけて起きあがった。「背中のあたりに何か」と女はいう。

男は砂を手で探った。固く尖った物が半分埋れている。割れた牡蠣殻が斜めに砂に刺さっていた。

男は女が身支度を終えるまで待った。二人して歩きだした。波打際に沿って歩いた。十数トンほどの漁船が渚にめりこんでいる。男はこわれた舷側からよじ登り手をかして女を引っ張り上げた。廃船の甲板に牡蠣殻は落ちていそうになかった。ここならうまく行きそうだ、と男は考えた。

甲板も少し濡れてはいたが、砂地のように湿ってはいない。「ここで？　……」と女はためらいがちにきいた。男は火のついた薪そのものだった。いったん燃えあがった欲望は牡蠣殻くらいでは消えるものではなかった。

「こわい、あたしこわい」女は慄える声でいった。「誰がこわいんだ。お父さんがか」「ちがうの、このことが」「こわくなんかない」男はなだめたがその声はうわずっている。手で乳房に触れ腹に触れ太腿に触れた。女の肌は先程の砂地のようにかすかなしかし暖い湿り気を帯びて男の手を吸いつかせるようである。そのとき女は乾いた声を洩らした。「待って」といい、肩を左右にずらすようにした。男は手の動きを止めた。

「どうしたんだ」

女は男をはねのけるようにして起きあがった。「このあたりが……」肩の後ろに手をやって、「ちくちくするの」という。男は女の下になっていた甲板をさすった。釘が出ていた。

「どうして、どうして……」女は叫ぶようにいった。すすり泣きながらどうして男と女はこんなことをしなければならないかと男にきいた。男は膝をかかえてぼんやりと沖の火を見ていた。欲望は冷めていた。厭な冷め方だった。「誰かが邪魔をしてるみたい。あたし達に厭がらせをしてるみたい」

泪を拭ってから女はそういった。しばらくすると女は落着いた。「帰ろうか」と男はいった。廃船から足をおろすとき、男は砂浜に目をこらし釘も貝殻もガラス破片もないことを確かめた。何もないように見える砂浜にも、険呑な物体はころがっているのだ。用心するにしくはない。

宿に戻った。布団が一組敷いてあった。宿の女がやって来て、「お客さん、お湯ば沸かしたとです。寝らるっ前にちょっとばかい体ば流しんさらんかんた」という。願ってもないことだ。女がまず階下へおり、しばらく経って「体を拭いたらさっぱりした」といって帰って来た。湯あがりの女は別人のように晴れやかな顔をしていた。それを見て男は何となくすべてがこれからうまく運ぶような気がした。だんだん良くなる、そう思った。男が次におりた。湯は盥《たらい》にとってあった。いくらかさめかけてはいたが砂浜で汗ばんだ肌を流すにはそのくらいのぬるさが良かった。潮風にさらされた肌はべたついていた。昂ぶった神経が鎮められた。

そのとき犬が吠えた。数匹、戸外をうろついているらしかった。敵意をもっていがみあっているのではなく、挑むような誘うようなそそのかすような、陰にこもった声で短く吠えるのだった。男は耳を塞ぎたくなった。こんな晩にさかりのついた犬どもの声を聞きたくなかった。眉間に縦皺を寄せた表情で、湯を浴びて体を流し、念入りに拭いた。

男は部屋に戻ってから縁側で海を眺めた。女は鏡台と向い合って髪を梳いていた。空に星は見えず、海と同様タールさながら黒かったが、空と海の境界は明らかだ。水平線に並ぶ漁船の燈火で分った。さっきより増えている。増えた火でさえも男自身の欲望を表わしているかのように見えた。そして耳につくのは屋外で吠える犬どもの声である。高く低く強く弱く、ひっきりなしに唸り続ける。永遠に続くかと思われるほどしつこく吠える。そもそも出だしから良くなかった、と男は思った。ある駅で女が顔見知りの駅員に見られたこと、雨に降られたこと、感じの悪い宿の女、黴臭い部屋、泥の味がするシタビラメ、喧嘩ばかりしている相客、釘や牡蠣殻のせいで失敗した浜辺でのまじわり、寝る段になって狂ったように吠え始めた犬ども……。

男は布団に這入った。シーツには釘も貝殻もころがっていはしなかった。針でも刺さっていはしまいかと、念のため手でしらべてみた。仕事の上でつまずいてから男は変った。何事にも妙に用心深くなった。自分のそういう小心さにも男は実はやりきれない思いをしている。布団カヴァーには髪油の匂いがした。夜具は石綿でも詰めたように固く湿っぽかった。まあ、こうしたもんだろう、諦めに近い気持で男は考えた。

相客がいた部屋はしんとしていた。二人が宿をあけている間に発ったのだろうか、と男は思った。女は明りを消して男のわきに体をすべりこませた。おずおずと這入って来た。掛布団の下に少し離れて横たわった。肩と肩の間に隙間が出来た。ベニア板製の布団でもかぶったようだ。

「あなた、さっき海岸で寒くなかった」と女はきいた。寒くはなかった、と男はいった。「あたしは寒かった。あんなに風のある所で脱ぐんですもん」といった。五月ともなれば昼間は日射しが暖かかったが夜は少し冷えた。布団を着てちょうど良かった。「こっちに来いよ」男は腕を開いた。その腕の中に女は体をあずけた。

「このお部屋、鍵がかかるの」女はきいた。「かかる、今かけてきた」と男は囁いた。隣室で耳をそば立てている者に聞かれることを怖れでもするように。そう囁きながら女が着ている浴衣の紐を解こうとした。固く結ばれた紐は手探りでは解きにくかった。結び目はいつのまにかもつれて、きつくからみ合ってしまった。「待って」女は男を制して寝返りをうち自分で紐を解いた。女は向き直った。

男は女が身につけている青い浴衣をくつろげた。その下に二つ並んだ乳房があった。明りを消した部屋にもどこからか射して来る光があった。宿の近くに街燈があった。その光かも知れなかった。乳房は二つの貝を伏せた形に似ていた。闇の中でぼんやりと白い光を放った。

「こわいわ」女はいった。

「こわくなんかない」男はいった。

男はせっかちにことを運ぼうとしていた。女は体をこわばらせた。「犬が……」という。そう、犬がいたのだ。町が寝静まると犬どもの声は一層かん高くなった。シーツの上には釘も貝もなかったが外には犬が騒いでいた。ガラス戸のすぐ下に群がっているようだ。けたたましく吠える声を耳にすると、頭に錐でも揉みこまれる感じである。

「あの声、ああたまらない……」女は顔を両手で覆って激しく左右に頭を動かした。男は起きた。身づくろいをして廊下に出た。階段を足早におりた。玄関に番傘があった。それを持って外に出た。人間が現われると犬どもは一様に唸りをやめ、下顎を低く地につけて男をうかがった。

「しっ」男は番傘を振りまわした。犬どもは不服そうに唸った。いっこうに逃げようとしない。「畜生め」男はこぶし大の石を拾って投げた。一番図体の大きい犬めがけて投げた。狙いはあやまたず命中した。そいつは悲鳴をあげた。犬どもはたじろいだ。「しっ、しっ」男は図に乗って続けざまに石をほうり犬どもを追い散らした。手を洗って部屋に戻った。

「どうだった」女がきいた。「うまくやった」男は答えた。女の傍に横たわった。女はせっかく解いた浴衣の紐をまた元通り結んでいた。男は結び目に指をかけた。焦らずにゆっくりと結び目をほぐした。今度はうまくいった。糊の利いた浴衣である。板のように硬い。鎧を脱がせてでもいるようだ。すべての女が身にまとっている鎧。

「どうすればいいの、あたしは……」

「じっとしてたらいい」男はいった。女を抱き寄せ、唇を近づけた。手で乳房を愛撫しながら咽にもうなじにも唇で触れた。「楽にして、力を抜いて」と男は囁いた。女はいつのまにか棒のように体を突っ張っていた。男は女のこわばりを揉みほぐしにかかった。時間をかけなければならなかった。「父はね」急に女は口を開いた。「お父さんのことをいうのはよせ」と男はいった。そういって女が身にまとっている物を全部剝ぎとった。

男の手に包まれた乳房はかすかな弾力が感じられなければ頼りなく溶けてしまうかと思われた。「あれは何……」女はいった。隣室で声がした。隣室ではなかった。二人が夕食をとっているころ、いさかいをしていた相客の部屋だ。さっきの女が喘いでいた。苦痛に耐えかねて叫ぶ声に似ていた。男の荒い息づかいも聞えた。壁を隔てたすぐ隣にいるような気配だ。

「あの人たち何してるの」女は目を見張った。男は体を離してあお向きになった。天井をみつめた。煤けた赤黒い天井と向い合った。相客たちは息づまるほどに激しく咽をふるわせている。畳を振動させ障子に音をたてさせた。「あれがそうなの」女は男にきいた。男は黙りこんでいる。自分の頭の下に両手をあてがって天井を眺めていた。「あんなふうになるの」女はまじまじと男の顔をのぞきこむ。

「眠ろう」と男はいった。夜汽車では断続的にしか眠っていなかった。「朝まで眠るの」女はきき返した。「朝まで」と男は答えた。「明日は発つんでしょう」女はいった。

「発つよ。またいつかやり直そう」

「そうなの」と女はいった。

騒がしく振舞う相客のいる宿で、女とまじわる気にはなれなかった。男はすっかり冷めていた。犬といい相客といい、今夜はロクなことはなかった。無理に女を抱こうとすればもっと破天荒に良くないことが出来するかもしれなかった。それがこわかった。

「抱いて」女はいった。「ただ抱くだけ」。男は女を抱きしめた。「もっと強く、もっとしっかり抱いて、息がとまるほど」女はいった。

女は布団の上に起きあがって浴衣をまとった。紐をその上に巻きつけた。「おやすみなさい」といって男の唇に接吻した。「せっかくやって来たのに」と男の耳に囁いた。横たわって男に背を向けた。男も着ている物を直し紐を結んだ。溜息をつきながらそうやった。初めて旅の疲れが湧いた。五体がだるくなった。

相客の声は一段と高まっていた。その女は声をふりしぼって快感を訴えていた。いったん低くなるかと思えば次は前より高く呻いた。ぼんやりとその気配に耳をすませているうちに男は眠った。深い谷にすべりこむように眠りはすみやかに来た。

どのくらい時間が経ったか、女の髪にくすぐられて男は目醒めた。背中合せに寝ていると掛布団に隙間が出来て肩のあたりから冷たい夜気が入って来るのだった。

眠っているうちに寒気を感じてか、女は体をすり寄せていた。その柔らかい髪が男のうなじをくすぐった。それで目が醒めた。時計を見た。いくらも眠ってはいなかった。男は静かに布団を這い出して厠に立った。素足で踏む廊下がひえびえとした。スリッパーなぞ置いてない宿なのだ。気温は下っていた。宿はひっそりとしていた。相客たちも眠ったらしい。

部屋に帰ったとき、ガラス戸ごしに空が目に入った。思わず息をのんだ。垂れこめていた雲は消えていた。満天の星である。都会ではついぞ見たことのない大粒の星が空を埋めつくしている。海の火は消えていた。黒い海の上に、光る点を鏤《ちりば》めた空が拡がっていた。列車で座席手摺にこびりついていた魚の鱗を思い出した。燐のように青白い光を帯びた鱗が空に昇って星に変ったかと思われた。縁側でしばらく外を見ているうちに寒くなった。布団に這入った。女を起さないように掛布団を持ちあげてゆっくりと這いこんだ。

「何してたの」女がきいた。

「起きてたのか」

「さっきあなたが廊下に出て行ったときから」

男は女が浴衣を開いているのに気づいた。小さな二つの乳房がそそり立つ山のように男の目に映った。紐はほどかれ、小さな輪にして枕の横に置いてある。男は女を抱いた。男の中でにわかに高まったものがあった。性急に望みをとげようとした。女は短く息を切って吐いた。男が触れるたびに体を固くした。何度くり返してもうまくいかなかった。「体に力を入れないで」男はいった。

「そうしてるつもりなんだけれど」

「泣くな」と男はいった。

「どうしてあたし達こんなことをするの」

「…………」

「あたしは好きよ、あなたが好き。それで充分じゃないの」

「こうすることが厭になったのか」

「厭じゃないわ、決して。でもなぜか分らないけれど、あなたが……始めたら……」

「始めたらどうなんだ」

「あたし痛いの、どうしてか痛いの」

「痛いのもちょっとの間だけのことなんだがな」

「そうだとお友達から聞いてるけれど、……あなたの何もかも好きなのにどうしてうまくいかないのかしら。あなたがあたしにどんなことをしてもあたしは嬉しいのに」

「緊張するからいけないんだ」

「つい体がこわばってしまうの……あたし達いつまでもこうだったらどうしよう」その語尾が途切れがちになり慄えた。男は指で女の目をなぞった。指が暖かい液体で濡れた。

「あたしはあなたに抱かれたいのに」

「いつかうまくいく」

「誰だって初めはあたし達みたいに失敗したのかしら」

「そうさ」

「……ずっと前に父がね」

「お父さんのことはいうな」

「いや、あたしがいいたいのは……」

「よせったら」

男は何かいおうとする女の口を荒々しく手で塞いだ。女は両手で男の手をもぎ離そうとし、脚をばたつかせた。浴衣がはだけ乳房がむきだしになり腹のあたりまで露わになった。初めて目にする裸体ではなかったが、このときほど女が無防禦になった姿勢は見たことがなかった。

男は女の体を開かせ、もがく体を押さえつけてその上にのしかかった。女は何かいった。言葉ではなくて小さな呻き声のようであった。それはしかし何度も女がこれまでくり返した苦痛の呻きではなかった。女はもはや体をこわばらせようとはしなかった。

朝は明るかった。

煤けた障子でさえも朝日に照らされると輝くばかりに白く映え、目にまぶしい。

二人は貪るように食べた。塩味のきつい味噌汁を三杯もすすり、焼魚をむしった。もう泥臭くはなかった。香ばしい匂いがした。「これは何というう魚だ」と宿の女にきいた。「デンベエですたい、デンベエシタビラメ」と宿の女は答えた。同じ魚とは思えなかった。

女は食卓にうつむいて一心に箸を動かしている。休みなく顎を動かして口の中の物を咀嚼している。こめかみの薄い皮膚の下で動く骨が見てとれた。よく食べるものだ、男は女の食欲に少し感心した。ややたじろぐ気持もあった。いまだに男自身の生活は坐礁した船のようなものなのだ。「おかわりば」と宿の女がすすめた。女はそのすすめに従った。

「こんなに沢山、朝ご飯をいただいたのは初めて」と女はいった。宿の女が食事を下げてからそういって笑った。払いをすませて宿を出た。

列車が出るまでにいくらかゆとりがあった。川に沿って歩いた。きのうは黒く澱んだ溜り水のように見えた川が微風にさざ波立ち、日を浴びて目に痛いほどきらめいた。川岸に繋がれた船があった。船体に塗られた白と赤のペンキも鮮かだった。雨に洗われて、ひときわみずみずしかった。

「あの人たち、あたし達より先に宿を出て行ったの」と女はきいた。

「どうかな」

「あたし達もああなると思う?」

「ああなるというと」

「喧嘩する?」

男は朝食を食べていた女の表情を思いだした。焼魚の骨を箸で丹念にほぐしていた手付を思いだした。あれこそ生活というものだ。「喧嘩ぐらいするだろうさ」と男はいった。

柳並木のある川へさしかかった。海から柔らかい風が吹き、垂れさがった柳の枝がそよいでいる。水面に映ったさかさの柳と枝の先端は触れあわんばかりだ。女は枝を手で引き寄せた。葉を指で撫でながら「とっても柔らかい」という。

男は小枝を折りとろうとした。しなやかな植物はたわむだけで一向に折れない。

「いけないわ、そんなことしたら」女はとめる。「一本ぐらいお目こぼしを願うさ」鞄から剃刀を出して枝を一本切った。丸く輪にして両端をからみ合せた。女の頭に乗せた。

「もしきょう雨が降ったら、これが帽子の代りになる」と男はいった。降りそうな空ではなかった。そして柳の輪は帽子よりも冠に似ていた。

輪から垂れ下った葉の先が風に煽られて女の頬をかすめた。「くすぐったい、でも何となくいい気持」と女はいった。朝から女は一度も父親のことを口にしていない。

四時間

「わしはあんたなんか知らん」

ベンチの老人はそういって顔をそむけた。

「しかしわたしのあとをお前さんずっとつけてきてるじゃないか」

彼は今にもつかみかからんばかりの勢いで尾行者につめよった。老人は黒ズボンに同色の背広を着て、その襟に赤いカーネイションをさしている。彼が意を決して自分のベンチを立ち、つかつかと歩みよったとき、明らかに老人はぎくりと体をこわばらせたようであった。

「あとをつけてるって、わしが？　そんなことはないよ」

「ちゃんと知ってたんだ、さあ、わけをきかせてもらおうか」

彼はやや語気をやわらげた。相手はほし固めたような老人である。かりに腕をふるって立ちむかってきたところで、たいしたことはないと彼は踏んだ。

「お前さんがわたしのあとをつけてくる理由を話してくれればそれでいいんだよ」

彼は老人のわきに腰をおろした。黒ずくめの服をきた小男はおびえたように躰をずらした。目はまじまじと彼の顔に固定したまま、躰の位置だけベンチの端に移して抗議するようにつぶやいた。

「わしはただ街を散歩しているだけだよ」

「だれにあとをつけられようと、どうということはないんだがね、やましいところがあるわけじゃなし、しかしあまりいい気持のするもんじゃないね」

彼はタバコの封を切って一本くわえ、相手にもすすめた。老人は驚いたように目をみはってはげしくかぶりをふる。このタバコをバス停ちかくで買うとき、それとなく後ろを監視して老人が向うの曲り角をこちらへ折れるのを確かめたのだ。初めて老人に気づいたのは医院を出て十五分ほど歩いた時分だった。

ある交叉点で信号を待っていると、背後に靴音がし、何気なくふりむいたときにこの老人と視線が合い、つかのま奇妙な表情が相手の顔をかすめるのを認めた。その後、二度三度といくつかの街角を折れる間、ずっと老人はつかず離れず距離をおいて彼についてきたのだった。

(何者だろう……)

一度として見たことはない顔である。ごく自然に、「死神」という連想をした。黒いソフトに黒い靴という今どき凝ったなりである。(あの表情はいったい何だ。わたしの顔を見てはっとしたあの表情は……)

彼は思いに沈んで歩いた。つとしゃがんで靴紐をむすび直し、さりげなく後ろの老人をうかがうと、向うも歩みをとめて塀にはられたプロレスのポスターをながめている。

（わたしの顔にふつうの人間とは違ったものが現れているのではないだろうか。死相のようなものが……）

ちらとひらめいたこの思いつきを急いでふり払おうとしたが、「死相」というイメージはいったん意識にのぼってしまうと、にかわで付けたようにしっかりと彼の念頭に固着してしまった。

（そうかも知れない、そうに違いない、行きずりの見知らぬ人間でさえそうと認められるほどに、わたしの顔には死の影が色濃く兆しているのだ。あの老いぼれは死にかかった男がどこでくたばるか、あとをつけて見とどけようとしているのだろう）

靴紐をかたくむすび直してから、ことさら元気を装い、勢いよく立ちあがった。目のすみで後ろの老人を見張った。彼が歩きだすのを待って向うはポスターに熱中しているふりをしている。はずみをつけてつっ立ったあまり、彼は軽いめまいを覚え、足もとをふらつかせた。

手を塀について躰を支えた。

立ちあがりぎわによろめくなどということはかつてなかったことである。胸が不安な動悸をうった。塀にぴたりと寄りそい、動悸がおさまるまで目をとじた。（貧血気味なのだ、血を採ったのだから多少ふらつくのは当りまえだ）そう自分にいいきかせた。

（看護婦は血液検査の結果も六時半までにはわかる、といった。すべてはあと四時間ではっきりするわけだ）

四時間、と彼はつぶやいた。四は死に通じる。ふだんは軽蔑している語呂あわせがこの日に限って気になった。あの医院にも四号室や十三号室はないのだろうか。彼は塀に躰のわきをすりつけるようにして歩きだした。

躰をこの石塀のように大きく堅固な物のかげに寄りそわせるのが快かった。片側だけは安全だ、そう考えられた。何かに守られている、という安心感が生じた。石塀はしかしすぐに尽きた。

彼は前方からやってくる歩行者の表情に注意した。彼の「死相」に対する反応を他人の表情のうちに読みとろうとした。今しも学校帰りらしい女子中学生が、すれちがいざま目をみはって彼の顔をみつめた。交叉点で老人が彼を見てある表情に変った、そんな感じに似ていた。彼は絶望的につぶやいた。

（ああ、やっぱり。子供でさえもわたしの死相は見てとれる。純真な子供だからこそ他人の顔に現れた異様なものの影に敏感なのだろう）

塀の次はにぎやかな商店街である。首を動かせばショーウィンドーに映った自分の顔を見ることができた。彼はガラスの上にみずからの死相を見てとる勇気がなかった。きらびやかな色彩で充満した飾り窓を次つぎと自分の影がかすめるのを想像するだけだ。彼は顔を伏せ、自分の靴のつま先だけをみつめて商店街を通りすぎ、とある小路へ折れた。

鏡の役をするガラスがふんだんにあるにぎやかな街をそうそうに逃げだしたくなったのだ。小路をしばらく歩くと町の裏通りに沿って流れる川に出た。川辺にはプラタナスの並木道があり、古い寺院などもあって街のにぎわいもここまではとどかない。寺院の隣には閑静な小公園があった。

夾竹桃の生垣をめぐらした避難所を見出して、彼は救われた思いだった。足を速めて公園のベンチをめざし、腰をかけようとしたとき、ふりかえった目にあの老人がすたすたと同じ休息所に侵入してくるのを認めた。

(あいつ、まだついてくる)

愕然とした。彼は黒衣の老人が何のためらいもなく彼の斜め前のベンチにやって来て、ちょいとズボンの膝をつまみ、腰をおろすや気持よさそうに足を組むのをみつめた。そいつの視線は素早く彼の方へ走ったようであった。

(あいつめ)

彼のうちに激発するものがあった。(何といってやろう、人のあとをつけてくるのはよせ、と命令しようか、それとも……)

「わしはあんたなんか知らん」

老人はふたたびくり返した。

「わしはあんたのあとをつけてやせんよ、本当だとも」

「しかし、さっきから……」

「くどいね、なんでわしがあんたを尾行するわけがある」

「それはこっちがききたいことだ」

老人は舌打ちした。ベンチから身をおこし、気味悪そうに彼を一瞥して公園の外へ出て行こうとする。夾竹桃のかげで一度そいつはふりむき口もとをこするような手つきをした。

「逃げるな」

彼は弱よわしく叫んだ。老人の耳に聞えないくらいのかぼそい叫びだった。(あいつめ、行ってしまいやがった。尾行をさとられてこわくなったのだ)腕時計を見た。三時五分、あと三時間半だ。正確には三時間二十五分。それまでどうやって時間をつぶすかを考えた。(何もくよくよすることはない。まだわたしが死ぬと決ったわけじゃないのだ。医者が六時半にはすべてを明らかにしてくれる。かりに検査の結果が重症だったとしても、手当さえ早ければ持直すことは普通だ)

そうわれとわが身にいいきかせてみても、老人の顔をかすめた奇怪な驚きの色、道すがらすれちがった女の子の目をみはった表情が彼につきまとって息苦しい思いをさせた。さっき医院で、看護婦たちは彼に対してどんな顔で接しただろう。彼の病気を知っているのはあの女たちだ。そこで彼はぁることに気づきまたもや不安になった。

「いつ結果を知らせてもらえるかね」

レントゲン室を出て、医院玄関の窓口で看護婦にきいたのだ。

「きょう夕方までにはわかると思います」

声だけがガラス仕切りの向うから返って来た。こちらに背を向けて別の患者の薬を袋につめながら答えた。彼は重ねてきいた。

「夕方というと正確には何時ごろ」

「ええと」

看護婦は壁の時計を見上げ、ちょっと待って下さいね、といって奥の部屋へたずねに行き、戻って来てからも目は依然としてカルテに注いだまま彼には背を向けて、

「六時半ごろにはわかります」

「血液検査の結果もそのとき教えてもらえるんだろうね」

看護婦はまた奥へ消えた。カウンターにしがみついて彼は奥の部屋から洩れてくるかすかな声に耳をすました。

「血液はうちで調べずに検査センターへまわしまして、その結果がわかるのもやはり六時すぎです。六時半にいらして下さい」

「六時半ね……」

とうとう看護婦たちとは医院を出るまで一度も顔を合せなかった。

(ひょっとしたら検査をするまでもなく奴らはわたしの病状を判定していたのではないだろうか。明らかに死期をまぢかに控えたわたしの顔を正視するのに耐えかねて、別の患者の薬をつめるふりしていたのではあるまいか)

彼は自分を診察した医者の態度から何か手がかりをつかもうとして医院での数刻をくわしく思い出しにかかった。ところが医院ではほとんど暗黒のレントゲン室で医者とすごしたから相手の顔色を記憶に甦らせることはできない。彼は一カ月前、初めてあの医院を訪れたときを回想した。

「これをひと口のんで」

と医者はいった。暗いレントゲン室で、バリウムをたたえたコップだけがほのかに輝いた。白いどろりとした液体は甘酸っぱく、思ったほどのみにくくはなかった。

レーサーかパイロットのつけるような黒い遮光眼鏡をかけた医者が、彼の前にかがみ、楯のような装置をへだてて何かかたい物を彼の胃の部分に押しあてる。彼は呻いた。

「そこ、そこが痛むんです」

「なるほど」

「しくしくと痛むんです」

「黙って」

医者はスイッチを入れた。装置が重々しく振動した。彼は闇の底にしゃがんだ医者に、

「見えますか、何か異常なものがわたしの胃に見えますか」

「撮影ちゅうは黙って」

バリウムを孕んでぼんやりと螢光を放っている胃のかたちを彼は闇に思い描いた。医者の目にしかととらえられた患部の突起あるいはへこみ、腫瘍のようなものを想像した。目の前にすいとバリウム入りのコップがさしあげられた。医者の指は見えず、バリウムだけが闇の中にぽかりとうかびあがった。

「またひと口のんで」

低い回転音がして、彼がのっている台が撮影装置もろともうしろにゆっくりと倒れた。彼は思いちがいをしていた。胃の透視撮影は胸部レントゲンのそれのように、一枚だけと思いこんでいたのだ。こんなに何枚もとられるとは思っていなかった。しばらくして水平になった彼の躰はふたたび装置の上で垂直に戻った。

「これをバリウムといっしょにのんで」

医者は錠剤を彼の手に押しこんだ。半裸体の患者は唯々諾々とそれをのみこんだ。医者はさらに二枚、胃を撮影した。赤ランプがつき、原版を装置からとりはずして隣室へ消えようとする医者に、何か見えたかどうかたずねた。写真を見てからというのが相手の答えだった。一カ月前のあの日はひるまえに撮影して午後二時にはもう医者の説明をきいていたように記憶している。午前十一時ごろだったから三時間で結果はわかったのだ。

あの日、医者はクリップでとめたレントゲン写真を前にながいこと黙っていた。黒い毛の密生した指で顎をつまみ、ふむ、と唸り声をあげて大小五、六枚の写真に目をこらした。彼は医者の顔とレントゲン写真をかわるがわる見てひたすら決定的な宣告が下されるのを待った。

「ずいぶん汚い胃ですなあ」

「すみません」

「酒もほどほどにしないとねえ」

「ひかえようと思ってるんですが、ついそのぅ会社のつきあいというのもありまして」

「命あっての何とやらというじゃないですか、手おくれになったらつきあいもへったくれもありませんよ」

「やはりどこか悪くなってますか」

「このあたりがどうもねえ」

灰色のセルロイドにソラマメのかたちをした胃が白く映っている。胃と腸の境に医者は指をあてた。

「正常な状態ではこの線がなだらかなカーヴを描くはずですが、あんたの場合は二枚目も三枚目もこの部分の線が変にかたい感じですな」

医者は写真を目に近づけてしげしげとその部分をあらためた。一カ月後にもう一度とってみようと白衣の男は提案した。そういうわけで三十日間、彼は日夜みぞおちの痛みが増してくるのを覚えながら二度目の透視撮影の日を迎えたのだった。きょう、撮影が終ってから医者は彼に着衣をすすめ、がっしりとした後ろ姿を見せてさっさと隣室へ去ろうとする。彼はあわてて医者を呼びとめた。

「あのう何時ごろうかがえばよろしいんでしょうか」

「看護婦にきいてみて下さい。血液検査の結果も照合してみないと」

（牛のようにたくましい首を持ったこの医者は一度として自分の胃に痛みを感じたことはないのだろうか）

彼はのろのろとネクタイをむすび、上衣をつけてレントゲン室を出た。

公園のベンチで、彼は上衣のボタンをはずし、手のひらをみぞおちの上にあてた。そこへ手を押しあててみるまでもなくかすかな痛みのあることは確かだ。ここ数カ月間、みぞおちのまわりに熱っぽい重苦しさを感じさせる痛みがつづいていた。

初めてあの医院を訪れて診断を乞うた日のことを思いだす。彼はつとめて気楽な口調で、

「先生、おりいってお願いがあるんですがきいてもらえますか」

「ええ、どうぞ」

彼は診察台をおり医者の前にある椅子にかけた。医者は躰をひねるようにして机におおいかぶさり、彼のカルテに何やら書きこんでいる。首をのばして自分のカルテをぬすみ見ようとした。目の位置がカルテの細かい文字を読みとるには遠すぎる。それでなくても、ただでさえ見にくい細字がひしめいているのだ。一つだけ目にとびこんだ単語があった。ulcerous という文字の末尾に小さな感嘆符

と疑問符がならんで記されている。

彼はcancer（癌）という単語をしきりに読みとろうとしたのだったが、じっさいにとらえたのは不可解な術語の海の中でulcerousという単語だけだった。それというのも医者がその言葉に疑問符と感嘆符までくっつけていたからである。ulcerousの意味が彼にはわからない。

「で、願いというのは何ですか」

医者はものうげに彼をうながした。依然として首は斜めにカルテへさしのべられたままだ。彼はせきばらいをした。

「もしかりにですね、万一わたしが癌だとしてもですね、わたしは覚悟というか心構えといいますか、まあそんなものが出来てるつもりなんで、そのう、あれこれと遠慮なさらずに本当のことをずばり教えてもらいたいんです」

「あんたは自分で自分に診断を下していられるわけだ」

「いや、あくまで万一という仮定のもとにですね、多分そうではないかと、ええ、もちろん癌でなければそれにこしたことはないんですがね、しかし……」

医者はポケットから赤いハンケチをとりだし音をたてて洟をかんだ。それから銀縁の眼鏡をはずしてガーゼでレンズをみがいた。くもりを拭った眼鏡を鼻にのせて今度は躰ごと彼に向き直った。

「一カ月たってもう一度、透視をやってみましょう。正確な診断は二つの写真をくらべてみてそれからでいいでしょう。今のところそれほど気に病むことはありませんよ」

「癌でないならこの痛みはなんですか、先生、この疲労感がもうたまらんのですよ」

妻のとっている婦人雑誌の付録に家庭医学大事典というのがあった。痛みが朝夕、気になりだしたころ、本棚にこの本を見つけてページをくってみた。消化器疾患の項に彼は自分の症状とよく似たくだりを見出した。

それによると気休めになるいくつかの新発見もあった。癌には自覚症状はないのだ。ごく初期には痛みなど感じることはない。だとすれば自分の痛みは癌ではない。しかし癌には必ず全身の倦怠感がともなうという。痛みを意識するようになってから彼は不可解な疲労感に悩まされていた。このだるさは只ごとではない。

ひょっとしたら自分の痛みは癌の末期状態では……彼は疑った。自覚症状もないままに進行した癌が最終段階というやつに成長して痛みを伝えるまでにふくれあがったのではないだろうか。彼は痛みの中心として訴えたみぞおちを医者が指でおさえ、その瞬間、息をのみ目を宙にすえて考えこむような表情をした光景を思いだした。

今思えば、胃の上をおさえた手をふと止めた気配が無言の診断であるともいえる。医者はあのとき自分の破滅の徴候である部分、胃のどこかに育ちはじめた死の芽を手のひらで撫でていたわけだ。

(ulcerousというのは何だろう……)

彼はふらふらと立ちあがった。郊外にある自宅まで帰る気にはなれなかった。このことは妻に告げていない。帰れば何やかや問いただされようし、そうなったら自分の異常について沈黙を守りつづける自信はなかった。

結局、さし迫った宣告まで街の雑踏をうろつく方が、男には気がまぎれるし、落ちつかない心も落ちつかないままであるにせよ他人にかき乱されることはない。何がいやといって現在、顔見知りの友人知己と出くわすのがいちばん耐えがたかった。

彼は公園を去った。

アーケード街のどこかに書店があったようだ。それを探した。本といえば列車時刻表と週刊誌しか買ったことはないので、ふだんはめったに書店など立ちよることがない。黒い詰襟服を着た少年たちがその前に群れているのでありかが知れた。彼らはてんでに一冊のマンガ週刊誌をひろげて喰い入るように目をそそいでいる。黒い学生服がたちどころにカラスを連想させ、不吉なうっとうしさを覚えさせた。

高校生の躰をかきわけて書店へふみこむ。すみの書棚に辞典を探して手ごろな一冊をぬきだした。

ul、ulcer……名㈠潰瘍、はれもの、㈡弊害、悪弊。ulcerous、形潰瘍性の。

彼は左手で辞典を支え、右手の指でページをおさえて求める単語を一つも見おとしのないようになぞってこ声で単語を読んだ。癌ではなかった。癌を意味するラテン語でもドイツ語でもなかった。しかし喜ぶのはまだ早い。あのカルテをぬすみ見たのは一カ月前のことだ。一カ月以前は潰瘍にすぎなくてもそれが悪性なら充分、命とりになるような腫瘍に変化することもあるだろう。だから医者は二回も透視撮影を試みたのだ。

潰瘍から癌が発生するものかどうか、彼は知らなかった。彼が知っているのは癌の特効薬が今もってつくられていないこと、癌そのものについての探究がまだ科学者の課題として残っていることくらいのものだった。

彼はやるせなく溜息をつき辞典を棚におさめた。依然として不安ははれなかった。書店の外へ出るにはマンガにたかっている高校生たちをかきわけなければならない。彼らの五体から発散するなまなましい匂いがたまらなかった。きょうはことにその動物的な体臭がいとわしく思われた。やっとのことで少年たちの垣をくぐりぬけて街路へ出た。

(これからどこへ行こう)

彼は汗でくもった眼鏡をはずしハンケチでレンズをふいた。医院を出てから眼鏡をこうして何回も拭っている。レンズがいつのまにか厚みをかえて、外界が妙にくっきりと鋭い輪郭をおびて彼に迫ってくる。電車が広告塔が道行く人の顔が舗道の石が木が、あたかも生皮を剥いだ獣の赤い肉のように鮮かな色合いをおびて目に映る。急に度の強いレンズをかけたとき、目と目の間がきりきりと痛くなる、そんな感じである。

彼はレンズにはっはっと息を吹きかけ、力をこめてハンケチでこすった。拭い終った眼鏡をためして見る。相変らずどこか空間に歪みが生じたような、レンズの焦点がずれたようなとりとめのないいらだたしさを感じてしまう。とくに目立った変化はレンズのどこにも現れていない。(どうして世界がこんなにもありありと見えるのだろう)

彼はレンズの奥で目をぱちぱちさせ、ぽかんとつっ立って午後の街をながめた。その目が銀行前の舗道におちたとき、異様なものに気づいて大きく見開かれた。昆虫のような躰つきの生き物がそこでうごめいている。若い男がうつ伏せになって虫のように地面を這いずりまわっていたのだった。躰の左半分は不自然につっぱったまま硬直し、自由な方の右手でチョークをつかみ、青年は地面に日本の地図を描いていた。

彼は動物園の珍しい獣を見る子供のようにこわごわ近よって青年の手もとをのぞきこんだ。半身不随の男は今しも地図を描き終ったところで、次は東京から大阪へ至る東海道沿線の駅名を一つずつ地図上に記入しはじめるところだ。銀行のシャッターには小さなパネルが立てかけてあり、それは青年が小児麻痺による重症障害者であって行方不明の母を求めて全国を探し歩いている旨が説明してあった。

彼はみがいたばかりの眼鏡ごしにパネルの文字を読んだ。右手で眼鏡の枠にかるくふれて、ちょうど英和辞典の訳を読んだときのようにぶつぶつと声に出してパネルの文字を読んだ。足もとの帽子に五、六枚の硬貨が投げこんである。

(うまいものだ)

彼は克明に描きこまれた日本地図にたわいなく感心した。財布をとりだしていったん百円硬貨をつまみあげ、思い直して五十円硬貨を青年の帽子におとした。青年は小田原と記したあたりで半身をもたげた。起きあがることすらなみたいていでなく、肩を苦しそうに喘がせることになった。

青年は彼が硬貨を帽子に入れるのは知っていたらしく、シャッターによりかかると顎を上下に動かして何かいった。彼は話しかけた。

「いい地図だね、りっぱなもんだ」

彼はしゃがんで目の高さを青年と同じにした。青年は、「あ、あ」と呻くばかりだ。躰のこわばりに反し、その目は柔和な草食獣の光をにじませているように見えた。

「きみ、どこから来たの」

青年はチョークで漠然と東京のあたりを指した。躰のわきにあったパネルを手にとり、彼の方によく見えるようにかざした。

「ああ、それ読ましてもらったよ。おっかさん見つかるといいがねえ、その写真だね」

パネルの中央にキャビネ版ほどの顔写真がはってある。焦点の合っていない原版を引きのばしたもので、うすぼんやりとした目鼻だちしかわからない。髪を古風にゆった丸顔の女でこれといった特徴はない。

「それできみ、これからどこへ行くの」

青年はチョークで地図のある一点をさそうとした。彼のうしろで足をとめた通行人が帽子に硬貨をほうりこんだのを汐に彼は腰をあげることにした。青年がどこへ行こうと彼にはどうでもいいのだ。ちらと腕時計を見る。三時四十七分、あと約三時間。医院の一室ではセルロイドの板に今ごろは彼自身の病気がひょっとしたら死の徴候が灰色と黒の影像となって徐々に確実にうかびあがりつつあるだろう。

めまいを警戒してそろそろと立ちあがった。立ちくらみは今度は覚えなかった。かわりに急速な便意をもよおして来た。バリウムのあとでのんだ下剤が今ごろききめを現わしてきたらしい。彼は下腹をおさえ小走りに人ごみを縫ってデパートへ向った。目を吊りあげ思いつめた表情で便所へ突進した。あいにく目ざした場所は満員である。

二階へかけあがった。そこでも浮かぬ顔つきの連中がドアの前にならんでいる。彼はますます強くなってくる下腹部のせきこみを必死にこらえつつデパートの外へとびだした。裏通りのどこかに共同便所を見たような気がする。犬のように鼻をつかって彼は求める場所を探しあてた。建物は半ば地下に没するかたちで酒場の横につくられてあった。階段をかけおりてベルトをゆるめるのももどかしくしゃがもうとした。

どうしたことかベルトの留金がズボンのどこかにひっかかり、途中までずりさがったままそれ以上おろすことも引きあげることもできない。ますます強くなってくる便意に顔面蒼白となり下腹のまわりにからみついているベルトと格闘した。彼にとって永遠と思われる時がすぎた。

精根つきはてて彼はやおら渾身の力をこめてベルトを引っぱった。布地の裂ける音がした。ベルト通しにひっかかった留金がはずれやっとのことでズボンを足首にずりおとすことができた。彼は床に背中を丸くしてしゃがみ、こころゆくまで排泄の快感に酔った。下腹を重くしていた熱い塊があっけないほどなめらかに躰の外へ出て行く。

彼は安堵の溜息をつき、ついで初めてこの小空間にたちこめている濃密な尿のもやをかいだ。鼻孔の粘膜を刺激する鋭いアンモニア臭も今はさほど不快ではない。腹の中にわだかまっていたものを出してしまうと彼は爽快になり陽気になった。彼の不安そのものであったみぞおちの痛みも、もはや重大に考える必要はないと思われた。

（これからどこへ行こう）

どこへでも行けそうな気がした。みぞおちの痛みはうすらいだし、排泄をすました今は全身が一度に軽くなってもいる。にわかに空腹を覚えた。朝は透視撮影のために食物はおろか水一滴ものんではいけないことになっていた。その後つのる不安が空腹を忘れさせた。デパートの裏通りは食堂と酒場ばかりである。その一軒にはいった。

たれをつけた肉の焼ける匂いが彼を包みこみ、ほとんど息づまらせるほどだ。（どこへ行くにしてもまず腹ごしらえをしなくては）

医者は脂っこいものを避けるように、またつとめて消化の良いものをと命じていたが、従う気にはなれなかった。自分は健康だ、健康でなくてはならぬ、と自分にいいきかせた。栄養のあるものをたっぷりとれば病気にうちかつことができる。

「もつを焼いてくれないか、とりあえず一皿、そのまえに酒を一杯、うん、ひやでいいよ」

彼はたちこめた煙に目をぱちぱちさせた。店のあるじはコップになみなみと酒をついだ。彼は唇をとがらせてコップの冷たい液体にふれた。肉と臓物から脂がしたたりおち音をたててはじけた。コップの中身を一気に半分までのみほしてからあるじに注文する。

「うんとすりこんでくれないか」

「これをいやがる人もいましてね」

おろし金で生ニンニクをすりながら、ふと目をあげて、お客さん、口のまわりがという。彼は手で口のあたりをさわった。

「口がどうかしてるかね」

「何か白いものがついていますよ」

おやじがおしぼりを渡した。食堂の隅に鏡をみつけ、顔を映してみた。バリウムの白い粉がかわいて唇のまわりに白い輪となってこびりついている。おしぼりでこするとあっけなくとれた。

「なんだ、これだったのか」

彼は大声で笑った。黒衣の老人が奇妙な表情になったわけがわかった。だれだってこんなものを口のまわりにしるした人間を見れば変な面持になるに決っている。あの女の子もすれちがった何人かの通行人たちも彼の口もとにこびりついたバリウムの痕を見てけげんな顔をしただけのことだ。死相などというのは思いすごしというほかはなかった。

そうとわかれば笑い話にすぎない。彼は透視撮影の名残りを念入りにふきとった。こみあげてくる笑いを噛みころすのに骨がおれるほどだ。食堂の主人も陽気な客に調子を合せ顔をほころばせる。

「もういっぱい」

空の胃につぎこむ冷や酒はよかった。のどをすぎて腹の底へ流れこむ液体は躰のすみずみまでしみわたるようである。「さ、どうぞ」皿に並べられた串の一つをもって頬張った。熱く焼けた肉にたっぷりと黒褐色のたれをまぶし、二、三片を一度につめこんだ。

「どんどん焼いてくれ、いいというまで」

あるじは調理台にうつむいて小さく切ったもつの一片一片を串に刺しはじめた。彼はまたたく間に一皿分のやきとりをたいらげた。両肘をカウンターについておやじの手もとを興味深く見まもる。主人はネギと肝の切身をかわるがわる串に通している。その作業にふけりつつも目はぬかりなく客のコップにも注いでおり、空になるかならないうちにコップをいっぱいにした。

彼は左手にタバコを右手にコップをもって口をあけたまま、料理にいそしむおやじの手つきに見とれた。おやじは庖丁の刃に指をあてがってかるく舌打ちした。かたわらの砥石をつかい庖丁をとぎにかかった。水をたらし刃を摩擦しまた指をおしあててとぎ具合をたしかめる。彼は話しかけた。

「その庖丁、切味よさそうだね」

「よくなくっちゃ商売になりませんやね」

こみあげてきたおくびを手でさえぎって、いくら、ときく。紙幣をカウンターに並べた。「ごちそうさま」

庖丁を見て次に行く所がきまった。時計を見る。四時二十分。外へ出て籠入りの果物を買い、タクシーをひろった。


「あの方は絶対安静ということで、面会禁止になってます」

それは予想していたことだった。さっき自分が後にした医院でもこの初めて訪れた病院でも白衣の制服をつけた女たちはどうしてこうも傲慢にふるまうのだろう、と彼は考えた。付添いの人にも会えないだろうか、ときいた。

「おたく、二〇六号室の患者さんとどういう関係ですか」

「同じ会社の、わたしは部下です、こういう者で」

名刺を看護婦に渡した。

「患者さんの奥さんが付添っておられますが、その方とお会いになりますか」

彼はうなずいた。

「先生は？」

手術中です、という答えに患者の容態を看護婦に教えてくれるように頼んだ。

「今のところ命に別条はないようですが、経過は楽観できません。きのうまで警察の方が見えていろいろ事件のことを訊ねたがっていたようです、でも本人の意識が戻らなくては何もわかりませんものね」

「まだ昏睡状態がつづいてるわけですか」

「ひどいことをする人もいたものです」

「事件をきいたときわたしもびっくりしましたよ」

「何の恨みがあって犯人はあんなことをしたんでしょう」

「これではおちおち夜道も歩けやしない」

と廊下を先に立って歩く看護婦の背中につぶやいた。病院は暖房がきいていて、眼鏡はすぐに曇った。彼は神経質にレンズを拭いつづける。看護婦はエレベーターを操作して独り言のように、

「短刀でおなかをめった突きにされて生きているだけでも奇蹟のようなものだわ」

「われわれも警察の連中にはさんざん詰問されましてね」

「奥さんは疲れておいでのようですから、長居しないがいいでしょう」

看護婦は二〇六と表示された部屋のドアをノックした。細目にあいたドアの向うにやつれ顔の女がのぞいた。彼は上司の妻に目礼した。看護婦と入れちがいに部屋を出て、患者の妻は見舞客に頭を下げた。

「皆様にご迷惑をおかけしまして」

「このたびはとんだことで」

二人は廊下のベンチにかけた。

「支店長も災難でしたね、それにしてもひどい奴がいたもんです、われわれ一同ふんがいしてますよ」

「警察の方たちが一応調べる必要があるというので会社の人たちにもいろいろきいてまわったとか」

目もとに濃い疲労の隈が見える。

「そうするのが彼らのつとめですからわれわれは何とも思ってはいません。で、どうですか、支店長のご容態は」

細君は何かいいかけて口を開いた。そのはずみにたてつづけに大きなあくびを洩らした。「まあ、あたくし、失礼しました」

「だいぶお疲れのようですね」

「あれ以来、眠っていないものですから」

「看護婦は支店長の面倒を見てくれないのですか」

「あるていど世話はしてくれますが、点滴といろんな検査以外のことは、やはり身内の者でないと行きとどきません」

「しかし奥さんが躰をこわしてしまったら支店長はどうなります。てきとうに休みをとらなくては」

「ええ」

「支店長の仕事は、そのう、わたしが社命で一応支店長代理ということで処理していますからその点はご心配なく」

「ありがとうございます」

「手術もうまくいったようですし、これで予後さえよければ早く退院できるのではないでしょうか」

「はあ、でもそれが……」

女はまた手を口にあてた。おさえてもおさえてもふくれあがる気泡のようなものがあるらしく、それがとめどのないあくびとなって洩れるようである。

「奥さんこそ無理をなさってはいけません」

「ええ」

「一度も支店長は意識を回復なさらないのですか」

「一度だけ、意識がもどったのかどうかわかりませんけれど、警察の方が見えているとき、うわごとのようなものをそれもひとことだけ口にしたことがありました」

「ほう、何か犯人の手がかりになるようなことでも」

相手は少しためらった。思いきったように主人は、と話しだす。

「主人はひとことだけ、おっかさんといったのです」

「支店長のおかあさんはどこかにいらっしゃるのですか」

「もう十年前になくなりました」

「夜道でいきなり刺すなんて、いったいだれがこんなひどいことを」

「主人は人さまの恨みをかうようなことはしていないはずです」

「わたしもそう思います。気ちがいですよあんなことをやるのは。財布はとられていなかったのでしょう」

「ええ何も」

「ちかごろは物騒ですからね。このまえの新聞にハンマーでもって見ず知らずの人間を二人も殴り殺した気ちがいのことがのってたでしょう、電車の中で。犯人は精神病院を退院したばかりの男でしたがね」

「少しでも意識が回復したら事情をきけるのに、と警察の方もくやしがっているのです」

「あの時刻、お宅のあたりは人通りがないでしょう、交番も遠いし、刃物をもった気ちがいがうろついても見とがめられやしません、おそろしいことです、まったく。こういってはなんですが支店長は運が悪かったのだと思います。奥さんのおっしゃるように物とりの仕業でも怨恨でもないとすれば気ちがいにきまってますよ」

「ええ」

「現代の医学を信じましょう。不治の病にかかったわけじゃなし、支店長はもともと丈夫な人ですからね、なに、そのうちきっと回復なさいますよ」

「だといいんですけれど、主人はずっと眠ったきりなので」

「もっと早く見舞にうかがおうと思っていたんですが警察の方からは訊問がすむまでは駄目といわれるし、それにわたしも最近、躰の具合がおかしくて」

「それは……」

「いや、たいしたことはなかったんです、単なる潰瘍ですよ、胃の透視撮影なんかしましてね」

支店長の妻はものうげにあくびを嚙み殺した。一つおいた隣室の前にベンチがあって、七、八人の人影がそこにかけ残りは床にうずくまっている。彼は話題をかえた。

「おや、ここは二階に診察室があるのかな」

「手術中なんです、二一八号の患者さんが昨夜から容態が急に悪くなって。朝から手術をはじめてもう何時間たちますかしら、六時間以上ですわ。患者さんの身内の人がかけつけてああやって結果を待ってるんです」

老婆の腕に抱かれた幼児が泣いた。森閑とした病院の廊下に泣き声が反響した。老婆は胸元をくつろげて、ひらたくしなびた乳房を露わにし、幼児の口に含ませた。乳首に吸いついた幼児はいったん泣くのをやめたが、期待したものが得られないのでそくざに口をはなし、前より高く泣き喚いた。彼はきいた。

「病名は何でしょう」

「胃癌らしいです、もう手おくれになって肝臓とか膵臓に転移して手術をしても無駄じゃないかと看護婦がいってました。おなかをあけるのも気休めのようなものですわね、これで六回目の手術とか」

「手おくれねえ、ふむ」

彼は自分のみぞおちをおさえた。一時おさまりかけていた例の痛みが話をきいてからまたもやうずきはじめた。空腹のあまりしこたま腹につめこんだもつ焼きが今になってかすかな吐き気さえもよおさせる。

彼は手さぐりでベルトの留金をさぐりあて一つ分ゆるめた。腹をふくらませてみてまだきつい感じがするので、もう一つ分だけ留金をずらした。あらぬ方に目をすえたまま、下腹に手をやってもぞもぞとまさぐっている男を細君は気味悪そうに見やった。

「わたしはそろそろこれでおいとましなければ、どうぞお大事に」

彼は一礼して顔をあげた。相手はまだ腰をかがめたまま顔を手でおおっている。あくびがまたこみあげてきたらしい。

移動寝台《カート》にあおむけになった患者とすれちがった。検査室から出てきたばかりだ。二人の看護婦が付添っている。患者は蒼白な顔色の少女で、のどもとまで白い布をかけかたく目をとじている。痩せた少女にくらべ、血色のよい小ぶとりの看護婦たちはいかにも屈託なげだ。別世界の住人のようだ。そう、彼女たちは世界のこちら側、生の世界に住む人間で、死に瀕した者とは無縁なのだ、と彼は考えた。にごりのない血液とみずみずしい漿液に溢れた看護婦たちを憎んだ。カートの少女は目をとじていてかたわらの彼に気づかないようであった。

彼はみぞおちを手でおさえた。痛みを少しでもやわらげるために手のひらでさすった。階段は十三段あった。おりてしまってから自分が階段の数をそうと意識せずに数えていたことに気づき、ぎくりとした。

(十三階段、縁起でもない……)

階段をおりたところでエレベーターから雑役婦がワゴンを押して現れた。ワゴンの上には血まみれのガーゼが盛ってある。その車が裏口へ去ったあとには甘ったるい血の匂いが残った。痛みとともに吐き気もこみあげてきた。彼はたちまち食堂での一刻を後悔した。もつ焼きを四皿、冷や酒を三杯もあおるなんて正気の沙汰とは思われなかった。

(やっぱり胃にはよくなかったんだ)

彼は手洗いのありかを看護婦にきいた。白タイル張りの密室で上衣をとり、ネクタイをゆるめ、躰をくの字に折りまげて胃の中味を吐こうとした。悪感が増すばかりでいっこうにもどすことができない。

彼は顔いちめんに冷や汗を滲ませ、みぞおちの重苦しさとたたかった。透明なねばり気のある液体がわずかに溢れ出て、口の中を酸っぱくしただけだ。ハンケチで顔をぬぐい、ついでに首すじをぬぐった。いつのまにか涙が目じりにたまっていた。

(ことによると楽観しすぎていたのかも知れない。酔った勢いとはいえ自分の病気に明るい見方をしていた)

日がかげると気温は急速に下った。明るいうちは絶えていた風が、うす暗くなるにつれて吹きはじめたようである。足もとを落葉がかすめた。上衣の襟をたててみたが、そのくらいのことで首すじの冷たさが防げはしない。さむけは首すじだけでなく、わきの下から背中へとひろがる一方で、全身が剝きだしになって風にさらされているかのようだ。ひえびえとした寒さに包まれて歩いた。

（こういうとき一杯ひっかけたらあったまるんじゃないかな）

と考えてすぐに思い直した。冷や酒をたてつづけにあおったからこそ今こうして鳥はだ立つ悪感にふるえているではないか。彼は落葉を踏みしだき黒くひからびた木の実を踏みつけた。乾ききった落葉はガラスでも踏みやぶるように靴底で砕けた。

（植物の種子は熟れて落ち、土の中でまた芽をふきもしよう、しかし人間は一度、暗いところへひっこんだらそれっきりだ。子供……子供の中に慰めを見出そうとしても、子供の人生はわたしの人生じゃない。わたしはもうじき暗い静かな所に横たわることになるだろう）

わたしは死ぬ、彼は自分にいいきかせた。二、三回、呪文のようにそう唱えていると、不思議に気持がおちつき、みぞおちの痛みもしずまるかのようだ。自分は死ぬ、そのあとに何もない。この世に生を享けるまで何者でもなかったまさにあの状態にたち帰るだけのことだ、それだけのことにすぎないのだ、と胸の中でつぶやいた。

安息感とも解放感ともつかぬなごやかな感情が湧いてきた。夏の午後、ぬるま湯にひたるときの感じにそれは似ていた。わずかな退職金、未払い月賦の残っている建売り住宅、子供の教育費などをわきへおしやりさえすれば、自分の死ということがとてつもなく単純な現象に思えてきた。蒼ざめた少女をカートにのせて運んでいた看護婦の明るくうつろな目の色を思いうかべた。自分の「死」をカートの上にひょいとのせて、のんびりとなめらかなリノリウム張り廊下を押して行く自分の姿を想像してみた。

（あいつもわたしの通夜が終ったら支店長の細君のようにたてつづけにあくびするだろうか）

彼は自分の妻がものうげにあくびを嚙み殺しながら弔問客を送り迎えするさまを思い描いた。通夜のあとどんなに寝不足でもたっぷり一晩眠ったらすがすがしい目にもどるものだ。

彼は平静にこの発見を検討した。

（ひるがえって考えるならば、わたしこそ妻を本当に必要としただろうか。子供の教育、食事、洗濯、掃除、夜の営み……。それ以上の女だったろうか。どんなに大事な人間でもそいつがくたばってしまったらひっきりなしにあくびをするだけの存在になってしまう）

うなだれて歩きつづけたので、どこをどう辿ったのか覚えがない。たちどまるとにぎやかな街の音が彼を迎えた。

風に海の匂いがした。魚のはらわたと廃油をまぜ合せたような臭気である。なにがなし救われた気になった。血まみれのガーゼが目にちらついていたから、海からの匂いが生気に満ちた外界を暗示しているように思われた。腕時計は六時である。

ここから医院の方へ歩いても三十分以上かかる。急ぐ気にはなれなかった。死の宣告を何もあわただしく駆けつけてきくには及ばない。医者はどんな言葉をつかって死をほのめかすだろう、と考えた。しかし、死ぬと決っている患者にはそれを暗示することもおそらくないだろう。なあに、手術さえすれば元通り元気になりますよ、とうけあうだろうか、それとも、気楽に養生してみるんですなしばらく。中年ともなれば、とくにあなたのような会社員はあちこちガタがくるもんですよ、というだろうか。いずれにせよ医者というものは本当のことを患者には告げないものだ。真実はつねに人をたじろがせ、意気沮喪させるものだから。

むやみにのどがかわいた。彼は海岸通りに面した喫茶店にはいった。喫茶店と思いこんだのは外装のせいで、内部は酒場のつくりである。棚にならんだ色とりどりの洋酒壜を見たとたん、彼はアルコールに対するはげしい渇望を意識した。死ぬと決ったらアルコールの一杯や二杯が何だ、と彼は考えた。

海岸通りに面した酒場の壁はガラス張りになっている。カウンターに近づかずに、ガラス壁の傍にある席に腰をおちつけた。酒場に踏みこんだ瞬間うすい膜をかぶせたように眼鏡がくもった。椅子にかけて眼鏡のくもりをぬぐい鼻にかけたとき、海岸にならんだ一列の水銀燈がいっせいに明りを点じた。例によってこの眼鏡ごしに見る世界は強烈な光線をあびているように濃い色彩と輪郭を持っていて、長時間おなじ対象をみつめつづけることができない。彼はひっきりなしにせわしないまばたきをくりかえした。

港の上には菫色に暮れのこった空が淡い光を孕んでひろがり、白い雲が水平線に没した夕日を反映してほのかに下縁を赤くしていた。汽笛が鳴り、今しも一隻のフェリイ・ボートが港口へ向うところだ。白塗りの船体に明りをきらめかせ、ゆるい速度で停泊船の間をぬって出港する船の吃水は深く、充分に重量のあるものをぎっしりと満載しているのがわかる。

運ばれてきた水割りに口をつけるのも忘れだらしなく唇をゆるめてフェリイをみつめた。(五百トン、いや千トンはあるかな)

デッキの一部に光がこぼれていて、手すりに身をよせた船客が海面をのぞきこんでいる。(あの中には胃に痛みを持っている人間はいないだろう)

船旅をたのしむ連中と男とのへだたりは無限であると思われた。深々と吃水線を沈めた船が彼を惹きつけた。あの世へ旅立とうとする自分の人生は平底のおわい舟ほども深くないように思われた。彼は屈託のない船客をうらやみ、夕暮の海を航行する船をうらやんだ。

死を覚悟した今となっても、昼間たてつづけにあおったようには、水割りをのみほす勇気はない。彼は少しずつなめた。フェリイは港口へ近づき、いったん巨大なタンカーのかげに隠れて見えなくなり、やがて視界に現れたときはずっと小さくなっていた。（あの船にのって遠くへ行くにはとしをとりすぎているし、かといってすべてを諦めるにはまだ若すぎる。何ということだ、こんな年齢でおしまいになるなんて）

フェリイ・ボートが消えてしまったガラス壁の上に緑色の影がゆらめいた。彼はカウンターをふりかえった。酒場の奥まった箇所、カウンターの突きあたりに、緑色のスウェーターを着た若い女がかけている。水割りのグラスを前にその女も港の船を見ていたらしい。ふりかえった彼の視線をうけとめて顔をそむけずにタバコをくわえた。口紅を濃く塗ったやや厚味のある唇が濡れてなまなましく光った。

彼は自分のグラスに手をのばした。それは空になっていて、むなしく氷の塊が彼の唇をつめたくしただけだ。おかわりを注文した。

「カウンターの方にいらっしゃいませんか」

グラスを運んできたバーテンダーが心得顔にささやく。

「どうしてカウンターへ行かなきゃならんのだい」

「いえね、ただちょっと」

バーテンダーはテーブルを拭いながら意味ありげな目配せをくれた。彼はその男と若い女を等分に見て、

「いいんだよ、わたしはそのつもりじゃないんだから」

といった。海岸通りにある酒場があって、そこではある種の女が客を漁っていると同僚にきいたことがあった。噂を耳にしたときは好奇心を覚えたものだが、今となってはまったくその気がおこらない。金はあった。先日の出張手当が請求した分だけ支払われて、残りはまだかなりの額が財布にしまってある。

彼はすっかり夜の色をおびたガラスに若い女を映して見ていた。緑色のスウェーターが胸のあたりで高くもりあがっている。女はバーテンダーの表情を解読すると素早い流しめを彼にくれて、もうもうとタバコの煙を吐きだしたところだ。カウンターの上に吊りさげた丸いランプに、若い女はタバコの煙を念入りに吹きかける。

顔をかるくのけぞらせるとき、下顎からのどにかけてなだらかな白い線が流れた。彼は支店長の入院した建物を出た折りに覚えた肌寒さをまたもや感じた。欲望を女に対して感じないのではない。灰

の下でくすぶる燠火のような情欲が身内でうずいているのはわかる。それがいつものように盲目的な肉欲にまで高まることがないのである。緑色スウェーターの下でもりあがった二つの塔のような乳房も、女のやや分あつい柔らかそうな唇もいつもなら彼を鼓舞しそのかすかに充分であったろう。彼が感じたのは欲望よりもむしろ痛切な悲哀だった。

彼は水割りを含むたびに濡れて光る女の唇をみつめた。とつぜん、彼がこの世を去ってからもあの女が今酒場で見ているように存在しつづけるだろうという確信が生れた。

（あの柔らかい唇をした女はわたしがこの座席に坐ることがなくなっても、あのように唇を光らせて客を物色しているだろう）

その情景が目のあたりに見えてきた。緑色スウェーターではなくて、たぶんピンクの、そうだ、ピンクのスウェーターなど着て、水割りをなめながら客の様子をそれとなく観察する。女がタバコをくわえると隣の男がライターをさしだす。商談成立。見たこともないホテルの一室が、たった今そこから出てきたように想像できた。

部屋の七割を占めるダブルベッドが、色模様のカーテンが、うすっぺらなスリッパーが、天井にしるされた雨洩りの痕が、安物テーブルにのっかった飲みさしのビールが、すりきれた絨緞が、糊のきいたシーツが白々と輝いているのが、ベッドのヘッドボードにうっすらとつもっている埃が見えた。

彼がいなくなってもそれらが重々しく存在しつづけることは明白であると思われた。

（わたしが冷たくなっても世界は何ひとつ変りやしない。そうさ、毛ひとすじの変化もありはしない）

彼は手帖をテーブルに開いて計算した。まず退職金として十五年間の勤続年数に規程の数字をかけ合せ、二百八十万円の額を得た。夫婦して加入している生命保険が四百万円、会社ではいっている団体生命保険が二十万円、組合から葬祭一時金として五十万円、別に家族保障の養老保険が百万円……。

彼は鉛筆の軸を歯で嚙んだ。（たったこれだけか）八百五十万円から税金をさし引き、住宅の月賦を支払えば残りはいくばくもない。妻子が半年も生活できればいい方だ。自分があとに残すことができるものはこんなちっぽけな額なのか、彼は信じられないものを見る思いで手帖の数字をながめた。（待てよ、生命保険は災害特約とかいって事故死の場合は契約額の二倍が払われるはずだった。わたしの死は事故ではないのか）

しかしどう考えても癌による急死が事故死であると第三者を納得させる自信はない。あまりにさむざむとしたアラビア数字は長時間正視に耐えられなかった。彼はぱたりと手帖をとじてポケットにしまった。にわかに二人の家族が不憫に思われた。（可哀想に）彼は他人事のように距離をおいて妻子をあわれむことができた。

（ま、いずれあの女は再婚するだろう。子供は実家に預けて。まだ若いのだし、女は一人で生きてゆけるものじゃない）

彼はさっき吃水の深いフェリイ・ボートに心を動かされたわけを反芻した。自分がこの世で獲得したものの貧しさを思い知った。乏しい貯金通帳、友人知己との浅いつきあい。どたん場になって窮状を打ちあけようにもだれがいるだろう。妻は初めから念頭にうかばなかった。必ずとり乱すにきまっているし、妻のそんな顔を見るのは思うだに厭であった。

「おっかさん」

彼はよわよわしくつぶやいた。その声が耳もとで鐘を鳴らしでもしたように彼を驚かせた。自分の声でありながら他人の声のように聞え、声の主を求めて思わずあたりを見まわしたほどだ。母親が生きていたら打ちあけて慰められもする。彼は胸の中で、おっかさんと呼びかけた。

ふいに涙が溢れた。彼は額をガラス壁にくっつけて外を見ているふりをした。港にはおびただしい船がマストにブリッジに明りをともして停泊している。その方に意味もなく目をこらした。船の灯は涙でぼやけ、じわじわとふくれあがるかと思えばまたちぢんだ。感傷に身をゆだねるのは快かった。

彼は首をねじまげておいてこっそりとハンケチで涙をぬぐい、さらに溢れ出る涙にそなえてハンケチをたたみ直した。意識不明の支店長がうわごとの中で母を呼んだのはわかるような気がした。支店長と自分は同じだ。あの男を襲ったのが闇夜の路上で刃物をふりかざした暴漢なら、自分を襲ったのは不意の癌細胞だ。どちらも理不尽であることに変りはなくて、とつぜん下された死刑宣告であることでも共通している、と思った。

（もう、おしまいか。しのこした仕事がまだ沢山あるような気がする。あと三十年生きたかった。二十年でも、いや十年でもあの半身不随の青年のようなかっこうでも生きていたかった。わたしはハワイにも行きたかった。支店長にもなりたかった。子供をちゃんとした大学へすすませたかった。旅行の途中、列車が目的地に着く前に下車を命ぜられたようなものだ。まだこの先に壮年期があり、黄金色に熟した人生の晴朗な晩年に至るまで徐々に段階をへてとしをとるつもりだった。それがどうだ、とつぜん襟もとをつかまれ、列外へ引きずりだされたあんばいだ。壮年期も老年期もあったもんじゃない……支店長が刺されて重態ときいたとき、まっさきに考えたのは自分が支店長に昇格できるということだった。支店長を三年つとめれば本社の営業部に栄転するのがきまりだからわたしの将来は約束されたようなものだった）

酔いがそのころになって躰にまわりはじめどうしたことかあれほど激しくみぞおちでうずいていた痛みはしだいにうすれていくようである。

腕時計の針はすでに六時半をまわっていた。

涙は水割りの三杯めをのみ終るころようやく尽きた。流れ出るものが涸れた今は心の中に大きな空洞が生じたようである。ゆれ動いていたものが落ちつき彼は平静になった。濡れたハンケチをたたんでポケットにおしこみ紙幣を水割りの分だけテーブルにならべた。カウンターの方をうかがうと、いつのまにか五、六人の客がスツールを占めほがらかに談笑している。

彼はまぶしそうに目を細めて女の姿を探した。客は男ばかりで、緑色スウェーターを着た女はいない。眼鏡をはずしてレンズをみがき、また見直してみても女の席は空だ。

「癌だと思っていたんですか」

そういって医者は微笑した。

「そうじゃなかったんですか、わたしは」

「癌だと思ったら一カ月前の時点で手術していますよ」

「しかし二度目の透視が必要だったり、血液検査をしなけりゃならなかったり」

「血液検査は肝臓の状態をしらべるためのものでしてね」

「ええ、しかし……」

「いわゆる癌ノイローゼというやつですよ」

医者はクリップでとめたレントゲン写真をひらひらと動かした。

「あんたの胃は確かに健康な胃だとはいえませんよ。かなりいたんでるから。しかしこの程度ならざらにある胃です」

そういって医者は毛むくじゃらの指で、バリウムをのんだ彼の胃の一部をさした。

「ここ、見えますか、ほら、先月おかしいといったところ」

「ええ」

彼は大急ぎでレンズをみがいた眼鏡をかけ目をぱちぱちさせてのぞきこんだ。

「このあたりが気になったんで一カ月たってとり直してみたわけです。別にどうということはないってことが今回明らかになったわけで。どの患者さんもやってる検査ですよ」

「手おくれじゃないかと思いました」

「何が」

「わたしの癌がです」

「まあ、気になるようだったら年に一度は撮影してみることですな」

「気休めをおっしゃっているのではないでしょうね」

「気休めをいったところで何になります。薬を処方しときましたから」
「わたしはてっきり」
「あんまり飲まん方がいいですよ。完全にＯＫという胃じゃないんだから大事にしなきゃ。肝臓もかなりくたびれてますからね」

彼は躰をすくめて医者の忠告をきいた。白衣の男は一点のくもりもない眼鏡をかけていた。大事にしなきゃ、といったとき、眼鏡が明りの下できらりと光った。彼は受付で薬袋をうけとり、看護婦に深く頭をさげた。

医院の前がバス停である。彼は標識柱の時刻表をよむために顔をよせた。街燈はすぐ近くにあるのに視界はもやがかかったようにうっすらとぼやけている。医院を出たときから眼鏡には膜でもかかったように外界は不確かなかたちしか示さない。

きょう一日、鮮明すぎるほど鮮明に見えたもののかたちが、今やふたたびかつてのようにうすぼんやりとした姿になって彼方へしりぞいている。目と目の間に覚えていたかすかな痛みは消えていた。彼は眉をひそめて時刻表の数字に目をこらしていたが、また眼鏡をはずして、はっはっと息を吹きかけ、レンズをみがきにかかる。

鳥たちの河口

男はうつむいて歩いた。

空は暗い。

河口の湿地帯はまだ夜である。枯葦にたまった露が男の下半身を濡らす。地面はゆるやかな上り勾配をおびて地下水門のある小丘へつづく。

男は肩にかけた鞄を右腕でおさえ、目的地をわきまえた者の確信をもった足どりで丘をのぼる。原野の果て数キロのあたりに市街地の燈火が見える。街は眠っている。

星のない空をいただいて枯葦の原は一様に色彩をうしない、黒い棘のかたちでひろがっている。丘のいただきにたどりついたとき、視界がひらけた。風が吹いてくる。海からの微風である。男は深呼吸をした。風は干潟の泥を匂わせた。

海には朝の兆しがあった。

すでに空と地平線が接するところは鮮かな一線が認められ、ほのかに白くなって雲のうしろに隠れた太陽を暗示している。風は一定の強さで海から干潟をこえておしよせ、たえず葦の葉をざわめかせた。

男は丘のいただきで立ちどまらなかった。まっすぐ海へむかっておりた。風に潮の香がまざった。男は足もとに目をこらして歩いた。浅い水たまりはそのまま踏みこみ、せまい流れはとびこえた。やや幅の広い水流へさしかかった。男は背をかがめて流れの一箇所にかけ渡した板を確認した。こわれた船材である。黒ずんだ水が海から逆流し、ひたひたと枯葦の根を洗う。潮が満ちる時刻だ。

用心して橋をわたり対岸に足をおろそうとしたとき、男を支えていた板が折れた。鞄をかかえてひととびに跳んだ。男は水ぎわでころんだ。その瞬間、鞄を胸元にひきよせて抱きしめ衝撃を与えまいとした。すばやく手をついておきあがる。目の前に一羽のカモがころがっている。いぶかしげに眉根をよせてみつめる。ひろいあげて死因をしらべた。

のどから腹にかけてひきむしったように皮が裂け、肉がえぐられている。はみだした暗紫色の内臓に鼻を近づけた。まだ新しい。腐敗臭はなかった。鋭い鉤のようなもので裂いたとしか思えない。ハンターの仕業とは思えなかった。何か荒々しいものがカモをとらえ、死に至らしめたようである。

男は窪地にカモを横たえ、枯葦を折ってかぶせた。（何がカモを殺したのだろう）野犬は町にいて餌のとぼしいこの原野をうろつくことはない。かりに飢えた獣が出没するとしても、鳥が地上でおそわれて殺されることはありえない。しかしカモの死骸は湿地帯のどこかに何か兇暴な力のひそむことを教えた。枯葦がひとすじ道のかたちに踏みしだかれ海へつづいている。渚へ近づくにつれて生臭い魚の匂いが濃くなった。

男は歩幅をひろげた。

今はうつむかずに目的地を見すえて歩いた。かるく息がはずむ。鳥のくちばし状に干潟へつきでた小さな岬がある。枯葦はまばらになった。岬のはずれに砂丘があった。そのふもとに半ば傾いた板小屋が立っている。

男は小屋につまれた空樽の一つから折りたたみ式のキャンバスチェアをとりだした。砂丘の上にはコの字形の囲いがこしらえてある。砂に板を立て、その隙間に葦の束をさしこんだ風よけは男が造ったものだ。開口部は海に面していた。その中にキャンバスチェアをおいた。鞄を膝にのせてジッパーをあける。慎重に器材をとりだした。

まず三脚を砂地に固定する。別のケースから千ミリの望遠レンズを出して三脚に装着する。カメラをとりつけ、ファインダーがしゃがんだ男の目にくるようにねじを調節した。寒気が肌を刺した。男は手に息を吹きかけた。指がかじかみ、ねじをまわすのもままならない。

沖にレンズをむけてのぞいた。手をこすり合せながら目をこらした。黒い円盤状の水がどっしりとレンズのむこうにひろがっている。空は灰色の光をはらみ、海の色をさっきより濃くしたようだ。夜明けが近い。男はレンズを右から左へ、左から右へゆっくりとまわして海をしらべた。見なれた光景である。きのうと同じだ。海は朝の色をしだいに回復しつつあった。

立ちあがって双眼鏡で干潟をながめた。泥の上にはおびただしい鳥が休んでいた。一羽の水禽が上昇した。チドリである。その一羽に誘われて五、六羽が、次に十数羽が舞いあがり、砂粒を撒いたように空をとびかった。空が明るくなるにつれ、ココア色の軟泥と入りまじって区別つきかねた水が見わけられるようになった。

チドリの飛翔には法則がなかった。不規則な分子運動に似た上昇と下降をくりかえす水禽の群を双眼鏡の視野にとどめておくのはむずかしかった。男の手が動かなくなった。転輪をひねり、焦点を干潟の一角にあわせようとした。何か見なれない鳥を認めたような気がする。ほの白い東の空を背景に異様な鳥がかすめたようである。

目標の位置を見定めておいて三脚付カメラに走りよった。レンズに目をあてて干潟の一点でちらちらと動くものをとらえようとする。高倍率レンズの視野はほの暗く、まだ明けきっていない干潟を凝視するにはあまりに不安定だ。男はレンズから目を離した。未練ありげに黒い杭の立ちならんだあたりに目をこらす。もはや何もそこで動く気配はない。男は鞄からビニールでカヴァーをかけたノートをとりだしてカメラのわきにおいた。

砂丘をおりて渚にうちよせられた漂着物の堆積から燃料になるものをひろいあつめる。風よけの背後にきのうの焚火跡が黒く残っていた。板小屋にたくわえておいた枯葦を運んだ。流木をえりわけて火つきの良さそうなものを枯葦にのせた。草は湿っていた。五、六本のマッチが無駄になった。男の目がノートにおちた。ちょっと考えたあとでノートをとりあげ、ページをめくってまだ書きこんでいない白紙をぜんぶ破りとった。それをまるめて枯葦の下におしこみ、マッチをすった。焔があがった。茶褐色の茎は白い煙を吹きだしてくすぶり、男の目に涙をにじませた。

焚火からはなれて目をぬぐった。よごれた古毛布色の雲がたれこめている。上空は風が強いらしく、乱れた雲の塊がそろって南東へ動く。(雨になるだろうか?)風向と鼻孔の粘膜で知る大気の湿度によって男はその日の天候も推測できるほど土地の気象に敏感になった。焚火へもどろうとして何気なく空を一瞥したとき、けげんそうに眉をひそめた。

鳥のようなものが雲のかげをかすめたようである。杭のある干潟で認めた鳥とはちがっていた。鳥にしては大きかった。目のすみでちらととらえた影像にすぎなかったが、なにがなし不吉な印象をうけた。カモの死骸を思いだした。鋭い牙のようなものでえぐられた腹の傷が目にうかんだ。

しかし雲のふちをかすめた物体は一度だけ男の視界でひらめいたきり消えてしまった。男は焚火のそばにしゃがんだ。火は流木に燃えうつり橙色の焔となって男の顔を染めた。煙はまっすぐに立ちのぼり、男の身のたけの高さで斜めにかしぎ、陸地へなびいた。こやみなくおこる微風のために枯葦の茎はおたがいに摩擦しあい針金をかき鳴らすように鳴った。男は家からここへ運んでくるはずの物を忘れたことに気づいた。

血のめぐりの良くなった手で顔をこすりながら砂丘の上を歩きまわった。檻の獣のように往復した。そうしていなければ寒気が錐をもみこむように身体の芯に喰い入り感覚をしびれさせるようである。ようやくあたたまったところでキャンバスチェアにもどり、望遠レンズで海をのぞいた。海は干潟にふちどられ、夜明けの光をあびてうす墨色から青銅色に変貌しようとしている。水平線に細長いものが動きまわっている。

鏡胴をひねって焦点をそれにあわせた。それは陽炎をすかして見る影のように不確かにゆらめいていたが、やがて船の輪郭をとった。漁船はそれぞれ船べりに一つの燈火をかかげていた。薄明の空と海の間でそれらはみな一様に淡い透明な光を放つだけだ。散開していた漁船の群は湾口で円を描いて一列になりへさきを河口へむけた。満潮を利用して船団は河口をさかのぼり、その奥の小さな船着場へ帰ることになる。

海は干潟に侵入し、そのゆるやかな起伏をいっそうなめらかにした。まだ水に侵されない干潟は朝の光がおりてくると象の皮膚に似た単調な色彩が濃淡さまざまの茶褐色で映えた。太陽は水平線をはなれたらしい。柔らかい泥のひろがりは空の明りを反映して海獣の肌のようにつややかな光沢をおびた。

干潟が海へ沈下するにつれ水のせせらぎとも小魚のはねる音ともつかないかすかなつぶやきがおこり、何か湧きたつようなものの気配がたちこめたようである。ついに干潟は水面と一致し、海は豊かになった。男は河口をめざす漁船団にレンズの焦点をあわせた。先頭の船で黒いセーターの男が舵をとっており、砂丘に接近したところでレンズの方をむいて手をふった。何か叫んだようだが声はききとれない。男も黙って手をふった。

河口に達した船はそこで速度をおとし、砂州に擱坐した廃船の残骸を迂回して蛇行しつつ上流をめざした。けさの漁獲はとぼしかったと見えてどの船も吃水は浅かった。船は浅瀬の多い河口でいっせいに機関の回転をおとし航路を示す標識ブイの間へのり入れ、先行する僚船と一定の間隔をおいて葦のしげみへ没してゆく。

最後の漁船が見えなくなってからもしばらく葦原の奥からまのびしたエンジン音がひびいてきた。やがてそれも絶え、河口はもとの静寂にかえった。男はふたたび望遠レンズを干潟にむける。太陽は依然として雲の彼方にあり、にぶい白銅貨の光でぼんやりとそのありかを告げているにすぎない。

男はさっき見なれない鳥が動いた杭のあたりを望遠レンズでしらべた。念入りにさぐった。一羽の鳥が餌をあさっている。(いた)注意深くレンズの焦点をあわせた。はっきりとそれは十字線の中央にとらえられた。

（シギ？　いや、ちがう）

鳥はひらりと杭にとまりくちばしで翼を梳いた。そこから河口の方へ舞いあがる。男はゆれ動くレンズの視野に鳥の姿を追い求めた。シギとは思えなかった。シギはこの湿地帯でありふれた鳥であり、秋いらい男には珍しい鳥ではなかった。シギよりも全体として白っぽい感じである。男はレンズの視野に鳥を見うしなってしまった。

双眼鏡で河口をさぐった。鳥は砂州に坐礁した廃船の上で旋回し、やおら折れたマストに翼を休めた。三倍の双眼鏡では二百メートル離れたこの砂丘からくちばしの形状まで観察することはできない。男は望遠レンズにもどった。ほぼ五分間、マストの周辺で羽搏く鳥を見まもった。こまかい所はしかと見とどけられないが、翼の裏の異様な白さが気になった。

鞄をさぐって小型の原色版鳥類図鑑をとりだした。シギ科の項をめくる。求めるページをさがしあて、その特徴を何回か読みかえした。ふたたび目を望遠レンズにあてる。廃船のマストに鳥はいなかった。男はあわただしくレンズを動かした。肉眼で干潟を見まわす。あちこちに餌をついばむ鳥がふえた。

ツクシマガモの群が泥のくぼみに棲息する小魚や貝をあさっている。男は砂丘の端に歩いた。双眼鏡で廃船を中心に杭のかげや流木の堆積をさぐり、しだいに捜索範囲をひろげた。意外に近いところにその鳥は来ていた。男の位置から百メートルと離れていない水ぎわに鳥はおりて、しきりに泥をついている。

鳥の姿を確認しておいて鞄にかけより三百ミリの望遠レンズをとりだすのももどかしく焦点をあわせた。こんどはくちばしから羽毛の色彩まで微細に見わけることができた。男は鳥のかたわらにあるブイの残骸とくらべて鳥の体長を目測した。三十センチ前後であるようだ。くちばしは細長くとがり、背中は干潟の泥とまぎらわしい灰褐色である。白い腹から短い黄がかった脚がのびて体を支えている。男は目をぱちぱちさせ、ときどき指先で瞼をこすって視力の疲れをいやした。

(アオアシシギ、でもない……)鳥類図鑑に目を走らせて干潟の鳥と類似の項目をさがす。ついに求める説明をさがしあてた。(カラフトアオアシシギ、あれが、まさか……)

鳥は泥にさしのべた首をもたげ短く羽搏いたかと思うと海の方へ去った。翼をひろげて上昇するとき、その内側の鮮かな白色を男の目にやきつけた。その白さは女の腋窩に似ていた。カラフトアオアシシギの特徴である。

(ただ一羽だけでこんなところに?)

男はノートをひろげた。ノートの終りに一枚だけ残った白いページに、19th Dec. と記入する。時計を一瞥して朝の時刻をしるし、鳥の名前をゴシック体で書きいれた。二万五千分の一地図を足もとにひろげて、鳥を発見した干潟の座標番号を書いた。

地図はよごれていた。泥と雨水がしみ、あちこちに黒い斑点をつくっている。折り目はふるびて今にもちぎれそうだ。男は鳥がとび去った空の一点をみつめた。しばらく沖合の茫漠とした灰色に目をやったあげく、カラフトアオアシシギとしるした末尾に疑問符をえがいた。

この漂鳥は世界的に珍しい鳥で、男のたたずんでいる内海の干潟にはかつて渡来した記録はなかったし、わが国で観察されたことも百年間に十例しか報告されていなかった。しかし今、眼前に見とどけた鳥の姿を鳥類図鑑と対照した結果は、たとえそれがあわただしい観察であったにせよ、まぎれもなくカラフトアオアシシギをさし示していると男には思われた。自信があった。この三カ月、干潟を見渡す砂丘ですごしてきた経験が男の自信を裏うちしていた。珍しい鳥は何もカラフトアオアシシギだけではなかったのだ。その他にもここへ立ちよるはずのない漂鳥がしばしば観察されていた。鳥の名前は繁殖地であるカラフトに由来していた。越冬地はインドである。

何かが、一つの異変のようなものがこの河口一帯でおこっている。この湿地帯だけでなく自然界である異常な狂いが生じかけている。それが鳥たちを迷わせてこの干潟へ送りこんでいるように見える、と男は考えた。

ノートをめくった。過去三カ月の間にここで発見し観察した渡り鳥のおびただしい名前が記入してあった。几帳面な字体でぎっしりと書きこんだページを男は読みかえした。

ハシブトアジサシ、コウノトリ、ハイイロヒレアシシギ、ハイイロガン、ツクシマガモ、ツメナガセキレイ……。

どの鳥をどこでいつ見たかはノートをめくるまでもなく男はそらでいうことができた。ページをめくる指がとまった。30th Nov. と日付のある欄にカモメと書いた文字を横線で消し、アジサシと書いてまた消し、さいごにオニアジサシと太い字で書いて、かっこの中にイタリック体でカスピアン・ターンと記入し、感嘆符までつけ加えている。

「カスピアン・ターン」

男は唇を動かして鳥の名前を発音した。表情がそのときなごやかになった。この鳥も有明海の一角では見るはずのない種属であった。これは望遠レンズのむこうにとらえた影像ではなく、まぢかに観察して確かめた鳥である。カスピアンという名前の通り、中央アジアの広い内海に多く棲息する鳥で、日本では沖縄の八重山群島で戦前に一度見つかっただけである。

モンゴルや中国大陸の南東部にもすみ、冬季にインドやタイへ渡る鳥がどうして遠く進路をそれ西九州の干潟へやって来たものか男にはわからない。赤褐色のくちばしは長く、黒い頭と白い首がカスピアン・ターンの特徴である。男は謎の漂鳥を発見した日付を再読した。30th Nov. 二十日まえのことだ。

十一月三十日の早朝、男はいつものように撮影器材をつめた鞄をさげてこの砂丘へやって来た。焚火の燃料をあつめるために波打際を歩いていると、流木のかげに黒い鳥がうちよせられているのをみつけた。鳥の死骸はありふれていた。またいで通りすぎようとしたが何となく気を惹かれた。見なれた鳥のようでいて気になった。

ひきかえして体をもちあげて見た。くちばしから尾羽根まで重油にまみれ、羽毛が体表にこびりついていたために裸になったようである。鳥は硬直を示さず、目には光があった。男の指がのどに触れると鳥は弱々しく啼いた。渚には厚い重油が層をなして漂着物を黒く染めている。飛翔力を奪ったのは重油ではなかった。一発の散弾が翼のつけ根にめりこみ、うす桃色の肉を露出させていた。おそらくハンターがカモとまちがえて放った散弾をあびて落下し、海面で波にもまれるうちに重油をかぶって自由を失ったものらしい。

沿岸に工場はすくなかったからこの重油は前日、河口の中州に埋れた廃船を猟師たちが燃やすのに使った残りと思われた。廃船は漁船団が河口を往来するのにずいぶん前から邪魔になっていたのだ。

たかだか三十四、五トンの木造船を焼くのに漁師たちはドラム罐五本の重油を使った。干潮時、砂州にあらわれた船体に重油をあびせ、数ガロンのガソリンをふりかけて火をつけた。男はその日は鳥の観察ができなかった。砂丘の上につくねんとたたずんで廃船が炎上するのを見物していただけだ。

船体はどす黒い煙を吐いて河口の空を暗くした。鳥たちは時ならぬ火におびえてせわしなく啼きかわしながら湾口へ去った。焔はいっかなはげしく燃えあがろうとはせず多量の煙をふきあげるばかりだ。火がつきるまでに小半日を要した。廃船の周辺を小舟でまわりつつ火災を見守っていた漁師たちは、日が傾きかけると燃えおちるのを待たずに帰ってしまった。男は火を見て飽きなかった。河口にふりそそぐ空の光は秋の午前でさえ深海の底のような薄明を思わせる。ほの暗い灰色の海辺であかあかと燃える焔の色が男の目を慰めた。そこで誰にもみとられずに砂と同化しようとする廃船は男自身の似姿であるとも思われた。

ドラム罐五本分の重油にもかかわらず、午後おそく雨がおち始めると火勢はおとろえ、空高くたちのぼった煙もうすれた。黒い塔のようにそびえた煙は褐色になり風に煽られて散った。火がおさまってみると廃船は上部構造物と外殻の船材だけが焼けただけであった。中州にそそりたつ肋材は獣の胸郭を連想させた。あとには尖端の欠けたマストがやや傾いて墓標のように突きだし、たそがれた河口の空を指した。

男がそこまで見とどけて帰り支度にかかったとき、廃船から流れだした重油はまだ渚に厚い層をなしてはいなかった。夜間、沖へ流れたそれが潮にのって逆流したらしい。男は瀕死の鳥を抱いて家へ帰った。胸が鳥の黒い油でべっとりとよごれた。

「それ、なあに」

妻が気味わるそうにきいた。

「起きてたのか」

「ねえ、それ一体なに」

「鳥だよ」

「鳥だってことはわかるけれど、どうしてひろってきたの」

男は答えなかった。洗面器にぬるま湯をみたし、中性洗剤をといて風呂場に運んだ。スポンジにしみこませた湯でていねいに鳥の羽毛をぬぐった。洗面器はたちまち黒くなった。妻がドアのかげにたたずんで訊く。

「まだ生きてる?」

「死んではいないようだ」

「元気になるかしら」

「マーキュロをもってきてくれ、それからピンセット」

何杯も洗面器の湯をかえて洗いつづけた。ひとわたり羽毛にこびりついた重油を洗いおとすと、ピンセットの尖端をガスの焔で消毒して、翼のつけ根にくいこんだ散弾をえぐりだしにかかった。湯で洗われる間は身じろぎもしなかった鳥が、ピンセットで傷をさぐると、たわんだばねの力でもがいた。

男は膝の間に鳥の体をしめつけ、妻に羽根をおさえさせて肉にくい入った鉛のかけらを抜きとった。

「とれた」

男ははずんだ声で叫んだ。ピンセットの先が少量の血液で濡れて光った。傷口をマーキュロクロームで洗い、リバテープでおおって応急手当がすんだ。男は妻を見あげて、

「きょうは身体の具合どうだい」

「いつもの通りよ」

「医者は何かいってたか」

「何も」

鳥を凝視している妻の視線が気になった。

「寝ていた方がいいよ、ここはもういいから」

「トランジスター・ラジオこわれちゃった、週刊誌も二回ずつ読んだし」

「電池がきれたんだろ」

「かえてから半月とたってないわ」

「あとで修理にもって行こう。どうせ町の薬屋に用事があるから」

ガーゼにサラダオイルをしませ、ぬぐい残した重油を羽毛からふきとってしまうと一面に小麦粉をまぶした。ダンボール箱に厚く新聞紙をしきつめ、毛布を入れた上に鳥を横たえて百ワットの電球をさしこんだ。保温のためである。妻はサラダオイルの壜を運んできたあと、しばらく男のわきにたたずんで鳥を見ていた。

電球のソケットが紙箱と接触する所でかすかに熱い。鳥をタオルでつつみ、電球に針金の枠をとりつけてじかに羽毛が触れないようにした。その作業に熱中していたので、妻が自分の寝床にもどったのはいつか気づかなかった。

翌朝おきぬけに男は鳥の箱をあけた。羽毛は自然の艶をおび、鳥のものである脂肪を分泌しているようであった。さわってみるとそれはかすかにしめり、快いぬくもりを男の皮膚に感じさせた。翼のつけ根をしらべた。テープをはがしてみて、男は顔をしかめた。傷口は少し化膿しているようだ。オキシフルで洗い、昨夜外出して買い求めたペニシリン軟膏をつけ直した。マーキュロだけでは心もとなかったのだ。うたれて海に落ち、長時間、重油に漂っていたことを考えれば化膿も当然のようだ。抗生物質が無垢の鳥にどのように作用するか不安だった。鳥はきのうと同じように力なく箱の底に横たわり身動きしない。何か食べさせなければならない。男は家を出た。

橋を渡って船着場をひかえた漁業協同組合を訪ねた。冷蔵倉庫の前で知りあいの漁師と出会った。シバエビを陸揚げしたばかりだという。

「あんたが食ぶるとかん」

「鳥の餌にしようと思って」

「ニワトリに」

「いや、珍しい渡り鳥をひろったもんだから」

「いつもんとこでか」

「うん、あそこからちょいと天狗の鼻によったところ」

「鷲崎じゃろ、天狗の鼻はもちっと入江の北よりじゃけん」

黒いセーターを着た漁師はポリエチレンの袋に水を入れ、シバエビをすくった。

「あんたがひろった鳥ちゅうのはカモかん」

「アジサシの種類なんだが」

「きのう、組合の総会があってな、渡り鳥ももうおしまいばい」

「すると漁協ぐるみ賛成派に転向というわけか」

「情勢がぐらい変ったということったい。わしを含めて反対派はたったの五人になってしもた。結局のところ組合の決議にはしたがわんば仕方なかたい」

「いや、どうもありがとう」

「餌の残りは酒ん肴にしなされ、生きとるうちがうまか」

うす桃色のシバエビは鋳造したての釘のようにきらめき、透明な袋の中で跳ねた。

「昔は今時分だと空が暗うなるごつガンが渡って来たもんばってん、ようけ減ってしもたなあ」

と漁師は嘆息した。空が暗くなるようにという表現に男は笑った。

「昔は知らないけれど今もいくらかは来てるよ、きのうも干潟でかなり見かけたから」

「オランダから技師ば呼んで干潟をぶっつぶしてしもたらガンも行き場のなかごつなるたい」

「鳥よりも工場が大事ということだね」

「そいばってんこぎゃん不漁つづきじゃつまらんたい。出稼ぎに行った方が銭になるやろ」

「ノリの出来はどうだい」

「さればさ」

といって漁師は下流の方へ目をやった。海は葦原の彼方にひろがっていて船着場からは見えない。

「赤潮にはお手上げたい。あれはふせぎようがなか」

「昔はいい漁場だったって」

「そうさ、二十年ごろ前まで網さえ入れたら船が傾くごととれたばい。戦争でほったらかしとったけん。大漁旗ば立てて船べりまで水につかって帰ってきたもんたい。そいが今は朝から出かけてシバエビがたった一箱しかとれん。潮流も変ったけんのう。ハエナワば流してもかすのごたる雑魚しか喰いつかんごつなった」

「そんなにしけつづきでも反対派としては埋めたてて工場団地にするよりは魚をとってた方がいいというのだね」

「海から漁師があがったら食べてゆかれんもんな」

「百万年かかって出来た干潟を三年でつぶしてしまうわけだ」

「あんた、いつまであそこに坐りこむつもりかん」

「あと少し、十二月の中旬まで」

「わしらから見ればよか身分たい。奥さんの病気はどぎゃんのう」

「いつかまた船にのせてくれないかな、網をあげるのを手伝うから」

「行こだい」

「邪魔にならんようにするよ」

「ひえて来たらカレイの時季ばい。今月の新月には沖に行こだい。分け前はすくなかばってん」

漁師は代をうけとらなかった。男はシバエビをもって帰った。橋を渡るとき何気なく下流を見た。船着場の桟橋に十歳前後の少年がたたずんでいる。川にうかべているのは手製の筏らしい。片足をかけてのりうつろうとしている。板切と竹を組合せたちっぽけなものである。少年はこわごわ片足で筏の浮力をためしていたが、やがて思いきって桟橋から身体を離した。棹で岸を押して中流へのりだす。筏は少年を支えるには小さすぎた。みるまに水がくるぶしに達し、ふくらはぎを浸した。少年はおびえたようにあたりを見まわした。船着場には誰もいない。沈みかけた筏は川のまんなかであっけなく少年をほうりだした。少年は岸に泳ぎついた。くやしそうに筏をふりかえる。筏は少年を転落させると、かるがると浮上し、流れにのって下流へ動く。

少年は棹をひろいあげて遠ざかる筏を追いかけた。百メートルほど並行して走り、ようやく浅瀬にひっかかった筏に追いついた。棹をのばしてかき寄せようとする。筏は棹でつつかれてうきあがったかと思うと、急流の中央におし流され、ぐらりとかしいで少年の眼前を流れ去った。今度は少年は追わなかった。棹を手に岸辺にたたずんで右に左に傾きながら下流へ小さくなる筏を見送っている。

帰宅すると男は鳥のそばでシバエビの殻をむいた。妻が二階からおりてきた。

「あたしの電気アンカ、知らない？」

「あれ、ちょっと借りてる」

「眠ってる間になくなったの、足がひえたので目が醒めたの」

「明日返すよ、それまで湯タンポを入れといてやろう」

「うちに湯タンポなんかありはしません」

「かわりになるものがあるさ」

「あなた、あたしの電気アンカをどこへやったの」

「ここに使ってる」

鳥をおさめたボール箱をさした。電球では熱すぎたのだ。じかに電球がボール箱と接触した部分がうすく焦げている。鳥が身動きして針金の枠がはずれ、羽毛のちぢれている箇所もあった。男は妻が眠っている間に電球をアンカととりかえたのだった。

「たしかここいらにしまっといたんだが」

とつぶやきながら押入れをかきまわして、あった、と叫んだ。大型の水筒を引きだす。埃まみれの水筒を洗って熱湯をつめ、タオルで巻いた。

「さ、これでアンカのかわりになる」

「いりません」

「そういわずに、ほら、あったかいぞ」

妻は布団にもぐりこみ、男が足もとに入れた水筒を外へけりやった。

「あたしは足が冷えたら眠れなくなるたちだくらいは知ってたくせに」

「ちょっとの辛抱じゃないか」

「あっちへ行って」

「鳥にかまけているのは遊びじゃないんだ」

「ええ、社長さんの話はうかがったわ」

「めったにない申し出だからなあ」

「あたしが二年間も病気で寝たきりなものだからあなたの弁当だってつくれないのはすまないと思ってるわ」

「そんなことどうでもいいんだ」

「会社をやめさせられてすぐに遠くへ職さがしに行けないのも、あたしが病気してるからでしょう」

男は外を見ていた。船着場に雨がおちていた。雨の日は視界が悪いので河口には出かけない。ボートの漁師が発動機の紐をつよく引いて始動させようとしている。エンジンはなかなかかからない。

「ごめんなさいね、こんな大病をして」

「いいんだ」

漁師は発動機をいじっている。

「むかしはあたしの足が冷たいといえば、あなた一緒に寝て自分の足であたためてくれたわね」

漁師は立ちあがって腰をおとした。足を踏んばって勢いよく紐を引いた。爆発音が川面をゆるがした。男はボートが下流へむかい、葦のしげみに消えるまで窓ぎわで見送っていた。それから階下へおりた。

箱の蓋をあけた。鳥は電気アンカにひたとよりそっている。手のひらで鳥をなでまわした。鳥は優しい、と男は思った。鳥の小さな茶褐色の瞳孔が濡れたビーズのように光った。うすあかい縁に限られた鳥の目が男をみつめ返した。鳥は完全だ、と男はつぶやいた。ポリエチレンの袋から小指ほどのシバエビをつかみだした。首と尾をねじ切って腹の殼を爪ではぎにかかった。生きたエビの体には殼が密着し、肉と離すのに手間がかかる。シバエビの体にはまだ弾力のある抵抗感があった。半透明の白い肉片を小さくちぎって鳥のくちばしにさしだした。鳥は一、二秒くちばしでふれたものが何か判じかねているようだった。次の瞬間、男の手から肉片は消えた。

「よし、よし」

男は鳥の頭をなでた。黒い艶をおびた頭を数回、指先で愛撫した。本土でこの鳥を見るのは初めてのはずである。昭和二十六年ごろ、仙台の海岸でこの鳥のものらしい頭骨が発見されたことがある。それが唯一の記録なのだ。カモメ科オニアジサシ、通称カスピアン・ターン。男は明りの下でしげしげと鳥をながめ、鳥類図鑑とひきくらべた。世界的珍鳥と説明にはあった。この鳥を死なせてはならない。赤いくちばしにエビの身を近づける。カスピアン・ターンはつづけて三切の肉片をのみこんだ。

男はアンカのスイッチを点検し、目盛を中から弱に切りかえた。雨になるとやや気温は上昇したようだ。羽毛の艶が良いところを見ると、傷は鳥の生命をむしばむほどに深くはなかったらしい。うたれて長く飛ばなかったから多量の血をしたたらせなかったのだろう。海面で重油にまきこまれ、翼の自由を失って波に身をゆだねていたのがかえってさいわいしたのかもしれない、と男は考えた。多量の出血をした鳥は餌をたべる気分もないものなのだ。

（カスピアン・ターンをひろってから二十日になる）

男は30th Nov. の日付があるページをめくった。順に一ページずつ読みかえして初めのページにもどった。第一ページには10th Sep. とある。九月十日がここにカメラをすえつけて鳥の観察を始めた日である。九月十日からきょう十二月十九日までの日数を計算した。砂の上に各月の日数を書いて合計した。ちょうど百日あった。男は踏みかためられた砂丘に目をおとした。

(百日でおしまいになるわけか、ここへ来るのも二度とないだろうな)

海は今もっとも高く溢れた。潮は頂点に達し、干潟は水底に没した。ふりかえると葦原のそこかしこに水が入りこみ、枯葦の根かたでにぶい輝きを放っている。かつて海岸堤防の一部であった地下水門のある丘にさえぎられて町の大部分は見えないが、たえず海の風にざわめく葦原のかなたに市街はあった。川をさかのぼれば町である。ここを棄ててまた都会の生活に帰ることになる、と男は考えた。百日間は一つの休暇のようなものだった。

(行動報告書のいらない完全な休暇だ)

かすかに汽笛が鳴った。行動報告書という言葉が男の顔をゆがませた。男はそれを意識の外へ突きはなし二度と思いうかべまいと努力した。河口のむこう、湾口よりに細い入江があって、汽笛はその入江の奥から聞えてくる。葦原の果てにひとすじの白煙がのぼり、低く地を這って移動しつづける。列車そのものは葦に隠れ、徐々に動く煙だけが列車の速度を示した。

それは内海の北にある都会を男に思いださせた。男は都市の喧騒から遠ざかった百日間を千年にも感じた。深夜、床についたころ、最終便の夜行列車が二キロ離れた踏切を通る音が枕もとへ届いた。その日の風向によって踏切のベルが耳のすぐそばで鳴るように聞えるときがあった。せわしなく響く金属音は都会の音でもあった。男はまんじりともせずその音に耳を傾けていた。

（鳥は自由だ）

鳥は空の道と一対の翼をもっていて大空を自由に天翔けることができる。空に檻はない。鳥は行動報告書を要求されることもない。かたわらには妻が浅い寝息をたてていた。部屋に街燈の淡い光がさしこんで妻の顔をぼんやりとうきあがらせた。カーテンに漉された柔らかい光で見ると、頬骨をとがらせているやつれが目立たずに、目の隈も闇にとけこみ四、五歳若がえったようである。

自分がいなくなったらこの女はどうするのだろう、と考えた。自分はその気になればすべてを棄てて都会へ出て行ける。この女はどこへも行くことができない。男は妻をいっとき他人のように憐れんだ。組合の連中にとって自分が重荷であったように、この女も男の重荷となっていることを本人がわきまえている。そして妻にしてみれば男もまた充分彼女の重荷となっているはずだ。

たのしい夢でも見ているのか、そのとき妻の顔に微笑がうかんだ。たえて見たことのない穏やかなほほえみである。世にも珍しいものを見る思いで、男はまじまじと妻の寝顔を見まもった。

（いつでもお前がこんなに微笑しているのだったら、僕はうれしいのだ）

九月まで男は河口から三十キロほど離れた中都市の放送局に勤めていた。カメラマンだった。この春、社員の配置転換をめぐって団体交渉がおこなわれた。転勤させられる者がそろって組合の執行委員ばかりというのが争議の焦点であった。男も委員の一人である。

事故はふいに起った。三階の局長室にたてこもった管理者たちに交渉継続を求めて組合の代表者たちがつめよった。男の目の前でドアがあき、局長があらわれた。そのとき後ろから強い力でおされて、男は局長とぶつかりそうになり、思わず身体を支えようとして手を壁についた。その手が壁にとどく前に局長の肩にふれた。それは偶然だった。局長は何か叫びながら床に倒れた。男は告訴された。暴行行為というのが訴因である。組合はこれを不当処分として男を支援する会を結成した。

しかし一カ月後、組合は分裂し、第二組合が局内に誕生した。多数派であった組合はあいつぐ配置転換で夏までに少数派となり、いつのまにか男は局内で孤立している自分に気がついた。告訴された日から男は休職を命ぜられた。給与は六割が会社から支払われ、四割を組合が負担した。ボーナスは出なかったからそれは全額、組合のカンパによって男に支給された。

自分が組合の重荷となっていることを自覚するようになったのはいつごろからだろう、と男は考える。組合の事務室へはいるとき、先にテーブルを囲んで談笑していた連中がにわかに沈黙する。あるいはそれまでつづいていた会話が、男の登場をきっかけにそれとなく別の話題に切りかえられる。そういうことがつづいた。そんな雰囲気の微妙な変化が男にはわかった。

休職処分の男に仕事はなかったから、出社するかわりに組合機関紙のために原稿を編集し、割付と校正をするのが男の日課になった。梅雨があけるまではそうだった。第一組合の切りくずしは着実にはかどり、きのうまでの同志がきょう顔を合せると挨拶を返すことすらしなくなった。

機関紙の発行責任者である情宣部長が第二組合に移ってからは、男の仕事は何もなくなった。男は知っていた。あとで事の真偽を事情通に確かめもした。そのことを考えると笑わずにはいられなかった。あのとき局長がどうしてあっけなくひっくりかえったのか。いざとなれば局長は身がるに転倒できるように前もって練習していたのだ。

事件より二、三カ月前、ある取材のためゴルフ場を訪れた男は遠くのローンで談笑している局長たちを見かけた。妙なことをしている。初めはそう思った。局長と専務がゴルフはそっちのけで、しきりに地面に腰をついては起きあがる練習をくり返している。そのときは一体なにをしているのかさっぱりわかりかねた。あとでわかった。それにしても、と男は思う。前もって予行練習をしていたとしても見事なころびかただった。練習の甲斐があったというものである。

男はひまさえあれば床にひっくりかえる練習をしている局長を想像した。それは男の追いこまれた立場とは無関係に充分わらうに足る光景であった。

「行動報告書を書いてくれないか」

九月に入って、男ともっとも親しかった記者がいった。それは組合の決議事項だろうか、と男はき返した。やめる直接の動機はこの要求だった。行動報告書を提出しなければならないほど自分が組合の信頼を失った、ということは、いいかえれば自分が彼らの重荷と化したことでもある。

二日後、会社は男に対して告訴をとりさげる代償として退職に応じさせようと提案した。男はそれを受けいれる他はなかった。形式的に依願退職ということになれば、しかるべく一時金も支給されるわけである。

人間が一つの地位を失墜するのはなんとたやすいのだろう、と男は考えた。争議がこんなかたちで終焉に至ろうとは夢にも思わなかったのだ。

身のまわりの物をまとめて会社を出たとき奇妙な発作のごときものが男をおそった。街を右往左往する人間の顔がどれも嘔吐を催させるほどに不快なのだった。男は帰りのバスにのり、かたく目をとじた。人間がそれぞれ異なった目鼻だちをもち、喜怒哀楽の表情をおびることさえ耐えがたく思われた。彼らは何か過剰なものを顔の皮膚に分泌しているように感じられた。

かたくとじた瞼にうかんだのは、ここ十年足をむけたことのない河口の風景であった。男は湿地帯でそよぐ葦を思い、干潟の原初的な沈黙を思った。河口は懐しかった。すべてを失っても自分には河口がある、と思った。それは男の救いになった。懐しさには少年期を回想するときの慰めもまざっているようであった。

焚火は消えかかっていた。

男は残り火をかきたてて燃料を補給した。水ぎわへおりて流木をひろい、魚網の切れはしで包んで焚火へ運んだ。夜まで焚火を消してはならない。三百メートルほど離れた渚に大きな木の根が見えた。目をつけていたものだ。砂丘の近くではひろいつくしていた。

木の根にたどりつき、それを掘りだそうとして身体をこわばらせた。鳥の死骸がある。この一帯で見なれたツクシマガモであることはすぐにわかった。反射的に空を見あげた。

雲は朝いらい一定の方向に動きつづけ、ますます空を暗くしていた。男は海面から葦原へ、河口から砂丘の方へ注意ぶかく視線を走らせた。ツクシマガモの脚をつかんでぶらさげた。泥で全身くまなくよごれている。水に浸して洗った。死後、何日かたっているようだ。鳥はかすかな腐敗臭を発した。体にこびりついた泥をおとすうちに数本の羽根が抜けて水面にひろがった。体表がそれで点検しやすくなった。外傷はなかった。

(これで十九羽めだ)

しらべ終ったツクシマガモを流木を掘った穴に埋めた。その上に渚の土をかけた。鳥には墓標はいらない。木の根を引きずって自分の砂丘へ帰った。ふりかえると木の根がひっかいた数条の痕跡が、鳥を埋葬した所から砂丘までくっきりと認められた。

焚火の中心に木の根をすえた。水で湿ってはいるが、こうしておけばいつかは乾いて長もちする薪になるのだ。砂丘の麓に古い櫂がころがっていた。それも木の根にのせた。火は青い煙をあげて櫂をなめ始めた。男はまたノートに没頭した。

(十九羽め、カモだけで十九羽めだ)

外傷のない鳥の死骸はカモだけではなかった。1st Oct. 10th Nov. 2nd Dec. という日付は潟や草原で鳥のなきがらを発見したときの記録である。十一月十三日にはユリカモメが二羽、十一月二十日にはヒヨドリとキレンジャクが、十二月五日にはハイイロガンの死骸を水ぎわで発見した。いちばん多いのはカモであった。

それにつけても気がかりなのは、けさここへ来る途中みつけたマガモである。あのような傷は初めて見たのだ。鳥にかぎらず野生の動物が死体を人目にさらすことはめったにないことである。土地の漁師にきいても首をかしげるばかりだ。空を渡る途中、力つきて落ちたとしか思えないが、そうしたことがひんぱんに鳥たちに起るとは思えなかった。

飛ぶ力を道程の半ばで喪失するような弱い鳥は成鳥となるまでに淘汰されるものである。男にわかりかねるのはこの河口で見るはずのない鳥類がしばしば現れることであった。けさのカラフトアオアシシギがそうだ。男の家で傷を癒しているオニアジサシがそうだ。

渡り鳥は体内で分泌されるある種のホルモンに刺戟され、強力な直感と本能で進路を定めて空の道を飛ぶのである。星と太陽の高度が彼女たちの羅針儀であるらしい。台風でおし流されて本来のコースをそれることはままあった。地形の変化で鳥が錯覚をおこし、進路をあやまることがあるというのも知っていた。

しかし大陸を南下する鳥がこの列島の西端へあらわれる事実は、台風で説明がつきそうになかった。大陸沿岸から直線距離で千キロ以上もあるのだ。男はツバメチドリを発見した日をしらべた。すべてのページにその日の新聞から切りぬいた気象欄がはりつけてある。ツメナガセキレイを見た日もムネアカタヒバリを見た日も、天気図はつよい風力を示していなかった。

大陸北東部をおおった高気圧は渡り鳥をおし流すほどに高い示度ではなかった。地形で迷うということもまず考えられなかった。大陸とこの列島の間には海しかないのだ。渡来するはずのない鳥たちがここへやって来て、しかもその群の一部が墜落して死んでいる。このような現象は、いつかハマチの養殖場で網にかかった奇形の魚と関連させて考える他はなかった。

くの字に折れまがったハマチは怪しむには足りなかった。餌にまぜた抗生物質が背骨を変形させたのだ。あるいは養殖場付近の農薬工場が排出する工場廃水がいけないのかもしれなかった。この内海でハマチにおこったような変異が、漂鳥の世界にも生じたのだと考えざるをえなかった。鳥の体内に蓄積された毒物がしだいにその脳細胞をむしばんで精密な方向感覚を狂わせるように作用したのだと思った。

「方向感覚……」

男はつぶやいた。鳥が進路をあやまったように、男も人生の半ばで道からそれてしまったのだ。(しかし自分は鳥とはちがう。鳥のように外界の理不尽な暴力でコースをそれたんじゃない。窮地に追いこまれたもともとの原因はつまるところ自分があえてした自発的な行為の決算なんだから。いつかはこうなったのだ。それにしても方向感覚は正しかっただろうか。自分はあやまっていない、と信じたいが、鳥にしても墜落して絶命するまで道を迷ったことを自覚しなかったはずだ)

木の根は焔でくるまれ濃い煙をあげ始めた。男の目に涙がしみた。焚火からしりぞいて目をぬぐった。

「…………」

黒い影が雲をかすめたようである。男はしきりに目をこすって影がひらめいた上空を凝視した。目の迷いではないようだった。何かが瞬間的に雲のきわを縫ったのは確かだ。男は頭上のどこからか自分をみつめる鋭い視線を感じた。それが何であるかわからないが何か得体のしれない物が雲の上にいるのだ。男は心細げに周囲を見まわした。海に突き出した砂丘の上に男は今たった一人だ。前は海、うしろは平坦な葦原で身を隠すよすがとなるものは何もない。

男は今朝見たツクシマガモの死骸を思った。鉤のようなもので引きさかれた傷はまだ目に鮮かだ。空を見あげた男の顔に一滴の雨がおちた。男はカメラに防水布をかぶせた。ポケットからきのうの新聞をとりだし、気象欄を読みかえす。「ところによってはにわか雨」という天気予報を信じることにした。

雲の動きから判断すると、雨が降りつづきそうにないことは予想できた。天気図はここでは鳥類図鑑の他に男が読みふける唯一の印刷物であった。雨滴は一度だけ男の顔を濡らしたきりだ。それが空の不吉な影で生じた緊張を解いた。にわかに空腹を覚えた。

男は鞄から紙包みと魔法壜をとりだした。最初のサンドイッチをのみこむときは、目をあげて上空をみつめることもあった。しかし三つめのサンドイッチをコーヒーで流しこみにかかるころは、すっかり空の視線を忘れてしまった。弁当の包み紙をねじって火をつけた。タバコをくゆらしながら妻とのやりとりを思い出した。

「いつも一人で弁当を食べるの」

「そうだ」

「だれもいないところで?」

男は写真を分類していた。四つ切大に引伸した写真に番号をうち、日付と場所を記入したラヴェルを裏にはる。正体不明の鳥は別にわけた。

「一度行ってみたいわ」

「どこへ」

「それを撮影した河口のあたり」

「行ってみてもつまらないよ、葦が生えていて干潟があって水があって、それだけ」

「あなたにはつまらなくはないでしょう」

「これも仕事のうちだし」

「たった一人で弁当たべるの淋しくはないの」

「え?　何が……」

男はうわの空だ。正体不明の鳥を拡大鏡でしらべ、鳥類図鑑と対照するのに熱中していて妻のいうことは半分もきいてはいない。

「あたしをつれていって」

「歩けやしないじゃないか、四キロも」

「このごろはわりといいの」

「よくなったらつれて行く」

「去年の秋にバスにのって遠足に出かけたでしょう、海岸の城跡で弁当をたべた、バスケットに入れた弁当とてもおいしかった、ね、あの城跡なんていうところ?」

「うん」

「きいてるの」

「きいてる」

男は二枚の写真を明りにかざして見ていた。拡大鏡で頭をしらべる。一羽はツグミ科、一羽はシギ科の鳥である。望遠レンズでとっているので、脚のかたちが正確にわからない。もし男の観察が正しければ、これはオジロトウネンとオオノゴマのはずだ。男女群島と五島列島で一、二羽が確認されたきりで、日本本土で認められた記録はこれまでにない。

男の手からすいと写真が奪われた。寝床に上半身をおこした妻が二枚の写真をひったくり、いくつかに引きさいた。

「あたしたちがハイキングに行ったあそこは何てところ?」

「やぶかなくてもいいじゃないか」

男はルーペをほうりだして畳の上にあおむけになった。

「あのころは楽しかったわ」

男は写真の断片をつなぎ合せた。鳥は頭のところで三つに裂けている。男はうつぶせになって片耳を畳におしつけた。そうすると妻のすすり泣く声がいくらか弱まって聞えた。船着場の気配が伝わって来た。夜のうちに海へ出て網を入れ、早朝帰るのがこのごろのきまりだ。漁師たちの叫び声にエンジンの音がまざった。男はあいている片耳で船の音をむさぼった。エンジンは一つずつ規則的な爆発音をとどろかせ下流へ遠ざかって行く。船着場はまもなく静かになった。

男は寝返りをうって妻を見た。そのとき初めて男はこの夜、妻がうす化粧していたことを知った。涙を流しつくしてはれぼったくなった瞼が墨でよごれている。九月いらい河口へ通うようになってから、妻は一度としてそこがどんな所か訊かなかったので、男はやや物足りなく思っていた。妻の無関心になれ、それを好都合にも思うようになった今となって、妻が男の通う場所に興味を示しても、もはやどうということはないのだ。わずらわしく思うだけである。妻は手鏡で顔を直し始めた。

（いつからこんな生活になったのだろう）

六畳の空間が狭苦しく感じられてきた。河口の漠としたひろがりが懐しくなった。そこへ誘われるのは妻といさかいをした今が初めてではなかった。会社をやめた日、男はまっすぐこの河口へ急いだ。そこで二時間、渚をゆきつもどりつしてこれからの計画を練った。波の単調なつぶやきに耳を傾けていると、ともすれば思考はなおざりになり、心もうつろになっていつのまにか快い放心状態になってしまう。

日が暮れるまでに男はスケジュールを決定した。秋から冬にかけて干潟における時間の移り変りを撮影すること、泥海に棲息する魚類の生態を記録すること、渡り鳥を観察し、フィルムにおさめること、などであった。人間の顔を見ないですむことがありがたかった。鳥を撮影したからといって、それを生活の糧にするというあてはなかった。あの日、社長が登場するまでは。

初めの二つは日がたつにつれて興味がうすれ、渡り鳥の観察だけにうき身をやつすようになった。やめるときに支払われたいくばくかの金は、失業保険金と合せればほぼ三カ月の生活費には足りるようであった。四カ月めからどうするか、男にあてはなかった。それはつとめて考えまいとした。やめるとき、都会の友人たちからいくつか新しい仕事をもちかけられた。大学時代の同期生はすぐに上京すればあるデザイナーの工房に世話しようといった。男より先に会社をやめていた同僚は東京のある写真学校講師の口を紹介してよこした。カメラマンとしての技能にただ忠実でありさえすれば、さしあたり新しい就職口を心配することはないようであった。男は自分にいいきかせた。

（しばらくじっと坐りこんで待ってみよう）

顔を直した妻は目深に布団を引きあげて不規則な呼吸をしている。眠りこんでいないのは息づかいでわかった。

不意に男は身をおこした。ある声を空のどこかに聞いたようだ。全神経を耳にあつめた。かすかにガンの声が聞えた。この年はじめてきくものだ。敏捷に跳ねおきて窓をあけた。間髪を入れず妻がとがめた。

「しめてよ。寒いじゃないの」

男は戸外へかけ出した。北西の空にガンの群が見えた。月が空を明るくしていた。北よりの風が吹き、ガンはそれに乗って飛翔しているらしかった。群はくさび形の幅広い列を維持していてその尖端は南をさしていた。

男は隊列の前後に目を配った。いつのまにか群から脱落しているガンを探している自分に気がついた。列は整然として、鳥たちは正確な隊形を崩さず、群におくれている鳥はないようであった。

男は空を見あげた。

太陽は依然として雲に隠れている。夜明けから朝をすぎても、男のまわりに漂っている光線はつねに午後のそれであった。男は両手をこすり合せた。寒気は朝よりもきびしくなった。漂着物のうちで燃えそうなものはひろいつくしていた。男の目が板小屋にとまった。(もっと早く気がつけば良かった)足早に板小屋を一巡した。砂丘の前方にノリ養殖場があったころ、見張り番が寝泊りした場所と思われた。養殖場が河口の北に移ってからは見すてられたのだ。潮流が変ってノリがここでは栽培できなくなったのだ。

男は小屋の空樽を焚火の方へ運びあげた。頭上にもちあげて投げおろす。タガがゆるんだ。靴で二、三回けると板はばらばらになった。(潮流ってやつはいつかは変るのだ)こわれた樽を焚火にくべた。こびりついたタールが溶けて刺戟的ないい匂いを放った。火が継続的に燃えることを見とどけておいてカメラにとりついた。

水は沖へしりぞきつつあった。レンズでのぞくまでもなくそれがわかった。ココア色の泥が水の下からあらわれ、しだいにその面積を拡大してゆく。水に追われて葦原へにげた鳥たちが群をなして干潟へ舞いもどり、泥の中にひそむ生物をあさり始めた。小エビや貝の肉は鳥の好物なのである。

一羽ずつ望遠レンズの視野におさめて観察した。見なれた鳥である。ひとわたり鳥をしらべ終ると、ふたたびノートに没頭した。1st Nov. という日付のページはハイイロヒレアシシギを見た記録で埋められていたが、その日、ここを訪れたのはヒレアシシギではなかった。湾口で操業する漁船団を望遠レンズで見物するのに夢中になっていたので、その男が近づくのを知らなかった。うしろに人の気配がし、声をかけられて初めて気がついた。

「何か見えるかね」

五十代の半ばに見えた。以前から会いたかった、といい、マニキュアをした指でタバコをつまみ出してすすめた。その人物は男が勤めていた放送局のある町で、かなり大きい印刷会社を経営していた。局内の印刷物を一手に引きうけていた関係で、何回か顔を合せたことがあるけれど、二人だけで話すのは初めてだった。

「こないだ局へ行ってあなたのことを尋ねたらやめちまったときいたんで少しびっくりしたよ。どんな事情にしろ会社をやめてまで鳥の撮影にうちこむのはちかごろ見上げた生き方だとわたしは思ったな」

男は鼻白んだ。会社をやめたのは鳥のためではなかった。しかしそれを説明するのも億劫だった。

「二、三度お宅にうかがったけれど留守のようで、もっとも毎日ここへ出かけて来てたんなら会えないわけだ」

写真集を出したい、と訪問者はいった。それは結構だ、と男は如才なく相槌をうった。

「いや、あんたの写真集を出したいといってるんだよ、わたしは」

説明してもらいたい、と男はいった。社長はうむ、といってカメラをのぞき、干潟におりた鳥の群をしばらく黙って観察した。カメラから目を離さずに、

「あれはどうもイワミセキレイのようだね」

男は自分の双眼鏡で確かめ社長の言葉を肯定した。社長は溜息まじりに、

「イワミセキレイが今じぶんねえ」

このごろの鳥は季節をえらばなくなったのだと男は答えた。

「そうなんだよ、十一月にならないと見られないユリカモメが十月初旬にちらほらしたり、それから一月の白鳥が五月ごろ空を飛ぶのをわたしは見たことがある。なにしろめちゃくちゃなんだ」

「コースをそれる鳥も目立ちますね」

この人物が、「郷土の散歩」というシリーズで放送する十五分のローカル番組に登場して、自分の趣味である鳥の生態観察について語ったことを思い出した。二年ほど前である。鳥は狂ってるのだ、と社長はいった。

「そしてだれも鳥の世界でおこっている異変に気づかない」

社長は昂奮した。砂丘の上を歩きまわりながらしゃべりつづけた。

「四、五日前にコウノトリを見たよ」

コウノトリはとっくに絶滅したと思っていた、と男がいうと、十月の季節風にのって大陸から渡って来たのだろう、と社長はいった。「どうですか」と社長は干潟をさして、

「ここは鳥にしてみれば地上の楽園だよ、それが五年以内に埋めたてられて石油コンビナートか何かそんなものになっちまう。渡り鳥もそうなったら寄りつかないね。そこでひとつどうですか、ここへやって来る鳥たちの記録写真を一冊くらい残してやってもいいと思うんだが、天草の羊角湾ね」

社長はあっちかな、いやこっちの見当かといって湾口を指した。

「羊角湾を埋めたてて淡水湖にしちまったらさっぱり鳥が寄りつかなくなったんだそうだ」

かなりネガはたまっている、と男はいった。印刷はまかせてくれ、と社長はいった。

「グラビアにはうちとしても自信があるし、取次店にも話をつけるからその点はご心配なく。カラー印刷の機械も入れたばかりでね、新しい機械を」

刊行するとしていつごろの予定だろうかと男はきいた。

「そうだな、十二月いっぱいで一応とりだめたネガを整理してもらいたいね。印刷はいつからでもかかれるから」

買う人がいるだろうか、と男は懸念した。

「長期間のうちにぼつぼつ売れたらいいじゃないか。それよりあんたの手間に見合うだけの印税をたっぷり支払えたらいいと思うんだが」

男はあわてて印税をあてにしてはいないこと、それより自分の写真集をもつことができたら倖せだといった。

「あなたの写真集でもあり鳥たちの写真集でもあるわけだ。鳥と潟海の記念碑、いや鳥のための墓標というべきだろうか」

社長は湾口に目をそそいだ。つかのま夢みるような表情になって両手をひろげ、二、三歩海へむかって歩いた。そこで腕を上下にゆるく動かした。男は社長が鳥に化身したのではないかと一瞬いぶかった。社長はひろげた両腕で潟海を胸に抱きとるような身ぶりをして、陽気に叫んだ。

「海が埋めたてられても写真集が出来たらその中に鳥も海も生きることになるんだよね」

男はあの日、砂丘の端で社長がしたように両腕を水平にひろげた。——写真集が出来たらその中に鳥も海も生きることになるんだよね。なんという芝居気たっぷりのせりふだったろう、と男はにがにがしく回想した。

二回目の会見まで社長はのり気だった。判型や紙質の打合せをした。三回目は不在で、四回目には営業部の係長が応対した。社長から何もきいていないという。噂によれば新式のカラー印刷用機械を購入したために多額の不渡りを出して、工場は債権者団体に差しおさえられているという。よくあることだ、と男は思った。またしても一つの潮流がむきをかえただけのことだ。

焚火にくべた木の根は長い間、海中にあったらしく表面が水と砂の摩擦でなめらかになっていた。樹皮はむけてしまい肌は色褪せて女の腰のように白い。空樽は乾ききっていてタールのこびりついていない部分はほとんど煙もあげず透明な焔をゆらめかせた。

男はぼんやりと焚火に目をそそいでいる。火というものは人を夢見心地にするもののようで、うずくまって焚火の中心を見まもっていると、いつのまにか焔に溶けこみ火と一体になり、心がからっぽになるようである。時間は停止し、永遠そのものであるような海のざわめきと葦のそよぎしか聞えない。男はしかし眠りこんだのではなかった。時おり火から目を離してカメラをのぞいた。潮がひき、露わになった干潟には見なれた鳥がおり、見なれない鳥もいた。新しい特徴をもった鳥をみつけても、男はもうシャッターをおさなかった。望遠レンズでつぶさに観察するにとどめた。

「きょうが終りだ」

ひとりごとをいうのは癖になっていた。砂の上にはさっき計算した数字があった。百日の休暇を自分は有効にすごしたのだ、と思った。（渡りの途中で、鳥も翼を休めるのだから）水辺に墜落した鳥を思いだした。自分は群から脱落した鳥の一羽かもしれぬ。しかしまだ飛ぶことはできる。写真集がふいになったとわかっても男は河口へ通うことをやめなかった。初めからそれほど期待はしていなかったのだ。退職金はまだいくらか残っていた。しかしそれも十二月十九日がぎりぎりの日限であった。明日から新しい生活のために都会へ出発することになる。

男はカスピアン・ターンが回復するのをひたすら待ちつづけた。治癒はおそく餌もはかばかしく食べない日があった。ようやく傷は癒え、身動きが活潑になった。夜ふけしきりに箱の中でもがいて短い啼き声をもらすことがあった。これをきょう河口へ運んで放すつもりだったのだ。帰ったら船着場のあたりででも放してやろうと男は考えた。

男はキャンバスチェアを立って足踏みした。両腕を鳥のようにばたばたさせて身体を叩き血のめぐりをさかんにした。素手で頬をこすりかるく跳躍した。さっき雨滴をおとした雲は空に濃淡の縞を織っていた。西空でもつれあった断雲のさけ目からまばゆい真鍮色のきらめきが洩れでるときがあった。

太陽はいつのまにか西に移動していた。風によって雲のさけ目がひろがると日光の束も太くなった。男は息をのんだ。夕日が今、黄金色の列柱となって葦原に立ちならび、壮大な宮殿がそびえたようであった。日に照らされた枯葦はまぶしい黄と白に映えた。葦の茎は一本ずつ鮮明な影をおび、よくみがいた櫛の歯の鋭い輪郭をもった。

雲が閉じると宮殿は消えた。枯葦はもと通り黒い棘の原にかえった。男は海と対面した。干潟の海は痩せ、さっきより暗くなった。時計を見るまでもなく時刻は知れた。潮の干満でそれは明らかだ。河口上流の町で育った男は、川の水位によって時刻をはかった。季節と月齢をあんじて時を推定することができた。灰を溶かしたようなたそがれが干潟をおおい始めた。物の輪郭がぼやけ干潟も鳥たちも一つの画面でかたちを喪失し、おたがいに浸蝕しあった。そのような夕暮の光景は現在を忘れさせ、男を少年時代につれもどした。

男は見た。九歳の男自身が水平線の彼方から現れ渚の方へ近づいてみるまに大きくなるのを見た。パンツ一枚の半裸体である。泥の上をかるがると走りよってくる。手に丸い網をさげている。少年は男の目の前で直角におれて渚に沿い河口の方へ走った。一刻も休まずに上流へ川面をすべるようにのぼってゆく。男の視覚は少年を追った。

上流には二十五年前の町があった。町は夜である。少年は川が彎曲した箇所に達するとある石垣のほとりに立ちどまった。岸の柳につかまって水ぎわをのぞきこむ。男は少年に呼びかけた。

――そう、そこだ、ちがう、もう少し左へ寄って。

少年は身軽に左へ寄って、男の指示する場所を確認した。石垣の水面下に手の丸網をおろした。網の中央にさしわたした針金に魚の内臓がとりつけてある。少年は紐の間にはみだした内臓を指でおしこんだ。血まみれの指を川に浸して洗った。男は少年と共に魚の腸の匂いを嗅いだ。

網は四つあった。それぞれ四、五メートルの間をおいて石垣の水に沈め、その紐を岸の柳にゆわえた。柳の下にうずくまって少年は待った。目をひたと黒い水面にそそぎ、膝の上に顎をのせて身動きもしない。家々の燈火は消えた。数刻がたった。身をおこした少年は紐を引いた。かすかな手応えをしらべるように用心深く紐の緊張度を確かめた。そろそろとたぐりあげた。円形に水が盛りあがる。水滴が驟雨のようにしたたって川面をはじいた。星明りに網をすかして見た。獲物はいた。菱形の甲殻類が二、三匹餌袋にとりついている。濡れた甲羅がつややかに光った。蟹がうごめくと泥と水藻の匂いがたちこめた。少年は獲物を魚籠に移した。餌袋の内臓を蟹ははさんでいるので、無理に引き離すと爪が腸をちぎりとってしまう。内臓のかたまりは水につかって平べったくなり、もはや血の匂いは淡い。魚籠におしこめられた蟹は硬い脚で竹の編み目をかきむしる。少年は網に新しい餌をつける。手が内臓の分泌するもので濡れる。足もとの砂をすくってなめらかになりすぎた手をこすり合せる。指の股に砂をまぶし皮膚がむけるほど強くもむ。その手がうすれ、腕が、次に頭がぼやける。青い燐光のような微光を放っていた五体はしだいに透明になり、闇に溶けこんでしまう。男の視覚は現実にかえった。

男は焚火に燃料をくべた。

砂丘をくだって渚に沿い河口の方へ歩いた。泥にミシンでかがったような蟹の足跡がある。このあたりの蟹は小さくて食用に適さないが、上流の蟹は大きくて泥臭さがなく、食物の乏しい時代は重宝したものである。

見おさめに河口一帯をぶらつく気になった。きょうは終りの日である。夜までにはいくらかゆとりがあった。双眼鏡を首にかけ、アノラックのポケットに両手をつっこんでゆっくり歩いた。男は左右のしげみに気楽な視線を投げ、足もとの水流にも目を配って歩いた。水のほとりは明るい。昼の光が川に残っているようである。河口でふりかえった。小さく砂丘が見えた。カヴァーをかけたカメラが砂丘のなだらかな稜線に鋭いピラミッド型の直線を与えた。

河口を三百メートルほどさかのぼると葦の密度が大きくなった。堤防では草が浸水することはなく植物はつねに乾いており、枯葦の茎に男の足がふれると張りつめたピアノ線のように鳴って折れた。川の屈曲部にたどりついたところで出発点へもどることにした。

何気なく上流を見た。水上に小さな黒点を認めた。川を下って来るものがある。双眼鏡でのぞいた。レンズの視野にうかびあがったのは小さな筏である。見おぼえのある少年が筏に立って棹をあやつっている。カスピアン・ターンをひろった翌日、船着場で見た少年である。彼は新しい筏を建造したのだ。

男は微笑を禁じえなかった。筏はひとまわり大きくなって遠目にも頑丈な構造に見えた。マストが中央にとりつけてあり、三角の旗がゆれている。少年は浅瀬に近よるとすかさず棹をふるって筏を遠ざけた。手なれた棹さばきは自信に溢れていた。そうやって男の前方百メートルほどの所まで下ると今度は上流へもどりにかかった。

すでに潮はしりぞくのをやめた。川の流れはゆるやかになっている。それでも溯航は少年の腕には重荷であると見え、筏の進み方は遅々としてはかどらない。しかし少年はかたときも休まず確実に規則的に川底を棹でおして筏を流れにさからわせ上流へむかわせた。

少年はしだいに小さくなりやがて川辺の葦に没した。マストの赤い三角旗が筏のありかを示した。男にはそれが少年のあげる声のない凱歌であるように見えた。

葦の葉末にまたたくものがある。上流の町にともった明りである。男は河口へもどった。（あの子は失敗した日にすぐ二番目の筏にとりかかったのだろう）

男も自分自身の筏を建造しなければ、と思った。くっきりと泥にめりこんださっきの足跡にもう水がたまっている。男はカメラを囲んだ風よけを倒した。杭を抜いて焚火にほうりこんだ。ちらかった弁当の包み紙を火にくべ、罐詰やジュースの空壜を砂に埋めた。

カメラにかぶせたカヴァーを四つに畳んでしまいかけたとき、黒い影が頭上をかすめた。なまぐさい風のようなものが鼻をうった。本能的に危険を感じた。首をすくめて身構えた。そいつは男の上空へかけあがり、たっぷり二メートルはある翼を羽搏かせ、男を中心に円を描いている。たくましい骨格をもったハゲワシである。朝のツクシマガモを思いだした。無慙に裂かれた腹が目にうかんだ。

西の山際にかかった断雲が隙間をひろげ、まばゆい光線を吐きだした。そいつは夕日の方向から襲いかかった。男はぴたりと砂丘に伏せて第二撃をかわした。ハゲワシは飛びすぎると、カメラの三脚をひっつかみ、はるかな高さまでさらってから投げおろした。

男は武器をさがした。ナイフも猟銃も携帯していない。ハゲワシは小さな点になり、らせん状に舞って高度をとり、そこから西へ移動し次の攻撃点へつこうとしているようである。男は砂丘をかけおりた。カメラをひろい手早く三脚をとりはずした。ハゲワシは夕日の光輝に包まれまっすぐ男めがけて突き進んで来る。逆光を背にした猛禽は正確な位置を測定することができない。

声もなくそいつはとびかかって来た。男は三脚をふりまわした。手応えはなかった。

重い三脚で鳥を叩きそこねて男は倒れた。男の上に数本の羽根が嘲笑するように散りかかった。三脚は手からすべりおち葦のしげみにとんで見えなくなった。男は砂丘の焚火の方へかけあがった。同時にハゲワシがおおいかぶさって来た。男は地面に身を投げかけるや、焚火にさしこんだ櫂をつかんだ。

倒れたままあおむきになって燃える櫂でハゲワシにたちむかった。鳥はひるんだ。男の鼻先で翼をばたつかせて地面の砂をまいあがらせた。男は立ちあがった。櫂の平たい部分にまつわりついた焔が、かぎ裂きになった旗のように風で煽られた。男は両手でしっかりと櫂の柄を握りしめてハゲワシの動静をうかがった。

ハゲワシは西へ移動しつつあった。まばらな断雲の隙間から夕日が冴えざえとした光線を葦原に送りこんだ。櫂を握りしめた男の手が汗ですべった。男は櫂をおき、ハゲワシから目をそらさずに素早く両手を砂にこすりつけて汗をぬぐった。のどがひあがり、汗が顔に滲んだ。

今となって雲間から光の矢を放つ太陽を男は憎んだ。この干潟と葦原に出没するすべてのものが敵にまわったようであった。ハゲワシは夕日の中にひそむ微小な点にすぎなかった。男はふとそいつがこのまま襲撃を諦めてどこかへ飛び去ってしまうのではないかと考えた。ハゲワシは地を低く這うようにして接近して来た。男の前方三百メートルあまりに達するとおもむろに羽搏いて上空へ舞いあがり、攻撃に必要な高度を獲得した。男はそいつが充分に近づくのを待った。空中でいったん静止したかに見えたハゲワシは真一文字に砂丘へかけおりて来た。それは翼を縮小し、首を頂点とした紡錘形に変った。そのとき男は山の稜線に沈みかけた夕日があかあかと自分を照らしだすのを感じた。

渾身の力をこめて櫂をふりまわした。

手ごたえがあった。何か弾力のある物を叩いたようである。男は頭上をさがした。ハゲワシはかき消したように見えなくなった。櫂の尖端は折れて砂丘の麓にころがっている。鳥を打った衝撃で火は消え、枯葦の根もとにおちて白い煙をあげている。

男の全身から力が抜けた。膝を折って地面に坐りこんだ。肩で息をつき数分間そのままの姿勢で慄えていた。やがて二つに折れた櫂をかたく握りしめているのに気づき、ほうり出そうとした。しかし指が男の意志にかかわりなくしっかりと櫂の柄をつかんで放さない。男は白くうき出た指関節をみつめた。初めて恐怖を覚えた。やっとのことで指をもぎはなし、首すじを撫でた。

赤いものが手についた。首すじは鳥の爪で浅く引き裂かれていた。ガーゼで傷口をぬぐい、タオルを巻いた。

日が落ちると雲は薄くなり空はかえって明るくなった。萌黄色の夕映えに満ちた天にハゲワシの姿はなかった。

地下水門のある丘に動くものが見える。男は目をこらした。丘にまず頭があらわれ、胸と腹がせりあがった。何か角張ったものを抱いた女の姿が丘の上に立った。それは男を認めて手をふった。手をふりながら砂丘をくだり、葦をかきわけてこちらへ近づいてくる。

男は自分の砂丘をおりて妻を迎えた。かかえているのは柳の枝で編んだバスケットである。妻は男と肩を並べて砂丘へのぼり、焚火のそばで肩をすくめて、「こんなに」という。身体をひねるようにして片脚をもちあげて見せた。

「ストッキングが枯草にひっかかって、こんなにやぶけちゃった」

「だいじょうぶなのか、起きて」

「ね、これ何だと思う」

バスケットを目の高さにさしあげて見せる。弁当か、と男はきいた。

「ほうら、見てごらん」

妻は留め金をはずした。回復したカスピアン・ターンがうずくまっている。鳥は頭をおさえつけていた蓋をとられると、しなやかな首をのばした。妻はいった。

「これをつれて行くのを忘れてたでしょう」

翼のつけねをしらべた。一時は化膿して鳥を弱らせた傷も完全に塞がっていた。鳥は男の手に抱きとられるときゅうくつそうにもがき、しきりに首を空にさしのべて翼をばたつかせた。鳥は優しい、と男は今思わなかった。二十日間、見なれたカスピアン・ターンが何か不気味な異形の物に変身したかのようである。

「あたしにも抱かせて」

男は妻に鳥を渡した。葦の間をさがしまわってカメラと三脚をひろいあげた。泥をぬぐっていると、妻がいぶかしそうに、

「どうしたの、そんなところに」

「いや、なんでもない」

レンズは割れていなかった。ていねいに土をおとしてケースにしまった。

「よくここがわかったな」

「遠くから火が見えたから、焚火の煙を目じるしにして歩いて来たの」

焚火は消えかかっていた。夜が濃くなると火は鮮かなオレンジ色をおびた。男は地図を火に投じた。それが燃えつきるのを待たずに百日間の観察ノートを一枚ずつ破り、まるめて火にくべた。妻は黙って見ている。

「この鳥、あたしが放していい？」

男はうなずいた。

妻は両腕でやわらかく抱いていた鳥を空にむかって押しあげるようにした。白い鳥は砂丘上でとどったように羽搏いた。ぐるぐると大小の円を描いて旋回し、しばらく方角を案じているようである。鳥はまず葦原へ飛び次に河口と砂丘を結ぶ線を数回往復した。やがて飛翔の方向に確信をもち、南東の海上へ去った。夕闇がすぐに鳥をのみこんだ。

妻は気づかわしそうに鳥の行方へ目をやっている。空をみあげていった。

「もう迷わないかしら」

「方向をかい」

あちらが、と妻は鳥の去った海上をさして、

「あちらが鳥の故郷なんだわ、故郷に帰れたらいいのだけれど」

鳥に故郷はない、と男はいった。

海辺の広い庭

海東光男は一本のダーツを壁の市街地図めがけて投げた。

目をつむってむぞうさにほうった。投げ矢《ダーツ》の突き刺さる音がして目を開き、どこにあたったかを確かめた。

「しっかり、な。しっかりやってくれ」

社長はドアのきわに立って、これから出かける外まわりの社員たち一人ずつと握手をかわしている。午前十時。海東が出ようとすると、

「きみには話がある、ちょっと待って」

と囁いた。海東は自分のデスクに戻る。

「がんばれ、きょうが締切りだからな」

かたく社員の手を握りしめて肩をたたく。この部屋で一番はりきっているのは社長のようだ。握手しておいて肩をどやしつけるようにたたく。長身の社員に対しては肩に手が届かないので、背中をたたく。朝食をぬいた社員は、社長の気合がこもった一撃をうけて足をふらつかせるしまつだ。

朝礼のあと、街へ注文とりに出発する営業部の連中を、このようなやりかたで激励するのが社長の

習慣である。市街地図わきに全紙大の方眼紙がはってあり、十一人の社員名がゴジック体で書かれ、かれらがとって来た広告料金が赤い棒グラフで示されている。

縦軸が金額をあらわし、グラフのほぼまんなか、六十万円のところに青い点線が引かれている。一か月のノルマである。

最後の一人を送りだして社長は溜息をついた。鼻の頭に汗の粒を光らせて、やれやれとつぶやき、自分のソファに腰をおろした。部員の肩をたたいて外へ送りだすのが一日の重大な労働ででもあるかのように大げさな吐息をもらし、自分の首すじを手で揉んだ。人さし指を立てて曲げ、海東に来いという合図をした。

「きみ、足の具合はどうかね」

「わたしの足の具合ですか」

「きみは足を引きずって歩いてたじゃないか。きのう税関前を車で通りかかったら、きみがびっこをひいて痛そうに顔をしかめて歩いてた。よくなったのかい」

「もういいんです」

「足はいい、と。ふうん、足はいい、と」

社長はタバコを長いホルダーにさした。口にホルダーをくわえて目を宙に泳がせ、右肩をそびやかしてポケットをさぐる。海東は黙って見ていた。社長は自分のライターで火をつけ、けむたそうに目を細めて壁の成績表へ顎をしゃくった。

「きみはずっと二位を下ったことはなかったんだよ。そうだろう？　このところ下降する一方じゃないか。きょうが締切りというのにあの線すれすれってとこだ。こんなことは今までになかったことだよ」

ノルマという言葉をつかわないであの線と社長はいった。海東はうす笑いをうかべた。そのうす笑いをどう解釈したものか、社長はにわかに陽気さをとり戻した。ふとり気味のからだに似合わぬ敏捷さで、ソファからすっくと立ちあがり海東の腰に片腕をまわす。

「まあ、なんたってきみはわが社の中堅なんだから。人間だれしも浮き沈みはあるということだ。好調を維持するのは並たいていのことではないからな……ところできみ、来月の展望はどうかね」

「さあ、今のところはまだ」

「きょうはまずどこへまわるように予定してる」

「新装開店のレストランが一、二軒、それに平和町のボーリング場と昭和町のビジネスホテル」

「昭和町のホテルというとP広があつかってるあの海岸にあるやつかい」

「ええ」

「アポイントメントはとってるのかね」

「支配人と会えます。うまく行ったらP広の連中あたまにくるでしょう」

「まんいちそこが駄目だったら、これを」

社長は海東の目から視線をそらさずに内ポケットに指をさしこみ手品師のように素早く一枚の名刺を抜きとった。まるっこい指先で名刺をひらひらさせて、

「ビジネスホテルもいいが、ここもあたってみたまえ。この名刺の主がいるから話ができる。きっと相談にのってくれるよ。さ、元気を出して」

社長は名刺を海東の手に押しこんでおいてその上を自分の両手で包みこむようにして、うるんだ目でかれの顔をのぞきこみ、きっと注文をくれるだろう、とくり返した。海東は〝Nヴィデオ広告〟とすりガラスに金文字の入ったドアを押して外へ出た。

屋内で青い着色ガラスごしに見ていた光景とはちがって、いちめんに白い光を反射している八月の街が目の前にひろがった。電車のきしりがほとんど耐えがたい噪音となって街路に反響した。

海東はまぶしそうに顔をしかめた。すでに肌は汗で濡れている。背と腹にくっつくシャツを指ではがした。歩道橋を四、五段のぼりかけて引きかえし、ガードレールをまたいだ。三叉路上に歩道橋はあって、向う側の歩道へわたるのに三角形の二辺を迂回するようにのぼりおりしなければならない。

いつもはそれも苦にならないのだが、きょう、このまばゆい八月の光をあび、汗にまみれて階段を上下するのが、ことさら億劫に思われた。足の痛みも完全に消えてはいない。

信号が黄に変った。海東は間合をはかって走りぬけようとした。道路中央まで来たとき、三叉路の停止線にならんでいる車の列から、だしぬけに一台の大型トラックがあらわれ、信号を無視して海東の方へ近づいてきた。そのトラックを海東は認めた。まだ充分に間隔はある。

かれは正面のガードレールめざして大またで駆けた。歩幅をひろげたとき、右の足裏から太腿にかけて刺すような疼痛を覚えた。靴が電車レールですべり、かれはうつ伏せに倒れた。頬に熱く灼けたレールが触れた。海東は全身から力が抜け、自分で自分のからだが思うようにならず、阿呆のようにただ目をみはって、のしかかってくるトラックを見まもっていた。

しかし自失状態は一瞬のことで、怒声とブレーキの響きを耳にすると、かれは跳ねおきて眼前のガードレールにとびついた。重量のある物体が海東の皮膚をかすめた。かれは軽くびっこをひきながら人ごみをかきわけ一ブロックほど走った。背後で一、二度とがめるように警官のホイッスルが鳴った。かれは三叉路から二百メートルあまり遠ざかった地点で立ちどまり、ズボンの埃を払って初めてふつうの歩調で歩きだす。

恐怖がしだいにかれの体内に充満しはじめる。地をとどろかせてトラックの黒い影がおおいかぶさろうとする。その恐怖の首をつかみ、ねじ伏せる気で、街路樹のかげよりもつとめて日なたをえらび、強い日ざしに全身をさらして歩く。

五、六分たつうちに恐怖はふくれあがったときと同じ速さでしずまり、胸の動悸も平常に戻った。海東はハンケチで額の汗をぬぐった。風が吹いている。

プラタナスの葉が音をたてて鳴る。海から吹く風である。さわやかな潮の香りはなくて、熱い廃油の匂いがする。生臭い魚も匂う。汽笛が鳴った。

街路は広場に達し、広場のつきる所は岸壁である。海東は広場をつききってK商船の建物へ向う。コンクリートの上に汗が点々としたたり落ちる。汗のしずくは黒い点をしるすかしるさないうちに乾いて消える。

かれは舌を出して唇をなめる。ひびわれた唇はかすかに塩の味がする。口の中で砂粒のようなものがざらついた。唾液は出ない。

海東は足を引きずってK商船の待合室にはいった。洗面所で上着をぬぎ、シャツの袖をまくりあげて水道栓をひねる。いっぱいに栓をゆるめても水はほとばしらない。長い時間をかけてようやく白い陶製の器に水を満たし、腕を浸した。ていねいにゆすぎながらふと顔をあげた。

目の前に鏡があり、鏡のなかに目を血走らせた男が一人かれを見ている。その顔が汗と埃でくまどられ、まだらに汚れている。頬にレールの黒い油の痕が付着していた。顔を洗い、シャツの袖をおろし、上着を手に持って待合室に戻る。

連絡船が接岸しようとしている。はげしくせきこむような機関の音をたて、桟橋のところでゆるゆると方向を転換させる。後進で桟橋に近づき船体を並行させた。船尾のスクリュウが白い泡をふきあげ、くろずんだ海面もそのあたりは鮮かな青銅色に変る。

かれがベンチにかけると、手がそこにおいてあったパンフレットにふれた。何気なくとりあげて開く。「夏は島々と岬への旅で」とタイトルにあるK商船発行のパンフレットである。職業的な興味をもって点検する。色彩、レタリング、文案、レイアウト、印刷仕上り、単価……。五分間ですべてを見てとり、ベンチにほうりだしたが、思い直して自分のアタッシェケースに一部だけしまった。

上着のポケットから黒表紙の手帳をとりだし、膝でささえて開く。きょう一日の行動順序を検討にかかった。切符売場のとなりに小荷物の窓口がある。こちらへ背を向けて一人の老人が若い係員に懇願している。きくともなく二人の会話をきくことになった。小荷物係は机から顔をあげずに、

「探してくれといってもねえ、それをなくした日付がはっきりしなければ調べようがないよ」

「あのねえ、遺失物を品目べつにわけて整理した帳簿のようなものはないのかねえ」

「そんな暇ありはしない」

「あの手帳はわしだけに大事なもので、他人がひろったところで役に立たんのだよ、きっとここに保管してあるはずだがね」

「日付、日付といってるんだよ、じいさん、それがわからなければぶつぶついっても仕様がないのよ」

かんしゃくをおこした係員がペン軸でカウンターをたたいた。老人はうちひしがれたていで窓口を離れ、よろよろと歩いて来て海東のとなりに腰をおろす。両手に顔を埋めて、ああ、とつぶやき、海東の腕に手をかけて訴えるような眼差しで、どうしよう、どうしよう、と呻く。

海東は腕をふりはらう。顔をそむけてベンチを離れ、壁ぎわの椅子にかける。老人が顔を寄せてにじり寄ったとき、その口から肉が腐敗するような濃厚な悪臭が漂った。

K商船の待合室ベンチで、一日のスケジュールを決めるのは海東の習慣であった。会社ではその日の新聞で広告欄をしらべるにとどめた。社室のさして広くもない壁には社長みずから筆をとって書いたスローガンがはりめぐらされてある。

「微笑を絶やすな」「誠実にまさる力なし」「人生は重荷を負うて坂道をのぼるがごとし」「ノルマ達成」「個人目標二百万」「月間二千万達成!」……墨痕淋漓と大書きされた文字の横には朱筆で二重丸が添えてある。そのスローガンにかこまれると、落着いてスケジュールを考えることすらできなくなる。

会社では全国紙の地方版、地方紙の広告欄をていねいに読んだ。新規開店のレストラン、キャバレー、ホテル、旅館、料亭、医院、各種学校など広告宣伝を必要とするスポンサーを探し手帳にメモしておく。これはと思うところには電話をして面会の予約をとっておく。

広告媒体は大別して二つある。ラジオ、テレビのスポットを利用するものと、バス、電車内に中吊りを下げたり、窓にシール、ステッカーをはったり、車体側面に看板をとりつけたりする方法とである。

N市には海東が勤務する広告代理店と似た会社は他におよそ二十社ほど存在する。競争は当然はげしい。鞄に広告料金表とテレビ、ラジオの番組表を入れて、漫然と商店を軒なみまわっておればいいというものではない。これとおぼしいスポンサーの店におしかけて床を掃き、主人の車を洗ったりしてサービスにつとめる。そしてようやくせいぜい三万円くらいの注文にありつく。

新聞で開店広告を見て出かけると、各社からすでに五、六人が駆けつけているということはざらである。一日、市内を歩きまわって注文が一つもとれないこともあるのは珍しくはなかった。かと思えば午前中に二件も大口の依頼があっさりとれ、二時間で六十万円以上の広告をひきうけることになって、一か月分のノルマを果たすこともあった。

ノルマをこえた受注額の五パーセントが歩合として会社から五万円の固定給に上づみされる。だから今年五月ごろまで、海東が好調であった当時は、各月平均二百万の注文をとり、十二万円ていどの月収を得た。グラフのトップは社長である。二位はいつも海東だった。

それがつゆに入る前から目に見えて減って来た。外まわりをなまけたからである。律儀に一軒ずつめぼしいスポンサーをあたって行けば、どんなに悪い月でもノルマは果たせた。通りすがりに見つけた銭湯に入ったりして、午後はそうしてすごした。夜は女のアパートへ寄った。

赤い棒グラフは確実に低くなった。かろうじてノルマを維持できたのは以前のスポンサーがかれに声をかけてくれたためでもあり、またノルマくらいは働かなければ暮しがたたないという自覚があったからである。

「なあに、グラフには波があるものさ」

と初めの一か月はらいらくに笑ってみせた社長も六月七月八月とつづいて成績が減少するとついにたまりかねたらしい。予想していた愚痴であった。海東一人の業績がつねに他社員の二人分を上まわっていたのだった。かれがやる気を失えば、会社としてもかなりの減収になるのは当然だ。

この種の広告代理店は社員の交代がひんぱんである。半年もつとまれば長い方で、人によっては一週間だけ一日おきにふてくされた顔を朝礼に見せ、やがて消えてしまう。海東は〝Nヴィデオ広告社〃にはいって二年しかたたないが、その間、前の社員は次々とやめていったから今は内勤の企画部員を除けば社員としては最古参ということになる。

企画部員といっても高校卒の女子事務員が二人きりで、コピー年鑑と首っぴきでいい加減な文案を盗用するのが仕事なのであった。すこしでも単価を下げるために、社長はポスターのあるものについては週に一日をさいて海東に自宅勤務を命じ、かれのデザイン感覚が素人ばなれしていることをほめそやして版下絵を描かせた。専門のデザイナーをかかえた工芸社に発注するよりも安あがりになるからである。海東の仕上げた版下絵については固定給にいくらかプラスされている。

午前十一時、海東は海の見えるホテルのロビーにいた。約束の時刻である。

支配人があらわれ、先日はどうも、と挨拶して意味ありげに含み笑いをもらした。海東は相手のタバコにすばやくマッチの火をさしだした。

「あれからどうなりました」

あれからというと、と支配人はなおもうす笑いをうかべてきき返す。

「とぼけなくてもいいでしょう。今さらそんな」

ふっふと支配人はタバコの煙といっしょに低い笑い声を吐きだした。

「ひどい目にあったよ、いやまったく当節の若い女は」

「そうでもないでしょう、マネージャーは隅におけない人だから」

と海東はわけ知り顔に目配せする。

「なんだ、きみ知ってたのか」

「万事こちらは見通しなんですよ」

「きみにはかなわない。ところできょうは何か……」

支配人は姿勢をあらためた。二、三服すったタバコを灰皿にもみ消し、ゆるんだ表情も急にひきしめる。

「おたくの会社とうちは取引きがないし、残念ながら今のところわたしには何かしてやれることがない。うちのCMは一括してP広告にまかせてるから……でも九月からはわたしがチーフに昇格するから、そうなったら」

「おたくは北九州と関西方面にもここと同じようなビジネスホテルを経営しておられるでしょう。関西はさておき北九州のCMをやらしてくれませんか」

「北九州にもあんたの支店があるのかね」

「支店はありませんが、同業者に仲間がいます。つまりこちらの手の内を公開すればCMの注文を交換するだけのことです。その点、商売ですから」

「なるほど北九州のCMをここで出すのも一案だな。わたしだけでは決められないから、専務にも相談しなければならんし、P広の担当者とも話をつけなければ……」

「そこをなんとか」

海東は、そこをなんとか、と念を押してさりげなく話題をかえる。一昨夜、支配人と共に酒を飲んだバーの女たちについて相手の評価をひきだそうとする。自分の一存ではどうにもならないといってはいるものの、N市に三つあるビジネスホテルの実際の運営はこの支配人があたっていることは事前にしらべて確かめておいたことであった。

海東としても無駄な投資をするつもりはない。支配人のポケットに一昨夜すべりこませた現金入り封筒にはふれないように慎重に言葉をえらんで、それとなくタクシーでつれだした女のことを話に誘いこんだ。

「面白いアイデアだね」

支配人は新しいタバコに火をつけて会見の終りをほのめかし、海東を失望させることはないだろうと約束した。ちょっと思案して、午後二時までには返事ができるだろう、とつけ加える。海東は立ちあがって深々と一礼する。

「よろしくお願いします」

「会社に帰ってるかね」

「不在の場合は社長にでも」

「こちらこそよろしく頼むよ」

支配人はふたたびもとの意味ありげなうす笑いをうかべ、ひどい目にあったよ、と海東の耳に囁いた。海東は仕様がないというようなあいまいな追従笑いでこたえてロビーを出る。

とれた、という確信が生じた。背後で自動ドアがとじてからも五十メートルほどホテルを離れるまでは糊ではりつけたようなうす笑いが顔に残っていた。

プラタナスの木かげにたたずんで、ポケットから手帳を出した。支配人の名前に線を引く。この注文がとれれば三十万円はかたいところだ。北九州の広告代理店に勤める知人とは打合せずみである。双方が自分の街で代理しているビジネスホテルのＣＭを交換するという思いつきは海東のものであった。

これがうまくとれればノルマに達するばかりかその線をやや超えることにもなる。ポケットに手帳をしまうとき、かたい紙片にふれた。社長がくれた名刺である。スーパーマーケットの店長という肩書に印が押してある。歩きながらゆるゆるとそれを裂いてすてた。

成績の落ちた社員に自信を持たせるために社長がつかう手の一つである。自分の顔でとりつけたスポンサーを社員にひきあわせて注文をとらせる。海東は自分の能力を信じている。怠けて収入がへったのもみずからそうしてきたまでのことで、その気になりさえすればいつでも元の成績を回復できると思っている。

投げ矢の刺さった地図上の町を思いうかべた。Q町の十字路にダーツはあたったと思う。あの付近にはQというショッピング・センターがあった。ホテルの次に予定したレストランもその近くのはずだ。電車とバスをのりついでもたっぷり一時間はかかる。

海東は他の社員のように、そしてかれ自身もかつてはそうだったように軒並に商店へ駆けこんで注文をとることはやめていた。一日に五軒以内まわって、とれてもとれなくてもそれで一日の外まわりはやめということにしている。とれないからといってむやみに歩きまわっても心とからだが疲れるばかりということを経験によって学んでいた。投げ矢をほうるのは面白半分で、ダーツの刺さった所へ行くと決めているほどかれも物好きではない。ただ午前中に会社を出て人口四十万の市街へ大海のプランクトンさながら漂流するという思いには耐えられなかったから、あらかじめ出かける方角を占うにすぎなかった。

投げ矢の刺さった町へ足を向けるときもあり、向けないときもあった。他の社員であったら社長は投げ矢を許さなかったであろうが、海東は黙認されている。

かれは上着をぬぎ、ネクタイもはずした。坂道はなだらかな勾配をおびて海へくだっている。坂道に沿う煉瓦塀の向うに海がひろがっている。海は真上から照りつける日光を反射して平べったい水銀色に輝く。Ｋ商船のフェリイが、碇泊したタンカーの間をぬって港外へ出て行くところだ。航跡がまぶしいほどに白い。

港は鳥のくちばし状に深く湾入し、周囲をなだらかな山で囲まれている。海東が歩いているのはその南側の丘である。電車通りへおりるのに近道をえらんだ。

両側の軒が今にもくっつきそうなせまい路地へ折れる。石畳をしきつめた道はやわらかい灰褐色で、コンクリートのように靴で歩いてもからだの芯にひびかない。足に痛みが残っている今、道路の具合にかれは神経質になっていた。石畳の角はそこを踏んで通る人間の重さですりへって女の肩のようにまるい。

路地は迷路のように斜面を走り、石段があり小さな踊り場とも空地ともつかぬ広場があり、上り坂と下り坂が複雑な角度で交錯した。かなり歩いたつもりでふり返ると、ホテルのロビーから見えた木造洋館の廃屋がすぐ頭上の崖に傾いている。ジグザグの坂道をのぼりおりするうちにひとまわりして初めの路地とはほど遠くない地点に戻ってしまっていたのだ。

太陽は頭上で輝き、軒下に濃い影をおとしている。赤い縁取りをした白地に青く氷と染めた旗が揺れている家の前で立ちどまった。ところてんあります、と半紙に書いてガラス戸にはってある。ひるさがり、斜面の町は静かだ。

海東はこの一画へあまり足を向けたことがなかった。なれない町で、道すじも乱れていたせいか迷ってしまったが、自分が道に迷ったことをかすかに面白がっている。めったにないことなのでなおさらだ。この町から出られなくなったら面白いことになる、とふと思った。氷の旗をかかげた店に這入る。崖のはしにのりだすようにあぶなっかしく建てられた家である。床の割れ目から下の家が見えた。

老婆が手まわしの機械で氷をかいた。まるい鉄のハンドルをまわすと床が振動した。少女が円錐状にもりあがった氷にいちご色のシロップをふりかけて持ってくる。海東は氷のてっぺんにスプーンを刺して注意ぶかくすくいとった。

氷のかたまりがスプーンの上で崩れテーブルにこぼれてみるまに溶けた。赤い水たまりがひろがる。ハンケチでぬぐった。布が不吉な色に染まる。

歩道橋の下で自分ももしかしたらトラックに轢かれ、このように赤いものをアスファルトに溢れさせていたかもしれぬ、と海東は思った。巨大な重量あるものがのしかかろうとしたせつな、かれは恐怖よりも甘い解放感を覚えた。押しつぶされる、と思っておびえはしなかった。圧倒的な力で迫ってくるものを目の前にして苦痛を予感するよりも、これでいい、すべてはこれで暗い虚無の中へ消えてしまうのだ、と考えたようだ。

その感じは何かに似ていた。ずっと昔、そっくり同じ解放感を味わったような気がする。自殺への誘惑に近いがそれとは少し違う。かれは柔らかく溶けかかる氷をすくって口へ運ぶ。海東の唇がシロップの色で赤く染まる。あの感じ……甘美でいて痛切な哀しさをも含んだ感情、それが初めてではなくて一度そこを通りぬけて来たという確かな記憶がある。

今はぼんやりとしてつかみどころがない。しっかりと明瞭なかたちで反芻できないのがもどかしい。氷はすっかり溶けてガラス皿の底にたまっている。考えこんでいたので機械的に皿の赤い液体にさじを浸しては口へ運ぶことをくりかえしていた。

海東は金を払って出た。今度は迷わなかった。寄せ棟造りの赤い屋根を目じるしにして坂道をおりた。電車通りに面して建てられた褐色砂岩の建物は警察署だが、昔この一画が港市の外国人居留地にあてられていた当時は香港上海銀行の看板をかかげていたはずだ。

入港した外国人は旧税関前の埠頭に上陸し、近くのどぶ川に沿った外国人専用のホテル街に投宿する。七、八年前まで木造二階建ての洋館群が川のほとりに空家のまま打ちすてられてあった。窓の鎧戸は落ちて室内が見えた。バルコニーの手すりも倒れかかっていて、このあたりを通るといつも海東は華美な渦巻模様で飾られた欄干が日ごとに朽ちて行くのを目にしたものだ。

ホテル街の全盛期は明治末年ときいている。ふるい写真帳でかれはホテルの色褪せた写真を見た。シーサイド・ホテル、ホテル・ベルヴィユー、ニッポン・ホテル、ミナト・ホテル、ホテル・ド・フランスなどの写真は父が若い頃、建築家という仕事上の趣味と実益をかねて自分のカメラで撮影したものだ。かれは父のアルバムを整理しているとき、これらの写真を見つけた。

かつて香港上海銀行であった褐色砂岩の建物と並び、赤煉瓦造りの洋館が海に向ってたっている。海東はしばらく電車を待っていたが、この時刻、運転は間遠である。思い直して歩きだした。きょうの仕事は終ったようなものだ。P広告の仕事を横どりしたことになるが、以前はPにこちらの仕事も一度ならず奪われたことがある。おたがいさまなのだ。

海東は煉瓦塀に沿って歩いた。右側にスペイン領事館の跡がある。ここから海岸沿いにかつてはドイツ、アメリカ、ロシアの領事館がならんでいた。古風な植民地風の造りを持った船会社の商館もあった。イギリスの領事館は博物館に利用されているが、他はあらかたとりこわされてしまった。

海東は立ちどまる。旧ロシア領事館の前である。鉄扉には錠がかかっていた。建物は一度とりこわしにかかって中途でやめたらしい。鉄扉の間から中庭をのぞきこむ。夏草がしげっていて、草の間に崩れ残った壁の代赭色がすけて見える。

どこかで見た光景のようだ。夏草のはびこる荒れた庭。懐しさを伴う感情がかれの内部で揺れうごく。鉄扉の横に小さなくぐり戸があった。押してみると内側から何かでとめてあるが、かすかなたわみも感じられる。靴でけった。くぐり戸はあっさり内へ開き、かれは戸をけとばしたはずみで中庭へよろけこむ。錆びた針金がくぐり戸の握りに巻きついていた。かれのひとけりで針金はちぎれている。海東は盗人のようにうろたえて落着きなくあたりをうかがう。大急ぎでくぐり戸をとざし針金を巻きつけた。

草の底に煉瓦をしいた歩道がある。それをたどって正面玄関へむかう。ポーチは庭より一段高い。緑色に塗られた鎧戸にさわる。それはきしみながら開いて海東を迎えいれた。一階は石の床がむきだしで、ひやりとつめたい。澱んだ空気に埃の味がする。鎧戸の隙間からさしこむ日ざしが床にくっきりと縞目模様を織っている。闇に目が馴れて、二階へつづく階段を認めた。一段ずつ踏みしめてのぼった。

二階中央に小さなホールがあり、ホールを囲むように五、六室の部屋がある。闖入者の足痕が埃の上に乱れている。かれは中庭に張りだした回廊へ出た。足もとに廃園があった。タバコをくわえてマッチをする。汗で湿ったか火つきが悪い。

一本すって炎が燃えあがるまでさまざまに角度をかえて軸木をかたむける。小さな炎が尖端で心細く揺れたとき、そのまま消えるかと思われたが、軸頭を下にすると炎はじわりとふくれあがる。風はない。二階廊下にたたずんでいてさえ、むせかえるような草いきれが立ちのぼってくる。八月の光が旧ロシア領事館の中庭にみなぎった。ポーチの割れ目からアレチノギクのかたそうな茎が突きでている。ここには初めて来たのだが、と海東は思った。

（どこかで同じ光景を見たようだ。砂に埋もれた礎石、煉瓦の堆積、崩れおちた壁にはめこまれた鉄の環などがしきりに自分に囁きかける。どこかでわれわれは一度出会ったことがある、と）

かれは今朝、歩道橋の下でのしかかってきたトラックを見たときの甘い解放感を反芻した。廃墟の眺めはその甘美な陶酔のようなものとつながりがあると思われた。

かれは廃園が目醒めさせた記憶の残像をかきあつめ、自分の手で組立てるのに失敗した。その記憶がかれの中で息を吹きかえし、立ちあがるのをむなしく待った。きょうの予定をすっかり消化するよりも、夏の廃園を見て甦った記憶の中の影像を詳しく点検することの方がさしせまった一大事であるかのように感じられてくる。

二本目のタバコに火をつけた。中庭の一隅に地下室があったらしく地面が陥没し、丈の高いカヤがしげっている。石段が草の底へおりて凹地ではカヤの葉も濃い影をおびた。

（何だろう……）

海東はぼんやりととらえどころのないものが自分の中で身をもたげようとするのを覚えた。懐しさ、でもない。切なさ、といっても正確ではない。それらの感情が少しずつまざりあったもののようでもある。

階下へおりた。煉瓦塀の外へ出て元通りくぐり戸をしめる。かれを見た者はいない。額の汗が頬から顎をつたって流れおち、点々と舗道にしたたる。プラタナスの街路樹は分厚い埃を葉にまぶされて化石したように動かない。路面の照りかえしが顔に熱い。

電車のきしりが耐えがたく思われて裏通りへ折れた。船会社の倉庫がならぶ通りは影も深く、電車の噪音もかまびすしくはない。どぶの匂いがする。満潮の時刻だ。橋の中央で立ちどまった。川は居留地と新市街のほぼ境界を流れる。

海から逆流する水は墨汁さながら黒くにごり、密集した塵埃を漂わせてじわじわとせりあがってくるようである。黒い水にうかぶ廃油が虹色の光彩を放った。両岸の石垣も油で黒く染まり、石と石の隙間から重たげな水を吐いたりのみこんだりしている。

橋を渡って川沿いのせまい通りに入る。両側は川面にひしめくごみの群に似た酒場である。どぶの匂いにはすぐ馴れたが、風通しのわるいこの通りへ足を踏みこむと、鼻を刺すような嘔吐物の臭気に悩まされる。

髪をネッカチーフで包んだ女が棒たわしで酒場入口を洗っていた。女のわきをすりぬけて二階へのびている急な鉄製階段をあがる。踊り場でポケットの鍵をさぐっていると足元からネッカチーフの女が声をかけた。

「あんた、正子さんに御用?」

はれぼったい眼蓋をした二十代の女である。棒たわしをさげたまま、とがめるような目で見あげている。海東はうなずいて、そう、と答えた。

「おたく何する人、セールスか何か」

「ああ」

「彼女いないわよ、おつとめよ」

わかっている、といって鍵をさしこんだ。青地に白の水玉模様をちらしたカーテンを引いて窓をあける。目の前、手をのばすと届きそうな所に向う側の酒場があり、光のないネオン管が乾いた魚の腸のようにねじれてかかっている。台所と手洗いの窓も開放した。

冷蔵庫の罐ビールをとりだした。上半身裸になってベッドに腰をおろし罐ビールを飲んだ。どぶの匂いといっしょに魚を焼く煙が窓から流れこむ。飲みさしの罐ビールを手に立ちあがって冷蔵庫をあけた。中身をかきまわしていると、皿に盛ったチーズのスライスを見つけた。その一片は女の食べかけたものでくっきりと歯形がきざまれてある。異様なものをそれとは知らずにさわった思いで、その皿をあわてて冷蔵庫の奥深くつっこんだ。扉をいっぱいにあけておいて、裸の背をもたせかける。冷気が背中の皮膚に感じられたが、胸と腹は蒸しタオルをあてたようにあたたかく、二、三分後かれは冷蔵庫から離れた。昼間、女の部屋へ来たのは初めてだ。昼の光で見れば馴染みの部屋も別人の住居に感じられる。かれは洋風にしつらえられた六畳間をものめずらしげに見まわす。

窓ガラスにはナメクジの這った痕がある。天井には雨洩りがどす黒く滲んでいる。カーテンも色褪せて今にも脆く崩れそうだ。何かがビールの酔いをさまたげている。埃っぽい部屋の情景ではない。冷蔵庫から何気なくとりだした皿のチーズ、女の歯形がついた淡黄色の薄片。それがなまなましい肉感を印象づけた。海東はひるんだ。ビニール袋につめた野菜屑から甘ったるい腐敗臭が漂ってくる。かれは不機嫌な顔つきでベッドをおり女の机と向いあった。机の上に紙片があった。海東もよく知っているN市の商店名が一ダースほど書きつらねてあり、人名とアラビア数字が入り乱れている。商店と人名との間には縦横に鉛筆の線が引かれてあった。文字の余白に意味もなく描かれた大小の唐草模様に海東の目はうばわれた。会社はちがっているけれども、部屋の主人は海東と同じ仕事にたずさわっている。おそらく寝つかれない夜ふけに仕事の予定をあれこれと紙片に書きつけるうち、女の鉛筆が動いて文字の隙間にいたずら書きをした模様だろう。濃淡さまざまの渦巻がそのまま女の屈託をあらわしているかのように見えた。かれは眉間に縦じわを寄せて紙片をていねいに元の場所へおいた。

二段目の抽出にゴム輪をかけた手紙の束がある。かれはその中から差出人が自分の名になっている手紙をえらんで読みかえした。眉間の縦じわがますます深くなった。読んだものは束ねてゴム輪をかけ抽出にしまう。次に三面鏡の抽出と戸棚をしらべた。

何かを探そうとしているのではなかった。罐ビール二本分の不安定な酔いが海東の好奇心をさかんにしただけだ。のぞくべき所はのぞいてしまい、好奇心が満たされると妙にうつろな気持になり、女の使っている高価そうな化粧石鹼で手を洗った。

手を洗ったあと尿意を催した。便器の蓋をあけると底に黄色い水がたまっている。その水の上にかれは自分の尿をほとばしらせた。窓をしめカーテンを引く。ベッドカヴァーのしわも伸ばす。机に便箋をひらいて書きおきを残そうかと思案した。三十秒ほどペンをもって考えこんでいたが、やがて便箋をとじた。かれが女の部屋へ来たことはいずれわかるのだ。何も書くことはなかった。

ドアをあけて出ようとしたとき、小さな洋簞笥の上にある写真立てに気づいた。セピア色の古い印画紙である。手札判の大きさで人物肖像が楕円形にはめこまれてある。見なれない軍人のような制服に羽根飾りのついた帽子をかぶっている。古風な八字髭をたくわえたかっぷくの良い男である。胸には勲章がならんでいた。

「今朝、電話をしたヴィデオ広告の海東という者ですが」

かれは腰を折った。木屑のちらばった改築中の店である。工事をさしずしていた中年男がかれの名刺をとって、

「電話のあとで変だな、と思ったよ。うちがレストランに改造することをどうやって知ったんだい。広告はまだどこにも出していないんだが」

「蛇の道は何とかと申しまして」

と海東は陽気にもみ手をし、

「ほほう、これがカウンターでこちらが調理室、なるほど、うむ……」

と如才なく設計に感心したふりをした。

「きみ、カウンターはこっちだ」

とレストランの主人は訂正する。海東はうろたえて、そうか、そういえば店のこちら側にカウンターがあるのも変ですな、とあっさり打ちけす。

「新装開店といってもだな、電気工事の配線だって申しこんだばかりなんだし、きみ、すっかり片づくのは一か月ばかり先なんだぜ」

「一か月先、ええ、けっこうです、そのくらい時間をかけてじっくり準備をすれば、いいCMができますよ。テレビスポットはいかがでしょう、それとも」

海東はカウンターの木屑を払って料金表をひろげた。テレビは高いだろう、とおやじは渋い顔をする。

「効率という点で考えると安いものです」

「効率ねえ、おたくは放送関係しかやんないの」

「いや、とんでもない。電車、バスの中吊り、窓のシール、ステッカー、映画館、理髪店、待合室のポスター、何でもやります」

たてつづけにまくしたてた。

「この中吊り広告、B3のポスターというやつね、どのくらいの大きさだい」

「御覧に入れましょう」

アタッシェケースから見本用ポスターを出してひろげた。

「きみ、これっぽっちの大きさで四万五千円……たった五日間でこんなにとるのかい」

「二百枚刷りますから。このSというルートは環状線を五分おきにまわっていますから効果ありますよ」

「テレビよりもかね」

「テレビと同じくらいに」

「Rという路線が安いのはどうしてだい」

レストランの主人は電車、バスの運転系統図をさして説明を求めた。

「たしかにR番線は安くなっていまして、どなたもなぜだとおっしゃるんですが、レストランの広告ならS番線をぜひおすすめしたいですね。Rのルートですと料金も半額になりますが、これは市の繁華街へ買物に出る客よりも造船所の通勤者や競艇場へ行く客が利用するもので、運転回数もすくないし、それに通過する町が全部環状線の外側になるでしょう」

「集金はいつになる、きみが来るのか」

「もちろん広告を出したあとで社の業務の者がうかがいます。掲載状況をとった写真を持参します」

「S番線の中吊りにしよう」

「ありがとうございます、これにサインをお願いします」

手早く申込書を出した。中吊り広告を出す日どりはあとで指定するという。

「ポスターのデザインはどうなる」

「こちらにまかせていただければ」

「出す前に見せてくれるだろうな」

「あさってまでに社のデザイン担当の者がうかがいます」

カウンターにひろげた料金表と運転系統図をケースにしまって止金をかけた。大工たちにあれこれと注文をつけている主人に向って、店を出てからあらためてもう一度、深々と頭を下げた。キャバレー、スナック、レストランなどの注文をとるのは早い者勝ちである。二十社前後の広告代理業界で、料金はさほどちがわない。海東はN市の電気会社につとめている知人に金を支払って、配線工事の申請をした店をそのつどしらせてくれるように工作をした。きょうのような事例は成功したうちに入るだろう。いつもうまく行くとは限らないが、獲得率はこの工作で三倍以上になった。ちらしを見てからではおそすぎるのだ。


街角のタバコ屋でハイライトを買い、電話で早目にきょうの成績を報告した。レストランの名前と場所を告げ、開店予定日を教えた。ご苦労さま、と社長はねぎらって、

「たった今きみあてに電話があったよ、例のホテル」

「支配人でしょう、何ていってました」

すばやく腕時計を見た。二時の約束だった。まだ十五分ある。

「オーケーだって、そう言えばわかると向うはいったよ、何のことだい」

「オーケーといいましたか」

「それだけだった、詳しいことは会って話したいそうだ」

「支配人は十五秒のスポット、Aクラス三か月分についてオーケーだといったんです」

「あそこはP広だろう」

「それがどうしました」

「とにかくよくやった」

「ほかには」

「女の人から二回、いつもの声のようだった。伝言はない。それからキャンセルが一度、十日前にきみがとったレンタカーの壁面広告はおしゃやかになった。電話一本であっさりパアになっちまった」

「ひどい、これは……」

「そう怒るな、K企画に発注したデザイン料だけ赤字になった勘定だが、まあビジネスホテルの大口がとれたのはよかったじゃないか、がっかりすることはないよ、よくあることだからな」

受話器をおく音がした。海東も電話を切って手帳をとりだしページをくった。次にかける番号をさがしていると、後ろからつと他人の手がのびて電話機をはずした。若い男がのろのろとダイアルをまわしている。場所をゆずってかれは男の指先を眺めていた。

一一九、一一九……。海東はふりかえった。二十メートルほど向うにトラックが不自然な角度で停止している。

「十円玉を入れないとかからないよ」

海東が教えると、十円、とその男はおうむ返しにつぶやく。目がうつろである。硬貨をつまんだ手に赤いものがこびりついている。救急車が来た。

若い運転手はおびえた目をみはってサイレンのする方向を眺めた。海東は人だかりに近づいた。中央に一人の男がうつ伏せに倒れている。全体に平べったい感じである。中身を抜いたワラ人形を連想させた。男の長髪が乱れてアスファルトにひろがっている。つぶれたモーターバイクをまたいで救急車の係員が倒れた男の上にしゃがみ、乱れた髪をつかんでむぞうさに持ちあげようとした。顔はあお向けにならずに男の髪が頭蓋骨の断片と共にすぽりと抜けてとれた。

白衣の男は、あっ、と呻いて手に握った髪をはなした。アスファルトに黒々と乱れた男

そのものよりも不吉な感じがする。海東はさっきの公衆電話に戻って

手はたずねる。

「今どこからかけてるんですか」

「この前たのんどいた件は調べがつきましたか」

「一応はね、ちょうど良かった。わたしも仕事で同じ件を調べてるん

やって来ませんか。そこからすぐでしょう」

すぐ行く、と答えて電話を切った。受話器を握ったてのひらがねばついた。ハンケチに

て手をこすった。赤いしみは手の柔らかな皮膚にこびりつき、いっかな消えようとしない。海東

クシーの中でも皮膚が充血するほどに強く手の汚点を拭いとろうとしていた。

新聞社へ着いて知人に会うまえに洗面所で手を洗った。なまぬるい水道の水に浸して念入りに手の血痕をきよめると初めて人心地がついた。エレベーターで四階の編集室へあがる。学芸部の記者はソファにあぐらをかいてテープレコーダーを聴いていた。海東が近づくと顔をあげて、坐れというように目顔で椅子をさす。

テープレコーダーから単調な御詠歌風の歌が聞えてくる。しかし耳をすませていると、歌声は御詠歌の旋律とはちがった一種異様に哀切なひびきを帯びていることがわかった。

……むむ、むむ、前はなあ、泉やなあ、
　後ろは高きな岩なるやなあ、
　前もな後ろも潮であかするやなあ……

……むむ、かばねをば、中江の島にぞ埋めてぞなあ、世界の果てまで名をぞとどむるぞやなあ……

記者はレコーダーをとめた。スイッチを切りかえてリールを巻きもどし、ケースにおさめた。生月島、サン・ジュワン様の唄、と紙片に書いてケースにはった。

「お待たせしました、行きましょうか」

海東をうながして廊下に出る。

「今の歌は何ですか」

「あれ、隠れキリシタンの里を行く、という企画ものがありましてね、このまえわたしが苦労して録音して来たものですよ、殉教者をたたえたキリシタン音楽のようなんですがね、はっきりしたことは何もわからんのです、だいいち歌っている当の婆さんが意味を知らないんだから……さきはなあ、助かる道であるぞやなあ、むむ、参ろうやなあ、参ろうやなあ」

記者は奇妙な節まわしで唸りながら廊下を先に立って歩き、資料室と啓示された小部屋のドアをあけた。

「いやがる婆さんを拝み倒してあのオラショをやっとの思いでレコーダーに入れたら、他の班が担当した取材が甘くって記事になりやしない。そういうわけで来週またわたしは出かけて取材のやり直しです」

こまかく仕切った地図の棚が壁にならんでいる。海東は黒表紙の手帳をあけて自分の知りたい地名を告げた。記者は索引と首っぴきで棚の間をかきまわし、五、六枚の地図を引きぬいてテーブルにならべる。

「あんたに頼まれたときには気やすく引きうけたけれど、新聞屋というのは記事を書く以外に各種の雑用があるもので、今度の取材につかうのじゃなかったらとてもこんな七面倒くさい仕事は片づかなかったろうと思うんですよ、正直いうとね、だからちょうどよかった、いっしょに調べてみましょうや、すこし暗いみたいだなあ、悪いけれど壁のスイッチ全部おしてくれませんか」

海東は部屋の明りをみなつけた。

「なにせ半島の山の中でしょう、隠れているんだからへんぴな部落にはちがいない」

「生月島ではなかったんですか」

「いや、あのテープにはごたごたと詰めこんだものだから、半島の山奥に面白いネタがあるんですよ、とても日帰りでは無理ですな、市販の地図にものっていない部落でしてね」

記者は地図を指でたどりながらぶつぶつつぶやく。

「バスでどうやらここまで行けるんだが、この先が船でないと無理なんだなあ、そうだ、ちょうどいいや、あんた、わたしといっしょに来週出かけませんか、どうせ社のランドローバーを出すことになるだろうし、器材を積みこんでもあと一人くらい乗れますよ、半島の村に用があるんだったらその方が便利でしょう」

「日どりを決めていないし、それに行くとすれば一人で出かけるつもりなんで、おや」

海東は地図の一点に目をこらした。半島の二つの腹からおびただしい岬がバナナの房状に分岐し海へのびている。鳥の足に似た岬の裾に小さな入江があって、穀光浦という地名が小さな活字で印刷してある。かれは自分の手帳に記入した地名と見くらべ、記者にたずねた。

「ここへ行ったことは」

「どこ？　ええ、コツコンナね、何もない半農半漁の小さな村ですよ、芋焼酎とイワシが名物というだけで、そこがどうかしましたか」

「コツコンナ、ぼくはコクコウウラと読んで地図を調べていたんだった」

「面白い読み方でしょう、ね、苦労するんですわ、この半島の地名には。土地の故老が読む場合と活字とが一致しないものだから、県南、県北と大体似たような音韻変化をするのに、半島ではがらりと変って母音の発声まで他の地方とちがってくるんだ。訛がひどくてねえ、ほら、さっきの讃美歌が土地の発音じゃラオラテ、ドミノ、ゼンテラオラテてな歌い方で、それも元はラテン語にきまってるんだが原語には直せない。ラオラテはどうやらLAUDATEなんだろうけれどね、あとはもう何がなんだか」

海東は穀光浦という入江から半島の海岸線を指でなぞっていって、外海につきだした岬の突端でとめた。記者にたずねる。

「ここに騎士園というのがあるでしょう。カトリック系の修道院が。ここは隠れキリシタンと交渉はないのかな」

「イヨミズ、ボールトリ、コニヤコへリマスタ」

記者は頭を振って唸り声を出し、老婆のオラショを真似る。

「何ていってるんです」

「海東さんにもわれわれにもわからない。それと同じことでしてね。騎士園の人たちは隠れキリシタンをカトリックとは無関係な一種の土俗信仰と見なしているようですな。あなた騎士園に行ったことは」

　ない、と海東は答えた。友達がそこにいるんだが、ときかれもしないことをつけ加える。複雑な海岸線でふちどられた半島に大きな市街はない。ほどんど傾斜の急な山で占められ、山裾はわずかな幅の平地をもつか、切りたった崖となって海へ落ちこむ。記者は半島の突端を指でおさえて説明した。

「カトリックにもいろいろあるわけで、社会奉仕を重くみる派と、世俗をすてて修道院の勤めを重視する派と大別してこの二つらしいですな。岬の騎士園は病院をかかえてるからいわばこの両者をかねていることになりますね。去年の夏、取材をかねて足をのばしたことがありますよ、地の果てというか陸の孤島というか、やるせなくなるほど淋しい所でね、二日いたら気が狂いそうだった。ただ魚だけは生きがよくてうまかったな。そうだった、あなた昔の地名を調べるんでしたね」

　記者はさらに何枚かの地図を棚からぬきだした。〝地名索引〟と手書きのタイトルを付した綴込みをめくって、

「まず、どこですか、え？　小川原浦郷、あいうえおの、おが……と、あった、ほらおがわらと読むんですよ、この地名でEの八を見て下さい、のってるでしょう」

「次は小宮浦」

「こみやうら、と、かきくけこの、こみむと、こみやんなですな、小字小宮浦、穀光浦の北を見て下

さい、Ｆの五」

「鋤崎という村は」

「すきさきか、ええと、これはさしすのすきと、崎とあるからには海岸の一部にきまってるはずですがね、すくっきざきと書いてある、ほらそこ、Ｆの七、バスはそぎゃんとこまで走らんばい」

　記者は急に方言をつかった。

「膝行神」

「しっこうがみ？　何ですかそりゃあ」

　海東の手帳をのぞきこみ顔をしかめる。索引にはのっていないようだ。巻末につけ加えた別の付録のようなページをくって探したがそこにも見あたらない。神は崎のまちがいではないかとつぶやいてそれをあたったが予想の欄に記載されていない。

「これまでの所はみな海岸線を穀光浦から北にのびている入江付近の地点だから、その線で探してみたら」

　と記者は提案した。海東は等高線のこみいった水際をつぶさに点検した。鋤崎から五、六キロ内陸に入った峡谷の開口部に小さな集落があり、伊佐里上と読める。記者は、はて、とつぶやき、あわただしく索引をくってイ段にいざりがみという地名を探しだし黙って海東にかっこでくくったもう一つの地名を指でさし示した。膝行神の文字にいざりがみと仮名がふってあった。

海東は新聞社を出て港の方へ足を向けた。手帳にはいくつかあたってみなければならないスポンサーの住所が残っていたが、その気になれない。交叉点で信号がかわるのを待った。向う側にならんでいる歩行者の中にNヴィデオ広告の同僚がいるのに気づいた。相手は海東を認めていない。眉根をよせていらいらと信号機をにらんでいる。

Fというその男は入社して間もないが年齢は海東とあまりへだたりがない。すでに結婚していて子供が一人あるということだ。注文をとるのは下手だった。入社する前はキャバレーのボーイだったたという噂がある。本人はスナックを経営していてうまくゆかずにやめたと語ったそうだ。社長からはそう聞いている。広告代理店の営業部員にまともな男は一人としていない、と海東は思う。

信号が青になる。群衆が横断歩道に溢れだす。海東は一つの壁のようにせり出す歩行者の群へ立ちむかうつもりで進んだ。かれらは二本の脚で支えられた肉体ではなくて、一様にさっき事故現場で見た平べったいからだに変ってしまったもののように見え、風に吹きよせられでもしたようにふわふわと接近して来る砂をつめた袋のように歩行者は見えた。

砂の男、そう、お前も自分も砂の男だ。きみは砂の女、あなたは砂の老人、お前たちは砂の子供だ、とかれはつぶやいた。押し黙った群衆にまざり汗をしたたらせて歩いた。Ｆはわき目もふらずにすれちがった。この男は一度としてノルマの六十万円を達成したことがない。給料も四万円と少ししかないはずだ。どだい広告とりというがらではないのだというのが社内の評判である。他人に対してまともに口をきこうとするとにわかに赤面し、どもりが加わる。入社した月、二週間、海東は指導員としてＦに付添い、広告とりの初歩から教えてやったことがあった。

いくつか注文をくれそうな商店を紹介してやったこともある。Ｆは海東に感謝し、なにかにつけて恩に着ていると口走り、すべては海東のおかげだと事あるごとに大げさな言葉でありがたがった。そのくせ会社の慰安旅行でいちばん海東を手こずらせたのもＦである。酒を飲むとだんだん蒼白くなり、目をすえて海東につめより、お前の顔を見ていると虫唾が走ると言い放ち、ビールの残りをぶっかけた。Ｆはビール壜をふるって海東に殴りかかろうとし、同僚に抱きすくめられた。

翌朝、Ｆは見るもむざんにしょげかえっていた。前夜のことはまるっきり憶えていないというのだ。酔態を他人の口からきいて海東に詫びたが、海東にしてみればＦがアルコールの勢いをかりて虚勢を張った気持の動きはよくわかることなのであった。

会社ではつとめてＦと顔をあわせないようにした。慰安旅行の夜の事件とは関係なく、Ｆに対して本能的な嫌悪感がはたらく。おそらくＦも海東に対して同じ反撥感を持っているだろうとかれは想像する。稼ぎがすくないから陰気な仏頂面になるのは無理もないが、貧乏だからといって愚痴をこぼすほかに、卑屈になるのは許せないと思う。ところがある日、海東は偶然Fのアパートちかくを歩いていて、子供といっしょにいるFを見たことがある。会社で見るFとは印象がまるっきりちがっていた。

歩きながら背をかがめて手を引いた四、五歳の女の子に何か話してきかせている。目に父親らしい威厳と慈愛の色がうかび、卑屈でおどおどした物腰はどこにも感じられなかった。別人のようであった。Fと視線が合った。Fはごく自然にかるく手をあげて振った。海東もうなずきかえした。

街を歩くとき人ごみの中に海東は同業者の姿を発見することがある。いずれも申しあわせたように黒っぽいスーツを着こみ、同じ色のアタッシェケースをさげて、ネクタイだけが派手だ。どんなにこみあった雑踏にもまれていてもかれは広告とりたちを見わけることができた。海東が群衆の中に同類を発見するとき、相手もまた海東を仲間と認めているような気がする。

注文をとるために料理学校などの事務室をたずねると、すでに競争者が先に来ていて経営者と話している。海東は廊下で待たされることになる。ドアから出てくる先客の顔を見れば注文がとれたかどうか、おおよその見当はつく。つくりつけたような愛想笑いをうかべ、ドアのきわで二度三度、頭をさげている同業者の姿はそのまま海東の姿でもあった。

この仕事をいやな職業だと思ったことは一度もない。何かをして人は米と塩をあがなわなければならないのだし、そのためにはどんな仕事もえりごのみすることはないと考えている。ノルマを確保することは楽ではなかったが、仕事の性質上せまい社室内に拘束されるよりは、街路を一人で歩きまわれるのが良かった。黙々とすれちがう群衆の中に立ちまじっているのが海東の慰めだ。

終日、街を歩いていると、行きかう歩行者にも実に多種多様の顔があることに気づく。それは週に一度、土曜日か日曜日に気楽な給料とりとして街あるきを楽しんでいた時分にはまったく感じなかったことである。この職業にかわってから、海東は一見、無表情をよそおった通行人の顔の内側に、もう一つの顔がすけて見えるようになってきた。特殊な視力がそなわったようにも思われる。

街を埋めて歩く人間たちは無表情ではなかった。客と対座しているときよりもかれらは無防禦になり、あらわな素顔をさらしているようである。他人の目を意識するゆとりはない感じである。阿呆のようにだらしなく口もとをゆるめて歩く中年男、たえずひとりごとをつぶやく蓬髪の女、らんらんと目を輝かせ怒りに酔って歩く青年、苦悩の濃い翳りを頬におびた老人……

海東はだからこの街が一つの巨大な檻で、自分がすれちがう歩行者たちは檻にとじこめられた兇暴な獣であるかもしれぬ、と考えたことがある。また八月の太陽であぶられたフライパン、その中で右往左往する蟻の群をかれは思いうかべた。街の外へ出て行きたい、それも遠くへ、どこか田舎のような場所へ、といつのころからか、会社への行きかえりにこう思うようになった。

電車通りを横切って船会社の倉庫がならぶ一画にはいった。ふたたび熱い廃油の匂いが鼻孔をついた。石畳道に海からの微風が流れこみ、川のようにひたひたとかれを包んで過ぎる。

海東はある曲り角で立ちどまった。倉庫と倉庫の間にペンキの剝げた洋館がある。庭は中古車の置場になっており、建物はほとんど住む人もないようだ。洋館正面に小さな時計塔がそびえている。造られた当時は斬新な意匠であったらしいが、文字盤の数字はうすれ針も欠けおち、塔そのものがやや傾いている。海東は港へ行く途中わざと遠まわりしてこの洋館を見に来たのだった。

窓はあらかた十文字に板片が打ちつけてある。洋館の前は小さな郵便局、道路はそこで直角に折れて、つきあたり煉瓦塀の向うに教会の礼拝堂が見える。海東はつい先頃この一画を通りかかって木造洋館周辺のたたずまいに目をうばわれた。

かれが子供のとき、父が上海へ旅行した。父を見送りに港へ行った。母といっしょだった。客船デッキから手をふる父の姿は憶えている。記憶の絵ではパナマ帽に白麻の背広を着た父が、隣の同僚と何か話している。いつになったら自分の方を見てくれるのか、四歳の海東はしきりに気をもむ。

父と見送り人たちの間に五色の紙テープがわたされて、父はあいた方の手を振ったり、その手を口にあてて岸壁の見送り人たちに何やら叫んだりした。昭和十五、六年ごろテープを投げかわす習慣があったものかどうか、かれは知らないが記憶ではそうなった。かれはくるくると尾をひいて飛んで来る紙テープをつかもうと手をさしのべる。だれかが後ろでそれをつかむ。からっぽの手をあげて、かれもテープをつかんだふりをする。

上海航路の定期連絡船は七千トンくらいのはずだった。それほど大きい船ではないのに子供のかれには見あげるばかりの巨船で、甲板は高くそびえて見えた。波止場の光景の次に来るのは母に手をひかれてこの木造洋館の前を通りかかったときのことである。

(ここでおとなしく待ってるんですよ。おかあさんはすぐに戻りますからね)

と母はいい、郵便局裏手の小さな家へ消えた。海東は煉瓦塀によりかかって母が現れるのを待った。どのくらいそうしていたものか、教会の屋根が青銅でふかれ、鮮かな緑青をふいているのも見たと思う。木造洋館の時計塔は、そのころから針を失っていたようだ。

人影はなくて、ただ煉瓦塀の上から枝を伸ばした合歓の木が緑の葉をさわさわと鳴らしていたのを思いだす。記憶はそこで跡切れていて、母がふたたび姿を見せ家に帰った光景は欠落している。洋館のとざされた鉄扉のあたりで一人ぽつねんとたたずんでまわりを見ていたときのことだけが消えない印象となって残った。

それも大人になるとしだいに色褪せた影像となり、時の塵を厚くかぶった一枚の絵と化したようであった。ある日、面会を約束した泌尿器科の医院へ出かけた。電話で打合せた段階では気やすく注文をくれそうだったが、会って広告料を確認するだんになって渋り、とうとう次の機会に、ということになった。

入社して日が浅いころだった。一軒の交渉に失敗すると、がっかりして次へまわる気力をなくした。医院を出て、どこへ行くというあてもなくこの一画に踏みこみ、何気なく目をあげたとき、ふるびた時計塔を認めた。

海東が四歳のとき見た風景を、二十数年たって再発見したことになる。母と共に歩いた道が、母を待つあいだ一人で眺めた時計塔がそのまま同じかたちで目の前にあることにかれは動かされた。教会の銅板ぶきの屋根はちょうど少年のかれが見たように苔色の緑青をふいてにぶく輝いていた。

海東は上着をぬいで腕にかけ、ネクタイをゆるめた。かすかに痛む右足をひきずりながら木造洋館の前まで歩いた。

注意ぶかく見なれた建物を眺める。同じだ。いつもと変らない。淡い昂奮もかすかな胸のときめきも同じだ。しかし、それはきょう領事館の廃園で感じた動揺とはあきらかに異質のものだ。海東は二つのものを心の中でくらべるためにここへやって来たのだった。

時計塔のある洋館かいわいの風景と、領事館の廃墟で見たものとを比較して海東は求める答を得た。夏草のしげる庭はかれの二十歳につながっていた。どちらかといえば思いだしたくないものとして心の奥に押しこめていた過去の記憶である。北の方にある荒地で、かれは小銃と認識番号を与えられて生活していた。

けさ、トラックでひかれそうになったときおぼえた甘い陶酔と廃園の光景はかれの内部でつながり一つになった。トラックを前に海東は重苦しいものから解き放たれる歓びのごときものを感じた。ちょうど十九歳のかれが志願して書類に署名したときの気分と同じだ。N市でサラリーマン生活を送るようになってから、ながらくそのような破滅的感情とは縁がないつもりであったが、けさ歩道橋の下でふたたびあの頃と同じような生々しい感情を思いがけなく味わうことになった。

かれは北方の荒地に駐屯する部隊に配属された。

有刺鉄線の向うに砂鉄質の火山灰土が地平までひろがっていた。コンクリート滑走路が一台の飛行機も発着させることなく砂に埋もれていた。

滑走路の周辺砂丘地帯には飛行機の掩体壕が散らばり、対空機銃座も丘の斜面に残っていた。そのような光景はいつのまにか二十歳のかれが生きた生活にとけこみ、記憶の深い井戸に沈澱して、ふだんは意識にのぼることはないが、きょうの午後のように旧領事館の廃墟に接して息を吹きかえすことになったのだった。

自衛隊生活を忘れていたのではない。

それどころか海東はいくらか生活に気分的ゆとりも生じた今、十九歳の自分がなぜあのような職業をえらんだものか、そして十九歳から二十歳にかけてどのような生活を送ったものか、この日ごろしきりに想起しようとさえしていたのである。

真夜中、うなされて目醒める。

黒い隕石色の砂丘をさまよっている。部隊とはぐれたのだ。地平線に隊列を認めた。声をかぎりに叫ぶけれど、隊列は遠ざかるばかりだ。かれは追いつこうとして走る。砂は崩れやすい。斜面は踏みしめても滑りやすく、一足ごとに崩れて、アリジゴクの穴めいた凹地へずり落ちてしまう。砂はもがくほどに深くなり、足から腹、腹から胸へと達し、ついにはのどもとを圧迫して呼吸をさまたげる。

息苦しい悪夢から目醒め、しばらく暗い天井をみつめている。まもなく眠りにおちて次の夢を見る。

…………

干潟がある。

干潮時で海は沖へしりぞき、海獣の肌に似た灰褐色の軟泥がほの白い光を放つ。

その水際を歩く。

水たまりの各処に老婆の歯茎さながら黒い岩礁がのぞく。かれは水辺にうちあげられた漂着物をかきわけて失った小銃をさがす。流木の堆積はくつがえすのに重い。両手でしっかりと小銃をかかえた海東自身の屍体がある。なあんだ、お前は死んでいたのか、……かれは子供のように泣きじゃくり自分の屍体をかかえおこす。

海東はこのような夢にうなされて、平静でいることはできなかった。近づいて来る錯乱の不吉な予兆のごとく思われ、医師に会って不安を訴えた。

「疲れているのでしょう」

と医師は答え、寝る前に適量の酒をのむことをすすめた。

海東はおとなしく指示にしたがったが、悪夢にうなされる回数はへらなかった。医師は精神安定剤と睡眠薬を処方してくれた。ききめはなかった。

不眠の夜が明け、朝の光がさすと、かれはもうろうとした意識で苦痛からのがれるすべを思いついた。

当時の状況を微細に再現してみてはどうだろう。そうすれば自分の体験を客観化することができ、未整理のままに沈澱している粕のようなものを浄化できるだろう。

その結果、自分を苦しめる過去の重いかせをたち切ることができるだろう。

六か月かかってかれは仕事の暇に下級隊員としてすごした一年間の日常を百三十枚の原稿にしるした。昔のことは大半わすれていて具体的な影像を結ばない。

(あのノートさえあれば……)

自衛隊の講義から武器の諸元までメモするのにつかったノートが、今のアパートに越してきたとき、荷物の中にまぎれこんで見あたらない。

(困った……)

海東はノートに駐屯地生活のすべてを記録していたつもりであった。

不寝番当直の日割、中隊編成表、班員の姓名、駐屯地周辺の地形、部隊配置図、日々命令、休暇予定などの他に、毎日の些細な出来事もぬかりなく記入していた。

戸棚の奥、押入れの中をかきまわした。除隊した翌年には同僚の名前すら憶えていなかった。ましてあの頃、どのような思いで日々をすごしていたかは、その後の記憶と入りまじって正しく測定することができない。

海東の中に残っているのは、印象の断片である。同僚のふとした身ぶり、顔と声、基地の町を流れる川にかかった木橋、そこで雪の玉を投げあっていた黒人兵たち(駐屯地にはアメリカ空軍の通信隊基地がとなりあっていた)、アメリカ兵専用のダンスホールを改造しただだっぴろい喫茶店……

「あの生活……」

と海東は思う。自分は北海道の原野で何者だったのだろう。

書いてみたところでそれがつきとめられるとは思えなかったが、書かなければ気が休まらなかった。書きあげるまでにしばしば夢を見た。これは夢だな……と意識しながら、かれは町の木橋にさわっていた。町の路地にあのころと同じ娼婦たちがたたずんでいるのを見た。

同僚はまったくとしをとっていなかった。行きつけのラーメン屋の爺さんも健在だった。これらの人々を基地の町と砂丘の間に位置づけ、かれの生活の周辺にひろがっていた空と水の色を描写できれば、人生の一区切りがつくように思われた。夢でひんぱんに現れる同僚や娼婦たちから自由になり、新しい生活に踏みだすことができるだろう。

ノートなしでおぼろげな記憶をたよりに書いた労作はしかし完全な失敗だった。それは機械的に日常を記録しただけの味気ない散文にすぎなかった。

かれは原生林にたちこめる腐葉土の香りを、砂丘を吹く風を、湿原の澄みきった水たまりの色を、同僚の叫び声を、草の輝きを、文字で再現できなかったと知った。

かれが紙の上で会いたいと思った桃色の掌をもつ黒人兵はついに現れなかった。少女のような娼婦たちも生命のないむくろで、依然として過去の闇の底にひっそりとうずくまっただけだ。

——ここに自分の生活はない。

海東は百三十枚の原稿を屑籠の中にすてた。

かれはK商船の待合室にやって来た。

手帳をだして離島間連絡船の出入港時刻をメモする。待合室ベンチにかけて靴をぬぐ、うっ血して熱くなったふくらはぎを手のひらでこする。靴下の上から足をまさつする。そうするとからだの芯にまでたまった疲労がやわらぐように感じられる。

社長にさっき電話したとき、先日とったレンタカーの広告がキャンセルされたことをしらされた。とどのつまりきょうの成績はホテルの広告をかくとくした分でちょうどプラスマイナスゼロという計算である。レストランの車内中吊り広告があるけれど、これは金額としてわずかなものだ。

海東はベンチの上にあぐらをかき、せっせと足をさすった。そのとき自分の未来の生活をありありと見てとったように思った。

終日、黒いアタッシェケースをさげ、足を熱い血でふくらませて注文とりに歩きまわり、棒グラフの表を高くしたり低くしたりして、それで一生が終る。定着液にひたした印画紙にくっきりと鮮明な映像がうかびあがるのを見るように、かれは自分の将来の生活を目のあたりに見ることができたと思った。

（それだけか、とったりとられたり、月に一足ずつ靴をはきつぶして……）

かれはきょう二箱目のハイライトの封を切った。朝の事故以来、たちどまって考えなければならないことが沢山あるような気がする。それを考えるために来たのだった。午後の日は傾いた。改札口まで強い日ざしがのび、そこで動く人影を濃い逆光線できわだたせる。待合室も一つの街そのものだ、とかれは思った。靴をはき、紐を結び直して顔をあげた。

離島航路の連絡船が着いたところである。一団の旅客がめいめい風呂敷包みを背負って改札口を通りぬけようとしている。かれらは一様に荷の重さに耐えかねて背を曲げている。そうではなくて何か強い重力のようなものが、かれらを大地へ吸引しているようでもある。

太陽はかれらの背後に輝いていた。改札口の周辺で黒々と盛りあがった人の群は待合室の床に奇怪な長い影を曳いた。かれらは逆光を背にうけ、改札口をひしめいて抜けると膝をまげて大儀そうに自分自身のからだを引きずるように歩く。

海東は立ちあがった。かるく右足を引きずって待合室を出る。八月の日にあぶられたタールの匂いがかれを熱気の膜にとじこめた。

かれは岸壁を荷揚場の大型クレーンのある所まで歩いた。（これじゃあ仕様がない、まったくこんなことでは……）としきりにつぶやいている。しかし、自分で口にしているのに他人の声のようにひびく。

荷揚人足たちは倉庫の軒下に日ざしをさけ、肩当を枕に昼寝していた。ロープをくぐって浮き桟橋にとびおりた。纜をもやう丸い鉄の杭に腰をおろす。

岸壁からは静止しているように見えた浮き桟橋も、のりうつってみると波のうねりにしたがいゆっくりと上下しているのがわかる。そのリズムにからだをゆだねるのは快かった。うねりが桟橋を持ちあげるとき、かれのからだも上昇し、やわらかく重々しい海の力が優しくからだのすみずみにまで滲透するようである。かれは海のゆるやかな律動をからだでうけとめた。

「…………」

海東はふりむいた。倉庫の向うから一人の男が歩いてくる。厚い布を長方形に折り、裸の肩にあてた大男である。寝そべっていた男たちはあわてて起きあがった。陽灼けした皮膚とたくましい筋骨の持主は、岸壁の上から浮き桟橋の海東を認めてとがめるような一瞥を投げた。その男は五十歳くらいに見えた。神話に登場する巨人のように威風あたりを払う風情である。今朝、K商船の待合室でくどくどと愚痴をつぶやいていた老人と比較した。あの老人の臭い息を思いだした。

肩に厚い布をのせた老人は人足たちのかしらなのだろうか。その男は海東の讃嘆をまじえた視線をうけとめ、一瞬とまどったように見えたが、もう一度、人足たちを叱りとばすと、自分の荒い声音に照れでもしたように海東の方を向いて目尻に太いしわをよせて、大股に歩み去った。

(そうすると上海丸が接岸していたのはあの埠頭だな)

海東はゆるやかに上下する浮き桟橋の上で岸壁を眺めていた。四歳のかれが父に手をふった場所には木箱がうず高く積んである。父は一冊のアルバムを保存していた。屑屋に払いさげるために古雑誌を縄でくくっていると、それも同時に処分するつもりの土木工事専門書にはさまった父のアルバムに気づいたのだった。

厚い紙表紙には父の筆蹟で、〝上海事変戦蹟紀行〟とある。かれはアルバムをめくって時のたつのを忘れた。下町のアパートへ引っこす以前のことだから一年あまり前になる。戦災で海東は家財道具はもとよりアルバムその他もいっさい焼きつくされていたから、父が戦前のアルバムを持っているとは意外だった。

あとで、そのアルバムが焼失をまぬがれたのは、田舎にいる父の従弟が戦前に借りだしていたからだとわかった。

麻の背広を着た父がパナマ帽を粋な角度で頭にのせて五、六人の同僚とうつっている。背景は上海市内のトーチカである。地面をすれすれにうがたれた銃眼を仔細らしくのぞきこんでいる写真もあった。

銃眼の構造から見てもトーチカ壁の厚さは五十センチをこえそうだ。大小無数の弾痕であばたになったトーチカを背にタバコをくわえ、カメラの方を見ている父の顔は物見遊山者然として、いかにも屈託がない。

上海へ旅行したのは父の勤める会社がN市において発注された軍関係の土木工事をしばしば落札するようになり、資材購入に敏腕をふるった父に賞与の一つとしてゆるしたのだと後年、母からきいたことであった。旅行した年代から計算すると、父は三十代の終りか四十代はじめである。写真の父は若かった。仕立の良い背広をむぞうさに着こなし、細い金縁の眼鏡をかけて自信満々といった表情でトーチカを背に胸をそらしている。

まるで難攻不落の堅陣を自分一人の力で攻略して、たった今一番のりをしたところだ、とでもいいたげな得意満面の構えである。この頃がいってみれば父の全盛期であった。父にとって運命の星はこのときもっとも明るく輝いていたわけだ。戦後、独立して土木建築工事会社を経営するつもりで財産のすべてを投じて買いだめた鉄材、木材、セメント、各種工具類は二階建倉庫二棟分あった。

それらは一発の爆弾であっけなく灰になってしまった。家族が生きながらえただけでもひろいものであったが、軍隊から帰った父ははた目にもがっかりした。敗戦後のどさくさにつけこんであくどく儲けようというこんたんではなかったと思う。土建屋の直感から、このいくさによって街々が荒廃することを予想はしたものの、日本の敗戦にまで思い及ばなかったのは迂闊だった。

父の背骨を打ちくだいたのは何だろう、と海東は思う。財産をふいにしたのは程度の差こそあれ日本人の大部分である。中年男のあらかたはそこでしぶとく立ちあがり、無一文から産をなした。父は四十代なかばでまだ充分、気力も体力もおとろえていない年齢のはずである。にもかかわらず、父は復員して二年間、疎開先の家、妻の実家に坐りこんだまま、新聞を読むほかは二反にみたぬ畑を耕作するだけであった。

旧知の会社からいくつか誘いがあったけれども腰をあげなかった。父の顔が生色をおびるのは新聞を読んでマッカーサーの占領政策についての悪口をいうときくらいのものだ。敗戦はつまり父の内部で何か決定的なものをこわしたのだと海東は思う。父の中に通っていた一本の見えないバネのごときものを折ってしまったのだ。

この戦争はおそらく帝国の存亡を賭した戦いであったにとどまらず、明治三十七年うまれの一日本人の戦いでもあったわけだ。父も一人の忠勇な臣民として陸軍上等兵という役割以上に自分の戦いを戦って敗れたことになる。そうではなくて、たんに国家と国家の争闘に狩りだされたでくの坊にすぎなかったのならば、敗戦によって精神的に再起不能になるほどのいたでをうけるいわれはない。

ありがたいことだ、おやじは奴隷として戦場に引きずりだされたのではなく、人間として自己の信条の命じるままに義務を果たそうとしたのだ。父に倉庫二棟分の財産を与えた戦争が、同じ手でそれをとりあげただけの話だ。さしひきゼロという計算で帳尻はちゃんと合う。〝上海事変戦蹟紀行〟アルバムをめくりつつ海東は写真の中の父にこのような感想を語りかけた。父はまだ生きているのに、この写真集はあたかも父の形見であり、かれはその遺品を整理している息子になったような気がした。

海東は港を去った。駅前高架広場へ歩道橋をのぼる。鉄製手すりが熱い。日が傾き建物は濃く鋭い影をおびる。

橋の途中で立ちどまった。オレンジ色の夕日が街と車の群を照らした。

「…………」

海東はまわりを眺める。

どこかで蟬がないたようだ。電車のパンタグラフが青紫色の火花を発する。街路は車の噪音でいっぱいだ。

(幻聴にちがいない)

海東は高架広場を横切って歩道橋を一段ずつ踏みしめておりた。右足の刺すような痛みに顔がゆがんだ。短いなき声ではあったがかれにはまぎれもなく蟬の声だと思われた。夕刻、地鳴りに似た都会の音をつらぬいて、一声、澄みきった蟬の声を耳にした。

前方に工事中の足場をくんだ高層建築がある。鉄骨の赤い塗料が夕日に映えて鮮かだ。街路にはもう薄闇がたまりはじめた。高い工事現場にはまだ夕日が明るい。

(あそこには風もあるだろうな)

海東は見るともなく工事中の建築を仰いで歩いた。舗道にたちこめた熱気が耐えがたく思われる。

(七時くらい、か)

一人の男が空中につきでた鉄骨の尖端に身を支えて隣の足場へ移ろうとしている。海東は前から来た一組の男女とぶつかってふらついた。次に目をあげてさっきの場所を見たとき、男の姿はなかった。男は腕を左右にひらき、鳥のようにばたつかせた。そのからだはすぐに鉄骨を包んだ幕のかげに消えた。

遠くから眺めたせいか、落下速度はゆるやかで、一匹のクモがしずかに糸を引いて下降する、そんな感じだった。(あ、落ちる) 海東は口をあけて男を見ていた。

その墜落を目撃した者はかれの周囲に一人としていないようだ。市電がきしる。警笛が鳴る。にぎやかな女の笑い声が近づく。(あの高さでは助からないな) 海東は汗をぬぐって歩きだす。そのときまたかすかに蟬の声をきいたように思った。

病院の事務室にはだれもいない。控室もからである。海東は西日のさす廊下にたたずんで看護婦を待った。汗が滲んだ。たまりかねて廊下と控室の間をうろついていると、五、六冊の週刊誌をかかえた看護婦が階段をおりてくるのに出会った。

「きょうの診療は終りましたけど」

むくんだ黄色い皮膚である。大柄なからだの線がそのままあらわれた白衣の裾を安全ピンで留めていた。かれの視線を意識してか、看護婦は胸もとをかきあわせた。海東は病院からのハガキをさしだした。

「こちらから呼出しがあったんで」

「きょうと指定してありますか」

看護婦はハガキをひったくって読んだ。

「いらっしゃるならちゃんと時間内においで下さらなければ困ります」

「すみません」

「当直のドクターを呼びますから」

事務室で父の入院費を払った。病院売店でまかなう日用品の代金である。会計係が帰っているからと渋る看護婦に懇願して帳簿を出させた。海東という氏名のページを開くと納入した金額が記してある。きょう、五千円をだれかが納めている。海東はその数字をさして看護婦にたずねた。

「この金はだれが入れたんですか」

「ああ、どなたですかしらねえ、あたしは係じゃないといったでしょ、それにこの帳簿には日付と金額を記入しても納金者の氏名は書く必要がありませんしね」

「領収証の控えがあるでしょう、どこかに」

「あたしに探せとおっしゃるんですか、どこにあるかわかるわけないでしょう」

海東は用意して来た金を納めた。看護婦は面会許可証の裏に領収印を押してよこした。廊下は西日で明るい。キャンヴァスチェアを一列にならべて、患者たちが壁を背に腰かけている。前を通りすぎる海東をみつめる。

かれは廊下の患者たちのしつこい視線にさらされる。夕日の輝きわたる海を航行する客船を想像した。巨船の豪華のプロムナード・デッキを散策する旅行者の群。つかのま、これらの病める人々がデッキチェアにくつろいだ船客のように思われた。病気の暗い翳りさえも夕日の黄金食がぬぐいとったようである。

「海東さん……」

後ろから医師が声をかけた。レントゲン写真を指でつまんでひらひらさせている。二人は階段の途中で話した。黒に灰色がまだらになったネガを窓の西日にかざして、医師は海東に父の病気の進行状況を説明し、覚悟しておいてもらいたい、と念を押した。

父の病室をのぞきこむ。五人の患者がいっせいにドアの方をむいて海東に注目した。父の姿はない。隣のベッドであぐらをかいていた老人が、海東さんの息子さんだね、と声をかけた。

「おやじさんは手洗いだよ、中に入りなさい。あ、ドアはあけたままで、風を入れてるんだから」

老人は浴衣の胸をくつろげて、赫くやけた胸を指で掻いた。海東は父のベッドに浅くかけた。窓から海が見える。病院は街はずれの台地にあって、工場煤煙もさほどではない。

くすんだ工場の屋根に手のひらほどの海に切りとられている。（あの海を……）と海東は思った。

（父はあのちっぽけな海を朝夕眺めているわけだ）

「おお」

父の声がした。息子はふり返った。数週間会わないうちに、父は痩せてひとまわり小さくなっていた。

「よく来た」

といってベッドによじのぼり、そわそわとあたりを見まわす。目をしきりに瞬かせて、このごろ、どうしてる、と息子にたずねる。

「ええ、まあ、どうにか」

かれは父親から目をそらして早口で答えた。

「そうか、それは良かった」

父はとがった顎を上下にせわしなく動かした。海東は紙袋の壜をテーブルにおいた。

「これ、食べて下さい」

病院近くの食料品店で買った海苔のつくだ煮である。二人の様子を面白そうに見物していた隣の老人が叫ぶ。

「こうして見ると、あんた達そっくりだねえ」

海東は赤面した。隣の老人は感じ入った表情でつづける。

「きょう見えた上の息子さんよりもあんたの方がおやじさん似だね」

海東は暇をもてあましているらしい隣の老人が不意に憎くなった。父にたずねた。

「兄さんがきょう来たんですか」

「うん」

五千円払ったのは誰であるかがわかった。海東は二年前、兄と二人して父の病院へ来たことがあった。父は兄弟を認めてがばと身をおこした。喜色満面という顔つきで兄の両手を握り幾度も幾度も打ちふった。兄は笑いながら父の背をかるくたたいた。海東は兄に嫉妬した。

父には昔から妙な癖がある。面とむかって海東と話すときは、きまって目をとじるかあらぬ方を見ている。

息子が父の顔から目をそらすとはじめてうす目をあけてじっとかれをみつめる。海東が隣の陽気な患者と二言三言ことばをかわしているとき、父はかれの横顔をまじまじと注視していたようである。それはまるで（ここにいる若い男、これは自分の息子だといっているが本当にそうだろうか。ことを荒立てたくないから相槌を打ってはいるがまったく信じられないことだ）と肚の中で頭をふっているような顔つきだ。

息子が父にむき直ると父はさっと目をとじた。同僚の噂では父は会社で仕事中は饒舌であったそうだが、帰宅するとおし黙って家族との間に新聞の垣をつくり、黙々と食事をすませるのがきまりであった。海東は父と膝をまじえて語ったことがない。向いあっているとしだいに顔が赫くなる。父もかれに対して口をきかない。それも「ああ」とか「いや」という程度の短い唸り声だ。

一度だけまっとうな口をきいたことがあった。かれが小学生のころである。喧嘩にまけて逃げかえった息子に対して、（卑怯者、ぶった斬るぞ）と喚いた。よほどそのときは虫の居どころが悪かったらしい。いま思えば、父はあの当時まだ若かった。激昂した父は颯爽としているように見えた。

これがおやじだろうか、と子供ごころに海東は唖然としたものだ。怒ってはいても新聞にしがみついて占領軍の悪口をいうだけが能のような日ごろの不景気な父を見なれた目には、こちらの父がどんなにかましであるか知れなかった。

男子たる者は、と父は後日いったものだ、はずかしめをうけてはならん。父は男のもつべき古典的徳性について酒の勢いをかりて訓戒をたれた。子供のかれは時代おくれの父をずいぶん恨んだことであった。（ぶった斬るぞ）とはいささか穏やかでない。

——老兵は死なず、ただ消え去るのみ——

といったかつての占領軍司令官の言葉を父は客にむかって何度も引用したことがあった。田舎に逼塞した父を新しい会社へ誘いに来たかつての同僚に対してである。その気取った声明はよほど父の気に入ったとみえる。してみれば、と海東は思うのだ。父が敗戦直後、財を失ってことごとく不如意をかこっていた当時、おりにふれて罵倒したアメリカの老将軍を、その尊大さと傲慢さゆえに、もしかしたら父はひそかに愛していたのかもしれない、と。

「食事はどうですか、すすみますか」

「え、何だって」

父は大声でき返した。ストレプトマイシンの副作用で耳が遠くなっている。息子は同じ質問をくり返した。

「食事か、うん、もうすんだ」

「この暑さだからねえ」

隣の老人がわりこんだ。

「食欲はまあふつうというところじゃないかねえ、げんにこのわしなんか……」

息子が父にタバコをすすめ、マッチをさがしていると、父はばたばたと手を動かしてサイドテーブルの上をかきまわし自分のマッチをすって火をつけた。まるで息子に火をつけてもらうのを怖れてでもいるかのように。

「庭に出ませんか」

海東は父を促した。西日の充満する部屋は暑い。クレゾール液のきつい匂いも加わってタバコの味すらしない。中庭の一隅に古いあずまやがある。この病院も昔の外国人商館を改造したものだ。あずまやのベンチには凝った唐草模様の手すりがついていた。

目の前に港が見える。碇泊した船が赤い灯をともしはじめた。空にはまだ萌黄色の光が残っていた。港の水辺にはおびただしい燈火が輝いている。対岸の造船所で熔接の白い火がきらめいた。

夏の宵、厚い大気をへだてて眺めると、熔接の火花は新しい星のようにゆれうごき、ふくれあがるかと思えばまたちぢんだ。

「みんな、うまくやってるか」

父は息子たちの消息をたずねる。

「うまくやってるようです、僕もだいぶ会わないけれど」

「和弘はどこにいる、勝利は元気だろうか」

「あいつ東京へ行ってから手紙をめったによこさないんでよくわからないけれど、なんでもカメラマンのアシスタントをつとめているようです」

「写真屋になるのか」

「昔の写真屋とはちがうんですよ」

末の弟が気質の上から父と一番よく似ているかもしれない。新しい流行に敏感で、仕事をかえては失敗ばかりしている。新しがり屋という性癖は父親ゆずりで、父についていえば戦前から仮名づかいの問題に凝ったあげく、ローマ字の熱心な研究者になった。土建屋の道楽としては女あそびよりもたちがいいかもしれない。

父の考案した海東式表記法によるローマ字文を見て、息子は思う。これは落魄のかたちだ、人生の敗北がローマ字のかたちになってここに現れている、と。

父は病院から息子たちにあてたハガキにもローマ字文を用いたが、子供たちの書くものにまで干渉することはなかった。

「みんなどうにかやってるようなら結構だ、ところで医者は何かいわなかったか」

「いいえ」

「わたしのことで心配することはない」

「ええ」

「お前は自分の生活についてだね、これから先どういう見通しというか、そのう、展望というか……」

またしても〝展望〟である。社長も来月の展望を海東にただした。かれは濃い藍にたそがれた港を眺めた。造船所ドックで白い焔がさっきよりも鋭い火花をきらめかせた。

「こないだまで隣のベッドにいた愉快な爺さんはどうしました。ほら、手品がとてもうまかった人」

「死んだ」

父はあっさりいった。部屋を移っただけとでもいうように淡々と、死んだ、といったので息子の方がかえってどぎまぎしてしまう。

「わたしはこのごろからだの調子がいいようで、食欲も出てきてね、こっそり体操などしているよ」

「それは良かったですねえ」

父は手にとまった蚊をたたいた。指でつまんで蚊の死骸をつぶさに眺めてすてる。

「どんな体操なんですか」

「静息法といってヨガの一種なんだ、ベッドの上でも出来る楽なものだ」

「医者は何もいいませんか」

「見つからないようにしてるさ」

父はしてやったりというような微笑をうかべた。

「何かといえば薬ばかりのませおって、一日にのむ分が両手にいっぱいだ。わたしはのまん。のむふりをして便所に流してしまう。わたしの耳が遠くなったのも抗生物質のせいだからな」

「しかし」

「薬をやめてからだの調子がよくなった。それがりっぱな証拠だ」

「医者は……」

「首をかしげてるよ、はっは」

「海東さあん」

看護婦が病棟の窓から身をのりだして叫んだ。海東は父のからだをかかえるようにして病棟へ戻った。父は骨だけの凧のように軽い。

「いけませんねえ、安静時間に庭へ出たりして」

「こちらは新しい婦長さんだ。お世話になっている」

海東は挨拶した。父はベッドに横たわって薄い胸を喘がせた。苦しそうな咳もする。かれは父に別れを告げた。

廊下で婦長に追いついて、父が服薬するときは傍で確認してくれるようにたのんだ。病院を出ると街まではゆるい下り坂である。両側の高い煉瓦塀からクスノキの枝が張りだし石畳道にアーチ状にかぶさっている。街燈のまわりでクスの葉が青緑色の暈をかけたように輝く。

「あんたのおやじさんは葉桜が好きだった」と父の旧友がいった。五月、そろそろ街あるきが汗ばむ頃だった。ある日、アパートの入口に見なれない老人がたたずんでいた。

「あんたが海東君の息子さんかね」

ときき、西村という者です、と鳥打帽子をとって自己紹介をする。乱雑にちらかった部屋と海東の顔を交互に見くらべて、

「わしはおやじさんと小学校からの友達で、ずっと関東方面にいてね、三十年ぶりにこちらへ帰って来たんだよ、おやじさんはどこ」

「父は入院中なんです」

それは困った、という表情で、

「実はねえ、ついせんだって昔の生き残りがあつまって久しぶりに同窓会をやろうということになってわしが幹事をひきうけたもんだから誘いに来たわけなんだが、そうか、病気じゃあねえ、で、病院はどちらに」

海東は病院の名前を答えた。

「あんたが海東君の長男かな」

「次男です」

「お仕事中のようですな」

「ええ、まあ」

海東は電車中吊りポスターの版下絵を描いていた。週に一度の自宅勤務日であった。

「この土地もずいぶん変りましたなあ、わしは帰ったばかりで地理がさっぱりわからん、もしさしつかえなかったらわしの車にのっておやじさんの病院まで案内してもらえないかな」

気はすすまなかったがいかにも人の好さそうなあから顔に微笑をたたえてたのむ老人にいやだとはいえなかった。

「ちょっと待ってくれますか、きょうの締切り時間までに届ける版下を大急ぎで仕上げてしまいますから。どうぞこちらへ」

海東は客を六畳の部屋へ招き入れた。西村老人のからだからアルコールが匂った。

「ほう」

不意の客はものめずらしげに仕事机をのぞきこむ。

「あんた、絵かきさんですか」

「あと十分で出来あがります。電車やバスのなかでよくこんなポスターを見かけるでしょう」

西村老人は鼻を鳴らして部屋の空気をかいだ。製図用インクや修正用シンナーの匂いがこもっている。客はタバコをくゆらし海東の横顔をみつめて、

「あんた、海東君の若いころとそっくりだねえ」

「そうですか」

海東はカラスグサを持った手を休めずに机に顔を伏せたまま相槌をうつ。

「あんたを探しだすまでが大変だったよ。海東君の消息を知っとる者がいなくてねえ、なにしろこのとしになると、昔の仲間はばたばた死んじまって、残った連中だって世間の情勢とは没交渉にくらしてるのが多いからねえ、ようやく息子さんが、つまりあんたが印刷関係の、え？　広告代理店、そうかね、ま、そんな仕事をしてここらに住んでると知合いからきいて、あちこちたずねまわって辿りついたわけ、うん、とにかく何だな、海東君が生きてるときいてわしはうれしいよ」

西村老人はしきりに良かったとくり返し、それから語調をあらためて、

「こういうのもなんだが、おやじさんが入院してるとあんたも何かと大変でしょうな、まだおひとりのようだが」

海東は描きあげた版下絵のインクをヒーターでかわかした。

「おやじさんの具合はどうかね」

「何分としですから。胃と肝臓もかなり弱ってるようです。でも日常のふるまいにさしさわりはないんで、気持はいつまでも若いつもりでいるらしいんですよ、父は」

「そうか、わしは胸が悪いときいて寝たきりの重病人かと思ったよ」

西村老人は重々しくうなずいた。海東はアパートを出た。途中、印刷所に寄って版下絵をいつもの係に渡し、レイアウトと色彩を指定した。それにやや時間をとられた。西村老人はまだかという顔で打合せの場をのぞきに来た。外へ出て、バイパスへまわった方が近いでしょう、というと、

「バイパス?」

老人はけげんな面持である。今年一月に通じた新しい迂回路を帰郷者は知らない。

「父と同じおとしには見えませんね」

海東はかくしゃくたる西村老人に話しかけた。

「うん、このとしになるまでわしは風邪ひとつひいたことがないからね、かくべつ健康に留意したのでもないのにな」

わが意を得たといわんばかりに老人は笑みをうかべ、

「わしは海東君と学校時代はもちろん、現役、予備役、後備役と兵隊もずっといっしょだったんだよ。どういうめぐり合わせかねえ。戦後、わしがこの土地を出てから御無沙汰しとったが、関東方面でたまたま昔の仲間と一杯やる機会があればいつもきまって海東君の噂が出たもんだよ」

西村老人は車を運転しながら海東に目をやって、「あんた、似とるのう」とつぶやく。かれはそれ

どころではなかった。真正面からやって来るダンプカーへ吸いよせられるように二人の小型トラックは近づくのだ。はらはらしていると危ういところで老人はハンドルを切った。

海東は車の窓ガラスをおろした。五月の風が吹きこんで来た。アスファルトに陽炎がゆらめいており、青葉の香りも爽やかである。

しかし明るい街のたたずまいとは対照的に海東の心は沈みきっていた。父といさかいをした。一足の靴がそのもとである。いさかいともいえぬいさかいで、父にしてみれば何でもなかったことかもしれない。別だん口論をしたわけではない。それでも再会することは気がすすまなかった。

そのころ、父はわりあいに元気で一週間に一度、ぶらりと病院をぬけだし、海東のアパートへやって来た。息子がいないときは管理人にドアをあけてもらって部屋へあがりこみ、自分で茶を淹れたり新聞を読んだりする。帰りには週刊誌を数冊かかえて去る。それがきまりだった。

あるとき、海東が帰宅すると、父のサンダルが入口に脱ぎすててあり、かわりに海東の黒靴が消えていた。サンダルは病院では履きやすいだろうが、数キロの道をバスを乗りついでやって来るのにはやはり不便なのだろう。しかし黒靴は海東のはきもののうちで稀にしか履かないとっておきの靴であった。一週間後、海東がアパートにいて版下絵を描いていると父が来た。

書類と週刊誌を風呂敷で包んで帰るおり、海東は黒靴を返してくれるようにたのみ、かわりに茶色の靴を出した。

「そうか、うん、それは知らなかった」

父はあっさり承知して、少し古くなった茶色の靴をはいた。うずくまって靴紐を結び、大儀そうに身をおこした。小首をかしげて考えこむような表情である。

「どうかしたの」

と海東はいった。父は黙って茶色の靴を見おろしていたが、履き心地をためすかのようにかるく足踏みした。それから右足を引きずってアパートを出て行った。父の様子で気になることがあった。心の中にひっかかっているものがあったが、その後、版下絵に没頭していたのですてておかれ、靴のことをもう一度考えたのは翌朝、靴の棚をあけたときである。

「もしかしたらあの靴を……」

急に胸さわぎがして棚の中をかきまわした。茶色の靴は二足あった。底のかかとにあたる部分に一足は釘が出ている。同じ形と色だったから海東はうっかりして父に釘の出ている方を与えてしまった。そうすると父は靴をはいて足踏みしていたとき、かかとに尖ったものを刺していたことになる。かれは安全な方の靴を持って病院へ行き釘の出た靴とかえた。

「そうか」

と父はいったきりだ。

海東は茶色の靴をしらべた。かかとに黒い底釘が露出していて、そのまわりに血の滲んだ痕があった。

父はいつまでも自分をゆるさないだろう、と海東は思った。本当に自分は靴をまちがえて渡したのだろうか。無意識のうちに父を傷つけようとする意志が働いて釘の出た靴をえらんだのではないだろうか、と思うと海東の心は晴れなかった。

父は靴をとりかえた日をさかいに日ごとに衰弱して外出も禁じられた。週刊誌を読む興味すら失って、病院のベッドに力なく横たわった父を想像すると、かれは庭にうずくまって蝿を追う気力もなくした老犬を連想してしまう。そしてそのようなものを連想する自分の冷酷さをも充分ににがにがしく思っていた。

靴をとりかえにあたふたとかけつけたとき、父は横をむいてあいまいなうす笑いをうかべたようであった。かんちがいの事情を説明したのだから、納得したらどうして男らしく呵々大笑してくれないのか、海東は肚をたて、あまつさえ父を憎んだ。そうしていつか海東は父が息子に対して一度たりとも正面きって莞爾とした微笑を洩らすこともなく永久に去って行くだろうと信じたのだった。

「このあたりはあまり変っとらんなあ」

二人の小型トラックは自衛隊駐屯地にさしかかった。西村老人は金網塀に沿った細い道に車をのりいれた。

「わしらは四十年以上も前にここで初年兵教育をうけたんだよ。入営したころ兵舎のまわりに桜が咲いとってのう、満開の桜の下でわしらは一人ずつ記念写真をとったもんだった」

徐行するトラックから見たところでは、桜は枯れてしまったか一本もなかった。

「海東君とわしはがきの頃から何かと気が合うて、桜といえば、あんた、花ざかりを愛《め》でるものときまっとるのに、わしら二人は花が散っていちめんに葉がしげるころの、何というかいかにも青葉しげれる、という風情が好きだった。若さというのは面白いものさ。そんなどうということのない好みが一致しただけで、たわいなく友情が深まるように感じられてね、たまの日曜日に外出して他の兵隊が酒場だの女郎屋だのに駆けつけるのに、はっは、わしら二人は城跡の大きな葉桜の下に寝ころんでとりとめのない話をしていた。あの頃、わしらは若かった」

「へえ……」

海東は間の抜けた返事をした。やや意外だった。父が葉桜について語ることはおろか自分自身についてもいっさい沈黙を守っていただけに、こうして他人の口から若い父のエピソードをきくのは珍しかった。

西村老人があぶなっかしい手つきで運転する小型トラックの窓から、海東はまぶしい気持で五月の街を眺めた。家々に鯉のぼりがひるがえり、からからと矢車が鳴っている。父にも若い日があったということは考えるまでもなく当り前のことである。葉の桜は海東も好きだ。桜の花びらの垢じみた白さが厭で、青葉ばかりのたたずまいをよしとする気持はかれにもある。

花びらが嫌いというより、桜が咲きそろうころのうっとうしいけだるさが肌に合わないのかもしれない。海東も高校生時代、父のようにしばしば城跡へ出かけ、桜の老木のかげに寝そべって、青葉の層をすかして光り輝く五月の太陽をみつめ、時のたつのを忘れたことがあった。

父が生きてきた六十有余年という歳月のある箇所に一本の葉桜がそびえ、過去という闇にとざされた空間に青緑色のほのかな光をはなっている……そんな光景を息子は思い描いた。

しかし、いったん明るくなりかけた海東の心は病院の庶務課長の顔を思い出すとたちまち暗くなった。この三か月、病院代を滞納している。それが十万円にはなるだろう。父には身のまわりの日用品をまかなう小銭しか渡していない。かれの収入はそのころ月に十万円をくだることはなかったが、それだけの収入を得るために費やす金がすくなくなかった。

海東はその夜あるキャバレーの支配人に渡すはずのリベートを用意していたのを思いだした。三か月分のテレビ・スポットをもらうかわりに歩合の半分を謝礼として支配人に渡す約束だった。それをズボンのポケットに入れていた。

海東がポケットごしに金を撫でて思案していると、西村老人は急ブレーキをかけた。かれは前にのめってすんでのところでフロントガラスに頭をつっこむところだった。老人は目をとじてハンドルに上体をもたせかけ、一心に何かを聴きとろうとしている。

「しいーっ」

海東が口を開こうとすると老人は唇に指をあてた。

「聞えてくる……ほら、聞えてくる、たしかにあの音は……」

海東も耳をそばだてた。聞えてくるのは車の行きかう音のほかは、鯉のぼりのはためく気配、矢車の回転する響きばかりだ。しかしさらにそのまま息をこらしていると、どこかずっと遠くの方でホイッスルが鳴り、一、二、……一、二、という号令がかすかに伝わって来た。

「な、聞えるだろう」

西村老人は声をはずませて目配せした。そのとき海東は聴いた。人声やホイッスルよりももっと遠くからかすかにラッパの音が風にのって跡切れ跡切れに流れてくる。二人はトラックをおりた。

「あ、来た来た、見なさい、あの建物の角のところに」

柵の内側、草原の彼方で執銃訓練ちゅうの隊員が玩具の兵隊のように隊伍をととのえているのが小さく見える。陽炎をすかして見る人影は紙人形のようにうすっぺらである。今、森閑とした営舎のかげから、上官らしい一人の男に先導された二人の隊員が足並をそろえてあらわれた。

西村老人は檻の獣さながら両手で金網の柵にしがみつき鼻をすりつけてのぞきこんでいる。三人の隊員はそれぞれ黄金色にきらめく円錐形の物を口にあてがっている。

かれらは執銃訓練をうける隊列とはやや離れた草原を行きつ戻りつして、ラッパを短くあるときは長く吹き鳴らした。三人を引率した男は左手を気どった角度で腰にあて、右手をかるく振って拍子をとっている。その手にはめられた手袋が五月の光にまぶしいほど白い。

「やっとるのう、うん、やっとるのう」

西村老人はラッパ手たちの訓練に目を細めた。

「わしはあんた、初年兵教育が終ったあと、ここでラッパ卒を勤めたんだよ。世の中かわっちまってラッパもテープつかってると聞いたけれど、それは都会のことで、やはりここでは昔風にやっとるんだなあ、タンタンカタンタン……おや、右端の男は戦友と歩調が合うとらんぞ」

「戦友だなんて、今どきそんな言葉はありゃあしませんよ」

「なんだって？　そうか、そうだったなあ、でもそれじゃあ仲間を何と呼ぶのかね」

西村老人はつかのまの昂奮から醒めた。のろのろと柵を離れて、車にのりこむ。両手に針金をつかんだ白い痕が消えずに残っている。

「わしらは初めて入営した晩に班長からいわれた。おまえたちはきょうからおたがいに生死を共にすべき戦友である。昔はそんな言葉が……おや」

老人は首をかしげた。エンジンの音がおかしい。油のこげる匂いが漂う。ボンネットから黒い煙が洩れはじめた。

「とめて下さい。キャブレターを見ましょう」

海東はトラックをおり、エンジンカヴァーをあけた。

「なあんだ、ラジエーターに水がきれてるじゃありませんか」

「洩ったのかな、入れといたつもりなんだがな」

「ここから少し走れば三叉路の手前にガソリンスタンドがあって、簡単な修理ならしてくれます。エンジンをだましてゆっくりころがして行きましょう」

「三叉路がこの先にあっただろうか」

「最近できたばかりです」

海東たちはガソリンスタンドで修理工の意見をきいた。エンジンの一部が焼きついているが、半時間もあれば応急修理ができるという。となりのドライヴインで待つことにした。西村老人は笑った。

「あのオンボロトラックもそろそろ寿命が来たようだ。なにしろ人間にたとえたら七十歳くらいのとしだもんな」

できることなら海東はアパートへ引きかえしたかった。葉桜のかげにたたずむ若い父におぼえた淡い共感はうすれ、現実にたちかえれば目にうかぶのは滞納した病院代の請求書である。海東は運ばれてきたコーラを飲んだ。西村老人はまずそうに紅茶を味わって、メニュを裏返して見たりしている。

「きみ、酒はないのかね、ビールでもいいんだが」

とウェートレスにきく。アルコールは置いていない、と相手は答えた。海東は呆れた。まだこの老人は飲むつもりでいる。ふるい友人と、いや、西村老人の言葉によれば昔の戦友と三十年ぶりに再会するというのが、道すがら酒を飲まずにはいられないほどに老人を有頂天にさせるものなのだろうか。

「わしらはあんた、大正十四年兵といって、例の宇垣軍縮にひっかかってな、現役は半年しか勤めておらん。だから昭和三年に予備役で召集されたとき、はたちの新兵からバカにされて口惜しい思いをしたもんだよ。わしらの兵籍は佐賀の五十五聯隊にあって、うん、そうだ、海東君は聯隊が軍縮で解散させられたとき、軍旗返還式に初年兵の中から選抜されて参加したのだったよ」

「軍旗というと」

「大元帥陛下から手ずから賜わった聯隊旗といっても今の若い人にはぴんと来んだろうなあ。奉還式はおごそかなもんでねえ、なにしろ当時、軍旗といえば帝国陸軍の魂のようなものだったから、返還の式次第を前もって部隊で予行演習するのに参列したけれど、こう、士官学校を出た若い聯隊旗手が捧げもってしずしずと営庭に登場する。水をうったように静まりかえった隊列の端で聯隊えりぬきのラッパ卒たちが喨々と吹奏する……あれからそろそろ五十年たつわけか」

「おやじもその聯隊旗手だったんですか」

「とんでもない、あんた、ひらの兵隊が軍旗にさわれるもんか、陸士を優等で出たぱりぱりの現役将校が旗手で、兵隊はその護衛というわけだ。それすらもあんた当時は天にものぼるほどに名誉なことだと思われた。ひらの兵隊にはね。軍旗衛兵に任ぜられるというのは、特に返還式の日に……もうてつもなく晴れがましいことだった。男子の本懐ともいうべきだ」

「おやじがそんな役に選ばれるなんて、とても僕には信じられませんね」

「海東君は若いころのことについては何も話さんのかね」

「ええ」

「ふうん、自慢していいことだとわしは思うがな」

「するとあなたは聯隊解散式でラッパを吹いたわけですね」

「わしが？　はっは、聯隊の古参兵にはラッパの名人が掃いてすてるほどいたよ。わしのような新米がなんで吹くものか。わしは遠くから見物していただけ。そうだなあ、あのラッパ卒たちもこの世におらんだろうなあ……軍旗を捧持していた若い少尉の頬が紅潮して、目も緊張のあまりぎらぎら光っておった。いかにも将校らしい凜々しい感じの好青年だった。あれでわしらと年齢はあまり違わなかったはずだよ。その張りきり少尉も昭和十九年ごろ南太平洋の何とかいう島で戦死したと聞いた。……ところで修理できたようだな、そろそろ行こうか」

西村老人は小型トラックを運転しながら話しつづける。

「このとしになると、あんたのような若い人とちがってむやみに朝早く目が醒めるもんでね。暗いうちに起きてごそごそしても子供にうるさがられるから、寝床の中でぼんやりしていると、あれやこれや昔のことを思いだす。きまって目にうかぶのは初年兵当時、桜の木かげで海東君と寝そべっていた情景だよ。木の下ではおたがいの顔が緑に染まってしまうのだった。まるできのうのことのようだ。あけがた布団の中でうつらうつらしていると、今までなめさせられた生活の辛酸も夢のようにはかないものに思われてね、そうだ、自分にはただ若いころ襟に星ひとつつけて桜の木かげでとりとめのないことを語りあった一刻があったということだけが何やら信じられないくらい大事な思い出のように感じられてくるんだよ」

海東はついさっきまで頭上にかぶさっていた重苦しいものがとり除かれ、目の前が明るくなったような気がした。長いトンネルを抜けて見はらしの良い山腹にさしかかり、眼下にひろびろとした海を見おろしている……そんな感じだった。西村老人の回想をきき、海東は胸のうちでつぶやいた。

――してみれば父にも青春はあったのだ。今まで自分は父を病院のベッドに横たわって黙念と死を待つ老人以外の人間として考えたことがあっただろうか。――

「捧げえ――銃《つっ》っ」

西村老人はハンドルから手を離し、両手を目の前で打ちあわせた。

「あぶない」

海東はびっくりしてハンドルにとびついた。

「大丈夫だったら」

二人のトラックは何事もなく直進した。

「わしはまた聯隊の解散式のことを思いだしていたんだよ。われわれは整列して営門を去って行く軍旗を見送った。着剣した小銃でいっせいに捧げ銃をすると剣がきらきら輝いて、思えばあれも一つの時代だった」

海東はさっき通過した自衛隊駐屯地を思いだしてたずねた。

「あそこで軍旗を見送ったんですね」

「そう」

三人のラッパ手たちが行きつ戻りつして吹奏練習をくりかえしていたあの草原から四十年以上も前に一旒の軍旗が出て行き、それをとり囲む衛兵の中に若い父もまじっていたわけである。

「師団長伊集院忠教中将閣下、聯隊長笠原弘道大佐殿、大隊長名本長雄少佐殿、中隊長金丸直彦中尉殿、隊付先任豊後曹長殿、初年兵教育係班長荒木伍長殿、ほうらこうだ、今も初年兵のときに暗記させられた名前はすらすらいえる。予備、後備のときも憶えはしたんだが駄目だね、あのとしではすぐ忘れてしまってさっぱり記憶に残ってはおらんよ」

海東は営門から歩調をとって出て行く軍旗衛兵たちの戞々という軍靴の音を聞いたように思った。父もおそらく旗手である若い少尉と同じく真新しい軍装に身をかため、白い手袋でみがきあげた小銃をになっていたことだろう。

多くの初年兵の中から軍旗衛兵に選ばれたことを、西村老人の指摘するように名誉と思っただろうか。父は何も語らないから胸のうちは想像によって察するしかない。

トラックは病院の台地をのぼりにかかった。古いエンジンは坂道で苦しそうに喘いだ。海東と西村老人は面会室に通された。肉親でない者は患者のベッドへ直接近寄ることはできないきまりであった。海東は面会室に入る前に会計の窓口で滞納した病院代を払った。

父の旧友は長椅子にかけたかと思うと立ちあがり、廊下に首をつきだしてのぞいたりする。海東は待ちくたびれて中庭を見ていた。コの字形に折れた廊下の向うから看護婦に導かれた父が現れた。

息子が父を認めると同時に西村老人も立ちあがり、

「おお、海東」

といった。父の顔に微笑がひろがったようであった。しかしそれは旧友に対してのものか息子に向けてのものかわからなかった。

これは五月のことだ。西村老人と病院を訪れた次の日、海東は街を歩くのに父のもとから持ちかえった茶色の靴をはいた。つき出た釘はそのままにした。初めはそれほどでもなかったが、しばらくするとかかとに灼熱の棘をさしつらぬかれたような痛みを覚えはじめた。

海東の額につめたい汗が滲んだ。痛みは鋭い金色の針となり、かかとを経てふくらはぎをつきぬけ、太腿に達した。おかしなことに、その日は小口の注文がいつもよりたやすくたくさんとれた。かれはまる一日、足の苦痛をこらえて靴をはき通した。

その晩、傷から悪い菌が入ったか、かかとが化膿してはれあがり熱をもってうずいた。足の熱は一週間さがらなかった。今、傷はふさがったが、どうかしたはずみに右足全体に鋭い痛みの走るときがある。今朝、歩道橋の下でレールにすべったときもそうだった。癒えた傷痕にまだ硬い棘のようなものがささっているような気がするのだ。この痛みは一生かれにつきまとって消えることがないように思われる。

病院のある台地には夕べの微光が漂っていたが、街はもう夜だった。海東は長い坂をおりて夜のにぎやかな光の中へはいった。鼻をつく排気ガスはクレゾールの臭気よりましに感じられた。浴衣姿の少女が歩道にしゃがんで花火をかざしている。湯あがりらしい薄化粧の顔に白い炎の反映があった。少女は青い煙につつまれ、うっとりと指先にほとばしる火花をみつめた。海東は硫黄と硝石の燃える夏の夜気を吸った。

バスはかれの町に着いた。本通りからかれのアパートのある細い路地へ折れる。黒い水をたたえた掘割沿いに、崩れかけた築地に囲まれた屋敷がある。このあたりでは排気ガスもうすくなり、風の中に無花果の樹液が匂う。(南からの風だな)海東は思いがけない発見をしたつもりになった。

東西に走る本通りは夏の宵、風が絶える。バス停からかれのアパートのある路地へ折れると、いつも柔らかな微風が正面からかれをとらえる。これまで気にとめなかったことである(南の風ということは、これは海の方から吹いてくることになる)。

かれは無花果の匂いを含む海の風にからだをゆだねて歩いた。風はゆるやかに伸びた布のように路地に溢れ、海東のからだにからみつき、見えない渦を巻いて吹きすぎる。アパートへ入ろうとして何気なく二階を見あげる。かれの部屋に明りがともっている。不意の侵入者に占拠された自分の部屋を見上げて立ちすくんだ。


「いつ来たんだい」

海東が声をかけると、鹿屋正子は読んでいた雑誌をふせて、

「勝手にあがりこんでごめんなさい、お邪魔だったかしら」

「管理人には何といってドアをあけさせた、すぐ鍵をよこしたかい」

「友達だ、待つようにといわれたからといって頼んだわ」

「ふうん」

海東はやかんに水を満たしてヒーターにかけた。机のまわりに散らばった新聞紙の切り抜きをスクラップブックにはさんで窓ぎわに押しやり、自分の坐る場所をあけた。正子は扇風機の向きをかえながら、気がかりそうに台所を見て、

「さっきねえ……」

「すこうし散らかりすぎているようだ」

かれは他人の部屋を見る目でまわりを見た。

「一応ざっと整理してお掃除してあげようかと思ったの。でも他人の手で自分の部屋をいじられるのを厭がる人もいるじゃない」

「そうだ」

やかんのたぎる音がした。流し台のわきからポリバケツをとろうとした。鍋をおいた棚に一冊のノートがのせてあるのに気づいた。

海東はバケツをつかんだままの姿勢でノートを見つめた。

「さっきねえ……」

女は不安そうにかれとノートを見くらべて、

「あなたを待ってるとき、台所があんまり汚れていたので、きれいにしようと思って少し片づけたの、そしたらいつのまにかこの壜を倒してしまったの、ごめんなさい」

足もとに漂白液を入れた壜がある。

「気がついたらこのノートがこんなになってて……」

探していたメモノートであった。漂白液にひたった部分はほとんど真白で、他のページもインクが滲み、文字もぼやけて読めはしない。

「大事なものだったんじゃない？」

「このノート、どこにあったんだい、探していたんだよ、ずっと」

「流しの横の段ボール箱、いちばん底にあったの」

「すごいききめだ」

かれは感心した。手垢で黄ばんだ表紙がミルクのように白い。ノートを屑籠にほうりこんだ。

「あら、すてたりしていいの」

「こんなノート、もういらないんだ」

ポリバケツにやかんの熱湯をうつして水でうめた。ズボンの裾をまくって両足を湯に浸す。終日、街あるきをした夜はこうして足をあたためないと眠りにくい。

「あなたの部屋、初めて見たけれど、思ってた以上に乱雑なのね」

かれは足の白くふやけた指を湯の中で動かした。しびれるほどの熱さが快い。足にたまった疲労が湯に溶けこむかと思われる。

「きょうのおひる、あたしの部屋に来たでしょう、何か用事でもあって？」

「いや、つい近くを通りかかったもんだから」

「あたしがここへ来たのを怒ってるの」

「タオルをとってくれないか、廊下にかけてるから」

女はタオルを手渡しておいて床にひざまずき、スクラップブックを片づけにかかる。

「さわるな」

かれがいうといぶかしげに顔をあげる。両手でかかえあげた切抜帳が床にすべりおちた。かれは足をぬぐったタオルを台所にほうった。

「あなた、やっぱりあたしが来たことを怒ってるのね」

それには答えずにタバコの火をつけようとした。マッチがふるえる手の中で何本か折れる。

「呼びもしないのに来ることはないじゃないか」

「そうなの、あなたはあたしが呼びもしないのに気の向いたときにあたしの部屋に来るくせに、あたしが来たら厭な顔するのね」

「男はもともと女の所へ通うもんだ」

と荒い語気で答えてから口調をあらため、

「そういう具合にできてるんだよ、それに、こんなむさくるしい部屋へ来てみても仕様がないだろう」

となだめるようにつけ加えた。

「あきれた、そりゃああたしだって断わりなしに他人の部屋へ這入りこむのが良くないことくらい知ってるわよ、でもあたしたち、もうそんな……」

「おい、あまり昂奮するなよ」

「昂奮なんかしてないわ」

女はきちんと正座して膝にのせたハンドバッグをかたくつかんだ。海東は話題をかえた。

「用簞笥の上にあった写真、あれ、だれなんだ」

「…………」

「勲章みたいな物をつけてたけれどあの人は軍人なのか」

女の肩がこまかくふるえているのに気づいた。背すじを伸ばし、拒むように顎をつきだしている女の頬に泪が流れた。

「泣くのはよせ」

肩のふるえが激しくなる。両手で顔をおおってすすり泣く。

「泣くんだったらさっさと出て行け」

海東は激昂して灰皿をけとばした。

「あなたなんか……」

と女はいい、つづけて何か口に出しかけたが、しゃくりあげるような声と泪を洩らしただけだ。女は身をおこした。しびれをきらしていたらしく中腰になって足をふらつかせ畳に尻をついた。

海東は大きく開かれた脚を見てさらに悪態をつき、おまえのような女には二度と会いたくない、といい、腕を引ったてにかかった。女はかれがつかんだ腕を払いのけ、自分の力で立ちあがろうとしたが、二人のからだがぴたりとくっつきすぎていたので、立ちあがりざま脚がもつれあい、二人は騒々しい音をたてて床に倒れた。

女は脚をばたつかせ、かれの胸を手で押しのけようとし、あげく指を鉤状にまげて顔をひっかいた。

「何よ、なにすんのよう」

女の髪が解けて畳にひろがった。昼間、街路で見た死者の頭髪を思いだした。じわじわと迫って来たトラックの影を再び身近に感じた。

「いやよ、あんたなんか」

女はしきりに頭を振った。その髪が左右にゆれて海東の顔を払った。かれは起きあがった。女は両手を頭にあてて足もとに横たわっている。スカートが下腹部までめくれてあらわになった太腿が白い。

海東は右足のかかとに鋭い疼痛をおぼえた。女はかれの視線に気づいて片手をのばし、スカートの裾を押しさげようとした。かれは右足をあげて女の太腿に傷痕のあるかかとを押しつけた。柔らかかった。しっとりと潤いをおびた皮膚に吸いつくかのように思われた。肉のぬくもりがかかとの傷からかれの体内にしみ通って来るようである。女は目をあいて海東を見あげた。かれは自分の足が即座に女の手によって払いのけられることを予想した。

そうではなかった。女はいぶかるような目を向けたがいつまでもその姿勢でじっとしている。海東は足をおろした。傷の痛みはぬぐわれたように消えていた。女の顔におだやかな微笑がうかんだ。海東は女のわきにひざまずき、ゆっくりとおおいかぶさった。

「泳ぎに行かないか」

「泳ぎに?」

「いやか、いやならよせ」

「いやだとはいってないわ、せっかちねえ」

鹿屋正子は起きあがった。

「鏡どこ？」

「机の上だ」

「とってちょうだい」

正子はブラウスのボタンをかける。こめかみに手のひらをあてて鏡の中をのぞきこむ。かれはうつ伏せになったまま正子が身づくろいするのを見ている。廊下から無花果の匂いを含んだ風が流れこみ、部屋を満たした。

「あの写真、だれなんだい」

「さっきから写真写真って」

正子はふりかえる。机のスタンドが逆光になって女の髪は光背をおびたようにその縁だけが輝く。顔は影に没して暗い。

「用箪笥の上に写真を入れた額縁があったろ」

「あれね、パパよ、ずっと昔になくなったの」

「何をする人だったんだ、おやじさんは」

「朝鮮総督府の役人だったの、どうして？」

「朝鮮総督府か、そういう所も昔はあったなあ」

軍人のような制服の意味もそれでわかった。正子は髪を指でまさぐってヘヤピンを抜きとり、歯でくわえておいて髪の具合を直した。鏡の前に正座して片手を髪にあてがい、乱れをととのえるのに熱中していたが、ふと思いついたように動きをとめ、ながしめで海東を見て、

「父のことがどうかして?」

「ただ訊いただけ」

かれは正子がパパについてもっと何か語るだろうかと期待したのだった。女は髪を直すのに没頭してそれ以上なにもいわない。

ズックのショルダーバッグに罐詰を五、六箇ほうりこむ。

「あたし、水着を用意していないんだもの」

「無理にとはいわない」

「海水浴場は汚れているそうよ」

かれは海水浴場へ行くのではない、といった。郊外の入江に人に知られていない砂州があり、遠浅の海があることを教えた。シャッターをおろしかけた食料品店で罐入りジュースを買った。街が好きだ、とかれはいった。

「煤煙がたれこめていても街はいい。知らない人間ばかりの道を歩くのは好きだ」

「あなたの仕事にはつごうのいい趣味だわね」

それについて何かいおうとしたとき、終発のバスが来た。かれは身軽にステップを踏んで乗りこんだ。女がつづいた。

「街に人がたくさんいることは物も豊富にあるということだよ。敗戦直後の乏しい時代に大豆粕を食べて生きのびたから、さっきみたいな店で棚に罐詰や腸詰を見れば、それだけで幸福になってしまう」

「帰りはどうするの、バスはおしまいじゃない」

「きみの幸福はなんだ」

「いやなことときくのねえ」

郊外へ出ると風が涼しい。

「食料品店で罐詰を買えば幸せになれるのだったら安あがりだわ」

「そうさ」

「ついて来なければ良かった」

バスが凹地で跳ねた。

「火が……」

と正子が海を見ていう。干してある漁網の抛物線が水平線を切りとっている。点々と列をなした漁り火がゆれ動いた。

「あたしの幸福はスポンサーに電話をして会う時刻を約束しておいて、ちょうど予定の時に予定の場所で会えることよ」

「イカをとってるんだ」

と海東は沖の漁り火を説明した。

バスは岬のはなをまわった。小さな雑貨店の前が終点である。ステップをとびおりると靴底で脆いものが砕けた。細い一筋の道が闇に白く伸びている。いちめんに貝殻の破片がしきつめてあった。二人の足で踏まれて貝殻はきしった。岬のかげの漁村に蜜柑色の灯火が見えた。砂浜におりた。

「靴をぬぐわ」

しゃがんでぬぎにかかる。

「よした方がいい、ガラスのかけらを踏んだらどうする」

「あなたはぬいでるじゃないの」

「男はいいんだ」

「皮が厚いから?」

「あそこに漁船がすててあるのが見えるだろう。波で洗われるうちに釘が抜けおちる、ガラス壜もわれてる」

砂丘がある。入江の突端にできた小さな砂嘴で、その裾に五トンほどの廃船が埋もれていた。その破船を迂回して砂丘の向う側へ出た。浅い水たまりを渡る。対岸はまばらにハマナスの生えた砂州である。水際に板葺小屋が見えた。

「だれか住んでるの」

女はおびえた。

「だれもいやしないさ。このあたりで魚がとれたころ建てられた小屋なんだろう」

「あたし泳がない、夜の海なんて気味が悪い、ぬるぬるしてるみたいで」

海は昼の熱を内蔵してあたたかい。すっぽりとかれをのみこんでふくれあがるかと思われる。かれは両手で水をおしわけるようにして歩いた。胸まで浸ったところでからだを海に投げかけた。沖にむかって水をかいた。

ふりむくと岸は砂丘の稜線だけが黒い。女は見えない。手足の関節から力をぬき、海にからだをゆだねた。水はなめらかで、今ぬぎすてたシャツのぬくもりを保ってまつわりつく。わずかなうねりが寄せて、あおむけにうかぶ海東をゆさぶった。

岸辺で何かが光った。マッチの火が女の顔を照らしだす。海東は水の中で立って歩きだした。素足でふれる砂はややつめたい。マッチの燃えさしが闇に弧を描いた。タバコの火が規則的に濃くなったり薄くなったりする。砂浜に戻るとからだがひえた。

タバコをつけ一気に肺の奥まで吸いこむ。かるいめまいを覚えた。きょう初めてのむタバコのように新鮮で強い芳香をもっていた。二本めのタバコをつけて立ちあがった。波打際に漂着した流木をひろい集める。水を吸って重くなった木はすてる。すべっこくて軽い木箱の破片を残した。

ひろい集めた流木の下に食料品店の紙袋をまるめ、こまかく裂いた木ぎれを井桁につみあげて火をつけた。砂に四つん這いになり口で火を吹く。火は流木に移り、ナトリウムの黄色い焔が木の割れ目にはぜた。乾いた香ばしい匂いが鼻をうった。かれは焚火のまわりに罐詰をならべ、渚でひろった古い櫂でそれらを火の中へ押しやった。

「夜になるといつもこうして海へ来て何か食べるの」

女の目に焚火が光った。

「泳ぎに来たのは今年が初めて、罐詰を持ってきたことはない」

かれは流木をくべた。焔が高くあがった。灰の下から熱くなった罐詰をかき出す。素手ではさわれないので、木ぎれでおさえておいて罐切の刃を喰いこませる。小さな裂目をこしらえたとたん、音をたてて汁がふきこぼれた。かれは空腹を意識した。手ごろな石にのせ、蓋をあけた罐詰の中身を匙ですくう。

肉は柔らかく舌の上で崩れた。かれは飢えた獣のように黙りこくって肉片を咀嚼した。からっぽの胃に食物がすべりこむにつれ、腹全体があたたかくなり、からだに充実感が湧いた。顎を動かして一心不乱に肉を噛みながらかれは食べることに意識を集中させた。

女は罐入りジュースに口をつけた。

「ききたいことがあるんだけれど、いい?」

海東は匙ですくった肉片を口へ入れかけていた。女に目をやってうなずき、匙を罐詰へつっこむ。

「あなたはさっき賑やかな街を歩くことが幸福だといったわね」

「つまり知らない人間の中に一人でいることがね」

「それだけ」

「何が」

「あなたの幸福というのはたったそれだけのこと?」

「まだある、在庫豊富な食料品店を見ること」

「ふざけてるのではないでしょうね」

「まじめだよ」

「本当に」

「ああ」

「女が一人でくらしていると妄想をたくましくするのがいるの、夜、通りすがりに廊下の窓をこつこつたたいたり、いつかは真夜中にドアの握りをだれかが外でまわしてるの」

海東は焚火に木ぎれをつぎ足した。火が勢い良く立ちのぼった。ものうい満腹感が訪れた。

「この世の仕組はどうみても女が損をするようにできてると思うの」

「そうかなあ」

「あなたは男だから気楽にかまえていられるのよ」

岬の影が海にとけこむあたりで、淡い緑色の光が明滅した。それは水平線の彼方で輝く人口の光で、ゆるやかに回転しつつ海面を掃いた。

「船かしら」

「燈台だろう」

「あんな所に燈台が」

「岬の向うに半島があって、そのはずれにカトリックの修道院があるの知ってるかい」

「修道院がどうかしたの」

「友達がいる」

「へえ、あなた尼さんにも知合いがあるなんて初耳だわ、つきあいが広いこと」

「尼さんじゃないさ」

　焚火に照らされた女の上唇にトマトジュースの痕がくっついている。おい、といって指で教えた。女はハンケチで拭こうとしたが乾いて落ちないので、唇のまわりを舌でなめた。焔をあびた舌の濡れた表面がなまなましく光った。

「火が弱くなったようだわ、何か燃える物を……」

「ぼくが探す」

「いいのよ、あなたはここにいて、一度はあたしもこんな焚火をしてみたかったの」

　女は板葺小屋の方へ去った。かれは木ぎれを並べかえて燠を強くした。焔が風で煽られ火の粉も高く舞い、みずから力あるもののように暗い空へかるがるとのぼって行く。正子が戻って来た。小屋の羽目板をはがしてきたという。鼻唄まじりで火の中に収穫を投げこむ正子を見て、いざとなれば女というものは思いきったことをするものだ、と少し感心した。

「素晴しい火、焚火を見ているとわくわくしてくるわ」

「さて、ひと泳ぎして来ようかな」

「どうぞ、あたしはここで火のおもりをしてますから」

正子はけむたそうに眉をひそめ、火を吹きおこすのに懸命だ。

「小屋の中には何があった」

「何かコールタールを入れた樽みたいなもの」

かれは水の方へ歩いた。うずいていたかかとの痛みは忘れられた。水は懐しいあたたかさでかれを迎えた。足裏でむずがゆく砂が動いた。砂をひとけりするとふわりとからだが浮きあがる。星を溶いたような夜光虫が海面を明るくしていた。

力を抜いて水の上に横たわった。水が二つに割れて盛りあがり、かれの肉体を包む。かれはうつ伏せになり、またあおむけになって海の柔らかさを愉しんだ。下腹部でも両脇でも太腿の間でもなめらかに水が揺れた。全身の筋肉に弾力のある水がふれた。

(あなたの幸福は……?)と正子がきいた。二十歳の夏、自衛隊をやめて帰郷し、まる一年間仕事につかず、呆然と日を送ったことがある。記憶の中ではその一年は常にまばゆい夏であったように回想される。何かしなければと焦った。炎天下、草いきれの強い田舎道を歩きつづける。蟬の声が耳に痛い。あてもなく追われるように歩く。そうした日常であっても時として閃くような至福の瞬間はあった。
職業安定所のベンチで呼出しを待っているとき、隣に老人がかけようとしたので腰をあげて席をゆずった。そのとき強い恍惚感を覚えた。千分の一秒ほどの時間と思われた。世界が無意味ではなくなり、自分をうけ入れて光り輝くかのように感じられた。手垢で黒い艶をおびた木製ベンチが目の前にあった。なめらかな黒褐色の表面がガラスのように光っており、磨滅した木質がへこみ、木目の条痕がかすかに浮きあがっている。そんな微細な物の形が初めて見るもののように珍しく感じられた。

不規則な間をおいて、そのとき海東が何をし、何を考えているかにかかわりなくそれは来た。蚊帳を吊っているとき、深夜、台所で水を飲んでいるとき、それは訪れた。一つの情景が目に見えた。

海辺に石造の白い家がある。海との間に広い庭をひかえ、棕櫚の葉が海風に音をたてる。白亜の家の壁は夏の熱をさえぎるほどに充分厚い。乾いたシーツの上、開け放した窓ぎわのベッドにかれは寝そべっている。そこにはだれもいない……

日がすぎるうちに至福のときの訪れも間遠になり、やがて絶えた。広い庭のある海辺の家も影がうすれてしまった。海東にとっていわば幸福の一つの象徴であったその影像を夢想すらしなくなってから久しい。あなたの幸福は、と正子はきいた。ぼくの幸福は広い庭のある海辺の家で一人で暮すことだ、と答えると嘘になる。海東は幸福という言葉さえこの数年ほとんど思いだすことはなかった。

（漂白されたノート……）

間近に見る夜光虫は青みがかった緑色である。浮遊する微生物は銀箔の破片に似た光を放ってゆれる。空を仰いだ。天の星がうねりにつれて傾いた。かれの内にひそんで囁きかけていた声、過去の影像が自分たちを掘りおこし現在の光にあててくれと訴えつづけた声は、かれを原稿用紙にむかわせたのだが、それに失敗してからというものは前より強い要求となって海東を動かしていた。そのころの記憶は重い怪獣さながらかれの背にのしかかっているようであった。漂白液でさらされたノートを見たとき、解放感を覚えた。

まつわりついていた暗鬱なものが消え、新しいノートそのものの清新さを味わうことになった。同時にかるい喪失感も訪れた（またいつか書くことができるだろう。もはやノートなしで）。

なまぬるい水につかってつぶやく。

（今こそ手ぶらで過去とたちむかうことができる）

かれは岸辺の火をめざして泳いで行く。

翌日早朝、かれはK商船の待合室にいた。騎士園のある岬には午後にならなければ船が出ないという。しかし半島の途中までバスで行き、終点の小さな町から騎士園の位置する岬の漁村まで船で渡ることができる。日に二回、小型のフェリィがそこから往復しているそうである。

時刻表と航路図を見くらべて決心した。待合室を出て、広場の向う側、バスターミナルへ急ぐ。かれの前を空色のスーツケースをさげた若い女が同じ方角へ歩いて行く。女のふくらはぎは荷の重さを示してかたく張っている。そこへ行けばすべてが解決するとでもいうように、かれはひたすら騎士園行きを考えた。初めそれは騎士園に勤める友人の誘いであり、次にかれの日常でおりにふれて意識にのぼる言葉となり、そして昨夜、暗い海で明滅する淡緑色の光を見たときに、はっきりした行動の目標となった。

(騎士園へ行こう)

女をアパートへ送ったあと決心した。

「きっと船はその町から出るでしょうね」

さっきの女が切符売場にかがんで話しかけている。歯切れの良い東京弁である。

「予定では出るごとなっとるばってん、きょうは風が強かごたるばい」

出札の老人が港を眺めた。うねりが目立つ。もう一人の出札係が教えた。

「このていどの風なら欠航になることはないと思いますよ」

朝から風があった。目醒めたとき、かれは肌に外気のひややかさを感じた。泳いだあと、脂気のうせた肌で乾いたシーツのつめたさを味わうのは良かった。一夜のうちに暑気が去り、冴え冴えとした涼気がおりて来たようだ。(秋か……)海東はあけ放った窓にゆれるカーテンをぼんやりと見つめた。

夏から秋へうつる数日間の刺激的な光がいつもかれを昂奮させる。熱を伴わない明るい日ざし、かっきりとした日なたの影、静電気の火花がたえず皮膚の表面でとびかかっているような緊張した感覚。

バスは海沿いの道に出た。若い女は斜め前の席にかけて身じろぎもしない。海東は窓外に目をやった。海に白い物がうかびうねりと共に見え隠れする。バスの上から正体が見とどけられない。何だろう?　あるバス停で魚の行商人たちがのりこんで来たとき、かれはその白くきらきらと光る物を確認した。こぶし大に砕かれた発泡スチロールの塊なのだった。山の尾根をいくつか迂回すると、海面は干潟に変った。

なめらかな灰褐色の泥が海の青を濁らせた。陸地の草も木も潟の白っぽい色に侵される。部落は貝殻を伏せたような板葺屋根だ。道に面した羽目板は漆喰状にこびりついた泥のはねが白い。バスが漁村に入ると、腹だけ異様にふくれた子供が上目づかいに海東を見た。裸の子の黒紫色をした皮膚にも干潟の色がうつっているようである。

若い女は席につかまって車掌の方へ歩いて行く。何かたずねた。車掌は手を耳にあててきき返す。

「おがわはらうらという町には何時につきますか」

「おがわら、ね。十一時半です」

「そこから岬の方へ船が出ますか」

たたみかけるような早口である。車掌は運転手にきいた。きかれた方は頭を左右に振った。二人のやりとりをきいていた漁師ふうの老人が大声でいう。

「こげな風くらいで船が出んこたなか」

バスは終点の町に着いた。N市から騎士園までのほぼ中間にあたる。入江をのぞむ小さな港町で、バス停の標識には小川原浦とあった。K商船の看板をかかげたバラックのかげに、舷を白く塗った吃水の浅い船がつながれてあった。百トンにもたりない古ぼけた汽艇である。海岸通りの酒屋でウイスキーの小壜を買った。船着場に小さな食堂がある。そこに這入った。テーブルにこぼれた食物の痕におびただしい蝿がたかった。

給仕女が去ったとき、空色のスーツケースをさげた若い女が来て窓ぎわのテーブルについた。海東に拒むような横顔をむけ、椅子に浅くかけて両手でメニュをとりあげた。女はうすく汗ばんでいて、幾すじかの髪が頬にはりついている。メニュをおいて外を見た。まるでK商船のフェリイが女をおき去りにして出港しはしまいかと怖れているかのようだ。

海東はどんぶりに箸をつけた。うどんのだしをとる匂いが流れてきた。青葱の香りもする（半島の入江に面した小さな漁村で葱の匂いをかいでいる）。

唐突に父の一生を考えた。父がした旅行のことを考えた。汽笛が鳴る。かれは女のあとから食堂を出た。父が五十歳をすぎて転々と職をかえ、ようやく落着いた会社はN市から急行で三時間かかる中都市にあった。ふだんは会社の寮に寝泊りし、月に二、三度、自宅へ帰った。（汽車の旅にウイスキーの小壜はいい）ほろ酔い機嫌で父はよくそう語った。

（窓ぎわにウイスキーをのせて、駅で買った五、六種の新聞をよんでいると三時間なんかまたたく間だ）

そんなものか、と海東は無口な父が洩らす感想を記憶にとどめた。不遇に終った父の唯一の慰安がその程度かと思えば、伜としていささかの感慨なきを得ないのである。

乗船切符を買った。赤茶けた畳をしいた部屋が甲板の下にあって、先客はそれぞれかついできた荷物のわきにうずくまり、いっせいにワラと干魚の匂いに似た体臭を発散しはじめた。かれは甲板の一角、通風筒のかげに陣どった。若い女はやや離れた舷に寄り、スーツケースに腰をおろした。白い上着をきた少年が桟橋の纜を解いた。ふたたび汽笛が鳴った。船はゆるゆると船首を入江の出口へむけた。外海では視野がひらけた。かれは船と共にひろびろとした巨きな空間へのりだしたように思った。船は規則的にローリングとピッチングをくり返し、海岸と平行して進みはじめた。うしろで人の気配がした。さっき纜をといた少年である。駅弁売りの箱に似たものを首からつるしていて、

「お客さん、お茶をどうぞ」

これはただです、とつけ加え、アルマイトの湯わかしから番茶をつぐ。その間、黄色い顔をした少年は終始、人を小馬鹿にしたようなうす笑いをうかべている。ボーイの上唇が少しめくれて、タバコのやにに染まった歯がのぞく。うす笑いはしかし唇の形のせいばかりでもないようだ。次にボーイは舷の女へ近づいた。若い女はさしだされた茶碗に嫌悪の表情を示して首を振る。ボーイは下の船室へおりるとき、嘲るような蔑むようなうす笑いをうかべてちらと海東を見た。

（あいつはこの入江と騎士園のある岬を、いつもあんなうす笑いをうかべて往復しているのだろうか）

海東はぬるい番茶をすすった。まもなくボーイはふたたび奇妙なうす笑いをうかべて甲板にあがって来た。首にかけた箱に餡パンをのせていて、

「ひとついかが」

ボーイは相変らず嘲るようなうす笑いをうかべてすすめた。海東はいらないといって空の茶碗を返

した。ボーイは若い女にも餡パンを売りつけにかかった。ことわられてもまったく意外ではない顔つきでさっさと船室へおりて行く。階段をおりて胸まで甲板に隠れたとき、また海東を見て例のうす笑いをうかべた。

船は海岸に沿って北上する。半島はほとんど山地である。鋸の歯形をした山の稜線がつづく。かれは新聞社で手帳に写した地図を開いて、目の前に過ぎて行く入江と海辺の村を確かめた。海岸は切りたった黒い玄武岩の崖である。ところどころU字形に開いた箇所が小さな入江になり、その奥に打ちあげられたような漁村が点在する。人家のたたずまいはどれも似たようなものだ。

かれは去る六月、西村老人の家で一冊の作文集を見せてもらった。小学三年生の父がかつて綴った一篇がおさめてあった。作文コンクールの入選作を製本したものである。与えられた標題は「わが父母」である。

祖父は海東の父が生れた直後、米相場に失敗して行方をくらました。台湾で砂糖工場を経営してそれもうまくゆかず、ひそかに帰国してこの半島の奥に知人を頼って隠れ住み、ある富裕な農家の婿養子になったという。祖父と海東の父が初めて対面したのが七歳のときであった。二年後に海東の父は初めての海の旅を回想して文章に綴ったわけである。

海東の父は汽車に乗ったのも船に乗ったのも、そのときが初めての経験であった。明治の末、鉄道がN市へ通じて間もない頃である。伯父につれられて父は海を渡り、穀光浦へ向った。祖母は同道しなかった。家族の中で海東の父だけが祖父の顔を知らなかった。祖父としても植民地へ出奔して七年後、無一文のまま、おめおめと帰宅することはかなわぬ相談であったろう。人を介して海東の父、祖父にとってはたった一人の伜を半島の村へ呼び寄せた次第であった。

しかし、七歳の父には祖父母の思惑などどうでもいいことであり、初めての船旅に素朴な驚嘆の目をそそぐだけだった。水夫は船頭以下八、九人、手漕ぎの伝馬船で干満の差の大きい潮流をのりきるさまは壮観であったという。

したがって海を渡る少年は初対面の父を描写するよりも、八丁櫓をこぐ水夫たちの力漕ぶりをもっぱら感動的に詳述していた。その紀行文に、途中たちよった土地の名前がこくめいに記してあった。あとで伯父にでもたずねたものであろう。小宮浦、鋤崎、膝行神、穀光浦……

かれは虫喰いだらけの古い文集をめくりながら父の昂奮を想像した。(よほどおやじは初めての船旅がめずらしかったにちがいない)海東は微笑を禁じ得なかった。面と向っては感じたことも稀なしみじみとした情感である。

水夫一同、ふんどし一本の裸体でねじり鉢巻をしめ、父の言葉によれば、エイエイエイト声ヲ合セ、汗ミドロニナリテ必死ノ形相物凄ク、漕ぎに漕いだという。伝馬船の乗客およそ二十名、瀬戸の中央、渦潮をのり切るおりは、うちわ太鼓をたたく者、念仏をとなえる者、ひれ伏して神の加護を乞う者、いずれも生色がなかったそうである。穀光浦で舟が櫓をおさめたとき、乗客は口々に船頭や水夫たちをほめそやし、労をねぎらった。

エイエイエイト声ヲ合セ、汗ミドロニナリテ必死ノ形相物凄ク……か。海東はつぶやいた。明治末年、田舎の小学三年生の作文としては普通の出来であったろう。そして今、七歳の父が渡った海を息子が航海している。

穀光浦は塔のようにそびえた山の峰を目印にして認めることができた。黒い崖に囲まれた漁村はひっそりと静まりかえっている。あの村に人はいるのだろうか、とかれは思った。それは海東の視野をゆるやかに後ろへ過ぎ、遠ざかって行く。かれは地図の上で少年の父が歩いた土地を調べ、今その入江と山々を前にしている。実際に父の歩いた道をたどりたいと考えたことはあったが、船が着かなければどうしようもない。

船首に騎士園のある岬が現れた。水平線に長く伸びた岬は青い蛇のかたちをしていた。頭の部分に騎士園はある。船がうねりを越えるたびに岬は上下に動く。大きな波が船首で砕けた。しぶきがかれにふりかかった。腰をうかして避難場所を思案していると、次のうねりが舷にぶつかり、冷たい飛沫をあびせかける。

岬をめざして北上するにつれて風波もはげしくなる。船体はたえずきしむ。海東は船室をのぞいた。折りかさなるようにうずくまった客はいずれも蒼白い顔をして船酔いをこらえている。密閉された船室の甘酸っぱく饐えた匂いがかれをたじろがせた。ふらつく足を踏みしめ後甲板へまわった。機関室へおりる階段があり、その横に一段ひくく調理室がある。さっきのボーイが俎の上で紙幣を数えていた。折りたたんで財布にしまうと黒い垢をためた爪で貨幣をえりわけはじめた。

靴音がした。

かれの目に女の白い靴がうつった。空色のスーツケースが見え、かれの視界を横に切って消える。若い女は積荷の間にスーツケースをおき、その上にかけた。女の正面に調理室があった。見られていると悟ってか、ボーイは顔をあげた。目には表情がない。ボーイは自分を見おろしている二人の船客に視線を走らせたあと、ふたたび硬貨の勘定に没頭した。海東はボーイに背をむけた。

後部船室にもたれる。背に機関の振動が伝わる。船尾の向う、白く輝く航跡の延長上に塔のようにそそりたつ穀光浦の峰が見えた。かれは峰のふもとを伯父につれられて歩いて行く七歳の父を想像した。ウイスキーを口にあてた。何かが大きくかしいだ。太陽は天頂にかかり、上甲板の構造物は濃く狭い影をおびた。壜はすぐ空になった。かれは平べったい茶色の壜を泡立つ航跡に投げこんだ。

三時間の汽車旅行でウイスキーの小壜をあけるのが無上の愉しみだ、と父はいった。ちっぽけな愉しみである。四十年間、父は二本の腕で何冊の帳簿をかきつぶしたことだろう。父の筆蹟は海東のそれとちがって几帳面な楷書体である。一字一画をおろそかにしないペン先で、父はまるで帳尻を合わせるためにのみ生れてきたとでもいうように正確な帳簿づくりに憂き身をやつして晩年に至ったわけだ。

海東の体内でざわめくものがあった。それは船がかきわける海の波や泡立つ水音と一つになった。ざわめきは一つの声に変った。

(とどのつまり人生なんてたいしたものじゃない)

かれはポケット壜のウイスキーに酔い、世界と人生に対する敵対的な認識にも酔った。ペニスの血管がずきずきと脈打つ。

汽笛が耳の近くで鳴った。つんざくようにけたたましい音をまぢかに聞いて、かれの酔いは一時に醒めた。機関の振動がおだやかになった。後甲板から船首へまわる。岬が意外な近さに迫っていた。乗客が甲板にあがって来た。かれらはおしなべて饒舌だ。岬地方の訛らしい「つあっ」という舌打ちめいた音を響かせ、語尾がはねあがるような発音である。海面が草色に変った。

かれは船べりに左手をかけてからだを支え、右手を伸ばして海に浸した。手は重い水の抵抗を感じた。あたたかい水は弾力を持ち、ねばり気のある質量感をかれの手に伝えた。船は機関をとめ、惰力で桟橋へ近づいた。

ボーイがタイヤを舷側におとした。身がるに桟橋へおりて纜を固定する。海岸に密集した部落は水に高い柱をくんでその上にのっかっている。

「……つあっ」

船客は出迎えの村人と声高に笑いさざめき海べの部落へ散って行く。かれは何となく若い女を探した。いつのまにおりたのか、空色のスーツケースをさげた女は近くにいない。漁網をかけわたした石ころの道を歩いた。家々の屋根には干魚が並べてあり、それにたかった無数の蠅はかれの目といわず鼻といわずむらがった。

「い組のごんどさん、電話です」

楼の上にスピーカーがあった。漁業協同組合の看板をかけた建物で、騎士園の道をきいた。

「あんたも騎士園ですかい」

老人の声が闇の奥から返ってくる。船の女が壁ぎわにいた。かれは石の多い道を自分より速く歩いて来た女の脚におどろいた。

「この道をずっと登って行きんさい。てっぺんに着いたらきれえか建物が見えまっしょ、そいが騎士園ですたい」

礼をいって外へ出た。

「重いでしょう、持ちますよ」

「ありがと、でも、いいんです」

女はスーツケースをさげて足早に歩きだす。確実な何かを心に決した歩き方で、みるみる坂道を遠ざかった。海東はタバコを二本くゆらしてから坂道をのぼった。船が着いた漁村と背中あわせの位置に騎士園はあった。尾根に立つと、漁村と騎士園を同時に眺めることができた。


騎士園のある側に畑はなく、カヤの密生した斜面には黒い岩が散在するだけだ。風がおこり斜面のカヤを波うたせた。硬い茎が海の風に鳴った。


海東は騎士園という名前から子供の絵本にある西洋の城館を想像していた。実際は高原のサナトリウムめいた建物である。林の間に窓ガラスが輝いた。門の入口で二人の尼僧と出会った。友人の名前を告げた。

「江川さん?」

陽気な声で若い修道女はきき返す。二人は申し合わせたように高い煙突のある崖ぶちの建物を見た。窓に男の顔が動いた。

「あ、江川さんだ」

二人の尼僧は声をそろえて叫んだ。好意的なしのび笑いを残して去った。かれは中庭をつき切って友人の方へ歩いた。昼飯はすんでいるかどうかを江川はきき、ボイラー室へ案内した。

よく手入れされた二基のボイラーがあった。江川は馴れた手付で弁を操作した。二階建と見えたボイラー室はそうではなくて、江川がさっきのぞいた窓は天井の一角に巣箱のようにとりつけた小部屋だった。

「今朝、連絡があったから、来る時間じゃないかと門の方を見てたんだ」

「前から行きたいとは思ってたんだが、出かけるとなるとおっくうでね」

「会社は休みなのか」

「休みじゃないが、いいんだ」

トタン屋根に石のつぶてを投げつけるような音がする。かれがたずねる前に松毬の落ちる音だと江川が説明した。門で会った尼僧の上唇に生えていた生毛を海東は話題にした。

「シスター・チェチリアだろう」

生毛をなぜ剃らないのか、と海東がこだわると、神につかえる者は俗人の風俗を真似る必要はないと答えた。インスタントコーヒーをすすりながらボイラーマンとしての仕事をたずねた。

「夜勤が多くて困るよ、タバコとコーヒーのがぶ飲み、夜勤を三回つづけると胃がどうもなあ」

シャワーをあびないか、と江川はつづけて片隅に仕切った小部屋へ導く。

何だって？　海東は潮風でべたついた肌に水をあびながら声のする方へ目をやった。相手は声を高めて、

「ゆうべの雨で助かったよ、この一か月、シスター達に風呂をたててやれなくて閉口したな」

「雨がふったのかい、ゆうべ」

「部落よりここは高くなってるだろう、井戸もすぐ涸れちまう。なにしろ、この日でりだから不自由するよ、水には。神様のお子様たちも風呂に入れないと臭くなって」

尼僧が五十人くらいだが、看護婦や医師の他に、子供の患者が二百人いて、そのシーツやおしめの洗濯が風呂より優先するのだ、と江川はいった。

雨水のシャワーは肌に柔らかだ。船でいっしょだった若い女を思いだした。奥さんはどうしてる、ときくと、

「病棟の方でがんばってる。おれよかあいつが何倍も忙しいよ。さっき、晩飯には何を御馳走しようかしら、なんていってた」

「騎士園という名前だから」

海東はシャツに腕を通しながら、ここに来るまでは修道女が朝から晩までお祈りをして讃美歌を合

唱しているものだと思いこんでいた、というと、

「お祈りもする、讃美歌も歌う、ただそればかりではないということだ」

さっぱりした、と海東はいってタオルを返した。こんな人里はなれた土地で淋しくはないかと江川にたずねた。

「ぜんぜん、ただ女房がときどき東京を懐しがるみたいだ。おれは平気だ。東京なんか一度も帰りたいとは思わないよ」

江川は敗戦の年、東京で両親を失い、ひところ上野の地下道に寝ていたこともあった。海東の町に近いカトリック教会に住んでそこから学校へ通った。二人が知りあったのは高校生のときだ。卒業後、江川は上京して江東区の工場で働き、胸を病んで中野のサナトリウムにいたが、三年前、肺切除の手術をうけて岬の騎士園へやって来た。

シャワー室の棚に安物のカミソリがあった。使いふるしたものである。それを見ると中野江古田の病院に江川を見舞った日のことを思いだす。十月の暗い午後であった。案内されたベッドに江川はいて、海東を認めると、髭はどうした、という。そそくさとベッドをおりて洗面所へ海東をつれて行き、棚に並んだ安物のカミソリを示してそれで顔をあたるようにいった。石鹼はなかった。水道の冷たい水で無精髭を剃った。江川が手術を明日に控えた日であったと思う。

「今でもあのフランス人の神父さんと碁をやるかい」

冷たい水で髭を剃ったあと、江川のベッドに腰をおろして話した。

「碁ではない、将棋だ」

「どちらが強い」

「勝ったり負けたりだな、二人とも下手だ」

前日、江川を訪れた友人からきいたことがあった。サナトリウム付のフランス人神父と将棋をさしていた江川が、急に顔をあげて、神はないと思う、と神父にいった。神父は何もいわなかったそうだ。しかし、この日はそのことを江川に対してあらためてきく気にはなれなかった。結局、中野くんだりまで出かけて刃の欠けたカミソリで髭を剃って帰っただけだ。

「女房は東京の人間だから都会を懐しがるのも無理はないさ。音楽会、デパートの催しもの、古本屋めぐり、魚臭い漁師と知恵のおくれた子供相手ではな。噂をすれば、だ。あそこでおれ達を見てら」

二人は本館に這入った。江川はきいた。

「お前の仕事どうだい、儲かるかい」

「忙しいといえば忙しい」

「おや、いらっしゃい」

検査室の扉をあけると、白衣の女が紙テープの束を整理していて、

「あなた、レントゲン室がさっきから呼んでるわよ」

「いけねえ、忘れてた」

江川はあたふたと部屋を出ていった。レントゲン撮影の助手もつとめるそうである。

「かれは元気そうだ」

「そう見えて」

「空気がおいしい所ですね」

「屋上へあがってみませんか」

白衣の女は孔のあいたテープを抽出におしこんだ。機械のスイッチを切る。脳波の測定機である。血液と尿の検査も自分の仕事だといった。どこか観光地のホテルのようだ、と海東がいうと、あちらが、と中庭に張りだした翼廊をさして、

「あの平屋が知恵のおくれた子の学校、こちらに見えるのがからだの不自由な子の病院なの」

階段に足をかけたとき、かれは何気なく一階のホールを見おろした。からだの向きがちょうど階下を見おろすようになった。ついたてで仕切ったホールの一隅に空色のスーツケースを持つ女がいた。女を囲むように三人の尼僧が腰をおろしている。年配の修道女ばかりで、若い女は両手を膝の上でか

たく握りしめ、うなだれていた。

二人は屋上へ出た。看護婦の白衣が風にはためいた。あの女性と同じ船で来たのだ、と告げると、

「都会の若い人は修道院という所をロマンティックに考えてるのね」

「世の中の景気がいいと尼僧志願もへるんじゃないかな」

「以前はそうだったらしいわ、不景気になると駆けこみもふえたそうね、でもこの頃は景気と関係ないみたい」

江川がくれたハガキに、騎士園で個室をもらったといって喜んだ文章があった。それはボイラー室の天井にこしらえた小部屋のことかとたずねると、個室だなんて、と相手は笑って、

「あの人、いろんな機械器具の修理やらされてるの、男手がすくないから自然そうなるわね、薬品倉庫を一つあけてかれの作業部屋にしてもらったの、それを個室だなんて」

「尼さんも個室を持ってるんだって」

「ベニア板で仕切っただけのちっぽけな小部屋」

「個室をもてばプライヴェイトな時間もうまれるんじゃないかな」

「一週間のうち二十分くらいかしら」

「たったそれだけ」

「私的な時間という考えがそもそもあり得ないの、シスターは全生活を神に捧げているのに……下へおりませんか、かれも撮影が終っているころよ」

「江川は洗礼をうけてるでしょう」

「ええ、子供のとき」

「かなわないという気がする」

「あたし達は騎士園に雇われてお給料をいただいてるだけ、シスター達とは別世界の人間なの」

廊下でなごやかな表情の尼僧がすれちがいざま海東に目礼した。かれはたずねた。

「ここでは医師もそのう何というか、信仰を持った人達ですか」

ちがう、と相手は答える。医師は退屈しているだろう、と海東は余計な心配をした。

「不自由だとしても仕事がたくさんありますからね」

「仕事がね」

海東の目に漂白されたノートがうかんだ。廊下を小走りに急いで来た江川が、ざっとひとまわりしてみたかい、という。

「さっきレントゲン室でね、シスター達が着物をぬぐのをはずかしがってね、弱ったよ、この期《ご》に及んで何ということだ」

まあ、と細君はいって検査室へ消えた。おれの個室を見ないか、と江川は誘う。廊下を歩きながら海東はたずねた。

「ここへ外から、どうかわたしを尼僧にして下さいって女がやって来て頼んだらどうする」

「そうだなあ、園長がいろいろ事情をきいてみるだろう、むげに追い返したりしない、本人の意志が一時の思いつきでなければ許すだろう、あやふやだと見抜けば説得して気持をかえさせるさ、また一人とびこんで来たらしいな」

「同じ船で来た」

「へえ、きれいな女なのかい」

「まだ若いようだ、髪をきっちりゆって……説得されて、はいわかりましたといって気がすむのかな、そうだったら何も遠路はるばるやって来ることもないだろうに」

女の変り身というものは早いものだよ、と江川は答えた。橙色に塗ったドアをひらいた。手入れの行きとどいた大小の工具が壁に並んでいる。海東は江川の話をきいた。N市の保健所から先日、二人の女医が重症心身障害児の看護法を見学にやって来た。あとで女医たちは騎士園の若い医師たち相手にお茶を飲み、シスターの生き方を話題にして、女の生きがいはセックスにつきる、と語ったそうだ。

「中年になると女はずいぶん思い切ったことをいうもんだな」

感心したというふうに部屋の主は首をふる。海東は万力台を撫でているその手の繃帯をたずねた。五日前に病院の子供が死んで墓を掘ったそうである。深さ二メートルの穴を掘るのに半日かかったという。

「この前なくなった奥さんのおやじさんもやはり海岸の墓地に埋葬したのかい」

おやじは土地の者ではないから村の墓地に入れてもらえない。海岸を見おろす丘の上に少し土地を買って埋葬した、と江川はいった。死者は脳性麻痺にかかった十二歳の女の子だった。子供一人、土の底におさめるのにでかい穴を掘らなくちゃならないんだ、と江川はいった。


夕食は江川宅ですませた。

午後七時をすぎても、太陽はまだ水平線上に高い。江川の借家は船具倉庫の二階である。いつか夜釣りに行こう、と江川は提案した。クロダイとキスがかかるそうだ。

「舟はどうする」

「知りあいの漁師に頼めば貸してくれるさ」

夜明け前の海で魚を焼くのはいいものだ、とつけ加える。

「そうはいっても年に一、二回だわね」

台所の細君が口をはさむ。皿を洗っている。

「実はそうなんだ。いつでも行けると思ってるからつい出不精になっちまって」

「さっき話してた墓地のことなんだが……」

と海東はきりだして、江川が買ったという海辺の土地を見せてくれるように頼んだ。

「そうだな、腹ごなしにそこまで歩いてみるか、お前どうする」

台所の細君に声をかける。

「あたしはうちにいます、チャーリイをつれていって」

二人は外へ出た。チャーリイ、と江川は呼ぶ。茶色の犬が敏捷に駆けよって主人の足にじゃれついた。

「一日じゅう犬小舎につないでるから散歩につれだすとこんなに喜ぶんだ」

チャーリイは二人の前後をとびはねて走った。

「お前が船でいっしょだったあの女だがな、さっき騎士園をひけるとき、一階のホールでまだ園長たちと話してた」

「これからどうするんだろう」

江川は、あの女の顔を見ていたら十数年前、海東が自衛隊を志願するつもりだといって江川に打ちあけたおりの思いつめた顔を思いだした、といった。

「そんな顔だったのか」

村を抜けて背後の丘にのぼる。ここだ、と江川はいって丘の一角をさした。低い石碑が海を向いてたっていた。石碑にはパウロという洗礼名が刻まれてあった。海東は手のひらで墓碑にふれた。石はほのかにあたたかかった。夕日が水平線に接した。海面は黄金色の輝きで満ちた。

「チャーリイ、帰るぞ」

犬が草むらからとびだし丘を駆けおりた。空の光は褪せ、海は濃い藍色の翳りをおびつつあった。漁村のまばらな燈火を見ると、にわかに都会の喧騒が懐しくなった。

部落にさしかかったころ、海東はラジオの時報をきいた。それと同時に家々の柱時計が鳴りひびき、二人が村を通り抜けるまで小川のせせらぎさながら錆びたぜんまいの音がつきまとった。江川の家を過ぎて岬のはずれへ向った。岩だらけの狭い道である。海の音が高くなった。波はまぢかで砕け、こまかいしぶきを二人にあびせた。江川は岬のはずれをさして、

「あそこは崖がけわしくて人間は近づけないんだが、獣だけ通れる道がついてて、野生の鹿が水を飲みにおりてくるんだ、こないだ漁師が舟の上で見たそうだよ」

「明日、船は何時に出るだろう」

「九時ごろ、だったかな、帰ったら調べてみよう」

水平線に匙を伏せたような半島が見える。淡い緑色の光が海面をてらした。それはゆるやかに回転しつつ規則的に明滅した。かれが昨夜、海辺で正子と眺めた燈台が目の前で輝いていた。かれはこの半島と島々がかかえている巨大な空間と同じほどに巨きい空洞を自分の内に意識した。その空洞の中で白いものがひるがえった。かれは何物かに煽られているその白く扁平なものを見た。ある力がかれの身内に湧いた。それはかれを駆って得体の知れない理不尽なものに立ちむかわせようとするようである。闇の奥でちらちらと慄える白いページの上にかれは二十歳の自分が見た夜明けや日没を書きたいと思った。


「またいらっしゃい、何のおもてなしもできませんけれど」

翌朝、海東は友人夫婦と船着場で別れた。また来る、とかれは約束した。

「気のおけない田舎の宿だと思っていつでもいらっしゃいな」

江川は陽気に、喰えなくなったら騎士園で働けばいい、といい、雑役夫でよかったら園長に話してやろう、とつけ加える。

「ありがとう」

「そのうち舟を借りて夜釣りに行こう」

「釣り具をそろえとかなくちゃ」

「じゃあ、また」

「さようなら」

夫婦は丘の道へ去った。海東は桟橋のはずれにきのうの女を認めた。

一夜のうちに女の顔は変っていた。何ごとか思いつめたような表情は消えて、眠りたりた嬰児のように晴れやかな目の光である。目の縁に濃い墨をさし、口紅もくっきりと塗っている。

連絡船はすでに桟橋に着いていた。

切符を集めたのはきのうのボーイではなかった。汽笛が鳴った。船は朝凪ぎの海に乗りだした。海東は後甲板にたたずみ、遠ざかる海辺の村を眺めた。

船尾に黒いものがふわりと浮きあがった。湧きたつ白い泡の中に縄のようなものがもつれて揺れ水面で大きくひろがった。一瞬、海東は人間の生首を水に投げこんだものかとおびえた。一昨日、白昼の路上で見た死者の髪を思いだした。それは黒褐色の海藻がスクリュウに煽られただけにすぎなかった。海藻のかたまりは水脈の向うにみるみる小さくなって行った。

若い女も空色のスーツケースをかたわらに岬を見ている。遠方へぼんやりと視線をさまよわせている女の表情には夢みるような風情すら見てとれる。甲板につみあげた竹籠の中身は干魚である。蠅がそれにたかっている。

女は顔にまつわりつく蠅をうるさそうに手で払った。その手が頭にふれた。かるく首をかしげて、自分の髪をまさぐった。そうしておいてむぞうさに頭を左右にゆすったようである。

長い髪がとけて風にひるがえった。

「…………」

髪をなびかせながら何か口をきいたが、波の音がその声をかき消す。海東はうながすように女の顔をみつめた。

若い女は手をあげて海面をさした。明るい声で、

「かもめが……」

という。

幻の戦争

野呂さんと同世代の私なのに、作品発表当時からずっと、どうも判らないと思ってきたことがある。それが、三、四十年も経った今頃やっと判ってきたような気がする。

例えば「壁の絵」だ。朝鮮戦争への従軍体験の妄想……そういうものが、どうも判らなかった。勿論描かれている内容はよく判った。特有の透き通ったようなデリケートな細部によって支えられた、シーンそのもののリアルな説得力は、圧倒的だった。作中人物が物語を書くという、メタフィクション的手法の斬新さにも感銘をうけた。判らなかったのは、何故それが描かれなければならなかったのか、ということだ。

それが、今頃になって判ったような気がする。そして当時なぜ判らなかったのかということも。それは、当時私にとって恥部だったのだ。恥部とは「理想化された戦争」だ。戦時中少国民の心に刷り込まれ、脳裏に焼き付けられた幻の戦争だ。

戦後、戦争の残酷さ、悲惨さ、醜さ、愚かさは存分に暴き出された。その陰で私たちの「戦争の美しさ」は市民権を失い、たちまち恥部と化して、埋葬された。わたしは、美しい戦争の幻が恥ずかしくて、思い出すのも憚られる思いがした。

戦時中の少国民には勿論戦争の真相は知らされなかった。教えられたのは、戦争の勇壮さ、戦争の壮烈さ、戦争の悲壮さだった。それは思想よりも情念として、情操教育として植え込まれた。

私たちの想念の中では戦争は、胸躍る、カタルシスに満ちたものだった。鉄と硝煙の、黒煙と閃光の、泥濘と炎の美学。

それは、学校の教科書だけではなく、新聞からもラジオからもマンガからも、当時のあらゆるメディアから、少年のやわな脳髄へ注入された。そして、それ以外の美はすべて「時局をわきまえぬ」「非国民」の美だと非難された。

もちろんそんな幻は、ほんの一度でも実際の空襲を体験するだけで、消し飛んでしまった筈のものだ。実際の戦地に赴いた戦争体験者のうち誰一人として、そんなイメージを抱いた者はなかっただろう。それは戦時中の少国民だけが抱いた幻の戦争だった。

野呂さんも私同様、戦時中同じような理想的な戦争のイメージを心の中に植えつけられた世代だった筈だ。

私は、そんな自分の内なる戦争美の幻を、だれにも見付からないように心の奥に深く埋め込んで厚く蓋を被せ、存在しないものにしようとした。だが、おそらく野呂さんはそういう誤魔化しを選ばず、それを自分の心の中から掘り出して、白日の中でじっくり検証する道をえらんだのだろう。恥部は隠すことでなく、曝け出すことで、初めてそこから解放されるのだから。

野呂さんは戦時中長崎に暮らし、戦局の逼迫とともに諫早へ疎開した。ご存知のように彼が去った直後長崎には原爆が投下された。諫早は彼が自衛隊に入隊して不在だった間に水害で壊滅状態になった。水害は戦争とは関係ないとはいえ、非日常的なクライシスとしては共通する。

野呂さんは、本来は体験するはずだった非日常的クライシスを、二度も、際どいところで体験しそびれたとも言える。それはもちろん実際には奇跡的な僥倖だったのだが、野呂さんのような人には、それは体験の欠落として受け取られたかも知れない。欠落した体験は、想像の中で追体験されなければならない。野呂さんの中ではそんな論理が働かなかっただろうか。

もう一つ、私には判らないことがあった。それは野呂さんと自衛隊との関係だ。個人的な先入観念で職種を決めつけるのは愚かなことだが、それにしても私のなかでは、自衛隊に入るようなタイプと野呂さんとが、どうにも結びつきにくかった。これまた勿論、彼の作品の中で描かれる自衛隊体験に難解なところは微塵もない。例えば「狙撃手」や「歩哨」には、堅固な現実の価値観や論理から別世界の自由へと転落しかけるその境目が鮮明に描かれ、テーマにも描写にもいささかのブレも見えない堅固な出来栄えだ。「草のつるぎ」も同様に、そこには素材としての自衛隊は見事に表現されている。

判らなかったのは彼が何故自衛隊体験を選んだのかということだ。いつぞや私はこう書いたことがある。「……平明で具体的なイメージの無数の小枝で、野呂邦暢という要塞は、完全に掩蔽されてしまっている……」彼と自衛隊との関係にもまた、この言葉は当てはまりそうだ。

三島由紀夫と自衛隊との関係も、野呂さんのケースとは全く異質なことは、私にも判る。しかし、確かに三島のあの異常な最期や、それに伴って当時は自衛隊の問題がイデオロギー的に解釈されすぎてしまったことが、私の判らない思いを助長していた点は否めなかった。なにしろ「草のつるぎ」が世に出たのは三島のあの最期からたったの三年後だったのだから。そんな時代的な精神的呪縛から私が自由になるのにも、この永い歳月が必要だったのかも知れない。

野呂さんと自衛隊との結びつきの意外さ、ということを考えているうちに、唐突に思い浮かんだことがある。僭越な話だが、それは私自身のことだ。私は高校を卒業した年に教習所へ通って特殊作業用自動車の免許を取った。教習用の車両はロードローラーだった。私とロードローラーとの結びつきは？　と仮に誰かに訊かれたとしたら、私は答えに窮することだろう。だが、わたしにとって、たいへん観念的にではあったが、これから生きていくためにはロードローラーの免許がどうしても必要だった。

私はその時から今まで、ただの一度もその免許を利用したことがない。……しかし、野呂さんだって、自衛隊を出てから亡くなるまでに、一度だってそこで学んだ狙撃の技術、匍匐前進や突撃の修練の成果などを活用した機会はなかったに違いない。

もしかしたら、十九歳で入隊した時の野呂さんにとっての自衛隊とは、人に遅れて二十一歳で高校を卒業した時の私にとってのロードローラーと、同じようなものだったのかも知れない。もし私に判るとしたら、それしかないのだが、果たしてそんな判り方でいいのだろうか？　甚だ心許ない。

（宮原昭夫）

解説

昭和四十年、二十八歳の野呂邦暢は「或る男の故郷」で文壇にデビューした。しかし野呂が筆一本の生活に入るのにはまだ長い時間が要った。確かにスタートは恵まれていた。初めて新人賞に応募した作品で文壇にデビューし、翌年には実質的な処女作「壁の絵」が芥川賞の候補作となった。作家仲間の知己を得て、文通が始まったのもそのころのことである。しかしそのあとは、一つか二つの作品が活字になるだけという年が数年続いている。自衛隊をやめて諫早に戻ったあと、野呂は定職についていない。何よりも自由に本を読み、束縛されずにものを考え、町を歩くという時間の確保を優先させたからだ。小中学生相手の家庭教師という仕事は、昼間のほとんどの時間を自由に使うことができた。海外の新しい文学に目を通し、同時代の作家の作品を読んでは感想を書き送る、まさに読み、書き、歩く、の日々であった。一方、「壁の絵」（昭和四十一年）に続いて「白桃」（昭和四十二年）が芥川賞の候補作となったことで、作家としての野呂の名は知られるようになっていた。昭和四十四年には諫早市教委主催の成人大学で文学講座の講師をつとめ、翌年には、地元の鎮西短大（現ウエスレヤン大学）で文学講座を行っている。またテレビやラジオのドラマづくりの仕事も入るようになり、昭和四十六年にはＮＨＫの福岡や長崎放送局から「十一月」や「白桃」などの作品が放送されている。

野呂が本格的に独り暮らしを始めたのは昭和四十三年のことである。同居していた兄夫婦が長崎へ転居したため、野呂は元料亭だった「三日月荘」という古いアパートに引っ越した。百畳近い大広間をベニヤ板で仕切っただけという小さな部屋で、夜には三間ほどおいた部屋の物音もはっきりと聴きとれたという。居住者の入れ替わりも激しく、自衛隊に次いで、野呂の人間観察の場となったようだ。本巻に収められた「日常」や「水晶」はこのアパートが舞台となっている。この時期、父親は入院し、兄一家は長崎へ、母と弟妹は大阪にと、一家は離れ離れに暮らしている。きままなようで単独者の悲哀も味わっていたはずで、このころの野呂が書いていたのは、原稿よりも手紙の方が多かったのではないか。野呂の文章には彫琢という言葉が相応しい。よく吟味された言葉が刻み込まれた緩みのない文体は、イメージを言葉にするまでに時間がかかった。そういう野呂を同時代の作家丸山健二はこのように評している。

野呂邦暢氏は書くべきものを充分に持ち合せていながら、それを書きこなせる《腕》になるまで手を出そうとしない。ここでいうところの《腕》とは、断じて手法のみをさすのではなく、重く苦々しい体験を突き放して書ける精神状態に自ら持って行く努力を含めての話である。その時期を待つ辛抱強さと、熟した機を素早く捉えてペンを握る確実さは、才能そのものと呼んでもかまわないのではないかという気さえする。（文春文庫『草のつるぎ』解説）

このころの野呂を知るのに最適の本がある。野呂をデビュー時から担当した編集者豊田健次氏の著書『それぞれの芥川賞　直木賞』（文春新書　二〇〇四年）と『野呂邦暢・長谷川修往復書簡集』（陸封魚の会編　葦書房　一九九〇年）である。豊田氏の手元には野呂からの手紙が一二〇通余残っているという。その中からいくつかが引用されているのだが、信頼する編集者へ、作品の構想や同世代の作家たちの作品評などが率直に綴られていて興味深いものがある。野呂は自作についてよく語っているが、他人の作品をも実に微にいり細にいり評している。それによると野呂は同時期に芥川賞の候補となった丸山健二・宮原昭夫・阿部昭などを高く評価し、ライバルとして意識していたようだ。

そのころ通信手段は郵便しかなかった。野呂のアパートの部屋には電話はなく、家主に取り次いでもらうことがたびたびだった。急ぎの場合は電報を打った。携帯電話や電子メールが普及した現在では想像もつかない不便さだが、野呂の手紙に、――昨日、「海辺の広い庭」二〇八枚、書留便にて送りました。速達にはしなかったので、五、六日かかると思います。（『それぞれの芥川賞　直木賞』昭和四十七年七月十九日付野呂からの手紙）――とあるから、当時、諫早―東京間を郵便が届くのにそれだけかかったことがわかる。しかもいまのように身近に複写機はなく、自筆原稿が往き来していたのである。

同人誌の体験がない野呂は、身近に文学仲間を持たなかった。野呂が下関の作家長谷川修と知り合ったのは、昭和四十一年十二月のことである。朝日新聞社の企画で西日本在住の作家たちが一堂に会したとき、初めて言葉を交わした。仲間なしに独りで書いていることへの共感や、文学的気質に通じるものがあったのだろう、その直後に文通が始まっている。自然主義を排し、想像力によって新しい文学を創造しようという意気込みにも響きあうものがあった。『往復書簡集』には一五〇通をこえる書簡が収められているが、その大半は昭和四十年代半ばに書かれたもので、これは二人にとって「冬の時代」にあたる。昭和四十三年、東京から戻ったあとの十一月一日付の手紙に、野呂はこのようなことを書いている。

二十一日夜、荻窪の友人宅へ戻ろうとしたところ、新宿のデモにまきこまれ、催涙ガスの洗礼を受けました。佐木氏（隆三＝筆者注）には逢わずじまいでした。（中略）古本屋、（荻窪、高円寺、神保町）をまわって、かなりの数の雑誌、古本をあつめました。ヒマさえあれば、これらを読みちらしてのんびりしたいのですが、十一月末に短編をひとつ約束しているのでそれもならず、おちつきません。将来は、やはり上京せねばと考えておりますが、いつのことになりますか。

（『野呂邦暢・長谷川修往復書簡集』）

このころの野呂は、地方暮らしの不便さをかこち、上京を考えることもあったようだ。東京に住めば、出版社や友人知人とも近くなって、いまのように孤立することもない。しかし経済的にやっていけるか不安がある。プラスは創作の面、マイナスは生活の面だと言い、

さしあたって地方に腰をおちつけ、注文に応じてすぐ製作（まるで仕立屋！）できる程度のメチエは身につけ、芥川賞によってまとまった金を入手して上京費をつくり、将来は都会で文筆生活を送りたいと思います。（『野呂邦暢・長谷川修往復書簡集』昭和四十三年一月二十二日付野呂邦暢の手紙）

身近に語り合える相手を持たず、文壇から遠く離れていることの不安がそう言わせたのだろう。しかし「地方を舞台に普遍の世界を描く」ことを目指して書くうちに、諫早に深く根を下ろしていった。野呂が上京することはついになかったのである。

転機となったのは昭和四十六年の結婚であろう。妻となる本村淑子は唐津市出身の、野呂より十一歳年下の女性で、結婚のいきさつはエッセイ「昔はひとりで……」（『王国そして地図』）に書かれている通りである。彼女は短大生のとき野呂が原稿書きに使っていた喫茶店でアルバイトをしていた。そのうち口をききあうようになり、彼女のレポートを代作してやったことから親しくなったという。

小説を二、三作、発表したきりで、家庭教師のごとき仕事をして収入を得ていた。あれやこれやで人なみに結婚することは考えの外にあった。いい小説を書きたいという願いはあっても、安定した収入を保証するものはどこにもなかった。独身主義を看板にしていたわけではないけれども世間一般によくある平凡な生活は自分には縁がないと、なんとなく信じこんでいたようだ。

（「昔はひとりで……」『王国そして地図』）

結婚して新しい生活が始まったことにより、野呂の筆は進むようになった。昭和四十六年四月十九日付けの野呂邦暢から豊田氏に宛てた手紙には、

書けなくなったものかきは、結婚すればどうにかなるものでしょうか。うわすべりになること

を、おそれつつ筆をすすめていきます。中篇、短篇の題名、蛇足ながら記しておきます。
若冠・騎士の娘・夜警・野生の鹿・草のつるぎ・騎士園まで・はるかなるリヒテンシュタイン・中野・江古田・海軟風・旧友・案内人・人形つかい・日が沈むのを・海辺の広い庭・彼ら・冬の子供・乗客名簿。
在庫豊富、仕事迅速、乞ウご注文、というところです。

とあり、結婚によって野呂に創作の意欲が生まれたことがうかがえる。ところでここに列記されたタイトルのうち、どれだけが実際に書かれたのだろうか。「草のつるぎ」「海辺の広い庭」「日が沈むのを」はそのままだが、「旧友」はもしかすると「不意の客」のことかもしれない。翌四十七年には「水晶」「世界の終り」「日が沈むのを」「海辺の広い庭」の四作が「文學界」に掲載され、「海辺の広い庭」が第六十八回芥川賞の候補作となった。前回「白桃」で候補となってから五年ぶりのことであった。

野呂が新居とした古い武家屋敷は、本明川の川沿いにある漁師町の一角にあった。明治三十八年に建て替えられてはいたが、先祖の遺品が仕舞われた土蔵があり、庭にはさまざまな樹木があった。棟続きに住む家主は独り暮らしのお花の先生で、父方の先祖は諫早藩の御典医、母方の先祖は同じく藩の砲術指南という女性だった。初夏には裏庭一面に紫紺色の菖蒲の花が咲いた。のちに書かれる「諫早菖蒲日記」の舞台である。ここで野呂は結婚生活をスタートさせ、作家としての階段を上っていく。

野呂の初めての創作集『十一月　水晶』が冬樹社から出版されたのは、昭和四十八年のことである。三月には『海辺の広い庭』が、続いて九月には『鳥たちの河口』が文藝春秋から刊行された。野呂にとって記念すべき年で、その年の暮れに発表した「草のつるぎ」でついに芥川賞を受賞するのである。候補になること五回、「或る男の故郷」から八年目のことであった。

第二巻収録作品について

「不意の客」（「別冊文藝春秋」昭和四十八年春季号）は被爆した小学校の同級生と名乗る男との再会劇。他人というものの不気味さ、正体不明の相手に翻弄される不条理さが描かれている。野呂は長崎の銭座国民学校に一年間だけ通っている。野呂が入学したとき、三十七学級、二千三百人の児童がいた大規模小学校である。昭和二十年には大半の児童が疎開して被爆当時は八百五十人に減っていた。学校は爆心地から一・五キロの距離にあり、五百人もの児童が犠牲となった。野呂は疎開先の諫早から原爆の光を目撃し、その日のことを小説「藁と火」に書いたが、発表された作品（小説）の中で原爆をテーマとするものは他に見当たらない。男の正体は最後まで謎のままである。ミステリータッチで不条理劇の味わいもある作品。

「朝の光は……」（「文學界」昭和四十五年二月号）は地方の放送局通信部記者の日々を描いたもの。当時野呂はテレビやラジオドラマの原作を書いていたこともあって、複数の放送局に知人がいた。彼らから想を得たものかもしれない。諫早湾干拓事業が背景に出て来るが、作者はその是非については云々せず、離れていく恋人を巡るいざこざを描いた。バナナの房状に分岐した三つの半島のつけ根にある人口七万の有明市のモデルは諫早である。ここでも野呂の情景描写は確かで、記者が諫早湾の鴨猟のラッシュを見る場面や、漁船に同乗してシバエビ漁に行くシーンは行間から光景が浮かび上がってくるようだ。

「日常」（「文學界」昭和四十六年十月号）は「竹の宇宙船」や「海辺の広い庭」に連なる作品。失業中の若者は町歩きを日課としており、父親の過去を調べるため知人に話を聞いてまわっている。おおよそのことは想像されるが真実は明かされない。しかしこのことが若者にとって大事なことだということは伝わる。父親の過去を知ることで自分は何者かを確認しようとしているのだ。主人公の故郷は原爆で焼失し、第二の故郷は洪水で流失した。失われた町の地図を書くこと、若者にとってそれは単なる記憶の復元ではなく、自己の再生につながる。自衛隊をやめて諫早に戻ったあとの作者の無為の日々――新しい自分に生まれかわるための猶予期間を描いた作品。

「柳の冠」（「群像」昭和四十九年四月号）と「水晶」（「文學界」昭和四十七年三月号）は若い恋人たちを描いたもの。どこか不器用な若い男女の初めての婚前旅行を描いたのが「柳の冠」で、堕胎手術を受けた恋人を自分の部屋で休ませたあと、帰省する彼女を送っていく話が「水晶」である。どちらのヒロインも初々しく無垢な輝きがある。「柳の冠」には、口を開けば父親のことしか言わない女性の、微妙に変化していく様子が細やかに描かれている。「水晶」をよんだとき、真っ先に連想したのはヘミングウェイの「白い象のような山並み　Hills like white elephants」だった。妊娠した女とその相手である男との会話だけが続く小説で、男は女に堕胎を勧める。ただし「堕胎」は二人の簡潔な会話に暗示されるだけである。「水晶」も同じで、どこにも「堕胎」という言葉はでてこない。何事にせよ決して生の言葉で書かないというのが野呂の手法で、この作品ではそれが成功している。淡い余韻がのこる「水晶」はのちに『昭和文学全集』（小学館）や『短篇礼讃―忘れかけた名品』（ちくま文庫）にも収録された。「文學界」の対談時評でこの作品を取り上げた丸谷才一は、「梶井基次郎ふうの、抑制のきいた、散文詩的な書き方で書いたものです。短編小説というより、スケッチといったほうがいいかもしれませんけれども、技巧的になかなかすぐれている」と評している。（「文學界」昭和四十七年四月号）

「日が沈むのを」（「文學界」昭和四十七年九月号）は若い女性の独白からなる短編である。向田邦子は「諫早菖蒲日記」を読んだあと、「野呂さんて、男性なのに、どうして女の子の気持がこれほどまでわかるのかしら」と言ったそうだが（豊田健次『それぞれの芥川賞　直木賞』）、もしも彼女がこの作品を読んでいたら、「野呂さんは女の子だけでなく、大人の女性の心理もわかる」と言ったのではないか。これは恋人を失って自殺未遂をした女が、自宅で椅子に身を預けて夕陽を見ているというだけの物語である。女性はバスの車掌で、ストライキに参加しなかったばかりか、スト中に勤務についたことで同僚たちの非難を浴びている。恋人を失い、もしかすると職場をも失うかもしれない。そんな危機にあっても彼女は「夕日がある」と思うことで心の平安を得ている。彼女が忘れられない映画の一場面を語るくだりがある。石塀にはさまれた路地の奥にちらりとのぞいて消えたひとすじの狭い通路、それは「何かしらおののきなしには思い描くことのできないある場所へ導かれるように思われた」。この世界のどこかにもう一つ向う側の世界へ通じる道がある、恋人を失っても自分にはその世界を想像することができると思うことで孤独な彼女は慰められるのである。死のうとして死にきれなかった女性の哀切にみちた独白。野呂の作品の主人公たちは、失意のとき美しいものを見たり、ある風景に出会うことによって慰められることが多い。あるいは水のきらめきや木漏れ日などに恍惚感を覚えるというシーンがよく出て来る。自然との交感、あるいは一体化によって恍惚感を覚えるという作者の体験が反映されているのだろう。死と背中合わせの世界を暗示させながらも静かで甘やかな、諦観が伝わる作品。タイトルはジャズのスタンダード・ナンバー「セントルイス・ブルース」の歌詞（I hate to see that evening sun go down）からとられた。

「鳥たちの河口」（「文學界」昭和四十八年三月号）は野呂がいう「土地の精霊との交感」から生まれた作品である。結婚した野呂が住んだ家は本明川の下流にあった。家の裏を流れる本明川に沿って河口近くまで歩くのが野呂の日課となり、河口の風景に親しむ中からこの作品が生まれた。これは労働争議のいざこざで会社をやめざるをえなかった男が秋から冬までの百日間、河口へ通い鳥の観察をするという物語である。会社をやめた日、失意の男が思い出したのは河口の風景だった。

かたくとじた瞼にうかんだのは、ここ十年足をむけたことのない河口の風景であった。男は湿地帯でそよぐ葦を思い、干潟の原初的な沈黙を思った。河口は懐しかった。すべてを失っても自分には河口がある、と思った。それは男の救いになった。

河口で男は傷ついたカスピアン・ターンという珍しい鳥を助ける。社会からドロップアウトした男は傷ついた迷鳥に自分を重ねあわせ、病身の妻が不満をもらすほど手厚く鳥を介抱する。やがて恢復した鳥を空に放ったとき、男の休暇も終わる。「鳥に故郷はない」という最後の言葉に、われわれの行方もしれぬ明日が象徴されているようで、生きる怖れや存在の不安までもが伝わってくる。テーマを河口の風景と傷ついた渡り鳥だけに絞ったせいで、凝縮度と完成度の高い、野呂の仕事の一つの到達点となった作品。自然描写の素晴らしさとともに、すみずみまで野呂の詩的感受性が活かされており、「海辺の広い庭」に続いて芥川賞候補作となった。四回目の候補で、これで受賞するのではと期待されたが、受賞したのは「鶸」の三木卓であった。ちなみにこの時候補となった中に、「十九歳の地図」の中上健次や「壜のなかの子ども」の津島佑子がいる。

「瀕死の渡り鳥と死滅寸前の海に捧げる挽歌のつもりであった」（「筑紫よ、かく呼ばへば」『王国そして地図』）と作者が語っているようにこの作品が書かれた当時の諫早湾は危機的状況にあった。南総計画

（長崎県南部地域総合開発計画）という諫早湾の埋め立て計画が進んでおり、自然を守る市民がその見直しを求めて運動を続けていた。日本中がオイル・ショックと公害問題で揺れていたころのことである。環境汚染は諫早湾でも例外ではなかった。干拓によって干潟が消えれば創世記を思わせる風景は失われてしまう。また渡り鳥の休憩地である諫早湾は野鳥の宝庫で、その季節には二百種、数万もの野鳥が群れた。それまで社会問題にはコミットしなかった野呂が「諫早の自然を守る会」の会長を引き受けたのは、方向感覚を失くした鳥に人類の明日を予感し、自分にとってかけがえのない河口の風景を守るためであったろう。運動の先頭に立つことはなかったが、講演や文章を書くことで責務を果たしている。

諫早湾干拓事業は食糧増産から水源確保、そして防災事業と目的を変えて、昭和六十四年に着工された。平成九年には潮受け堤防が閉じられ、時をおかず干潟は完全に姿を消した。この作品に描かれた風景の終焉に立ち会わずにすんだことが作家にとってせめてもの慰めといえようか。

「赤い舟・黒い馬」（「野性時代」昭和四十九年十月号）は、密かに装飾古墳の撮影に出かけた男が古墳の中に閉じ込められるという話。巻末の追記に、榊晃弘の「装飾古墳撮影記」を参考にしたとあることから、カメラマンの手記をヒントに創作したと思われる。福岡、熊本には五～七世紀にかけて造られた装飾古墳が多くのこっている。石室の壁に赤や黒で同心円や直弧文などが描かれたもので、最も有名な福岡県うきは市にある珍敷塚古墳には、舟や鳥、日月、蛙などが描かれている。装飾古墳の文様に惹かれた男が、閉じ込められた地下からいかにして脱出するか、サスペンスタッチで描かれた作品。このころ野呂は作家仲間の長谷川修や石沢英太郎などの影響もあり、古代史への関心を深めていた。晩年には季刊「邪馬台国」の編集長を引き受けて、その創刊に立ち会ったほどだ。昭和四十九年の春に福岡県八女市にある石人山古墳を訪ねており、そのときの見聞も作品に反映されているのではないか。九州の古代史をテーマとした作品の一つ。

「海辺の広い庭」（「文學界」昭和四十七年十一月号）の主人公の名は海東光男。「竹の宇宙船」やこのあと書かれる「草のつるぎ」の主人公と同じ名前である。舞台となる町は野呂が生まれてから七年半を過ごした長崎で、この作品には三つの要素——父親と子、職業、女性関係——が盛り込まれている。なかでも父親は野呂の重要なテーマであった。野呂の父親は原爆で財産を失い、敗戦後、失意からなかなか立ち直れなかった。老いてからは病に臥し、無力な父の息子であることへの苛立ちと葛藤がいくつかの作品に描かれている。しかし主人公はここでようやく父親をありのままに受け容れて、労わりを示している。

初出一覧

不意の客	「別冊文藝春秋」	一九七三年春季号
朝の光は……	「文學界」	一九七〇年二月号
日常	「文學界」	一九七一年十月号
水晶	「文學界」	一九七二年三月号
赤い舟・黒い馬	「野性時代」	一九七四年十月号
日が沈むのを	「文學界」	一九七二年九月号
柳の冠	「群像」	一九七四年四月号
四時間	「文藝」	一九七三年三月号
鳥たちの河口	「文學界」	一九七三年三月号
海辺の広い庭	「文學界」	一九七二年十一月号

執筆者・監修者紹介

宮原昭夫

一九三二年、神奈川県横浜市生まれ。早稲田大学第一文学部ロシア文学科卒業。作家。一九六六年「石のニンフ達」で文學界新人賞受賞、一九七二年「誰かが触った」で芥川賞受賞。著作多数。

中野章子

一九四六年、長崎市生まれ。エッセイスト。著書に『彷徨と回帰　野呂邦暢の文学世界』（西日本新聞社）、共著に『男たちの天地』『女たちの日月』（樹花舎）、共編に『野呂邦暢・長谷川修　往復書簡集』（葦書房）など。

豊田健次

一九三六年東京生まれ。一九五九年早稲田大学文学部卒業、文藝春秋入社。「文學界・別冊文藝春秋」編集長、「オール讀物」編集長、「文春文庫」部長、出版局長、取締役・出版総局長を歴任。デビュー作から編集者として野呂邦暢を支え続けた。著書に『それぞれの芥川賞　直木賞』（文藝春秋）『文士のたたずまい』（ランダムハウス講談社）。

＊今日の人権意識に照らして不適切と思われる語句や表現については、
時代的背景と作品の価値をかんがみ、そのままとしました。

日が沈むのを　野呂邦暢小説集成２

2013年9月20日初版第一刷発行

著者：野呂邦暢
発行者：山田健一
発行所：株式会社文遊社
東京都文京区本郷 4-9-1-402　〒113-0033
TEL: 03-3815-7740　FAX: 03-3815-8716
郵便振替：00170-6-173020

書容設計：羽良多平吉 heiQuiti HARATA@EDiX+hQh, Pix-El Dorado
本文基本使用書体：本明朝小がな Pr5N-BOOK
印刷：シナノ印刷

乱丁本、落丁本は、お取り替えいたします。
定価は、カバーに表示してあります。

 Printed in Japan.　ISBN 978-4-89257-092-6